Le sentier d'émeraudes

DU MÊME AUTEUR

Aux Éditions J'ai Lu :

Mademoiselle Louise

Titre original : *Jewelled Path*
publié par Doubleday & Company, Inc., New York

ISBN 2-277-02107-5

Rosalind Laker

Le sentier d'émeraudes

Roman

traduit de l'anglais par Jacqueline LAHANA

Flamme

A Melba et à Grahame

1

C'était *le* grand jour. Pourtant, Irène Lindsay ne considérait pas qu'il fallait se réjouir, même si on lui permettait de porter sa broche en jade sertie d'or, privilège qui la faisait se sentir beaucoup plus âgée que ses neuf ans. Bien que fille de joaillier, on la dissuadait, en temps ordinaire, de porter la moindre parure à l'exception du large ruban qui maintenait en arrière ses cheveux très bouclés, de couleur cuivrée, dégageant ainsi son fin visage au teint lumineux.

Mais en ce jour exceptionnel de novembre 1890, elle avait mis sa plus belle robe et sa broche pour accueillir son père, de retour à Londres après son remariage et sa lune de miel. Sa seconde femme était une dame russe qu'il avait connue lors d'un voyage d'affaires à Saint-Pétersbourg et qu'il avait ensuite épousée là-bas.

— Aïe ! Aïe ! s'écria Irène qui, de plus en plus nerveuse, venait de se piquer le pouce avec l'épingle de la broche.

Elle se dressa sur la pointe des pieds pour incliner la psyché posée sur la commode afin de se regarder. Comme le jade brillait joliment sur sa robe de lainage marron foncé ! Elle caressa le bijou avec orgueil, oubliant que son père l'aurait traitée de vaniteuse s'il avait été là. Plus d'une fois, elle avait souhaité qu'il se montrât moins strict à son égard. Elle avait l'impression qu'il cherchait à bannir en elle toute faiblesse de caractère en la punissant sans cesse. Il n'y avait donc rien d'étonnant à ce qu'elle redoutât l'arrivée de la nouvelle épouse de son père qui ne manquerait sans doute pas de maintenir la discipline de fer que ce dernier imposait à sa fille unique.

La mère d'Irène, Denise Lindsay, était morte alors que la fillette n'avait que quelques jours. Il semblait parfois à Irène que la maison s'était éteinte avec elle. Rien n'avait été changé depuis et les papiers peints avaient pris une teinte sombre et lugubre. Les tentures de panne s'étaient fanées dans leur combat contre le soleil. Le lourd mobilier en acajou sculpté, flambant neuf lors du mariage de ses parents, avait acquis un terne poli qu'il ne devait qu'à l'huile de coude des domestiques. Seule la longue table de la salle à manger brillait de la chaude patine que prennent les meubles souvent utilisés. Il arrivait à Edmund d'offrir de grands dîners, mais il préférait donner de somptueux déjeuners en l'honneur des négociants en diamants venus traiter des affaires trop importantes pour être réglées à son bureau.

Irène n'avait le droit de prendre place à cette table que le dimanche après l'église pour le rôti de bœuf et à Noël pour la dinde et le plum-pudding. Le reste du temps, elle prenait ses repas dans la nursery, située au dernier étage de la maison. Aujourd'hui, c'était une exception. Jetant un coup d'œil dans la salle à manger avant de monter se changer, elle avait remarqué l'éclat du damas, du cristal et de l'argent. La plus jeune femme de chambre lui avait adressé un clin d'œil joyeux derrière le dos du maître d'hôtel. Chacun dans la maison, même la dernière fille de cuisine, comprenait l'importance de l'événement et brûlait de voir la mariée. Irène se rendit compte avec tristesse que, de toute la demeure sise Milton Square, elle était la seule à ne pas se sentir d'humeur allègre.

Un bruit de pas se fit entendre sur le palier. Mlle Desgranges, la gouvernante française, ouvrit la porte de la chambre d'Irène, une main sur la poitrine pour souligner la hâte avec laquelle elle avait monté l'escalier.

— Ne m'avez-vous pas entendue vous appeler ? demanda-t-elle avec son accent parisien haut perché. Descendez immédiatement ! Le landau vient de tourner sur la place. Votre père et son épouse seront là d'un instant à l'autre. N'oubliez pas de réciter votre compliment de bienvenue, exactement comme nous l'avons préparé.

— Oui, mademoiselle, répondit Irène en déglutissant avec peine.

Le moment terrible était arrivé. Appréhendant de buter sur les mots, une fois devant la nouvelle venue si redoutée, Irène avait préparé un accueil de sa façon et espérait ardemment que tout se passerait bien. Elle appuya la main sur sa poche pour s'assurer qu'il s'y trouvait autre chose que son plus joli mouchoir, puis craignit d'avoir écrasé ce qu'elle y avait glissé. Mais elle n'avait plus le temps d'y remédier ! La gouvernante était déjà sortie de la chambre et descendait les marches. Obéissante, Irène la suivit jusqu'en bas des deux étages de la grande maison, construite, comme ses voisines, un peu plus d'un siècle auparavant. Seules des familles fortunées pouvaient se permettre d'habiter ces demeures élégantes dont la seule adresse était déjà un gage de distinction.

Dans le hall, les sept domestiques se tenaient alignés sur un même côté. Les hommes en veston et pantalon noirs lustrèrent leurs manches et arrangèrent leurs cravates, les femmes lissèrent leurs tabliers et rejetèrent en arrière, d'un mouvement coquet, les rubans de leurs coiffes. Irène descendit les dernières marches du grand escalier et alla se placer au centre du hall. D'une dernière chiquenaude à la rudesse superflue, Mademoiselle lui rappela de ne pas écarter les pieds, de garder le dos droit et la tête haute. Le maître d'hôtel ouvrit la porte, laissant passer un air froid, à la seconde précise où le landau s'arrêtait le long du trottoir.

Edmund Lindsay descendit le premier. C'était un homme d'âge mûr, à la carrure robuste, au nez de patricien, au sévère visage encadré de favoris et d'épais cheveux châtains légèrement plus clairs que ses énormes sourcils. Elégamment habillé par le meilleur tailleur de Londres, il portait un manteau de voyage en tweed écossais, une casquette à double visière, tenue confortable et pratique qu'il affectionnait pour ses longs voyages. On disait qu'il possédait la plus belle collection — et la plus variée — d'épingles de cravate, seule petite extravagance qu'il s'autorisait. Ses boutons de manchettes et de col étaient toujours en or, la chaîne de sa montre à gousset s'ornait d'un souverain gravé, mais ses mains, très soignées, ne portaient jamais de bagues à l'exception d'une chevalière à l'annulaire droit, en guise d'alliance. Il ne l'avait pas quittée depuis son premier mariage. Il aida sa femme à descendre de la voiture.

Sophia, la nouvelle Mme Lindsay, était grande : cou de cygne, visage ovale aux pommettes saillantes, cheveux d'un blond vaporeux coiffés en frange bouclée sur le front et torsadés dans la nuque, chapeau de style cosaque en velours cannelle orné d'une épingle en topaze. Elle était vêtue d'un luxueux costume de voyage dont la veste fermée de minuscules boutons laissait jaillir le jabot d'une blouse de soie. Une magnifique cape en zibeline, faite pour affronter les rigueurs de l'hiver russe, frôlait l'ourlet de sa jupe. Sophia lissa sa fourrure tout en levant les yeux sur la maison qu'elle allait habiter, sans rien trahir de l'appréhension qui l'agitait. Une éducation stricte lui avait enseigné que les dames ne manifestaient jamais leurs émotions en public. Même en présence d'un danger terrible ou d'un deuil cruel, une expression composée était de rigueur. Dans ses veines coulaient quelques gouttes du sang des Romanov, mais ses liens de parenté avec le tsar actuel étaient toutefois trop éloignés pour qu'elle s'en prévalût. Elle appartenait à une famille très ancienne, honorablement connue, et si ses parents avaient été encore vivants, ils auraient, sans nul doute, condamné ce second mariage : le fait qu'Edmund s'adonnait au commerce — fût-il de pierres précieuses — et son absence de titre de noblesse n'auraient pu lui faire trouver grâce à leurs yeux. Cependant, à sa manière, l'attitude pleine d'autosatisfaction et de supériorité de son mari différait peu de la fatuité de ses parents à l'égard des personnes de rang inférieur. Il se tenait pour un connaisseur, un esprit critique et non pour un commerçant ; son atelier-magasin était situé dans Old Bond Street, rue considérée dans le monde entier comme la quintessence de l'élégance.

Peut-être était-ce la destinée de Sophia d'épouser des hommes arrogants, même si elle aimait Edmund comme elle n'avait jamais aimé son premier mari. Ses parents le lui avaient imposé et le veuvage l'en avait délivrée après douze années qui comptaient parmi les plus malheureuses de sa vie. Elle croyait qu'une femme ne devait se marier que par amour, même si, dans le cas présent, cela impliquait d'être comparée à une première épouse adorée — dévotion dont Edmund ne s'était jamais caché — et de devenir la belle-mère de l'enfant née de cette union. Edmund l'avait préparée aux difficultés qu'elle pourrait rencontrer avec cette petite fille capricieuse, et elle s'attendait au pire.

— Sophia chérie, fit Edmund en lui offrant le bras.

Ils montèrent les marches, franchirent le porche et pénétrèrent dans le hall. Bien que spacieux pour Londres, il lui parut petit comparé aux immenses entrées dorées des demeures où elle avait vécu jusqu'alors. De même, le nombre de domestiques alignés pour l'accueillir aurait semblé ridiculement modeste aux personnes de son milieu, dans le pays qu'elle venait de quitter. Elle connaissait quelques compatriotes installés à Londres, mais comme ils menaient le même train de vie qu'en Russie, ils n'avaient pas pensé à la prévenir, se contentant dans leurs lettres de donner des précisions sur le climat anglais. Heureusement qu'elle avait amené avec elle sa femme de chambre personnelle ! Elle aurait bien fait venir aussi son chef cuisinier, si elle n'avait craint d'offenser Edmund en perturbant son organisation avant même d'avoir franchi le seuil de sa maison.

Sophia lâcha le bras d'Edmund et s'avança en souriant, ses yeux bleus posés sur la rangée de domestiques qui s'inclinèrent ou firent la révérence. Puis elle ralentit le pas et s'arrêta devant une enfant, toute seule au milieu du hall, l'air intimidé. Quelle merveilleuse chevelure rousse ! se dit-elle, surprise. Elle admira les traits fins de la fillette, sa peau si claire qu'elle en semblait transparente et ses immenses yeux d'un vert sombre. Mais quels vêtements ! A l'exception de la broche en jade, impossible de différencier l'enfant d'une fille de cuisine. Irène portait une robe marron foncé dépourvue de la moindre grâce, des chaussettes noires qui cachaient ses jambes fines et des chaussures à boucles d'étain. Ainsi, cette pauvre petite était la fille indomptable et têtue d'Edmund !

— Approche, approche donc ! Que dis-tu à ta belle-mère ? demanda-t-il.

Sophia remarqua qu'il n'avait pas embrassé Irène. Il pressa durement l'épaule de sa fille pour la faire avancer et souligner qu'il escomptait d'elle une conduite parfaite en ce grand jour. Sophia se sentit pleine de compassion en voyant le visage d'Irène se crisper. Comment Edmund ne s'apercevait-il pas que sa fille était dans un état d'extrême nervosité ? Sophia se souvint du jour où, bien des années auparavant, elle avait connu une semblable terreur qui l'avait rendue incapable de parler ou de bouger. Les circonstances étaient encore pires, puisqu'elle se trouvait pour la première fois, seule et totalement désarmée, face au mari que son père l'avait contrainte à épouser quelques heures plus tôt. Ces lèvres courageusement serrées, ces tristes yeux verts lui semblaient familiers, révélant à quel point l'enfant avait envie de fuir. Sophia se rappela que son miroir lui avait maintes fois renvoyé une pareille expression. Elle résista sagement à l'impulsion qui la poussait à embrasser la fillette pour lui assurer qu'elle était venue en amie. Elle devait attendre une occasion plus favorable. Elle regarda Irène droit dans les yeux.

— J'espère que vous me servirez de guide dans mon nouveau pays, déclara-t-elle avant qu'Edmund ait le temps d'adresser d'autres remontrances à sa fille. Voyez-vous, tout va me sembler étrange et nouveau. J'ai voyagé à l'étranger, mais c'est la première fois que je viens en Angleterre. Accepterez-vous de m'initier et de m'aider quand je me sentirai perdue ?

Le visage d'Irène s'empourpra, puis pâlit aussitôt ; la fillette était bouleversée par cette prière inattendue de la part d'une femme élégante, à l'air si romantique, et qui semblait sortir d'un album de contes de fées. Une sorte de sixième sens lui souffla que cette prière lui avait été faite en toute sincérité et ne comportait pas la moindre flatterie, ce qui lui aurait déplu. Irène n'allait donc pas être mise encore plus à l'écart, comme elle l'avait craint. Son père la lâcha, s'écarta légèrement et l'expression d'hésitation fugace qu'elle lut sur son visage contribua à chasser son appréhension. Elle éprouva un sentiment de confiance envers la nouvelle venue.

— Je ferai de mon mieux pour vous aider, Mère, répondit-elle en bégayant de timidité.

Oubliant complètement le compliment de bienvenue pourtant plusieurs fois répété mais qu'elle n'avait pas composé elle-même, elle fouilla dans sa poche et en sortit quelque chose qu'elle tendit en tremblant à Sophia.

Edmund vit du pain écrasé et du sel sur la main gantée de blanc de sa femme.

— Qu'as-tu encore inventé ? demanda-t-il.

— Je vous remercie de tout mon cœur, ma chère enfant, dit Sophia en souriant. Comment avez-vous su ?

— J'ai étudié la Russie en classe de géographie.

Sophia se pencha et embrassa affectueusement sa belle-fille sur les deux joues. Les yeux brillants, elle se tourna ensuite vers son mari.

— C'est une vieille coutume paysanne de mon pays qui veut que l'on accueille tout nouveau venu en lui présentant du pain et du sel. Quel meilleur présage à mon arrivée dans cette maison ? Je suis vraiment chez moi, Edmund.

Plus tard, elle eut l'occasion de se rappeler cet instant d'optimisme avec un certain désenchantement mais, ce jour-là, elle se sentit heureuse, prête à faire face à l'avenir avec l'espoir que tout se passerait bien.

Quant à Irène, elle aima Sophia comme une seconde mère dès

le premier jour et en vint à imaginer la Russie comme un pays baigné de soleil — et non pas couvert de neige et de glace —, simplement parce que sa belle-mère y était née.

Pour la première fois de sa vie, elle avait une compagne avec qui parler, rire, des bras prêts à la consoler quand elle tombait, se faisait mal ou pleurait. Déjeuner en tête à tête avec Sophia — Edmund rentrait rarement le midi —, bavarder à loisir constituait une fête. Toutefois, au gré d'Irène, ces occasions étaient trop rares. En effet, dès son arrivée, Sophia se trouva plongée dans un intense tourbillon mondain — qu'il lui fallût renouer connaissance avec des compatriotes ou inviter des relations d'Edmund.

Cependant, Sophia n'oubliait jamais Irène. Lorsqu'elle sortait le soir, elle montait la border et bavarder un instant avec elle, sachant qu'Irène, comme son père, appréciait et admirait les beaux bijoux et aimait ceux que portait Sophia. Edmund lui avait généreusement offert en cadeau de mariage une broche en diamants, mais sa femme possédait déjà plusieurs parures magnifiques, composées de tiares et de colliers, avec bracelets et pendentifs assortis. Irène adorait que Sophia lui raconte l'histoire de ces bijoux et les occasions particulières où ils avaient été portés. Après un baiser, Sophia quittait la chambre qui, privée de l'éclat des pierres précieuses, redevenait obscure, mais conservait l'odeur de son parfum.

Il déplaisait à Sophia de limiter les instants passés avec Irène, mais elle s'était vite aperçue qu'Edmund manifestait sa mauvaise humeur et son irritation si elle le faisait attendre. Il se contentait de garder sa montre de gousset ouverte et de la refermer d'un claquement sec, sans dire un mot, en la voyant apparaître. Elle regrettait qu'il se montrât jaloux de sa fille comme il l'était de quiconque détournait, même brièvement, l'attention et le temps que sa femme aurait dû lui consacrer. Elle prit l'habitude de le regarder souvent lors de leurs sorties mondaines, pour qu'il comprenne qu'elle ne l'oubliait pas, même si elle bavardait avec d'autres. Il ne la quittait jamais des yeux.

C'était un époux passionné. Elle avait espéré que de cette ardeur naîtrait un enfant, mais au fur et à mesure que les mois s'écoulaient, apportant la même déception, elle en vint à accepter l'idée que son second mariage ne donne pas plus de fruits que le premier et reporta sur Irène son amour maternel refoulé.

Dès son arrivée à Londres, Sophia commença de lui acheter une nouvelle garde-robe, agrémentée à profusion de rubans et de volants. Irène devina que son père et sa nouvelle épouse avaient dû se disputer à son sujet. Personne n'en souffla mot en sa présence, mais, un jour, sa belle-mère parut les yeux rouges et gonflés. Lors de leur sortie suivante consacrée à l'achat d'une robe, Sophia demanda à la vendeuse de leur montrer des modèles d'un style simple.

— Vous avez déjà trop de tenues fantaisie, Irène, dit Sophia avec un sourire d'une gaieté un peu forcée et paraissant répondre à une question tacite. Nous devons nous montrer pratiques pour ce qui est de vos vêtements de tous les jours.

A dater de ce moment, elle choisit pour Irène des robes ou des ensembles bien coupés et de couleurs vives, réservant volants et dentelles pour les jupons — tendre et inoffensive complicité qui n'enfreignait aucune règle. Irène s'estima comblée d'avoir une belle-mère qui comprenait son penchant pour une touche de féminité vestimentaire jusque-là interdite.

Peu à peu, Sophia apporta des modifications à la maison et lui imprima sa personnalité. Quand elle vit que personne n'exprimait d'objections et qu'on la laissait libre de décorer les pièces à sa guise, elle se rendit compte avec gratitude qu'elle était devenue la femme d'Edmund à part entière, et que la pauvre et regrettée Denise occupait la place qui lui revenait : celle d'un souvenir chéri. Sophia fit venir de Russie son mobilier personnel, meubles d'une élégance à l'épreuve du temps qui remplacèrent les lourds buffets, bibliothèques et étagères d'angle dont certains nécessitaient six hommes pour les déplacer. Sophia se rendit chez Liberty, Regent Street, et commanda des rideaux de soie aux teintes pâles et délicates. Les horribles tentures de panne disparurent. Elle passait des heures chez Liberty à faire son choix, de manière à donner un air de légèreté à la maison, décidée à bannir à jamais les draperies, les franges, les tapis en peaux d'ours avec leurs gueules ouvertes et leurs yeux en verre ainsi que tout le bric-à-brac qui encombrait les pièces.

L'un de ses achats préférés fut celui d'un ensemble de douze sièges Mackmurdo dont les dossiers, à la ligne très nouvelle, faisaient penser à des roseaux inclinés sous le vent. Ces sièges, disposés autour de la longue table, donnèrent la touche finale à la salle à manger entièrement refaite, aux murs tendus de papier peint signé William Morris et dont les proportions élégantes étaient ainsi mises en valeur.

Chaque fois qu'elle le pouvait, Sophia emmenait Irène avec elle, non sans avoir dû vaincre auparavant, de haute lutte, la susceptible Mademoiselle qui, indignée du temps pris sur les leçons, ne manquait jamais d'en avertir son employeur. Cependant, Sophia en profitait pour instruire Irène et lui faire comprendre les changements esthétiques qui s'opéraient dans les manufactures et la décoration. Elle lui expliqua que les modes traditionnelles étaient rejetées au profit d'un mouvement nouveau qui imprimait aux objets une élégante stylisation empruntée à la nature sous toutes ses formes, et qu'elle essayait de s'en inspirer pour redonner vie aux pièces de la maison.

La peinture et la sculpture suivaient déjà ce mouvement qui touchait également tous les ustensiles ménagers, depuis la simple théière jusqu'au tisonnier ou à la sonnette, selon le principe que tout objet, rare ou non, devait présenter des proportions harmonieuses et une ligne pure, que le travail fût effectué par un artisan ou en usine. Irène devint ainsi capable de saisir les éléments de base de cet art et de voir comment le nouveau jeu des lignes se trouva, au début, lié à l'influence de l'art japonais et à sa simplicité pour connaître, plus tard, un développement proche de l'art celte.

Comme les courses se terminaient toujours par une limonade et des gâteaux à la crème pris dans le Salon de thé arabe du rez-de-chaussée de Liberty, Irène associa ce qu'elle apprenait au plaisir merveilleux de sortir en compagnie de sa belle-mère. Sans qu'elles en prissent conscience, Sophia amena Irène à apprécier la beauté de ces innovations et Irène suivit cette voie comme si elle était elle-même issue de ce nouveau mouvement esthétique.

En dehors de ces expéditions, Sophia prit l'habitude d'emmener Irène visiter des galeries d'art, des expositions, des sites historiques, et assister à des concerts donnés l'après-midi. Pour Sophia, c'était sa manière de connaître Londres, comme elle avait connu Saint-Pétersbourg, et elle estimait qu'Irène en retirerait un bénéfice aussi important que si elle avait passé des heures à consulter des livres traitant de ces sujets. Les jours où elles en avaient le temps, Sophia passait voir Edmund à son travail. Elle savait qu'Irène aimait examiner les bijoux exposés et que ces visites constituaient une fête supplémentaire. Old Bond Street en soi représentait déjà un spectacle : la rue étant interdite aux omnibus à chevaux et aux chariots, rien ne gênait le passage de fiacres étincelants — chevaux racés et cochers en livrée — qui conduisaient une clientèle aristocratique d'un endroit à l'autre.

Le magasin d'Edmund offrait une superbe devanture de marbre couleur crème, une entrée en retrait entre deux vitrines qui ne présentaient qu'une ou deux pièces de très belle joaillerie posées sur du velours. Son nom, gravé sur la façade en élégantes lettres dorées, s'accompagnait de la mention « fournisseur du roi » qui certifiait qu'Edmund Lindsay faisait partie des rares privilégiés de la rue à avoir donné satisfaction au Palais. Irène sautait de joie en descendant du landau et en suivant Sophia dans le spacieux salon d'exposition qu'éclairaient des lampes à gaz de cristal, suspendues au plafond décoré datant d'avant la Régence. Les vitrines et les comptoirs de verre contenaient des parures étincelantes ; des bagues et des bracelets étaient disposés sur des mains en cire pâle, un peu macabres au goût d'Irène. Lors de l'une de ces visites, M. Taylor, le vendeur principal, s'avança vers l'épouse de son patron et s'inclina profondément comme il le faisait pour les clients les plus importants. A ses yeux, c'était une grande dame au vrai sens du terme et il la respectait beaucoup. Il salua Irène de manière moins formelle et lui sourit, car il la connaissait depuis sa plus petite enfance.

— Bonjour, monsieur Taylor, répondit Sophia à son accueil courtois. Mon mari est-il occupé ?

— Non, madame.

Il la conduisit au bureau d'Edmund et rejoignit Irène qui admirait une paire de boucles d'oreilles en diamants qui devaient bien descendre jusqu'aux épaules. Irène s'émerveillait toujours de l'infinie variété de couleurs et de tailles des pierres précieuses et celles-ci formaient une cascade éblouissante.

— Comme elles sont belles ! s'exclama-t-elle, le souffle coupé.

— Oui, elles sont très jolies, approuva-t-il en ouvrant la vitrine et en les dégageant de leur présentoir pour qu'elle puisse les examiner de plus près.

Lui-même père de famille, il plaignait Irène d'être privée de mère et se montrait toujours très gentil avec elle. Il évoquait souvent l'époque où la première Mme Lindsay venait au magasin avant sa pénible grossesse et Irène ne se lassait jamais d'en entendre parler. M. Taylor lui en avait plus appris sur sa mère, sur sa gentillesse, sa voix douce et son goût pour les bijoux discrets, tels qu'un camée ou un collier de perles, que son propre père. On eût dit que M. Lindsay estimait que son chagrin n'appartenait qu'à lui seul et qu'il ne devait partager ses souvenirs avec personne, et surtout pas avec sa fille. Elle n'aurait jamais eu le moindre souvenir d'elle si Sophia n'avait réussi à lui faire offrir une bague toute simple, composée de saphirs et de perles, que sa mère portait à l'auriculaire. Irène avait le droit de mettre cette bague — au majeur, à cause de ses doigts plus fins — lorsqu'elle sortait avec Sophia ou en certaines occasions particulières. M. Taylor rangea les boucles d'oreilles dans la vitrine et s'adressa à Irène avec un air de conspirateur :

— Il y a quelque chose de bien plus intéressant à voir à l'atelier, aujourd'hui.

— Oh, très bien ! s'écria-t-elle en tapant dans ses mains d'excitation.

M. Taylor lui avait enseigné les premiers rudiments concernant les gemmes et lui avait appris à les distinguer. Elle savait que les émeraudes prenaient toutes les teintes du vert océan, que les diamants pouvaient être roses, jaunes ou incolores, et que, en dehors de leur couleur, les rubis et les saphirs étaient des pierres identiques. Elle était capable de reconnaître une turquoise parfaite, savait que les perles d'Europe étaient généralement plus grosses et plus lourdes que celles d'Orient et que l'ambre, avec toutes ses merveilleuses nuances allant du rouge au doré, était une résine fossilisée et non une pierre, ce qui n'enlevait rien à sa valeur. Irène préférait certaines gemmes à d'autres pour leurs splendides couleurs : grenats rouges, lapis-lazuli bleu azur, jades, topazes dorées, opales chatoyantes, chrysobéryls vert sombre, quartz roses et tourmalines de toutes les nuances de l'arc-en-ciel. Les montures compliquées en or et en argent la fascinaient presque autant que les pierres elles-mêmes et elle questionnait M. Taylor sur le travail que cela représentait. Pourtant, depuis peu, elle se montrait moins enthousiaste devant certaines pièces très achevées, les trouvant trop traditionnelles maintenant qu'elle appréciait les formes linéaires du nouveau mouvement.

Marchant à côté de M. Taylor, elle quitta le salon principal et emprunta un couloir couvert d'un tapis pourpre et lambrissé d'acajou. Le bureau de son père était situé à l'extrémité de ce couloir. Elle vit trois portes à sa gauche ; deux d'entre elles donnaient sur des antichambres assez grandes et la troisième sur une pièce beaucoup plus petite et peu utilisée. Le mobilier des trois salles — meubles en bois de rose et capitonnage en damas vert pomme — n'aurait pas déparé un luxueux salon privé. On y recevait les clients exceptionnels ou bien on y traitait les transactions exigeant la plus extrême sécurité. Si de bons clients en situation financière difficile venaient vendre leurs bijoux, seuls Edmund et M. Taylor, homme de confiance, étaient dans le secret, et la transaction se faisait avec tout le tact et toute l'honnêteté souhaitables.

A droite du corridor se trouvait l'atelier principal. Grâce au panneau de la porte vitrée, fait de petits carreaux alternativement opaques et transparents, on pouvait apercevoir les orfèvres au travail, ce qui permettait à Edmund de vérifier, du couloir, que personne ne flânait à la tâche.

Un long établi en fer à cheval, comportant cinq places, occupait la salle, à angle droit avec le mur. Assis sur des chaises, cinq orfèvres travaillaient avec leurs outils individuels. Chacun d'eux portait un tablier en cuir attaché à la taille et fixé sous l'établi, ce qui permettait de recueillir toutes les chutes de métaux précieux. Ainsi, rien ne se perdait. Le tri se faisait en fin de journée et certaines parcelles trouvaient des acquéreurs désireux de s'en servir pour des réparations. Irène était toujours intriguée par ce lieu, tantôt calme quand les artisans s'appliquaient à des tâches délicates, tantôt bruyant lorsque le four à gaz ronflait et que le métal fondait en sifflant, tandis que les guillotines découpaient l'or ou l'argent et que les forets et les limes crissaient à vous faire grincer des dents. Une longue lucarne, étroitement grillagée par mesure de sécurité, donnait une lumière abondante, complétée si nécessaire par des appliques à gaz fixées aux murs.

Plus d'une fois, elle s'était arrêtée devant l'établi pour questionner les orfèvres sur leur travail. Elle s'était ainsi familiarisée avec les termes utilisés dans la taille des pierres. Elle savait que l'on appelait cabochon une pierre polie mais non taillée, ou taillée en cabochon, c'est-à-dire sans facettes. Elle avait également appris que les premières tailles avaient été la taille « rose » et la taille « moghole », auxquelles avait ensuite succédé au cours des trois derniers siècles, la taille « brillant » avec toutes ses facettes et variations de forme, qui donnaient tant de vie et de feu à une belle gemme. Ce jour-là, Irène ne s'attarda pas près de l'établi, mais gagna en hâte l'une des petites pièces adjacentes où travaillait le maître orfèvre, lequel était également le créateur des modèles de la maison. Elle retint son souffle face à ce qu'elle vit : un ensemble de pierres précieuses qui couvrait presque entièrement l'établi individuel en fer à cheval.

— Qu'est-ce que c'est, monsieur Lucas ? demanda-t-elle.

— Essayez de deviner, répondit-il en ôtant ses lunettes et en écartant son outil pour lui permettre de mieux voir.

Elle était désorientée. D'innombrables diamants, rubis et émeraudes fixés sur une grande pièce triangulaire en cuir se déployaient en étoile avec un gros rubis en leur centre. Incrustés de pierres précieuses, les bords de l'ouvrage étaient frangés de perles étincelantes ; une frange dont la longueur, songea Irène, équivalait environ à celle de son avant-bras.

— Je n'ai aucune idée de ce que cela peut être, déclara-t-elle, mais je suis sûre que seul un géant peut le porter !

— Vous n'êtes pas loin de la vérité, répliqua-t-il avec un grand sourire. Un maharajah nous a envoyé ces pierres pour façonner un ornement de tête destiné à son éléphant favori. Regardez-les bien. A mon avis, elles viennent d'un trésor enfoui quelque part et n'ont pas vu la lumière du jour depuis très, très longtemps.

— Comment pouvez-vous l'affirmer ?

— Plusieurs signes l'indiquent. Certaines émeraudes comportent un motif de coquilles, ce qui fait penser qu'elles ont jadis été montées en bijoux ou en colliers. Quelques petits rubis portent des trous, ce qui veut dire qu'ils ont déjà été utilisés. Les diamants donnent l'indice le plus sérieux. Ils ont tous la taille « moghole » avec les faces parallèles, larges et plates. Je suis sûr que vous vous rendez compte qu'ils n'ont pas l'éclat qu'ils devraient avoir s'ils avaient été taillés selon les méthodes actuelles.

— Pourrait-on les retailler ?

— Certains, oui, mais le maharajah ne l'a pas demandé. Il l'aurait peut-être fait si cela avait été pour son usage personnel. Il arrive souvent que des personnes héritant de bijoux anciens décident de les faire retailler, et la différence est surprenante.

— Ma belle-mère a quelques beaux bijoux venant de Russie et elle m'a raconté que plusieurs de ces pierres ont été refaites deux ou trois fois.

— C'est une question de mode et cela explique pourquoi si peu de montures originelles sont conservées longtemps. Les dames décident si fréquemment que leurs bijoux sont démodés qu'elles les font souvent remonter. Cela fait marcher les affaires, mais, plus d'une fois, j'ai regretté d'avoir à enlever des pierres de leur monture ancienne.

Leur conversation s'arrêta là, car Edmund avait convié Sophia à venir voir la parure indienne. Irène s'éloigna de l'établi pour laisser la place à sa belle-mère dont le sourire et la caresse amicale en passant n'apaisèrent cependant pas la frustration qu'elle éprouvait de n'avoir pu poser toutes les questions qu'elle souhaitait. Mais elle savait qu'elle ne devait pas parler en présence de son père. Pourtant, elle avait tant à apprendre avant de devenir, plus tard, joaillière. Elle ignorait quand était né en elle ce goût de travailler les pierres et les métaux précieux. Son père ne l'avait jamais encouragée dans cette voie, parlant peu de son métier à la maison, et il ne se doutait nullement à quel point elle aimait étudier les illustrations — certaines très anciennes, coloriées à la main en teintes acides — de sa bibliothèque, riche en livres sur la joaillerie. Une de ses promenades les plus excitantes avec Sophia avait été la visite des joyaux de la Couronne à la tour de Londres. Ensuite, assises toutes deux sur le tapis de la nursery, devant le feu, elles avaient fabriqué, à l'aide de carton, une réplique de la couronne royale, avec des sequins en guise de bijoux. Irène se souvenait qu'elle avait fait les colliers, les bracelets et les bagues, conservant au fond de son armoire les plus beaux spécimens dans un carton à chaussures — qu'elle appelait sa boîte à bijoux.

Tandis que, sur le chemin du retour, elles longeaient Piccadilly, Irène se décida à poser à Sophia la question qu'elle avait retenue un peu plus tôt :

— Croyez-vous que Père suivra un jour ce nouveau mouvement ?

— Non, répondit Sophia en secouant la tête sans hésiter. C'est un traditionaliste.

— Mais il aime pourtant la manière dont vous avez arrangé et meublé la maison.

— C'est différent. Il a laissé votre maman la meubler à son goût, à la mode d'alors, et il me permet d'en faire autant. N'oubliez pas que la joaillerie est la branche de votre père et que les pièces classiques qu'il vend seront admirées et appréciées bien après que les modes du moment s'en seront allées. Il ne faut jamais rejeter le passé, ni adopter le changement par pur goût du changement, Irène. Votre esprit doit toujours rester ouvert. Accueillez la beauté d'où qu'elle vienne.

— Je souhaiterais quand même que Père se montre un peu plus audacieux.

— Le nouveau mouvement ne s'est pas encore pleinement imposé. Certains y sont très hostiles. Si votre père remplissait son magasin de pièces audacieuses que personne n'aurait envie d'acheter, ce serait triste, expliqua Sophia en souriant. Faites confiance à son jugement en ce qui concerne son métier. C'est un homme d'affaires particulièrement avisé. Personne ne le surpasse dans la connaissance des pierres. Sinon, pourquoi le grand Fabergé lui confierait-il ses commandes ?

Sophia avait rencontré Edmund pour la première fois à Saint-Pétersbourg lors d'une soirée musicale dans la demeure même de Fabergé. Un homme affable, intelligent et cultivé qu'elle respectait et admirait beaucoup ; il menait avec sa femme, aussi charmante que lui, une vie raffinée au meilleur sens du mot. Sophia était encore en deuil ce soir-là, elle entrait dans sa seconde année de veuvage, ce qui signifiait qu'elle n'était plus obligée de porter des vêtements de crêpe lugubres. Elle s'était rendue à cette soirée vêtue d'une robe de chez Worth en taffetas noir, conçue de manière à mettre superbement en valeur sa silhouette épanouie et sa taille fine, comme seul ce couturier talentueux savait le faire. Elle avait reçu sa toilette de Paris quelques heures auparavant et avait été séduite par le décolleté très profond, bordé de jais, et le drapé de la robe que complétait une grande aigrette en plumes noires à poser sur ses cheveux dorés. Consciente de sa beauté, Sophia était allée à cette soirée, sans se douter qu'elle y tomberait amoureuse de l'étranger assis à côté d'elle dès qu'il ouvrirait la bouche. Et pourtant, comme ses paroles étaient prosaïques ! Pourquoi donc les Anglais parlaient-ils toujours du temps qu'il faisait ?

— Quelle belle et chaude journée nous avons eue aujourd'hui, madame Chouiski !

— Oui, monsieur Lindsay. Est-ce votre première visite à Saint-Pétersbourg ?

Il avait répondu que non et elle avait appris qu'il venait deux ou trois fois par an pour affaires, se rendant exclusivement à l'établissement principal de la maison Fabergé, 24, Morskoé, l'une des plus grandes artères de la ville. La voix d'Edmund, si puissante qu'elle semblait venir du tréfonds de sa poitrine, et son aspect physique l'avaient troublée, accélérant délicieusement les pulsations de son cœur. Pendant tout le concert, elle avait eu du mal à s'empêcher de penser à ce qu'elle ressentirait s'il la serrait dans ses bras et posait sur les siennes ses lèvres sensuelles. Jamais, auparavant, elle ne s'était sentie aussi agréablement troublée par un étranger.

Dix-huit mois s'écoulèrent, et après la quatrième visite d'Edmund à Saint-Pétersbourg, elle connut ses baisers et accepta ensuite de l'épouser. Il lui fit la cour en parfait gentleman, et elle ne laissa rien paraître de ses émotions intérieures. Durant leur nuit de noces, elle découvrit pleinement la fougueuse nature d'Edmund à laquelle elle répondit avec une ardeur tout aussi grande. Maintenant encore, lorsque approchait l'heure du coucher, elle frissonnait par avance d'un trouble qu'elle n'avait pas ressenti lors de son premier mariage.

Son amour lui permit de se montrer indulgente envers les nombreux défauts d'Edmund. Comme la plupart des hommes de sa situation, il se comportait en maître absolu chez lui et ses paroles avaient force de loi ; de caractère rigide, il était capable de perdre son sang-froid à la moindre provocation. En dehors d'un tempérament excessivement possessif, il était vaniteux, conscient de sa virilité et des pouvoirs de sa séduction. Bref, il n'était pas du tout facile à vivre, comme elle s'en rendit compte très vite, mais elle ne lui en tint pas rigueur, sachant qu'elle était la seule à sentir que ses airs fanfarons cachaient une profonde blessure intérieure. Il avait les nerfs à vif dès qu'il s'agissait d'Irène, et Sophia n'arrivait pas à comprendre pourquoi il traitait si durement sa fille et refusait toute discussion sur ce sujet. Pour Sophia, Irène n'était ni meilleure ni pire que n'importe quelle fillette saine et vive de son âge. Elle était bien élevée, et ne répondait à son père que les rares fois où il la poussait à bout. Sophia redoutait ces confrontations et s'efforçait de les désamorcer d'un mot plein de tact, mais Edmund se conduisait comme un bouledogue quand quelque chose le contrariait. Les terribles scènes qui s'ensuivaient duraient jusqu'au renvoi d'Irène dans sa chambre, quelquefois pour plusieurs jours, avec privation de toute distraction. Sophia n'avait pas pu consoler l'enfant le jour où, à la dernière minute, Edmund l'avait privée du plaisir d'aller voir à Drury Lane la pantomime de Noël, et cela uniquement parce qu'elle avait désobéi à sa gouvernante sur un point d'importance mineure, ce qui avait aussitôt été rapporté à Edmund. Pourtant, Sophia était sûre qu'il aimait Irène. Il aurait certes été ridicule de prétendre que les punitions qu'il lui infligeait le punissaient autant qu'Irène, mais Sophia avait parfois l'impression que la colère d'Edmund n'était pas dirigée contre sa fille, mais allait plus loin, sans qu'il soit possible de résoudre ce mystère.

Peu de temps après leur visite à la joaillerie, par un après-midi sombre et pluvieux, Sophia et Irène décidèrent de jouer aux charades. Mademoiselle était alitée, victime de la grippe qui s'était répandue dans tout le pays, et plusieurs domestiques, également malades, étaient absents ; la maison connaissait un calme inhabituel. A cause de cette épidémie, les invitations de Sophia avaient été annulées. Ses amies et ses relations étaient, elles aussi, souffrantes. Bien que compatissante, Sophia avait accueilli avec joie cette brève interruption de sa vie mondaine. Elle supervisait consciencieusement les leçons d'Irène durant la matinée, mais estimait que l'après-midi devait être consacré à des occupations plus légères. Elles avaient passé un après-midi à peindre, un autre à jouer aux cartes et au jeu de l'oie, un troisième à faire ensemble un puzzle géant et, en ce quatrième après-midi, Sophia sortit quelques plumes, châles et éventails pour rendre le jeu de charades plus amusant. Irène joua la première charade, Sophia la suivante et ainsi de suite, toutes deux de plus en plus gaies à mesure que le temps passait. Les accessoires étaient étalés sur le lit et la chaise longue de la chambre de Sophia et, une fois le déguisement terminé, l'une descendait l'escalier pour gagner le salon où l'autre attendait. Malheureusement pour Irène, Edmund décida cet après-midi-là de rentrer plus tôt chez lui, sentant les premiers frissons de fièvre, signes avant-coureurs de la grippe ; il ne pensait qu'à se coucher avec un bon grog au whisky, sa panacée pour toute maladie, mais il oublia tout en croisant Irène dans l'escalier. Drapée dans une étoffe de satin jaune, le visage fardé, une plume d'autruche piquée dans les cheveux, elle portait tous les bijoux de Sophia.

Il la regarda quelques secondes, paralysé d'horreur. Puis il s'adressa à elle d'une voix rude, le visage congestionné de fureur.

— Que diable fais-tu ?

Soudain terrifiée, Irène recula instinctivement contre la balustrade.

— Je suis une grande-duchesse, Père, chuchota-t-elle, apeurée.

— Une grande-duchesse ? rugit-il avec mépris. Tu ressembles à une putain !

Il n'avait jusque-là jamais fait subir de châtiment corporel à sa fille mais, cette fois-ci, il tira la fillette en bas des marches et la frappa sauvagement au visage, à la tête et sur tout le corps, faisant tomber bagues et bijoux sous la violence de ses coups. Les hurlements hystériques d'Irène firent accourir Sophia, toute pâle, qui ne comprenait pas ce qui se passait.

— Arrêtez ! Arrêtez donc ! cria-t-elle à son mari qui resta sourd à ses appels.

Elle se jeta en avant, usant de toute sa force pour lui arracher Irène et fit une barrière de son corps, se plaçant entre l'homme fou de rage et la fillette qui hurlait et sanglotait. Alors seulement, Edmund parut reprendre ses sens et laissa retomber les bras. Il ferma les yeux devant l'expression choquée de sa femme et, sans un mot, fit demi-tour, traversa le hall et gagna son bureau en claquant la porte derrière lui.

Sophia parla doucement à Irène, essayant d'apaiser ses sanglots, et monta avec elle à l'étage pour rafraîchir et soigner ses contusions. Dès qu'Irène fut un peu calmée, Sophia l'installa sur la chaise longue et ajusta un pansement sur l'arcade sourcilière que la chevalière d'Edmund avait ouverte.

— Pourquoi Père me déteste-t-il ? demanda-t-elle d'une voix résignée en s'essuyant les yeux avec un mouchoir déjà trempé de larmes.

Sophia, qui achevait de fixer le pansement, s'aperçut, atterrée, qu'elle-même n'avait pas été loin de le haïr à cause d'une telle cruauté. Néanmoins, elle secoua la tête et rétorqua d'un ton ferme :

— Il ne vous déteste pas. Ne croyez jamais ça. La colère l'a pris en vous voyant avec mes bijoux. Vous auriez d'ailleurs dû me demander la permission. Pourquoi les avez-vous mis ?

— Je voulais vous faire une surprise, c'est tout. Je regrette tant, à présent, répliqua-t-elle, contrite et de nouveau en larmes.

Sophia se pencha et l'embrassa.

— Je comprends, ma chérie, fit-elle, pleine d'indulgence. C'était un jeu amusant et je dois, moi aussi, être blâmée pour ne pas avoir pensé à vous proposer quelques petits colifichets dont vous auriez pu vous servir.

Elle rangea le rouleau de pansement dans la boîte contenant le nécessaire en cas d'accidents bénins. Les paroles que prononça alors Irène la firent se raidir.

— Qu'est-ce qu'une putain ?

Sophia s'attarda à refermer le panier et répondit par une autre question.

— Pourquoi ?

— Père m'a dit que je ressemblais à l'une d'elles.

D'un geste machinal, Sophia remplaça le mouchoir trempé par celui, tout propre, qu'elle avait dans sa poche.

— Une putain est une fille des rues qui se conduit de manière indigne et a une tenue scandaleuse.

— Comment a-t-il osé ? s'écria Irène, profondément blessée, les dents serrées, les poings fermés sur ses genoux. Mes horribles cheveux rouges y sont peut-être pour quelque chose, mais je n'ai rien de scandaleux !

— Allons ! intima Sophia d'une voix calme et conciliante. Il arrive que, sous le coup de la colère, on prononce des mots qu'on n'avait pas l'intention de proférer et votre père ne fait pas exception. Personne n'est parfait. Nous devons apprendre la tolérance et la patience tout au long de notre vie. Quant à vos cheveux, ils ont une couleur magnifique. Lorsque vous serez grande, vous verrez qu'ils seront un atout majeur de votre beauté, d'une manière que vous n'imaginez pas.

— Vous en êtes sûre ?

— Je ne vous mens jamais, mon enfant.

— Je sais, repartit Irène avec reconnaissance.

Sophia prit sa boîte à médicaments et se leva.

— Je vais descendre voir votre père et essayer d'arranger les choses. Je ne veux pas qu'un fossé se creuse entre vous.

Irène baissa les yeux pour cacher son pessimisme. C'est trop tard, pensa-t-elle, tandis que Sophia sortait. En un sens, le fossé avait toujours existé, comme s'il était apparu le jour de sa naissance. Elle en ignorait la cause, mais en avait conclu que son père n'aimait pas les cheveux roux, ce qui expliquait sa colère chaque fois qu'il la voyait.

Sophia entra dans le bureau et fut prise d'inquiétude en voyant son mari près du feu, affalé dans un fauteuil, la tête renversée sur un coussin.

— Edmund ! Mais vous êtes malade ! (Elle se précipita, lui toucha le front et le trouva brûlant.) C'est sûrement la grippe. Je vais vous aider à vous coucher immédiatement.

Il la repoussa, sans prêter attention à ses paroles.

— Irène doit aller en pension, déclara-t-il d'un ton impératif qui montrait que sa décision était irrévocable. Vous avez été beaucoup trop indulgente à son égard. Dès qu'elle a commencé à marcher et à parler, elle s'est comportée comme une enfant avide, prête à s'emparer du bras quand on ne lui tendait que le doigt. L'autorité de Mademoiselle, sans parler de la mienne, a été minée et vous en êtes responsable. (Son regard se posa sur elle avec tant de dureté qu'elle recula, n'ayant jamais eu jusque-là à souffrir de sa colère.) Depuis votre arrivée ici, poursuivit-il, vous contrez de propos délibéré tous mes efforts pour corriger le caractère capricieux, la désobéissance d'Irène et, surtout, sa propension à trop se préoccuper de son apparence. Nous assistons aujourd'hui à la première conséquence de votre folle indulgence. Je suis horrifié.

— Vous la jugez mal, Edmund. Tous les enfants aiment se déguiser et jouer la comédie ; il ne s'agissait que de charades.

Il bondit de son fauteuil, sa colère exacerbée par la fièvre qui le torturait et rendait chacun de ses membres douloureux.

— Un jeu ! Elle portait deux ou trois bracelets et un collier que je vous ai offerts ! Les cadeaux que je vous fais ne méritent-ils pas un meilleur traitement que la première babiole venue ? J'ai, apparemment, surestimé votre intelligence, sans parler de votre sens des responsabilités. Votre place semble être plus à la nursery qu'à mes côtés !

Il voulut passer devant elle, mais Sophia, le visage empourpré, l'arrêta.

— Je n'ai pas eu de véritable enfance, Edmund. Des nurses et des gouvernantes régentaient ma vie et j'ai rarement vu mes parents. Faut-il me reprocher de vouloir éprouver à présent cette sensation d'être jeune et insouciante que je partage avec Irène de temps en temps ? Elle n'en a jamais profité pour me narguer, lorsque j'avais des raisons de la réprimander. Elle sait que je me conduis avec équité envers elle et que je l'aime comme si je l'avais mise au monde. Nous sommes comme mère et fille. (Sa voix trembla et ses yeux se mouillèrent de larmes.) J'ai parfois l'illusion qu'elle est l'enfant que j'aurais pu vous donner.

Il la regarda et répondit gravement :

— J'aurais souhaité qu'il en soit ainsi, mais puisqu'il n'en est rien, vous pouvez dire ce que vous voudrez, ma décision est prise : elle partira en pension le plus tôt possible.

— Non ! s'écria-t-elle du fond du cœur en courant à la porte et en s'y adossant. Elle a connu si peu d'affection dans sa petite enfance ! continua-t-elle en le regardant d'un air désespéré. Je comprends mieux que quiconque ce que cela signifie. Si vous la privez maintenant des petites douceurs que je peux lui apporter, comment sera-t-elle capable, plus tard, de reconnaître le véritable amour ? Elle n'aura aucun modèle qui lui permette d'établir une comparaison.

Le visage enfiévré d'Edmund pâlit et ses yeux brillèrent dangereusement.

— Ainsi, selon vous, je suis un mauvais père ? Comment osez-vous ? Oui, comment osez-vous dire ça ? Plus vite ma fille sera éloignée de vos effusions sentimentales, mieux cela vaudra. A présent, écartez-vous et laissez-moi gagner mon lit pendant que je peux encore m'y rendre tout seul.

Pleine d'angoisse pour Irène, Sophia insista, oubliant à quel point son mari ne tolérait pas la moindre critique.

— Je vous en supplie, Edmund ! N'essayez pas de la détruire pour quelque chose dont elle n'est pas coupable. Dès le premier jour de mon arrivée dans cette maison, j'ai vu que vous lui reprochiez d'être la cause de la mort de sa mère !

Ce fut pour lui le trait final qui, pour la seconde fois en moins d'une heure, le fit sortir de ses gonds. Avec un rugissement, il saisit à deux mains la gorge de Sophia et secoua la jeune femme jusqu'à ce que ses dents s'entrechoquent.

— Ne répétez jamais ce que vous venez de dire ! Ce n'est ni vrai ni juste ! Vous ne savez rien !

Il la lâcha rudement et sortit de la pièce. Stupéfiée par son accès de violence, Sophia s'adossa au mur et porta une main tremblante à sa gorge douloureuse. Luttant contre le choc et les larmes, elle tenta courageusement d'excuser sa conduite, la mettant sur le compte de la fièvre, mais elle y vit, malgré elle, la première fissure dans leur mariage. Une sueur froide l'envahit. Elle s'approcha d'un fauteuil et s'y laissa tomber. Le souvenir de sa morne enfance et, plus tard, des tristes années passées avec son premier mari l'enveloppa d'une sorte de chape de ténèbres et elle comprit que la soif d'amour plutôt que l'amour lui-même l'avait poussée à s'unir à un homme qui ne se souciait que de lui. Elle baissa la tête et se tint le front d'une main, emplie de désillusion et de désespoir, à un degré insoutenable.

Edmund mit deux semaines à guérir de sa grippe. Sophia le soigna pendant tout ce temps avec la plus grande sollicitude. Bien qu'il fût trop fier et trop arrogant pour s'excuser ou reconnaître ses torts, il regrettait la violence dont il avait fait preuve à son égard, même s'il estimait que c'était sa faute. Aucune femme n'avait le droit de parler à son mari de cette manière. Il lui arrivait de l'observer, les yeux mi-clos, tandis qu'elle se déplaçait dans la chambre : il essayait de découvrir si elle lui gardait rancune ; il finit par conclure que non et se convainquit que Sophia partageait son opinion sur toute l'affaire et se blâmait de l'avoir exaspéré. Magnanime, il s'efforça de lui montrer qu'il lui pardonnait en lui caressant la main quand elle arrangeait les draps ou en souriant bravement quand elle lui faisait prendre l'affreux médicament ordonné par le docteur.

Il aurait été fort étonné d'apprendre qu'elle le considérait, entre autres, comme un patient irascible et insupportable, même si elle songeait qu'il n'était sans doute pas pire que n'importe quel homme obligé de garder le lit. Elle souhaitait de tout son cœur qu'il renonce à envoyer Irène en pension, prouvant ainsi sa bonne foi et son amour, ce qui aurait permis de restaurer leurs relations. Mais il n'en fut rien.

Alors que, convalescent, Edmund restait encore chez lui en robe de chambre, il écrivit à la pension de son choix, située au nord de l'Angleterre, feignant d'ignorer qu'il existait d'autres écoles, tout aussi réputées, non loin de Londres, où Irène se serait sentie moins isolée. Dès qu'il eut recouvré la santé, sa première sortie fut pour y conduire Irène, en train d'abord, puis dans une voiture louée pour les dix derniers kilomètres. Sophia manifesta le désir de les accompagner, mais il s'y opposa.

Le cœur d'Irène se serra lorsque la fillette vit les murs en pierre grise de cette pension pour jeunes filles de la bonne société. En fait, tout y était gris, depuis les uniformes des élèves que seul un col blanc égayait, jusqu'aux cheveux de la directrice revêche qui fit clairement comprendre qu'elle dirigeait l'école en despote. Irène dit adieu à son père, se vit attribuer une place dans le dortoir de vingt lits totalement désert à cette heure-là et défit ses valises. Elle s'assit sur son lit et réfléchit à son avenir. Sophia l'avait suppliée de travailler dur et bien, car elles savaient toutes deux qu'Irène avait trop souvent évité les leçons fastidieuses de Mademoiselle et que son bagage était mince, en dehors d'une excellente connaissance du français. Il lui faudrait beaucoup travailler pour rattraper le temps perdu, profiter intellectuellement de son séjour et ne laisser personne la détourner de son but : devenir joaillière. En même temps, seule consolation, commencer l'école au milieu du trimestre d'automne lui laissait espérer qu'elle retournerait très vite chez elle, pour Noël.

Mais cet espoir fut déçu. Dans une lettre, son père lui fit savoir qu'elle devrait rester à la pension pendant les vacances. Il avait besoin d'un changement d'air pour achever sa convalescence et partait avec Sophia pour Monte-Carlo et son soleil hivernal. L'âme en peine, Irène assista, le dernier jour du trimestre, au départ des autres élèves, dont certaines étaient devenues ses amies. Elle se dit qu'on n'aurait pas pu lui infliger de plus grand supplice. Mais elle survivrait.

2

Irène termina ses études à l'âge de dix-sept ans après avoir passé la dernière année dans une pension agréable, quoique tout aussi stricte, en Suisse. Elle était censée y acquérir la touche finale du vernis social indispensable à une jeune fille destinée à faire un beau mariage. Personne ne lui avait demandé son avis sur la question, car il était tenu pour allant de soi qu'elle ne souhaitait rien d'autre. Seule Sophia savait qu'elle avait des projets précis en tête.

Les boucles rousses d'Irène s'étaient à présent transformées en une chevelure luxuriante d'une couleur éclatante. Le soir de son retour au bercail, elle releva ses cheveux pour la première fois : elle les sépara par une raie au milieu et les tira en arrière pour les masser en un haut chignon torsadé, quelques petites mèches frisées dansant de part et d'autre de son visage et sur sa nuque. Sophia, toujours aussi prévenante, avait deviné qu'Irène aurait envie de célébrer son retour par une nouvelle toilette. Il s'agissait d'une robe longue en damas vert tendre, venue de la maison Rouff, à Paris, avec des manches très bouffantes à la dernière mode. Irène avait trouvé la somptueuse parure étalée sur son lit dans la chambre spacieuse qui lui avait été attribuée au premier étage ; la nursery avait cessé d'être son domaine. Ce changement prouvait, une fois de plus, la tendre délicatesse de Sophia qui accordait ainsi à Irène la place qui lui revenait dans la maison.

Irène descendit l'escalier dans un bruissement de soie. La mode actuelle de Paris lui convenait parfaitement : avec sa taille très fine, elle avait naturellement la silhouette requise : en forme de sablier. La souplesse gracieuse de sa jupe répondait au mouvement de libération que les femmes commençaient à réclamer dans le monde des affaires et dans le domaine des sports, et l'une des tenues les plus pratiques d'Irène consistait en des knickerbockers, très en vogue depuis que se développait l'engouement pour la bicyclette. Irène se rendit un moment au salon avant l'arrivée des invités conviés à dîner et trouva son père, déjà prêt, très élégant dans son habit de soirée.

— Eh bien, te voilà de retour à la maison, Irène, fit-il en la gratifiant de l'un de ses rares sourires et d'un baiser sur la joue, encore plus rare.

— Oui, Père.

Elle fut frappée de voir que son expression suave correspondait à celle qu'elle avait, enfant, baptisée en secret « brandy et cigare », et qui témoignait de la satisfaction paternelle après une bonne affaire réglée lors d'un déjeuner ou d'un dîner dans la salle à manger. Elle supposa qu'il la considérait aussi comme une bonne affaire : son physique séduisant et les études sérieuses qu'elle avait faites l'amenaient sans doute à escompter un large profit des sommes qu'il avait investies dans son éducation. Leurs rapports avaient acquis un tour plus calme, sinon tout à fait serein, ces dernières années. On eût dit qu'il avait fini par admettre, au bout d'un certain temps et après plusieurs excellents bulletins scolaires, que le cap dangereux de sa croissance avait été franchi. Il avait adouci son attitude envers elle à un point jadis inimaginable et ne se montrait irritable que lorsque Irène et Sophia bavardaient ou riaient immodérément sans se soucier de lui. Toutefois, il réagissait de même avec quiconque accaparait son épouse plus de temps qu'il ne le souhaitait, car il était toujours aussi possessif et jaloux.

— Quel effet cela te fait-il d'être enfin adulte ? demanda-t-il à sa fille avec mansuétude.

— C'est très agréable, répondit-elle d'un ton léger, contente de le voir de bonne humeur. En vérité, j'espérais avoir l'occasion de parler de mon avenir avec vous.

Il jeta un coup d'œil à la pendule en Sèvres sur la cheminée.

— Nous disposons d'un peu de temps avant l'arrivée de nos invités. Alors ? Quelle est ton idée ? Veux-tu faire un voyage à l'étranger avec un chaperon ? Je crois que quelques-unes de tes amies de Suisse ont ce projet. Si tu partais avec elles ?

— J'ai bien l'intention de voyager beaucoup, mais plus tard, déclara-t-elle en secouant la tête en signe de dénégation. J'ai trop de choses à faire pour le moment.

— Ah oui ?

Elle prit une profonde inspiration, redressa les épaules et dit :

— Je vous demande officiellement l'autorisation de suivre les cours d'une école d'Arts appliqués.

— J'ignorais que tu voulais sérieusement devenir une artiste, répliqua-t-il, surpris.

— Je veux devenir artiste, mais dans un domaine particulier, rectifia-t-elle. J'ai depuis toujours envie de dessiner et de faire des bijoux. (Elle lui jeta un regard anxieux.) Vous vous souvenez sûrement que je vous en ai parlé il y a déjà un certain temps ? J'avais même pris rendez-vous dans votre bureau pour souligner l'importance que j'y accordais.

Il répondit avec une certaine irritation, détestant reconnaître qu'il pût oublier quoi que ce fût :

— Maintenant que j'y pense, je crois bien me le rappeler. (Il eut un geste de refus.) Cependant, je ne m'attendais pas à devoir prendre au sérieux ce que tu m'as dit ce jour-là. Les jeunes écolières ont souvent de ces lubies passagères.

Elle fronça les sourcils de stupeur. Il ne lui était jamais venu à l'idée qu'il eût pu se montrer inattentif lorsqu'elle lui avait révélé ses rêves et ses projets, même si elle se souvint brusquement qu'il s'était contenté d'une réponse vague, les yeux constamment fixés sur les papiers qui jonchaient son bureau.

— J'ai pourtant été claire, Père. Je vous ai expliqué combien je souhaitais suivre des cours et vous n'avez pas dit non.

Il haussa les épaules.

— Je suppose que j'ai pensé que tu en avais eu l'envie après avoir vu quelque chose de particulier au magasin. Je n'ai pas cru qu'il s'agissait d'un goût durable. Si tu avais été un garçon, le problème aurait été différent.

— Pourquoi ? demanda-t-elle, à la fois vexée et indignée.

— C'est très simple, rétorqua-t-il en s'efforçant à la patience. Je me serais arrangé pour que mon fils fasse son apprentissage à l'étranger, sans doute à la Staatsgewerbeschule de Vienne que j'ai moi-même fréquentée. Après quoi, il serait venu travailler avec moi. Tu n'as aucun besoin de gagner ta vie, Irène. Ton avenir, c'est de devenir une bonne épouse et mère.

Elle protesta avec véhémence.

— Je peux ne jamais me marier !

— Je n'aime pas t'entendre dire cela ! lança-t-il.

Ses yeux brillaient d'une lueur qu'elle n'avait pas vue depuis longtemps, mélange d'animosité amère et de vigilance méfiante ; effrayée et glacée, Irène se souvint des jours où elle avait subi ce regard, semblant déplaire à son père par le simple fait d'exister. Ils entendirent alors un bruissement de soie et Sophia parut dans l'embrasure. Toujours sensible à l'atmosphère, elle perçut aussitôt qu'elle arrivait au moment opportun et chercha comment dissiper l'orage qui s'annonçait, cependant qu'Edmund poursuivait d'un ton sec et sarcastique :

— Avez-vous entendu ce qu'Irène vient de dire, ma chère ? Elle a adopté une de ces idées nouvelles de femme émancipée ! Elle prétend qu'une carrière est préférable au rôle pour lequel la nature a créé la femme.

Irène éleva la voix :

— Je n'ai établi aucune comparaison. J'ai simplement remarqué que l'éventualité d'un mariage ne devait en rien faire obstacle à mon ambition de devenir joaillière.

Il rétorqua d'un ton coupant :

— Les femmes du monde savent comment porter de précieuses parures. Ta belle-mère en est un exemple parfait. Mais l'art de la joaillerie est beaucoup trop compliqué pour une intelligence féminine. Il ne te serait pas possible de réussir.

Irène maintint sa position :

— Je ne demande que l'occasion de prouver si je suis douée ou non.

Sophia aurait voulu soutenir sa belle-fille, mais le moment n'était pas bien choisi. Elle pouvait faire plus de mal que de bien en intervenant maintenant auprès d'Edmund. Elle se mordit inconsciemment la lèvre inférieure, habitude qu'elle avait prise depuis quelques années quand elle était obligée de taire une opinion contraire à celle d'Edmund. Ce mariage dont elle avait tant attendu au début lui paraissait de plus en plus difficile à supporter. Son regard bleu allait anxieusement de l'un à l'autre. Le père et la fille étaient à la fois si semblables et si différents !

— Et si l'on découvrait, dit-il à Irène sur un ton moqueur, que tu es douée pour l'orfèvrerie, que se passera-t-il ? Crois-tu que je vais compromettre ma position en te faisant travailler dans mon atelier ? Sache qu'aucun joaillier réputé n'emploiera jamais un amateur.

— Je ne serai pas un amateur, si je suis les cours de l'Ecole d'arts appliqués fondée par l'architecte et orfèvre Charles Robert Ashbee.

— Mais cette école se trouve dans l'East End et c'est un véritable repaire de socialistes et d'anarchistes !

Sophia profita de l'ouverture qu'elle attendait pour intervenir.

— Non, non, Edmund ! Ce n'est pas du tout ce que vous imaginez ! C'est un centre très respectable où l'on travaille avec ardeur. La seule idée révolutionnaire que l'on y rencontre est centrée sur la conception géniale de M. Ashbee qui estime que les cours théoriques d'art et de dessin doivent s'accompagner de travaux pratiques. Dès la première année, les élèves passent une partie de leur temps devant des établis, sous la direction de maîtres de différentes confréries : ébénistes, orfèvres, émailleurs, joailliers, sculpteurs et modeleurs.

— Comment êtes-vous aussi au courant ?

— Je me suis rendue deux fois à Essex House, située Mile End Road. Lors de ma première visite, l'école était de dimension modeste, mais, depuis le récent mariage de M. Ashbee, on y sent déjà une influence féminine, d'où le désir d'Irène d'être parmi les premières élèves admises. Mme Ashbee est une jeune femme charmante, intelligente et cultivée, qui partage les conceptions de son mari, soutenant que les artisans-créateurs des deux sexes font les meilleurs citoyens et, avec le temps, édifieront un monde plus beau et plus heureux. Irène n'aura rien à craindre si elle suit des cours chez lui.

Edmund la regardait d'un air incrédule.

— Vous êtes allée deux fois dans ce centre ? Quand ? Pourquoi ?

— La première fois, c'était pour voir l'exposition-vente des objets faits à l'école. Ce jour-là, j'ai acheté la lampe en argent avec le globe en ambre qui se trouve sur votre bureau, celle que vous aimez tant. La seconde fois, c'était aujourd'hui avec Irène, après être allée la chercher à son arrivée, à la gare Victoria.

Il avait oublié la lampe. Il ne l'aurait sans doute pas choisie personnellement, mais Sophia avait du flair pour dénicher ce qu'il y avait de plus beau et à la dernière mode ; Edmund n'avait jamais pu la prendre en défaut. Quant à la raison pour laquelle elle s'y était rendue aujourd'hui avec Irène, elle était tout à fait claire. Il se tourna vers sa fille et lui dit d'une voix sévère :

— Je suppose que cet Ashbee t'avait fixé rendez-vous ?

— Oui. Il a aimé les dessins et les modèles que je lui ai envoyés de Suisse et m'a écrit qu'il voulait me rencontrer. Nous avons bavardé pendant près d'une demi-heure et il m'a dit qu'il acceptait de me prendre comme élève. C'est une telle chance pour moi qu'il me prenne dans son école, Père ! D'autant que mes origines sociales jouent contre moi.

— Pourquoi ? demanda-t-il, surpris.

— M. Ashbee recrute généralement ses élèves dans la classe ouvrière afin de leur offrir l'occasion de se perfectionner, ce qu'ils ne pourraient réaliser sans lui. Je suppose qu'il a estimé que mon milieu me retenait prisonnière à un autre niveau et que, touché par mon enthousiasme et mon ambition, il a décidé de m'accorder la même chance. Alors, vous voyez, Père, il ne me manque plus que votre autorisation qu'il faudrait me donner très vite, tant qu'il reste une place disponible pour moi.

Il l'avait écoutée avec un mécontentement grandissant qui se transforma en une totale hostilité. Irène le regarda, l'estomac noué. Elle imagina des plans pour pouvoir suivre ces cours sans son consentement, tout en sachant que jusqu'à ses vingt et un ans, elle ne pourrait rien faire sans son accord. Il devait accepter de la laisser devenir l'élève d'Ashbee. Il le devait ! Mais il était sur le point de rejeter sa requête. Elle sentait le refus arriver. Presque malgré elle, elle leva les mains, prête à les plaquer sur ses oreilles comme si, en refusant d'entendre ce qu'il allait dire, elle rejetait sa décision. Tout à son émoi, elle ne prêta pas attention au bruit d'une voiture au-dehors.

— Nos invités arrivent, Edmund ! s'écria Sophia, également terrifiée à l'idée d'un refus catégorique. (Elle lui prit le bras en hâte et ajouta :) Nous pourrons reparler de l'avenir d'Irène demain. Prenons place près de la porte du salon. Irène, mettez-vous près de moi. Nos invités voudront vous dire quelques mots, surtout ceux que vous connaissez déjà et qui ne vous ont pas vue depuis longtemps.

Désolée et tremblante, Irène obéit. Elle bénéficiait d'un sursis, mais rien n'indiquait que son père se montrerait mieux disposé à son égard le lendemain. Pourquoi donc les grandes personnes s'obstinaient-elles à rendre la vie difficile aux jeunes ? Seule la chère Sophia avait su garder un cœur de jeune fille dans son corps de femme mûre mais toujours belle.

Comme pour renforcer ce sentiment d'isolement qu'éprouvait

Irène, aucun des invités n'était d'un âge proche du sien. Ce dîner avait été organisé avant que la date de son retour de Suisse eût été confirmée, et l'assemblée se composait des amis et connaissances de son père et de sa belle-mère. Si elle avait été moins soucieuse, alors qu'elle s'efforçait de répondre en souriant à ceux qui l'interrogeaient sur son année scolaire à l'étranger, elle aurait sans doute remarqué davantage l'invité qu'Edmund était le seul à connaître : Gregory Burnett.

Il manquait à Sophia un homme seul pour compléter sa table, aussi avait-elle proposé à son mari d'inviter sa nouvelle relation d'affaires et de club. Edmund avait approuvé ce choix. Gregory Burnett avait récemment hérité de l'affaire familiale située dans Hatton Garden, le quartier londonien des diamantaires, et Edmund espérait avoir souvent l'occasion de travailler avec lui. Gregory Burnett avait répondu favorablement à l'invitation, et Sophia ne lui avait plus accordé la moindre pensée jusqu'au moment où Edmund le lui présenta. A cet instant, Sophia se rappela tout ce que l'on avait raconté à son sujet. Marié, il vivait séparé de sa femme ; c'était un homme énergique et ambitieux, riche et avisé, très estimé dans le milieu des diamantaires. Ami personnel de Louis Comfort Tiffany, il avait noué avec Fabergé des relations plus étroites qu'aucun autre négociant en pierres. Il venait d'emménager à Londres dans une maison splendide, entièrement meublée par Voysey. Il avait dix ans de moins que Sophia et un timbre de voix grave et agréable auquel elle fut sensible dès les premières paroles qu'il prononça :

— Comment allez-vous, madame Lindsay ? C'était très aimable à vous et à votre époux de m'inviter ce soir. Je suis enchanté de faire votre connaissance.

Bien qu'elle fût loin d'être petite, il était beaucoup plus grand qu'elle. Comme la plupart des femmes d'une taille au-dessus de la moyenne, elle n'avait nul besoin de lever les yeux sur un homme pour le dévisager. Le physique de Gregory Burnett dégageait un magnétisme intense. Son visage, séduisant sans être beau, n'était pas de ceux que l'on oublie aisément : carré, le menton agressif, adouci, cependant, par une expression d'autosatisfaction et d'expérience du monde ; le nez fort, la bouche grande et bien dessinée, les yeux marron foncé, vifs et intelligents, marqués de rides cyniques et malicieuses, les sourcils fournis, les cheveux noirs bouclés. Il avait beaucoup d'allure dans cet habit de soirée qui mettait en valeur ses larges épaules, et le plastron de sa chemise blanche s'ornait de boutons en diamants qui n'auraient pas déparé chez un roi. Sophia se rendit compte qu'il l'avait observée avec la même attention et qu'il s'agissait de l'une de ces brèves rencontres conventionnelles dont l'éblouissement pouvait, avec le temps, mener à tout ou à rien. Elle se souvint qu'elle ne l'avait pas placé à côté d'elle à table et s'en félicita.

Une fois le dîner terminé, la table desservie et les hommes

restés seuls à boire du porto en fumant un cigare, Edmund éprouva un sentiment de bien-être à la pensée qu'une fois encore le dîner s'était déroulé avec succès grâce à Sophia. Il participa à la conversation d'un côté de la table avant de se tourner de l'autre côté où il était question d'une exposition d'objets en argent. Cela lui rappela la discussion irritante qu'il avait eue avec sa fille.

— Est-ce que l'un d'entre vous a une opinion concernant l'école de cet Ashbee, à Mile End ? demanda-t-il d'un ton suffisant, persuadé que l'on allait partager son opinion sur la question.

Gregory Burnett se tourna vers lui et répondit sans la moindre hésitation :

— Je place le travail exécuté là-bas à un très haut niveau. En fait, je pense qu'Ashbee est le meilleur orfèvre et créateur du pays. Pourquoi ?

Edmund, qui ne s'attendait guère à cette réaction, fut pris de court.

— Il se trouve que ma fille a exprimé le souhait de devenir l'une des élèves d'Ashbee dans la branche de la joaillerie.

Gregory revit la jeune fille qui lui avait été présentée : des cheveux magnifiques encadrant un joli petit visage, des yeux brillants et un teint d'albâtre.

— A-t-elle des dons artistiques ? interrogea-t-il en remplissant de nouveau son verre de porto.

— Oui, elle en a, de l'avis de ses maîtres en Angleterre et à l'étranger. Elle veut développer ses talents en dessin et en orfèvrerie et gagner sa vie en tant que joaillière. En dehors du fait que je désapprouve entièrement que des jeunes femmes de bonne éducation aspirent à travailler, je me montre réservé vis-à-vis de la Guilde et de l'Ecole des arts appliqués en raison de leurs tendances politiques.

— Vous pouvez oublier vos craintes, elles ne sont pas fondées, conseilla Gregory d'une voix ferme, soutenant ainsi cette jeune fille ambitieuse et indépendante. Ashbee adopte une position idéaliste qui, en réalité, fait partie du mouvement esthétique. Il a accepté des personnes de différentes classes sociales dans ses ateliers et dans ses salles de cours et je l'en admire d'autant plus. En échange, il demande à ses maîtres orfèvres et à ses élèves de donner le meilleur d'eux-mêmes. Sinon, ils n'ont qu'à partir. Ashbee a peut-être eu une crise de conscience dans sa jeunesse, à cause de sa richesse, mais il n'éprouve pas la moindre sentimentalité envers les fainéants.

— Le connaissez-vous personnellement ?

— Il était à Wellington College en même temps que moi. Plus tard, je l'ai rencontré lorsque j'étais à Cambridge, expliqua Gregory, amusé en secret de voir son hôte très impressionné. (Sans nul doute, Ashbee remonte dans l'estime de Lindsay, songea-t-il, avant de pousser son avantage :) Je suis sûr que vous souhaitez la meilleure école pour votre fille et elle recevra là-bas des bases solides en arts appliqués.

Il pensait ce qu'il disait. Trop d'écoles de ce genre manifestaient des vues étroites, ce qui n'était pas le cas du centre d'Ashbee. Si la jeune fille possédait le moindre talent, il n'y serait pas étouffé. De plus, Gregory était content de l'aider à atteindre son but sans qu'elle le sache. Il aurait souhaité faire quelque chose d'identique pour l'épouse d'Edmund, une belle femme aux yeux empreints de tristesse. Elle semblait avoir besoin d'amour et de réconfort et il se sentait prêt à les lui offrir, s'il en avait l'occasion un jour.

— Je dois souligner que je ne vois pas l'intérêt pour une fille de suivre des cours, insista Edmund, encore sceptique. En bref, c'est une perte de temps et d'argent.

— Comment pouvez-vous vous montrer si affirmatif ? rétorqua Gregory doucement, considérant son hôte comme un esprit borné. La dernière fois que j'ai visité l'atelier de Fabergé à Moscou, il y avait une émailleuse qui travaillait sur l'un des derniers œufs destinés au tsar.

— Mon cher monsieur, s'exclama Edmund avec véhémence en se redressant sur son siège, je n'aimerais pas voir ma fille un outil à la main !

Gregory sortit un dernier tour de sa manche.

— Alors, laissez-la étudier avec Ashbee pour qu'elle se fabrique elle-même ses colifichets. On admire beaucoup cette sorte d'occupation féminine, de nos jours. Personne ne vous le reprochera.

Edmund comprit que son dilemme était résolu. Loin d'être stupide, il se rendit compte qu'il valait mieux qu'Irène s'occupe de manière studieuse et se consacre à ce qui ne saurait être qu'un caprice de femme plutôt que de s'ennuyer en manifestant son ressentiment, ce qui pouvait avoir des conséquences fâcheuses. Il secoua la tête en signe d'approbation prudente.

— Je vais aller jeter un coup d'œil sur cette école demain, monsieur Burnett. Je vous remercie de vos conseils.

— Je suis heureux de vous avoir éclairé, monsieur, répondit Gregory en souriant intérieurement.

Il était content de voir que la jeune fille rousse et lui avaient gagné la partie. Bien qu'il fît désormais partie de la haute bourgeoisie, ses origines étaient trop différentes pour qu'il tolère ce snobisme mesquin. S'il fallait ajouter foi aux récits familiaux, il pouvait remonter jusqu'à l'époque où sa famille avait un négoce de pierres précieuses et de prêt sur gages en étroite relation avec les Lombards. On disait de ceux-ci qu'ils étaient les premiers prêteurs sur gages venus, au temps des Médicis, s'installer en Angleterre, procurant de l'argent aux nobles qui, pour guerroyer, mettaient leurs terres ou leurs vêtements en gage. Rien d'étonnant donc à ce que les banques fussent installées dans Lombard Street, à Londres. Il se souvenait, enfant, d'avoir été conduit devant une vieille échoppe de prêteurs promise à la démolition et d'avoir vu au-dessus de la boutique les trois boules d'or tenant lieu d'enseigne : c'était là que ses ancêtres avaient prêté de l'argent contre des biens. On racontait que les trois boules d'or représentaient les trois disques bleus des armes des Médicis, ce dont Gregory n'avait aucune raison de douter. Son physique, son teint ainsi que sa nature passionnée suggéraient la résurgence d'un sang italien longtemps assoupi et, vêtu dans le style du XVe siècle, il aurait fort bien pu passer pour un Lombard.

Il serait sans doute devenu lui-même prêteur sur gages si son arrière-grand-père n'avait fait fortune dans le négoce des pierres précieuses, et notamment des diamants, négoce dont il s'occupait accessoirement et qui lui permit de donner une bonne instruction à son fils — le grand-père de Gregory — qui s'éleva dans l'échelle sociale, vendit les boutiques de prêt sur gages au nombre d'une douzaine au moins, et installa son affaire de diamants dans les locaux de Hatton Garden où les Burnett avaient prospéré depuis lors. Gregory lui-même avait été élevé dans le métier et avait énormément voyagé, se rendant sur toutes les places du monde spécialisées dans l'achat et la vente des diamants.

Il avait choisi de s'installer dans son bureau d'Amsterdam après l'échec de son mariage. Son père aurait préféré qu'il restât à Londres, mais Gregory était parti, sans toutefois imaginer qu'il ne reviendrait que pour l'enterrement de son père et pour prendre, beaucoup plus tôt qu'il ne s'y attendait, la pleine responsabilité de l'affaire dont il avait toujours su qu'elle lui appartiendrait un jour.

Le reste de la soirée se passa agréablement. Gregory, qui cherchait l'occasion de parler en tête à tête avec la très séduisante Sophia, eut la chance de pouvoir la rejoindre sur une banquette située sous une des fenêtres du salon et suffisamment à l'écart des autres convives pour que l'on ne puisse pas les entendre. Il avait remarqué un peu plus tôt dans la soirée qu'elle regardait sans cesse son mari, comme poussée par l'habitude, qu'elle était extrêmement tendue et avait besoin de donner libre cours à ses émotions. Edmund Lindsay devait sûrement se conduire comme un tyran domestique de la pire espèce envers sa femme et sa fille qui cherchaient désespérément à lui échapper. Mais alors qu'Irène essayait de briser les barreaux, Sophia s'était repliée sur elle-même, soumise, insaisissable et fascinante. Gregory se félicita de ce que, durant leur aparté, Sophia ne le quittât pas un instant des yeux ; il la fit sourire et rire à plusieurs reprises.

Il n'eut pas l'occasion de bavarder avec Irène jusqu'au moment du départ où, avec les autres invités, ils échangèrent les salutations et remerciements d'usage.

— Je vous souhaite bonne chance pour l'avenir, mademoiselle

Lindsay. Si jamais je puis vous aider en quoi que ce soit, faites-le-moi savoir. Bonne nuit.

Irène le regarda et pensa que Sophia lui avait parlé de ses projets. Avant de descendre les marches du perron pour rejoindre son fiacre, Gregory lui jeta un dernier regard par-dessus l'épaule. Elle avait encore les yeux écarquillés de surprise après ce qu'il venait de dire. Les lumières éclatantes du hall et du salon inondaient d'or sa chevelure flamboyante et, comme envoûté, il ne put détourner ses yeux qui, par un effet curieux, conservèrent son image et, lorsque, une fois dans l'obscurité de sa voiture, il les ferma, la silhouette d'Irène dansa encore sous ses paupières.

Edmund se servit un dernier verre avant de rejoindre sa femme. Mentalement, il raya Gregory Burnett de leur liste d'invités. Il avait observé, jaloux, l'attention que Gregory avait manifestée envers Sophia qui avait paru y prendre plaisir, oubliant complètement qu'elle avait un époux et des invités bien plus importants. Il ne l'avait jamais vue se conduire avec autant de légèreté auparavant sans que, toutefois, le moindre manquement pût lui être reproché, mais il lui avait déplu de la voir si complaisante envers lui. Il ne lui montrerait pas son mécontentement pour ne pas lui faire de peine ; de plus, sous l'effet de la jalousie, il avait fort envie d'elle et ne souhaitait pas perdre de temps en reproches et en pleurs. Depuis peu, elle fondait en larmes à la moindre réprimande, ce qui l'irritait, car il l'aimait autant qu'au début de leur mariage. Si elle se montrait moins ardente que par le passé quand ils faisaient l'amour, il ne s'en inquiétait pas, dans la mesure où elle ne s'était jamais refusée à lui et accomplissait, là comme en toutes choses, son devoir d'épouse. A la différence de la plupart de ses contemporains, il n'avait jamais éprouvé le moindre besoin d'une liaison extra-conjugale. Aucune autre femme ne l'attirait. Il estimait que Sophia avait de la chance qu'il soit resté fidèle après huit ans de mariage et, par égard pour elle, il veillerait à ce qu'elle n'ait plus l'occasion d'être importunée par Gregory Burnett. Toute invitation de sa part serait refusée et, à l'avenir, Edmund le convierait à déjeuner ou à dîner à leur club, si l'obligation s'en faisait sentir. Gregory Burnett ne franchirait plus le seuil de sa maison. Edmund se glorifiait de ne jamais revenir sur une décision.

Pas plus qu'il ne rejetait un conseil utile d'où qu'il vînt. Le lendemain matin, il se rendit à Mile End, quartier de la ville qu'il ne fréquentait pas en temps normal. Confortablement installé dans son coupé, il observa avec dédain les rues avec leurs marchés, les façades tapageuses des music-halls et autres lieux de plaisir mal famés, les pubs innombrables, bondés et bruyants, les voitures des quatre-saisons vendant buccins et anguilles, la misère et la saleté. Comme si cela ne suffisait pas, il était assailli par le bruit : orgues de Barbarie, cris des vendeurs et aboiements de chiens faméliques. Whitechapel bruissait de vie, mais Edmund ne trouva rien à son goût.

Il fut d'autant plus agréablement surpris en arrivant devant Essex House. Au lieu du bâtiment misérable qu'il s'était attendu à voir, il aperçut un hôtel particulier du XVIIIe siècle de belles proportions, doté de fenêtres élégantes et d'une entrée imposante. L'établissement était situé dans un grand jardin où fleurissaient une telle profusion de roses blanches que leur parfum triomphait des odeurs nauséabondes de la rue et lui donna l'illusion, lorsqu'il descendit de son brougham, d'être à la campagne plutôt qu'au cœur de l'East End.

Il pénétra dans le hall, signa le livre d'or, lut le nom de sa femme à la page précédente et fut très impressionné par le nombre de signatures distinguées. L'entreprise d'Ashbee semblait avoir éveillé un intérêt considérable dans les beaux quartiers. Il reposa le porte-plume dans l'encrier et suivit une jeune femme avenante, à la tenue soignée, qui le conduisit à l'atelier le plus proche.

Personne ne lui posa de question. Il visita le bâtiment entier, regarda tous les travaux qui s'y effectuaient, depuis celui du cuir et de la reliure jusqu'à la gravure et à l'ébénisterie. Il finit par trouver Ashbee, un homme à l'allure de poète, aux yeux noirs, le visage orné d'une moustache et d'un bouc. Ashbee travaillait devant un établi dans l'atelier d'orfèvrerie et Edmund était passé deux fois près de lui, le prenant pour un élève. Il fut très impressionné par la broche d'argent qu'Ashbee fabriquait : de petite taille, son motif représentait le nom même d'Ashbee (1), un frêne feuillu encerclant de ses branches une abeille. Les deux hommes engagèrent la conversation sur leurs métiers, Edmund déjà prêt à commander quelques pièces, une fois qu'il aurait éclairci un point important dont dépendait l'accord qu'il donnerait ou non à sa fille.

— Jusqu'ici je n'ai rien vu d'immoral dans les dessins qui sont exécutés chez vous, dit-il d'un ton approbateur, mais je voudrais savoir si vous comptez vous tenir à l'écart du mouvement d'érotisme dégénéré que l'on rencontre dans l'art actuel.

Ashbee détacha son tablier en cuir et le plia avec soin sur son banc pour empêcher que ce qui avait pu y tomber ne se perde.

— Vous voulez parler de la partie la plus obscure de ce que l'on appelle l'Art nouveau, répondit-il en s'essuyant les mains à un chiffon avant de se rapprocher d'Edmund. Il peut être innocent et pur comme la lumière mais également noir comme l'enfer lorsque l'on rencontre dans ses dessins l'opium et le pavot ou, dans ses gravures, les excès sexuels symbolisés par des racines entremêlées et des cavernes béantes. Je ne participe pas à cela. Mes maîtres orfèvres suivent la voie indépendante que j'ai tracée, ayant pour seul but, grâce à mon équipe, de réaliser les

(1) Littéralement : « frêne-abeille ». (*N.d.T.*)

plus beaux chefs-d'œuvre de l'artisanat, en menant une vie harmonieuse.

Edmund avait une vision du monde trop pragmatique pour croire qu'un tel idéalisme pût durer longtemps, mais il respecta Ashbee pour ce qu'il essayait d'accomplir. Il estima aussi qu'il valait mieux qu'Irène fréquente ce lieu plutôt que de frayer avec des étudiants un peu fous dans un établissement plus conventionnel. Avant de quitter Essex House, il inscrivit sa fille et se jugea très noble et indulgent de l'avoir fait. De retour chez lui, il l'annonça à Irène.

— Je ne sais comment vous remercier, Père ! s'exclama-t-elle, toute surprise par l'heureuse tournure que prenaient les événements.

— Je dois t'avertir, Irène. Si, un jour, je décide, pour un motif valable, de mettre fin à tes cours, tu devras obéir sur-le-champ. Compris ?

Elle acquiesça, mais sans frayeur. Rien ne pourrait l'empêcher d'obtenir la qualification de maître orfèvre de l'école de M. Ashbee.

La première journée de cours fut pour elle l'une des plus importantes de sa vie. Elle se trouva immédiatement absorbée dans une activité totalement différente de tout ce qu'elle avait connu jusque-là. Avec des maîtres, pour la plupart originaires de l'East End, il était naturel de voir dominer la vive intelligence cockney, ce qui, dès les premières minutes, surprit gaiement Irène et estompa les autres impressions, nées de la nouveauté de cet enseignement. Elle fut également sensible au climat de bonne camaraderie qu'encourageait Ashbee, essentiel pour le travail en commun et normal pour les personnes nées dans l'East End, habituées à vivre dans la promiscuité des quartiers pauvres et des taudis. A la fin de cette première journée, plus longue que dans un collège ordinaire, elle rentra chez elle, fatiguée et heureuse.

Elle eut ce soir-là un léger accrochage avec son père, quand il s'aperçut qu'elle avait pris l'omnibus à chevaux au lieu d'un fiacre, mais elle lui expliqua qu'elle souhaitait commencer sa nouvelle vie sans l'apparat voyant d'une jeune fille riche. Sa suggestion de prendre pension cinq jours par semaine chez un couple respectable, dans le voisinage de l'école, afin d'éviter les longs trajets quotidiens, suscita un refus si véhément qu'Irène retint sa respiration, craignant d'avoir compromis son avenir. Heureusement, le danger s'éloigna, mais elle comprit qu'elle ne devait plus courir le risque de revenir sur ce sujet. Ils finirent par trouver un compromis : les jours de beau temps, elle se rendrait à bicyclette à l'école, mais pas en knickerbockers, tenue qu'Edmund ne jugeait pas convenable pour une jeune fille; par mauvais temps, elle partirait avec l'un des fiacres de la maison et rentrerait avec une voiture de louage. Elle ne prendrait l'omnibus qu'en cas d'urgence ou de circonstances exceptionnelles.

Une fois ce problème de transport réglé, Irène s'aperçut qu'il comportait des avantages dont elle ne s'était pas rendu compte au début. Le temps passé dans les trajets ne pouvait être calculé avec précision, à cause des encombrements qui bloquaient parfois complètement les rues ; de plus, ses cours ne se terminaient pas à heure fixe : il arrivait que les travaux pratiques se prolongent ou qu'il y ait des conférences le soir. Irène se trouva alors disposer d'un laps de temps indéterminé à la fin de chaque journée, qu'elle pouvait utiliser à sa guise, sans avoir à donner de justification. Très vite, elle prit l'habitude, après les cours, de rejoindre quelques autres élèves dans la vieille cuisine du rez-de-chaussée d'Essex House. Tout le monde s'asseyait autour d'une longue table et discutait des événements du jour en buvant de grandes tasses de thé, de plus en plus léger à mesure qu'on y ajoutait de l'eau chaude. Le sujet favori de la conversation portait sur la question suivante : Ashbee avait-il réussi à se libérer de l'influence de l'Art nouveau et donc, à les en libérer également ? Les uns soutenaient qu'ils s'y trouvaient tous mêlés, comme, d'ailleurs, plusieurs artistes à la mode, tandis que les autres s'en défendaient avec véhémence. Au début, Irène se contenta d'écouter sans participer aux discussions, mais au bout de quelque temps, elle se montra aussi loquace et passionnée que les autres dans ces débats animés.

Elle travaillait beaucoup et très sérieusement, obtenant les meilleurs résultats en orfèvrerie, émaillage et création ; quand elle s'occupait de montage ou de sertissage particulièrement délicats, elle sentait que son talent, profondément enraciné en elle, se découvrait peu à peu et que, plus tard, il éclaterait au grand jour. Si elle l'avait voulu, elle aurait pu avoir des aventures sentimentales, mais elle était résolue à ne pas se laisser distraire de son but. Quant à son père, il ne témoigna jamais du moindre intérêt pour les travaux qu'elle rapportait à la maison, une fois achevés ; pas plus qu'il ne parut se soucier de ses progrès. Il manifestait à son égard une attitude d'indulgence ennuyée, comme s'il attendait de voir l'enthousiasme d'Irène retomber, tel un pétard mouillé. En revanche, Sophia l'encourageait sans cesse.

Après un laps de temps raisonnable, Gregory Burnett leur envoya une invitation à dîner qui arriva avec le courrier de l'après-midi. Sophia en parla à Edmund lorsqu'il rentra le soir.

— Refusez, dit-il d'un ton brusque. Nous avons un autre engagement.

Elle le regarda, stupéfaite.

— Mais nous sommes libres, ce soir-là, Edmund ! Je croyais que vous souhaitiez développer vos relations avec lui.

— Pas sur le plan mondain. J'ai changé d'avis en ce qui le

concerne. Et souvenez-vous que s'il vient nous rendre visite, nous ne sommes pas là.

Sophia fit comme il le lui avait ordonné et écrivit un mot d'excuse de style conventionnel. Elle pensa qu'Edmund avait pris ombrage d'un manque d'égards réel ou imaginaire, ce qui lui arrivait souvent. Bien qu'elle fût déçue de ce refus, la sagesse lui souffla que le destin se montrait clément en la détournant gentiment d'une tentation possible et qu'elle devait lui en être reconnaissante. Elle avait lu dans les yeux de Gregory une précieuse tendresse dont le souvenir la hantait. En scellant l'enveloppe, elle comprit qu'elle refermait une porte sur quelque chose qui aurait pu compter et tout ce qu'elle avait de brillant et d'aimant en elle se recroquevilla davantage.

A mesure que les semaines s'écoulaient, Irène se rendit compte que ses allées et venues irrégulières étaient acceptées sans commentaires. La maison entière avait pris l'habitude de la voir partir tôt le matin, généralement avant son père puisqu'elle avait un trajet plus long à effectuer, et parfois, avant même qu'il soit descendu pour le petit déjeuner, quand elle avait à préparer un projet particulier. Le soir, elle ne le voyait pas, sauf lorsqu'il y avait réception à la maison ; Sophia venait dans sa chambre lui souhaiter bonne nuit quand ils ne rentraient pas trop tard d'une soirée passée au-dehors. Irène ne manquait pas d'invitations mondaines ; elle prenait plaisir à se rendre à certaines d'entre elles mais pas à toutes ; la plupart du temps, elle préférait accepter les invitations de fin de semaine, n'aimant pas interrompre ses cours pour rentrer prendre un bain, revêtir une toilette habillée et arriver tout sourires à une soirée, l'esprit encore plein des événements de l'école. Elle trouvait stupide d'être toujours chaperonnée lors de ces sorties mondaines. Personne ne semblait s'apercevoir qu'elle était souvent seule avec des hommes à l'école et qu'elle savait très bien repousser leurs avances, beaucoup plus directes que celles qu'auraient pu lui faire les jeunes gens rencontrés dans une salle de bal, de concerts ou sur une terrasse éclairée de lanternes chinoises. Plusieurs soupirants demandèrent à son père l'autorisation de la courtiser. Elle les repoussa tous très clairement, mais certains se montrèrent plus insistants, ce qui l'exaspéra. De plus, ils devenaient ainsi, malgré eux, la cause de disputes entre elle et son père qui s'irritait de son refus de considérer l'un ou l'autre comme un mari possible. Devant l'hostilité d'Edmund, Irène se demandait, effrayée, s'il n'allait pas lui interdire de poursuivre ses études pour la confiner à la maison où elle s'ennuierait à accomplir des tâches domestiques, jusqu'à ce qu'elle songe à s'en échapper par un mariage. Jamais !

Irène fréquentait l'Ecole des arts appliqués depuis six mois lorsque Sophia fêta son anniversaire. La princesse de Galles avait instauré la mode du collier de perles et Edmund offrit à sa femme un collier composé de cinq rangées de perles rares, de couleur crème foncé. Elle le porta le soir même, alors qu'ils se rendaient à Covent Garden en compagnie d'amis intimes avec qui ils souperaient ensuite chez Romano. Peu de temps après le lever du rideau et le début de *Don Juan,* Edmund lança un de ses regards de propriétaire à Sophia, installée au premier rang de la loge avec les deux autres épouses invitées. D'habitude, il se sentait très fier des toilettes et des parures de sa femme, mais il s'aperçut soudain qu'elle portait au petit doigt de la main droite une bague qu'il n'avait pas remarquée jusque-là. Il se figea à la vue de ce bijou modeste qui contrastait avec les magnifiques perles. Malgré la faible lumière, il put se rendre compte qu'il s'agissait d'argent de qualité ordinaire et d'agate sans valeur. Comment osait-elle compromettre la réputation de son mari en arborant une telle pacotille !

Lorsque le rideau tomba à l'entracte, Sophia se tourna vers lui pour le regarder, comme il s'y attendait. Tout en bavardant avec leurs amis, il lui jeta un de ces regards de mécontentement furieux par lesquels mari et femme réussissent à communiquer sans paroles. Il eut juste le temps de surprendre son étonnement troublé avant qu'elle baisse les paupières et, le sourire aux lèvres, s'adresse à sa voisine. Rien dans son expression ne permit à quiconque de se douter qu'elle avait perçu la colère d'Edmund et s'en inquiétait.

Il ne put donner libre cours à sa colère que lorsqu'ils se retrouvèrent seuls dans leur voiture, pendant le trajet du retour.

— D'où diable tenez-vous cette babiole que vous portez au doigt ? s'exclama-t-il, courroucé.

Elle poussa un petit soupir, et recouvrit sa main droite de la gauche comme si elle craignait qu'il n'essayât d'arracher la bague de force.

— C'était donc ça ! Je n'en étais pas sûre, au début. Je trouve cette bague très jolie. Irène l'a faite pour moi et j'en suis très fière.

— Etes-vous folle ? hurla-t-il. Elle n'est plus une enfant et vous n'avez plus à vous déguiser avec une tiare en papier ou un bracelet en sequins pour lui faire plaisir ! C'est une jeune fille qui gaspille son temps et mon argent pour un projet insensé auquel j'aurais dû m'opposer si je n'avais pas pensé qu'elle s'en lasserait très vite. Quel effet croyez-vous que cela m'a fait de voir mon cadeau déprécié par ce bijou de pacotille ?

— Je reconnais que je n'aurais pas dû le porter ce soir, répondit-elle d'un ton calme. Mais je vous prie de vous souvenir que je fête aujourd'hui mon quarantième anniversaire. J'avais envie de porter les deux cadeaux des personnes qui m'aiment le plus. Vos perles et la bague de ma belle-fille.

Il garda le silence. Il ne lui était pas venu à l'esprit que Sophia puisse avoir du mal à franchir le cap de la quarantaine. Une fois de plus, il se demanda s'il la connaissait vraiment.

Elle se posait la même question à son sujet. Comment pouvait-il manifester un tel manque de sensibilité en ne comprenant pas que cet anniversaire marquait la fin de tous ses espoirs de maternité ? Le mariage n'était-il donc seulement qu'une union des corps et non des esprits ? Se pouvait-il que deux êtres partagent tout en restant des étrangers l'un pour l'autre ? Elle ignorait toujours la cause de la rancune qu'il nourrissait envers Irène et qui se ranimait de temps en temps. Les sentiments mitigés qu'elle éprouvait encore pour Edmund venaient surtout du fait qu'elle avait compris à quel point il avait besoin d'elle. Cela l'incitait encore à lui pardonner ses tyrannies mesquines et ses accès de colère incontrôlables. Elle craignait cependant de se lasser d'être un jour clémente. Toute à ses pensées, elle frissonna, regardant d'un air vague défiler les rues éclairées. Elle ne s'était jamais sentie plus seule.

Un peu plus tard, alors qu'ils se préparaient à se coucher, Edmund, une robe de chambre jetée par-dessus sa chemise de nuit, demanda à Sophia de lui montrer la bague d'Irène. Assise devant sa coiffeuse, Sophia brossait ses longs cheveux et s'interrompit un instant pour accéder à sa requête. D'un geste gracieux, elle tendit la main vers sa boîte à bijoux et en retira la bague. Edmund avait pris sa loupe de joaillier dans la poche de sa veste de tous les jours et il s'approcha d'une lampe pour mieux examiner le travail de sa fille. Il avait fait installer l'électricité chez lui et à son magasin depuis un an et put donc regarder la petite bague tout à son aise.

L'agate était sertie de minuscules feuilles d'argent s'enroulant autour d'une racine qui formait l'anneau de la bague. L'exécution était sans aucun doute parfaite et, malgré des défauts que seul son œil exercé pouvait remarquer, l'effet en était charmant et la présentation originale. Pensif, il rendit la bague à Sophia qui la rangea dans sa boîte.

— A-t-elle été dessinée par Irène ? demanda-t-il.

— Oui, naturellement.

Il fit quelques pas en réfléchissant.

— Hum... Elle aurait dû utiliser de plus belles pierres. Surtout, ajouta-t-il d'un ton acerbe, si ce bijou vous était destiné.

Sophia feignit de se concentrer sur ses cheveux et sur sa brosse en argent, ne sachant pas comment la conversation allait évoluer. S'il se mettait de nouveau en colère, elle craignait de perdre son sang-froid devant lui et préférait ne pas répondre par une réplique qui ne ferait qu'envenimer les choses sans rien résoudre.

— Irène est obligée de travailler avec les pierres qu'elle peut acheter aux étals des marchés, dans des boutiques d'occasion ou dans un mont-de-piété lors de ventes de gages non retirés.

— Pourquoi donc, mon Dieu ?

— Parce qu'elle ne peut pas se permettre davantage. Vous lui accordez une mensualité qu'elle est décidée à ne pas dépasser, et elle refuse que je lui vienne en aide.

Il continua d'arpenter la pièce et dit :

— Pourquoi ne m'a-t-elle pas demandé des pierres ?

— Comment l'aurait-elle pu ? rétorqua Sophia, stupéfaite qu'il ait même pu poser cette question. Vous avez assez insisté sur le fait que vous ne vous intéressiez pas à son travail, que vous ne faisiez que le tolérer. C'est votre fille, Edmund. Son orgueil de Lindsay l'empêche de vous demander la moindre faveur et elle se contente de réaliser de belles pièces avec peu. A mon avis, elle n'en a que plus de mérite.

Edmund grogna sans ajouter de commentaire, enleva sa robe de chambre et se coucha. Sophia en conclut que le sujet était clos, ce en quoi elle se trompait. Le lendemain matin, au petit déjeuner, il abaissa son exemplaire du *Times* pour s'adresser à sa fille, sur le point de partir.

— J'ignore si cela peut t'intéresser, mais depuis que Lucas, mon chef d'atelier, est parti travailler à Paris, son remplaçant, Richardson, a mis de l'ordre avec l'ardeur du novice et a découvert quelques boîtes de pierres à demi oubliées. Il y a là quelques opales que tu pourrais utiliser, ainsi que des pierres semi-précieuses que l'on a mises à l'écart parce qu'on n'en avait pas l'emploi. Si tu as besoin d'or ou d'argent, on peut mettre de côté et fondre pour toi des fermoirs cassés ou des maillons de chaînes de montre.

Irène le remercia, n'osant croire à sa bonne fortune. Sophia, qui servait le café, voulut se persuader qu'il avait agi par bonté d'âme, tout en sachant qu'il ne se souciait que de lui. Il ne tenait pas à ce que l'on chuchote que le célèbre Edmund Lindsay, joaillier de la Cour et membre éminent de la guilde des Orfèvres, laissait sa fille se procurer des pierres dans les coins malfamés de la ville.

— Quand pourrais-je me rendre au magasin pour voir ce qui peut m'intéresser ? lui demanda Irène.

— Pourquoi pas aujourd'hui, après tes cours ? Je ne serai pas là, car j'ai un rendez-vous, mais je préviendrai de ta venue. Ne prends pas plus d'une pierre à la fois, deux au plus, enfin, ne prends que ce dont tu as un besoin immédiat. Je ne tiens pas à tenter quiconque à l'Ecole des arts appliqués.

— La pauvreté n'est pas nécessairement synonyme de malhonnêteté, Père, remarqua-t-elle avec force, toujours prête à défendre ceux avec qui elle travaillait. Je vous ai souvent entendu dire que certains voleurs, pris la main au collet dans votre magasin, auraient largement pu payer ce qu'ils chapardaient.

— Oui, acquiesça-t-il, le visage fermé comme chaque fois qu'elle s'opposait à lui, et certains bons à rien volent des bijoux pour maintenir un niveau de vie qu'ils ne peuvent plus soutenir. Je méprise les uns et les autres, mais pas l'honnête homme tenté par un gain facile, alors qu'il a une femme à nourrir et des enfants qui vont nu-pieds. Je considère de mon devoir de le protéger d'une chute possible. Fais ce que je t'ai dit. Ne prends que les pierres dont tu as besoin chaque fois.

Voyant qu'Irène allait attaquer la société qui tolérait que des gens soient affamés et nu-pieds, Sophia s'arrangea pour renverser un peu de café afin de créer une diversion. Dans l'agitation qui s'ensuivit, Edmund se retira pour éviter de tacher son journal et la conversation s'arrêta. Sophia poussa un soupir, soulagée d'avoir réussi à écarter le danger. Irène ne paraissait jamais se douter qu'elle frisait l'insolence lorsqu'elle entrait en conflit avec son père. S'il la soupçonnait de nourrir des idées socialistes, il lui ferait quitter son école au plus vite.

Après le départ du père et de la fille vers leurs occupations respectives, Sophia resta assise, accoudée à la table, les doigts pressés sur ses tempes battantes, la tête baissée. Elle eut l'impression de lutter physiquement pour empêcher son esprit de sombrer. La tension quotidienne de la vie avec Edmund était de plus en plus pénible à supporter.

Elle finit par se lever au prix d'un grand effort, redressa les épaules et alla se préparer pour le premier rendez-vous d'une journée très chargée.

3

Irène arriva en fin d'après-midi au magasin de son père et vit qu'il était encore rempli de monde. M. Taylor, qui devait bientôt prendre sa retraite, vint lui expliquer brièvement qu'à cette heure tardive tous les orfèvres étaient déjà rentrés chez eux, à l'exception de celui qui était chargé des réparations urgentes.

— Il s'appelle Ryde, Derek Ryde. Vous ne le connaissez pas, c'est un nouveau. Il vous montrera les pierres en question.

Irène ne vit personne dans l'atelier principal obscur, mais nota que l'une des pièces adjacentes était illuminée, projetant un rectangle de lumière sur les établis déserts et les outils silencieux. Elle traversa l'atelier, s'arrêta sur le seuil de la petite pièce et observa, sans se faire remarquer, l'homme qui se trouvait à l'intérieur et ne l'avait pas entendue arriver. Il était extrêmement concentré, non pas, comme Irène aurait pu le croire, sur son travail, mais sur les résultats des courses de chevaux publiés dans un journal du soir. Assis sur une chaise au dossier incliné en arrière dans un équilibre précaire, les pieds sur l'établi, ce jeune homme à la crinière blonde comme les blés, au visage osseux, étudiait son journal. Il cochait au crayon les chevaux qui l'intéressaient. Amusée, Irène suivit ses réactions à ses gains et pertes de la journée, défit la longue écharpe nouée autour de son cou, car il faisait chaud dans la petite pièce, et s'appuya au chambranle de la porte en disant :

— Bonsoir, monsieur Ryde.

L'homme sursauta si vivement qu'elle craignit qu'il ne tombe à la renverse mais, posant les pieds par terre, il retrouva aussitôt son aplomb et sourit tandis que journal et crayon lui échappaient des mains et que les feuilles s'éparpillaient sur le sol. Elle mit la main sur sa bouche pour réprimer, mais en vain, un éclat de rire.

La franche gaieté d'Irène ne le vexa pas, même si les yeux gris gardèrent un air dur, né de la surprise. Il se leva et sourit. Ni beau ni laid, rasé avec soin, le nez et les narines minces, la mâchoire hardie et plutôt belliqueuse, il avait un visage intéressant, séduisant même. L'homme lui plut aussitôt, parce qu'il avait toléré son rire.

Elle s'empressa de se présenter :
— Irène Lindsay.
— Je l'avais deviné, répondit-il d'un ton aimable. Vous m'avez pris complètement au dépourvu en apparaissant ainsi sans bruit : mon cœur a failli cesser de battre.
Mais il ajouta, à part lui, que la raison en était autre : avec son béret écossais vert, son écharpe négligemment jetée sur une épaule et sa chevelure rousse, elle semblait sortie d'une affiche d'Alfons Mucha. Elle lui parut pleine de grâce, de beauté et d'une sensualité attirante qui répandait un parfum d'érotisme, quintessence de la femme de l'Art nouveau. Et elle avait une bouche rose faite pour le baiser.
— Excusez-moi de vous avoir surpris, dit-elle d'un ton peu contrit, une lueur dansant encore dans ses yeux. Je croyais que vous étiez prévenu de ma visite.
— Je commençais à croire que vous ne viendriez plus, répliqua-t-il en se penchant pour ramasser le crayon et les pages du journal qu'il jeta dans la corbeille à papier.
— J'ai été retardée, expliqua-t-elle en jetant un coup d'œil dans la pièce et se rappelant que c'était là qu'elle avait vu les bijoux indiens. Je ne sais jamais à l'avance à quelle heure je quitte l'Ecole des arts appliqués. Le seul avantage, c'est que nul ne s'inquiète chez moi, ce qui serait le cas si je suivais les cours d'une école plus conventionnelle où la journée se termine sur le coup de quatre heures.
— Voulez-vous une tasse de thé avant que je vous montre les pierres ? demanda-t-il, résolu à prolonger cette visite le plus longtemps possible.
— Oui, merci. Je serais ravie, acquiesça-t-elle avec un signe de tête énergique.
Il se dirigea vers la bouilloire qu'il remplit au robinet et mit à chauffer. Quand il revint avec deux gobelets en émail pleins de thé bouillant, elle avait ôté son manteau et son écharpe, qu'elle avait accrochés au portemanteau et, les bras croisés, la tête renversée d'un air critique, le poids du corps reposant sur une jambe, elle examinait des dessins épinglés au mur.
— Ils sont de vous ? questionna-t-elle en le considérant pardessus son épaule.
— Non, répondit-il avec une grimace dédaigneuse. Dieu merci, ce n'est pas moi ! Ils sont du nouvel orfèvre-créateur, Dudley Richardson, qui a les mêmes initiales que moi. (Il mit du sucre dans les deux gobelets et en tendit un à Irène.) Je dois reconnaître que je ne suis pas créateur ; je suis un artisan capable de juger les bons dessins.
Elle aima sa franchise.
— On dirait que vos goûts suivent une direction différente de celle choisie par la maison.
— A quel point puis-je m'exprimer librement devant la fille de mon patron ? interrogea-t-il, une lueur malicieuse dans le regard.

— Aussi librement que vous le désirez. Je ne suis pas du tout traditionaliste moi-même.

— Dieu soit loué ! J'ai bien pensé que vous ne pouviez l'être quand vous m'avez dit que vous suiviez les cours d'Ashbee. (Il lui avança la chaise sur laquelle il était assis lorsqu'elle était entrée et se percha sur un haut tabouret.) Non que ce dernier soit assez avant-gardiste à mon goût. J'aime regarder une œuvre libérée de tous liens. Comme celle du regretté Beardsley. Avec ses lignes gracieuses et fluides, Tiffany exécute avec bonheur des compositions abstraites quand il travaille le verre. Les bijoux de Gautrait, de Vever et de Fouquet sont vivants. J'ai parfois l'impression de stagner dans cet atelier où je ne peux rien créer de nouveau ni d'excitant de mes mains. (Il écarta ses doigts longs et vigoureux, puis les posa abruptement sur ses genoux, se pencha en avant, les coudes pliés, et la regarda en face.) J'aimerais voir vos travaux. Est-ce que ce sera possible ?

Un frisson d'excitation la parcourut, car sa demande impliquait qu'ils allaient se revoir.

— Oui, je serai attentive à votre jugement.

— N'espérez pas trouver en moi un critique indulgent, prévint-il d'un ton malicieux, pour voir sa réaction.

— Je ne vous les montrerais pas si je pensais qu'il en était autrement, répliqua-t-elle, l'air amusé.

Il sourit en signe d'approbation, leva son gobelet de thé comme pour lui porter un toast, but une gorgée et dit :

— Parlez-moi de l'Ecole des arts appliqués.

Elle goûta le thé, aussi doux que du sirop, ce qui n'était pas sa manière habituelle de le prendre. Mais cela faisait partie de cet intermède étonnant et inattendu. Il la bombarda de questions, très animé mais prêt à se montrer railleur quand un point de vue ne correspondait pas au sien. Cela ajoutait à l'excitation qu'il avait éveillée en elle, car ce qu'il exprimait faisait, en grande partie, écho à ses propres idées sur la liberté totale de la création. Elle se sentait parfois prisonnière de la ligne que suivait Ashbee, bien qu'elle le considérât comme un maître, un génie, peut-être.

— J'ai parlé presque tout le temps, finit-elle par remarquer. Je voudrais maintenant vous poser une question. Comment êtes-vous devenu orfèvre, et où ?

Elle voulait tout connaître de lui. Tout.

— J'ai fait mon apprentissage à Manchester où je suis né. Un vrai p'tit gars du Lancashire, plaisanta-t-il. J'ai eu la chance de ne pas me retrouver à la mine ou dans une filature à la sortie de l'école, mais ma mère, veuve, avait, avant son mariage, été servante chez un industriel qui, à sa mort, lui laissa un petit magot — ce qui lui a permis de vivre modestement jusqu'à la fin de ses jours et de me trouver un bon apprentissage. (Il garda pour lui sa conviction d'être le fils de cet industriel et non de l'homme dont il portait le nom.) Lorsque j'ai été accepté à la guilde des Orfèvres, j'ai travaillé quelque temps à Chester et à Cheltenham, toujours plus au sud, comme vous voyez. En arrivant à Londres, j'ai cru que mes références me permettraient d'entrer chez Garrad ou chez Cartier, mais j'ai dû me contenter de Lindsay, Old Bond Street.

Il avait prononcé les derniers mots d'un ton ironique, curieux de voir si elle allait réagir en voyant qu'il classait son père au-dessous des autres. Elle répondit sur le même ton, sachant bien qu'il s'amusait à la taquiner :

— Mon père a beaucoup de chance, vous allez contribuer à relever sa réputation.

Il aima son esprit de repartie et se sentit bien avec elle.

— Voilà ! Ne croyez pas que j'en sois incapable. Un orfèvre de ma valeur ne se rencontre pas tous les jours à Londres. (Il repoussa son gobelet de thé à moitié plein, posa le bras sur l'établi et la regarda fixement.) Comment se fait-il que nous ne nous soyons pas croisés plus tôt ?

Elle haussa les épaules d'un geste désinvolte.

— Je ne suis pas venue au magasin ces derniers temps. C'est la première fois depuis des mois. Auparavant, j'avais l'habitude de venir ici souvent avec ma belle-mère, mais ses visites sont rares, désormais.

— Je ne l'ai jamais vue, mais on m'a dit qu'elle était très belle. Est-ce vrai ?

— Oh oui ! C'est aussi la personne la plus adorable que je connaisse.

M. Taylor entra alors dans l'atelier et s'arrêta dans l'embrasure de la porte.

— Alors, mademoiselle Irène, demanda-t-il en souriant, les sourcils levés en signe d'interrogation, quelles pierres avez-vous choisies pour votre prochain projet à Essex House ?

Elle poussa un soupir consterné.

— Mon Dieu ! J'ai complètement oublié les pierres ! Je ne les ai pas encore regardées. Allez-vous fermer ?

Il soupira intérieurement, fatigué et pressé de rentrer chez lui. Comme la jeunesse était insouciante, vive et égoïste !

— J'ai descendu les grilles de devant et les autres employés sont partis. (Il tira sa montre de sa poche et y jeta un coup d'œil.) Il vous reste une dizaine de minutes, le temps que je finisse de tout fermer. Ensuite, nous devrons évacuer les lieux avant que la police croie à un cambriolage dans l'arrière-boutique.

Il s'éloigna. Derek descendit de son tabouret et se dirigea vers une commode qu'il ouvrit avec sa clé. Il sortit un plateau de pierres et le présenta à Irène. La jeune fille vit un choix varié de pierres semi-précieuses de différentes couleurs : turquoises et améthystes, jaspe rubané ou clair, ambre, quartz, lapis-lazuli et différentes opales de taille plus petite.

— Que cherchez-vous exactement ? demanda Derek en lui tendant une paire de pincettes afin qu'elle pût mieux examiner et choisir les pierres. Vous faut-il une gemme pour une pièce en cours de réalisation ou pour inspirer un futur ouvrage ?

— Je suis en train de fabriquer une broche que j'ai dessinée et j'ai besoin d'une pierre vive au centre.

Il l'aida à se décider pour un cabochon en quartz, poli mais non taillé, dont elle aima la forme naturelle. Sa couleur mordorée lui indiqua qu'il provenait des Cairngorm Hills, en Ecosse. La pierre convenait à la simplicité presque sauvage de son modèle.

— Je vais la protéger, dit-il en enveloppant la pierre dans un papier de soie et en la rangeant dans une petite boîte.

Elle signa le registre de sortie et lorsque M. Taylor revint en manteau et chapeau, les clés à la main, Irène et Derek étaient prêts à partir. Après avoir mis les verrous de sécurité à toutes les portes, ils sortirent tous trois par la porte de service, à l'arrière de l'immeuble. Ils prirent congé de M. Taylor, et Derek héla un fiacre.

— Je vous remercie de vos conseils et de votre aide, monsieur Ryde, fit Irène, déjà dans la voiture.

Il souleva son chapeau melon et la regarda d'un air effronté.

— Cela a été un plaisir, mademoiselle Lindsay.

Un sourire erra sur les lèvres d'Irène tout au long du trajet. Une fois dans sa chambre, elle sortit le quartz et l'examina, satisfaite, réfléchissant déjà au jour où elle devrait retourner choisir d'autres pierres. Le lendemain matin, au cours du petit déjeuner, elle annonça à son père le choix qu'elle avait fait.

— Bien, approuva-t-il, derrière son journal.

— M. Ryde était là-bas.

Sophia attira l'attention de son mari vers son assiette :

— Ça va refroidir.

Il posa le *Times*, prit son couteau et sa fourchette.

— Trouvez-vous qu'il soit un artisan habile ? demanda Irène. Elle n'en doutait pas, mais voulait en apprendre plus sur lui.

Edmund leva les yeux vers elle par-dessus son pince-nez.

— Qui ?

— M. Ryde, répondit-elle, patiente. Il m'a aidée à choisir mon quartz.

— C'est un excellent orfèvre, je dirais même qu'il est exceptionnellement doué. On ne prend que la crème, chez Lindsay.

— N'est-il pas très jeune pour être aussi habile ?

— Non, il a vingt-six ou vingt-sept ans. Je faisais partie des meilleurs bien plus tôt.

Il continua à manger, coulant un regard en coin à son journal plié près de son assiette. Irène cessa de le questionner. Sophia lui jeta un regard interrogateur mais seulement pour savoir si elle voulait encore du café.

Une semaine plus tard, Derek attendait en bas du porche d'Essex House, lorsque Irène parut, sa journée finie. Elle s'immobilisa, la main sur la rampe de l'escalier, tandis que les autres élèves la dépassaient et s'égaillaient dans différentes directions.

— Que faites-vous ici, monsieur Ryde ? demanda-t-elle, le cœur battant, consciente d'avoir pâli mais se doutant qu'il ne s'en apercevrait pas dans la pénombre.

— Je me suis dit que c'était mon tour de vous surprendre.

Il monta les marches du perron à sa rencontre, s'arrêta une marche au-dessous de celle où elle se trouvait, de manière que leurs visages soient à la même hauteur. Ses yeux brillants et pénétrants se perdirent dans ceux d'Irène comme pour lire ses pensées.

— Etes-vous contente de me voir ?

— Oui, répondit-elle, suffoquée.

— Autant que moi de vous voir ?

— Je ne peux pas juger de vos sentiments.

— Je pense que vous le pouvez, dit-il en lui prenant la main. Avez-vous fini votre broche ?

— Non, je ne fais que commencer.

— Je m'y attendais. Je suis venu vous voir pour ça. Un mois pouvait s'écouler avant votre prochaine visite au magasin.

— Habitez-vous près d'ici ?

— Non, répliqua-t-il en secouant la tête. J'habite à Islington.

— Mais vous avez fait un détour de plusieurs kilomètres !

— Et je compte bien recommencer. Si vous m'y autorisez.

Elle hésita un instant, ce qui ne trompa personne.

— Je crois que j'aimerais que vous veniez m'attendre de temps en temps.

— C'est tout ce que je voulais savoir, fit-il doucement. Devez-vous rentrer directement chez vous ?

Il lui serrait très fort les doigts et sa tension était aussi grande que celle d'Irène.

— Je peux m'attarder un moment.

— Suffisamment pour dîner avec moi ?

Elle réfléchit rapidement. Son père et Sophia étaient invités à un banquet au Guildhall ce soir-là. A condition d'être à la maison avant leur retour, elle ne voyait aucune raison de refuser son invitation.

— Oui, merci, répondit-elle en s'efforçant de ne pas montrer trop de joie.

Son visage s'épanouit et il retrouva l'attitude décontractée de leur première rencontre.

— Merveilleux ! Je connais l'endroit qu'il nous faut.

C'était un petit restaurant français, gai et bon marché, à la cuisine délicieuse, avec des nappes à carreaux rouges et des chaises vertes en bois courbé. Une Française, les joues creuses, les yeux maquillés, les cheveux blonds teints relevés, interpréta des chansons du Moulin-Rouge en s'accompagnant à un petit piano. Irène passa une excellente soirée. Derek et elle bavardèrent sans arrêt, éclatant de rire ensemble des mêmes choses, sachant qu'ils n'étaient pas seulement en train de mieux se connaître mais qu'ils allaient tomber amoureux l'un de l'autre.

Elle eut l'impression de boire du champagne au lieu du petit vin rouge ordinaire que l'on versait dans leurs verres. Derek ne ressemblait à personne de sa connaissance. A sa manière, il était aussi ambitieux qu'elle, à cela près qu'elle recherchait la réussite artistique et l'indépendance alors qu'il visait l'aisance matérielle et tout ce qui allait de pair avec elle.

— Est-ce pour cela que vous jouez ? demanda-t-elle.

— Pourquoi cette question ? interrogea-t-il en plissant les yeux.

— Le soir où je suis venue au magasin, j'ai vu que vous vous intéressiez aux courses.

Il sourit effrontément.

— Je reconnais qu'il m'arrive de jouer. J'ai souvent de la chance. Avec mes prochains gains, plaisanta-t-il en bombant la poitrine et en glissant les pouces dans les entournures de son gilet, je vous emmènerai dîner au Savoy.

— Je ne vous le conseille pas, rétorqua-t-elle avec un gloussement malicieux. Nous pourrions tomber sur mon père !

Ils éclatèrent de rire ; il tendit la main par-dessus la table et serra celle d'Irène, tout aussi fort que la fois précédente, mais moins nerveusement.

— Cela vous ennuie ? demanda-t-il, redevenu sérieux.

— Quoi donc ? s'étonna-t-elle, penchant légèrement la tête sur le côté. Je ne comprends pas.

— Que nous nous soyons rencontrés en secret. Car c'est le cas vis-à-vis de votre père, n'est-ce pas ? Je ne me fais aucune illusion. Je sais parfaitement qu'il ne me laissera jamais vous rendre visite chez vous.

Elle baissa la tête.

— En principe, vous devriez pouvoir venir, surtout que nous sommes tous les deux orfèvres ou que nous le serons à la fin de mes études.

— Je crains fort que les principes n'entrent pas en ligne de compte. N'oubliez pas que je connais votre père professionnellement. Je ne devrais peut-être pas vous le dire, mais il est orgueilleux et impitoyable.

— Oh, je ne le sais que trop ! soupira-t-elle. Ce n'est toutefois pas une raison pour que je ne puisse pas choisir mes amis. Il me semble parfois que je vis dans deux mondes différents. Il n'existe pas le moindre lien entre Essex House et mon existence à la maison.

— Peut-être m'autoriserez-vous alors à faire partie de votre monde d'Essex House ?

— Il n'y a rien que je ne souhaite davantage, répondit-elle avec ferveur. Quoi qu'il arrive, cependant, mon père ne doit rien découvrir sinon vous ne deviendrez jamais maître orfèvre chez Lindsay, ce que vous désirez tant. J'espérais que vous auriez eu une promotion après le départ de M. Lucas.

— Je ne suis pas à l'atelier depuis assez longtemps. Je ne

pouvais pas m'attendre à être promu à la place de Dudley Richardson, plus ancien que moi dans la maison ; je sais que je suis trop jeune, mais je n'ai pu m'empêcher d'être déçu. J'ai pensé partir pour l'étranger, sur le continent ou aux Etats-Unis. Il y a toujours des possibilités pour un artisan hautement qualifié.

— Vous voulez toujours partir ?

Il lui lança un long regard velouté avant de répondre d'une voix très douce :

— Comment pourrais-je quitter Londres maintenant que je vous fréquente ?

Elle tomba amoureuse de lui à cet instant précis et, dès lors, tout changea.

Ils se virent souvent. Il l'attendait devant Essex House, comme la première fois, ou, si elle comptait finir plus tôt, à mi-chemin entre Mile End Road et Old Bond Street, dans un salon de thé où les palmiers en pots préservaient l'intimité de niches semi-circulaires où se trouvaient placées de petites tables. Ils oubliaient tout le reste et bavardaient en consommant une glace à la fraise ou un chocolat chaud ; chaque fois qu'elle eut, par la suite, l'occasion d'en prendre, elle ne put s'empêcher de penser à ces jours tendres où ils se cherchaient l'un l'autre, se découvraient, s'aimaient. Elle, innocente et confiante, lui entreprenant et plein d'expérience, et tous les deux étaient étourdis par ce qui leur arrivait. Elle lut le désir dans ses yeux bien avant qu'il en parle, comprit qu'il voulait l'embrasser bien avant qu'il le fasse.

Ils se tenaient souvent enlacés lorsqu'ils marchaient, et ils marchaient beaucoup. Le trajet, à travers les rues ventées de Londres, jusqu'à Milton Square, devint leur promenade amoureuse et ils se séparaient à une distance prudente de la maison d'Irène. S'il pleuvait, ils partageaient un grand parapluie ou prenaient l'omnibus à chevaux, Irène estimant que cela entrait dans la catégorie des circonstances exceptionnelles établie par son père. Lorsque Derek était en fonds, ils louaient un fiacre. De nature généreuse, il dépensait sans compter quand il avait de l'argent et voulait toujours payer même s'il devait retourner ses poches pour trouver de quoi prendre l'omnibus. Elle aurait voulu payer sa quote-part, mais la seule fois où elle y avait fait allusion, il s'était raidi et elle avait rapidement changé de sujet, comprenant que son orgueil souffrirait s'il ne pouvait jouer le rôle du protecteur viril, pourvoyant à tous les frais. Elle restait avec son souverain inutile dans sa bourse, malade à l'idée qu'il allait ensuite rentrer à pied chez lui, à l'autre bout de la ville, malgré le mauvais temps.

Elle savait qu'il se trouvait à court d'argent à cause de ses paris aux courses, car M. Lindsay, malgré ses défauts, se montrait généreux en matière de salaire et, grâce à un système de bonus, payait ses artisans légèrement au-dessus du taux pratiqué par les orfèvres du West End. Au début, elle ne prit pas l'affaire trop au sérieux. Elle avait été élevée dans l'idée que les courses de chevaux étaient le sport des rois et quand elle se rendait à Ascot avec son père et Sophia, il lui arrivait de parier. Elle s'émut pour la première fois en apprenant qu'il pariait aussi sur les lévriers — on prenait des paris sur le premier des deux lévriers qui attraperait un lièvre en fuite. Lors d'une journée passée à la campagne chez des amis, elle s'était trouvée suffisamment près pour entendre les cris du lièvre poursuivi et elle réprouvait la cruauté de ce sport. Quand elle lui en parla, il lui prit le visage dans les mains et lui dit avec un sourire indulgent :

— Pouvez-vous me comparer à l'un de ces campagnards ? Ne croyez-vous pas que j'ai besoin d'emplir mes poumons de l'air frais de la campagne, loin de Londres et de son brouillard ? Un de mes amis élève des lévriers dans le Sussex et m'invite avec d'autres camarades. Nous passons le dimanche dans les Downs et cela se termine par un rôti que nous prépare sa femme. Je m'intéresse aux chiens, pas au lièvre. D'ailleurs, plaisanta-t-il, le lièvre réussit, en général, à s'enfuir.

— Je pense à ceux qui n'y arrivent pas, répondit-elle, peu convaincue, en frissonnant.

Après cela, elle commença à s'inquiéter sérieusement des sommes que Derek pariait. Elle était sûre que non seulement il ne pouvait se permettre de prendre le bus pendant ses périodes de déveine mais qu'il lui arrivait même de se priver de manger. Elle décida d'essayer de le détourner du jeu avec tact, persuasion et tendresse.

Comme la plupart des parieurs, Derek ne parlait jamais de ses pertes, mais se vantait toujours de ses gains. Il se montrait alors d'une extravagance folle, lui achetant des brassées de roses à longue tige qu'elle arrangeait dans des vases à Essex House, ne gardant pour elle qu'un bouton rouge qu'elle plaçait dans un soliflore en argent et conservait dans sa chambre jusqu'à ce qu'il fût fané. Derek lui offrait des boîtes de chocolats enrubannées qu'elle partageait avec ses camarades d'école, n'osant rien rapporter chez elle qui pût faire l'objet d'un commentaire ou d'une question. Il lui offrit aussi des mouchoirs brodés en dentelle de Valenciennes, des écharpes de soie, un petit coffret à bijoux de Dresde et un flacon à parfum en verre au bouchon composé d'une fleur de lotus, dessiné par un Français, René Lalique. Plus tard, il l'inonda de bouteilles de parfum français qu'elle versait dans son flacon en verre. Elle devait cacher tous ces cadeaux coûteux dans ses tiroirs, sous des piles de lingerie et ne se permettait un nuage de parfum que lorsqu'elle sortait avec lui. Au cours de leurs dîners en tête à tête, il commandait le meilleur champagne et malheur au garçon qui, devinant à son accent qu'il n'appartenait pas à la haute société, essayait de le tromper en lui servant une qualité inférieure ; Derek avait appris à s'y connaître aussi bien en vins qu'en cuisine, semblant avoir une aptitude naturelle à apprécier les bonnes choses de la vie.

Pendant ses périodes de richesse, il manifestait une sorte d'exaltation dangereuse, comme s'il sentait qu'il occupait la place qui lui revenait de droit dans la société, et que sa chance au jeu lui permettrait de la garder. Cela ne durait jamais. Très vite, il mettait au clou ses extravagants vêtements neufs et, une fois de plus, ils rentraient en bus ou à pied, sous un parapluie.

Il faisait froid et humide le soir où il l'embrassa pour la première fois. La pluie tambourinait sur le parapluie et faisait des flaques sur le trottoir, à leurs pieds, et pourtant, Irène eut l'impression qu'il ne lui était jamais arrivé rien de plus doux. On l'avait déjà embrassée auparavant, mais il s'agissait pour elle de « baisers sous le gui » dépourvus de toute signification. Avec Derek, elle éprouva, pour la première fois, le désir irrésistible de donner et de recevoir.

— Puis-je vous embrasser ? murmura-t-il d'une voix rauque, enlaçant Irène de sa main libre et nullement décidé à attendre la réponse.

Serrée contre lui sous le parapluie incliné, elle se dressa sur la pointe des pieds et lui passa, sans hésiter, les bras autour du cou, faisant glisser la lanière de son sac jusqu'au pli du coude. Les lèvres de Derek, au début glacées de pluie puis chaudes et passionnées, se posèrent sur les siennes qui répondirent avec la même ardeur. Irène faillit perdre l'équilibre sous la violence de leur baiser mais, de son bras vigoureux, Derek la maintint contre lui et, tenant toujours le parapluie, l'entraîna dans une impasse obscure. Lorsqu'ils se séparèrent enfin, ils échangèrent un long regard sérieux, puis elle noua de nouveau les bras autour de son cou et, sans un mot, ils s'enlacèrent étroitement, conscients que quelque chose de merveilleux et d'extraordinaire venait de leur arriver, qui allait modeler leur vie.

Irène finit la broche en quartz d'Ecosse, la présenta au cours à Ashbee qui lui donna des conseils et lui suggéra comme projet suivant de réaliser une série de boutons en argent. Elle décida aussitôt de les orner d'opales et comme il lui fallait une opale par bouton, cela lui donna l'occasion de voir plusieurs fois Derek au magasin sans susciter le moindre soupçon. Si M. Taylor s'étonna qu'elle vienne toujours choisir ses opales les soirs où Derek était de service, il en conclut sans doute qu'ayant eu le jeune homme comme premier conseiller, elle trouvait naturel de continuer à s'adresser à lui. De toute manière, il ne dit rien et ne montra aucune surprise. Tout se passa sans aucun incident et ils apprécièrent beaucoup ces entrevues.

C'est alors que, soudain, Sophia fut souffrante. Cela faisait quelque temps qu'elle semblait moins vive, mais le changement en elle s'était effectué si progressivement que ses proches ne s'en aperçurent pas. Si Irène avait été moins absorbée par ses cours et par son amour pour Derek, elle se serait certainement doutée de quelque chose plus tôt, en dépit des efforts courageux de Sophia pour feindre la gaieté, et aurait compris que le moral de sa belle-mère était au plus bas. Un jour qu'Edmund était à l'étranger et qu'Irène travaillait à ses boutons à Essex House, on lui annonça que quelqu'un la demandait dans l'entrée. Elle s'y rendit et trouva l'un des domestiques, venu la chercher dans le brougham familial.

— Pourriez-vous venir tout de suite, mademoiselle Irène ? interrogea-t-il d'une voix anxieuse. Mme Lindsay est malade. Nous avons appelé le docteur.

— Je prends mon manteau, répondit Irène, glacée de peur.

Le trajet entre Mile End et sa maison lui parut interminable. Elle descendit de voiture en hâte et se précipita à l'intérieur. Le docteur l'accueillit dans le hall et l'entraîna dans le salon.

— Que se passe-t-il, docteur Harris ? implora-t-elle, inquiète. Est-ce grave ?

— Ne vous affolez pas, Irène, repartit-il d'une voix rassurante. J'ai procédé à un examen très approfondi, sans rien trouver d'alarmant. Mme Lindsay est dans un état d'épuisement moral total. A mon avis, elle s'est trop dépensée à la maison et en réceptions, elle a simplement besoin de repos et de calme pour surmonter ce que je considère comme une défaillance nerveuse. J'ai cru comprendre que votre père était à l'étranger. Quand doit-il revenir ?

— Pas avant quatre ou cinq semaines. Pensez-vous que je doive essayer de le prévenir ?

— Absolument pas, dit le Dr Harris d'un ton ferme.

Médecin de la famille Lindsay depuis de nombreuses années, il avait mis au monde Irène et vu la première Mme Lindsay abandonner toute volonté de lutter pour survivre. Il ne croyait pas que la seconde Mme Lindsay allait suivre la même voie, mais les premiers signes de danger se manifestaient : cas classique d'une femme extrêmement sensible qui n'arrivait plus à supporter le mariage avec un homme suffisant, égoïste et autoritaire. Il ne fallait surtout pas que son mari revienne pour le moment. Si Irène n'avait pas été une enfant d'un caractère exceptionnel, elle aurait vécu, craintive et soumise, dans l'ombre de son père. Et le docteur fut content de savoir qu'il pouvait se fier à elle pour que ses ordres soient exécutés avec délicatesse.

— J'ai donné un sédatif à votre belle-mère. Elle va dormir pendant vingt-quatre heures, ce dont elle a grandement besoin. Il semble qu'elle ait beaucoup souffert d'insomnies ces temps-ci et j'aurais pu déjà y remédier si elle était venue me consulter sans attendre d'en arriver là. Elle m'a avoué qu'elle n'avait plus d'appétit et, de fait, elle a perdu du poids. Voilà ce que je vous demande de faire.

Ses prescriptions étaient très simples. Il fallait que rien ne vienne perturber ou agiter la patiente qui devrait garder le lit pendant une semaine. Irène veillerait à ce qu'elle prenne des repas légers et reconstituants qui lui seraient servis dans sa chambre. Ensuite, Sophia devrait essayer de s'habiller et de descendre tous les jours, ne recevant que si elle se sentait bien, et uniquement des amies proches, susceptibles de lui remonter le moral et de l'intéresser au monde extérieur. Il ne fallait en aucun cas qu'elle se considère comme condamnée à une mélancolie chronique, car elle n'en était pas encore là et le Dr Harris espérait l'empêcher d'y succomber. Il comptait sur Irène pour que les habitudes de la maison changent le moins possible et souhaitait que la jeune fille puisse reprendre ses cours au plus vite. Il ne fallait pas que Sophia pense que sa maladie pouvait avoir des conséquences fâcheuses sur l'apprentissage d'Irène.

Le Dr Harris vint voir Sophia tous les jours. Comme il était un ami de la famille, ses visites quotidiennes n'alarmèrent pas Sophia et, même si, intérieurement, elle eût préféré être suivie par un médecin russe de l'ambassade, elle était toujours heureuse de le voir. Elle accueillit favorablement le repos qu'il lui avait prescrit, contente de l'absence de son mari. Elle savait parfaitement bien que le mal du pays était en partie responsable de son état de santé actuel, symptôme de nombreuses contrariétés qui avaient fini par l'épuiser moralement. Le fait de ne pas accompagner Edmund à Saint-Pétersbourg avait été la goutte d'eau qui avait fait déborder le vase.

Quelques années plus tôt, elle s'y était rendue avec lui, lors de l'un de ses voyages d'affaires. Tout le monde l'avait reçue avec effusion, organisant réceptions et bals, l'invitant partout, tandis qu'Edmund se rongeait de jalousie, laissant exploser sa colère dès qu'ils étaient seuls. Pis encore, il s'était montré très brutal dans sa manière de faire l'amour durant tout leur séjour en Russie, comme pour souligner que lui seul avait le droit de la posséder. Il avait gâché ce qui aurait dû être des vacances très heureuses et elle s'était juré de ne plus jamais l'accompagner. De toute façon, il s'y serait opposé. Elle l'avait compris quand il avait fait allusion à son voyage un mois plus tôt, regrettant de ne passer qu'un jour ou deux à Saint-Pétersbourg. Cela lui avait donné une idée, mais elle avait préféré l'écouter d'abord. Elle avait appris à ses dépens qu'il ne supportait pas d'être interrompu.

— Mon travail m'empêche de quitter l'Angleterre plus tôt et il va y avoir à Vienne une vente de joyaux des Habsbourg que je ne veux manquer à aucun prix. Après avoir remis à M. Fabergé un lot de pierres précieuses et lui avoir présenté des spinelles roses tout à fait exceptionnels que j'ai pu me procurer, je devrai partir en hâte pour l'Autriche, puis pour Berlin et Cologne où d'autres ventes doivent avoir lieu. Enfin, et c'est le plus important, je devrai revenir par Amsterdam où je passerai peut-être pas mal de temps à chercher des diamants pour la somptueuse parure que je dois réaliser pour la future épouse de Battenburg.

Il semblait très content de l'organisation de son voyage.

Elle avait alors pris la parole avec toute la fermeté qu'elle pouvait se permettre avec lui.

— Je vais vous accompagner jusqu'à Saint-Pétersbourg, Edmund. (Elle voulait saisir l'occasion qui lui était donnée de voir les siens en son absence.) Je pourrais y rester pendant que vous poursuivrez votre voyage, et mon retour à la maison coïncidera avec le vôtre.

— Non, avait-il répondu, le visage fermé, avec cette expression obstinée qu'elle craignait tant, je ne puis le permettre. Il n'est pas convenable que vous restiez là-bas sans moi. De toute manière, je refuse que vous voyagiez à cette époque de l'année. La neige retarde tous les trains et pourrait occasionner quelques désagréments.

— Mais j'ai l'habitude des hivers rigoureux depuis mon enfance, avait-elle insisté.

— Depuis, vous vous êtes acclimatée à la température anglaise, plus clémente. Si je refuse, c'est pour votre bien, ma chère. Patientez, je m'arrangerai pour que vous puissiez venir avec moi à Saint-Pétersbourg à une époque plus plaisante de l'année.

Elle savait reconnaître ses défaites. Il ne l'emmènerait plus jamais avec elle, trouvant chaque fois une excuse. Il n'accepterait jamais plus d'être de nouveau confronté à la jalousie dont il avait été la proie en la voyant participer à ces réunions joyeuses et innocentes avec ceux qui l'avaient connue bien avant qu'il entrât dans sa vie. Et puis, il y avait autre chose. Il était conscient comme elle que leurs relations se détérioraient et il craignait qu'une fois seule dans des lieux familiers elle ne décidât de ne jamais revenir. Elle n'en avait pourtant pas la moindre intention. Il serait perdu sans elle et elle ne lui ferait jamais subir la souffrance d'être abandonné. Elle s'était parfois demandé si sa première femme avait jamais tenté de s'enfuir, car il avait, malheureusement, le don navrant de faire de sa maison une prison et de sa passion possessive un cadenas.

Elle avait tellement l'habitude d'accepter les désillusions sans se plaindre qu'elle ne s'était pas aperçue, d'abord, à quel point ce refus l'avait atteinte. Alors que le départ d'Edmund approchait, elle avait éprouvé une certaine torpeur, devenant insensible aux couleurs et aux bruits de la vie quotidienne. Elle continuait à accomplir ses tâches de maîtresse de maison, mais comme un automate que l'on aurait mis en marche. Lors des adieux, elle avait assisté, sans la moindre émotion, au chargement des bagages dans le landau qui conduirait Edmund au port de Londres d'où il embarquerait le jour même à destination de la Russie. Il avait oublié depuis longtemps la requête de Sophia, soucieux de vérifier qu'il ne manquait rien ; comme à son habitude, elle l'embrassa en lui souhaitant bon voyage. Elle avait continué de se conduire de la même manière détachée jusqu'à ce qu'un matin, assise devant son secrétaire, elle se rendît compte en voyant la date, que c'était le jour où Edmund devait arriver dans sa ville natale. Elle avait frissonné violemment et pâli. Elle s'était renversée en arrière sur son siège, les yeux fermés, voyant par la pensée le ciel bleu éclatant, la neige, les patineurs sur la Néva gelée, les visages des amis dont elle s'ennuyait tant et la magnifique et imposante cathédrale au dôme en or où elle faisait ses dévotions. Elle était restée longtemps prostrée sans avoir la moindre envie de bouger. Un domestique avait donné l'alarme. Sa femme de chambre l'avait couchée, avait appelé le docteur et fait chercher Irène; Sophia les avait remerciés en silence de n'avoir pas alerté Edmund. Elle ignorait encore comment affronter la sollicitude et l'inquiétude qu'il lui manifesterait à son retour. Le Dr Harris et Irène se conduisaient envers elle avec tant de calme et de sensibilité! Sa belle-fille ne lui avait jamais été d'un plus grand réconfort et elle avait alors compris à quel point elle la considérait comme sa propre fille.

Irène avait écrit à Derek pour expliquer son absence. Ensuite, lorsqu'elle put laisser Sophia pendant la journée, elle lui écrivit de nouveau pour lui annoncer qu'elle retournait à Essex House. Comme elle s'y attendait, il vint la chercher à la sortie dès le premier jour, mais — et c'était inattendu — il se montra sourd à son désir de rentrer directement chez elle.

— Il le faut! insista Irène. Essayez donc de comprendre! Ma belle-mère est loin d'avoir recouvré la santé et ne supporte que ma présence. Je lui fais la lecture, nous jouons aux cartes et elle se sent mieux quand je suis près d'elle.

— Pour moi, elle agit en femme gâtée, rétorqua-t-il avec entêtement, les poings dans les poches.

Il avait accueilli l'absence de son patron avec joie, y voyant la possibilité de rencontrer Irène quand et où il le voudrait et trouvait intolérable qu'elle perdît avec sa belle-mère le temps qu'ils auraient pu passer ensemble.

— Non, répondit Irène. Si elle était au courant pour nous deux et s'il était en son pouvoir de fermer les yeux sur nos rendez-vous, elle n'hésiterait pas : elle refuserait que nous soyons séparés.

— Alors, dites-le-lui, la pressa-t-il, soudain plein d'espoir.

— Je ne peux pas, soupira-t-elle, chagrinée à l'idée de le décevoir. Ce serait injuste de ma part de l'accabler d'un secret qu'elle devra taire à mon père. De plus, elle se fera du souci pour moi et je n'y tiens pas, en ce moment.

Ce soir-là, il la laissa partir sans l'embrasser et s'éloigna dans la rue éclairée, silhouette solitaire et irritée. Tout en comprenant son mécontentement, Irène lui reprocha de la vouloir aussi malheureuse que lui. Elle le regarda disparaître, espérant qu'à la dernière seconde il se retournerait pour la regarder. Mais il n'en fit rien.

Il ne revint pas le lendemain soir; elle ne l'attendait d'ailleurs pas. Elle préféra ne pas penser à leur idylle, ignorant si elle avait pris fin ou non. Elle eut un moment l'espoir qu'il lui écrirait, mais aucune lettre ne lui parvint. Elle eut du mal à se montrer enjouée devant Sophia, à faire comme si la vie était rose pour elle, mais la malade passait avant tout et ne devait connaître aucune anxiété.

Sophia se rétablit peu à peu. Irène la trouvait parfois un livre à la main et même si elle ne lisait pas plus de quelques pages d'affilée, cela prouvait que sa guérison était en bonne voie. Une broderie au petit point commença à déployer ses motifs d'oiseaux et de fleurs. Les lettres d'Edmund, qu'Irène devait auparavant ouvrir pour elle, furent lues sans effort visible à l'instant où elles arrivaient. Le signe le plus prometteur apparut quand Irène rapporta à la maison sa collection de dessins de bijoux. Sophia les examina l'un après l'autre, fit des commentaires à leur sujet et l'interrogea, avec, dans le regard, l'étincelle d'autrefois. Ces modèles étaient beaucoup trop difficiles à réaliser pour Irène, mais elle espérait bien avec le temps y arriver elle-même sur son établi.

L'état de Sophia ne lui permettait pas encore de recevoir des visites lorsque Edmund revint. Irène lui avait fait savoir que sa femme n'était pas en bonne santé, mais pas au point de l'obliger à interrompre son important voyage d'affaires. Il éprouva donc un choc à la vue de Sophia si maigre et si pâle, de son regard transparent. Très inquiet, il téléphona aussitôt au Dr Harris qui fit de son mieux pour le rassurer.

— Tout ce dont elle a besoin pour le moment, c'est de soleil, monsieur Lindsay. La fin du mois de février peut avoir des conséquences désastreuses sur sa santé. Emmenez-la dans le Sud de la France pour sa convalescence. Après cinq ou six semaines au bord de la Méditerranée, elle sera complètement rétablie.

— Sinon ?

— Sinon, les choses peuvent évoluer dans le mauvais sens. Inutile de le nier. Un simple coup de froid ou un mauvais rhume serait dangereux pour ses poumons. Si vous ne pouvez l'accompagner, je peux vous recommander une infirmière-dame de compagnie, Mme Burridge, qui s'occupera parfaitement d'elle.

Edmund replaça lentement le récepteur. Il acceptait volontiers que Sophia parte vers des cieux plus cléments si sa santé en dépendait, mais il aurait aimé s'y rendre avec elle. Malheureusement, à peine de retour de l'étranger, il ne pouvait pas s'éloigner de nouveau de son magasin. Il avait à régler d'innombrables affaires urgentes. Harris en était certainement conscient puisqu'il avait proposé cette personne pour le remplacer.

Edmund eut l'impression que Mme Burridge attendait son coup de téléphone ; les honoraires de Harris étaient suffisamment élevés pour que le docteur se sente obligé d'en faire plus pour les Lindsay, d'où son conseil. Edmund soupira et alla annoncer à Sophia les arrangements qui venaient d'être pris, promettant d'aller la rechercher le moment venu.

Le lendemain, Irène se rendit au magasin, afin de choisir une opale pour le second bouton de son projet. Elle avait prévenu M. Taylor de sa venue et celui-ci devait avertir l'orfèvre de service de préparer les pierres afin qu'elle puisse effectuer son choix.

Normalement, Derek aurait dû être là, mais il avait peut-être changé son tour de garde pour l'éviter. Pourtant, en arrivant, elle l'aperçut, debout sur le seuil de la pièce voisine, la tête haute, les jambes écartées, les bras pendants. Adossée à la porte vitrée de l'atelier désert, séparée de lui par toute la longueur de la salle, elle le regarda. Il poussa un gémissement douloureux :

— Pourquoi êtes-vous restée si longtemps sans venir, Irène ?

Elle courut vers lui en laissant échapper un cri. Il l'accueillit, les bras ouverts, la serra contre lui, plaqua sa bouche contre la sienne et l'entraîna dans le coin le plus éloigné de la pièce. Son manteau déboutonné glissa de ses épaules et tomba à terre tandis que Derek l'embrassait à lui faire perdre haleine. Il déboutonna son chemisier en soie et la caressa avec passion. Ses lèvres parcoururent son visage, sa gorge, mais quand il voulut admirer ses seins, elle retint sa main.

— Non, Derek, pas ici. Pas maintenant.

Il l'enlaça plus étroitement, le visage enfoui dans les cheveux d'Irène, la respiration haletante, et poussa un tel soupir de désespoir et de désir qu'elle frissonna.

— Où ? implora-t-il d'une voix rauque. Et quand ?

— Je ne sais pas, chuchota-t-elle, troublée. Vous devez trouver un endroit où nous serons seuls.

Il se raidit, hésitant à croire ce qu'elle venait de dire, et lui caressa le visage.

— Je vous aime, Irène, dit-il doucement.

— Moi aussi, je vous aime, murmura-t-elle.

C'était la première fois qu'ils parlaient d'amour entre eux.

— Vous avez bien dit que vous vouliez que nous soyons seuls, ensemble ?

— Oui.

— Je ferai tout pour vous éviter des ennuis.

Elle baissa les paupières en signe de confiance, tourna la tête légèrement et lui embrassa la paume de la main.

— Je sais, acquiesça-t-elle.

— J'ai vécu des moments affreux sans vous. J'ai un cadeau pour vous. Le fabriquer m'a aidé à supporter ma peine.

Elle eut honte de l'avoir mal jugé. Alors qu'elle croyait qu'il ne voulait plus la voir, il l'avait attendue, cherchant à tromper son chagrin en lui préparant un cadeau. Elle rajusta sa tenue, reboutonna son chemisier et remit de l'ordre dans sa chevelure. Il lui tendit son cadeau. Elle défit le papier de soie et resta sans voix devant ce qu'elle vit : il s'agissait d'un pendentif du plus pur style Art nouveau qui n'aurait jamais dû pénétrer dans ce bastion du traditionalisme qu'était le magasin Lindsay d'Old Bond Street. Le bijou représentait la tête d'une nymphe aux yeux verts d'un émail délicat, aux cheveux ondulés en cuivre formant une boucle dans laquelle passait une jolie chaîne en argent. Irène trouva qu'elle lui ressemblait d'une manière étonnante. C'était le plus beau compliment qu'il pût lui faire, un cadeau qu'elle chérirait toujours à cause de l'amour qui l'avait inspiré.

— C'est le plus merveilleux cadeau que j'aie jamais reçu! s'exclama-t-elle, le souffle coupé. Comme il est réussi!

— Laissez-moi vous le mettre.

Elle inclina la tête, écartant ses cheveux pour permettre à Derek d'actionner le minuscule fermoir. Il lui caressa doucement la nuque et y déposa un baiser qui la fit frissonner. Il posa ses mains sur la taille d'Irène et la fit pivoter pour pouvoir la regarder droit dans les yeux.

— Je vous promets de trouver un endroit pour nous deux. Je vous aurais bien proposé de venir chez moi, mais ma propriétaire est un dragon qui interdit les visites féminines.

Cela ne la surprit nullement, car les pensions respectables imposaient de telles règles. Il lui caressa le menton du bout des doigts et lui baisa une dernière fois les lèvres ; elle était sûre qu'il réussirait à dénicher un coin pour eux dans Londres.

Sophia partit deux jours plus tard pour le continent, accompagnée de sa femme de chambre et de Mme Burridge, sa garde-malade. La Manche était agitée et la traversée fut pénible, mais Sophia se remit rapidement dans le compartiment luxueux en peluche cramoisie, franges de soie et draps brodés, de l'express Calais-Méditerranée. Arrivée à Nice, elle découvrit les amandiers, pêchers et abricotiers en fleurs, la baie des Anges bleu et vert, étincelant au soleil, les yachts élégants, ancrés à l'abri du vent. Il avait été décidé que, puisqu'elle avait besoin de repos et de calme, il valait mieux qu'elle s'installe dans une villa. Il eût été, en fait, impossible d'en dénicher une, car la saison battait son plein, mais l'un de ses compatriotes, un diplomate de l'ambassade de Russie à Londres, lui avait prêté son pied-à-terre à Nice pour tout le temps qu'elle souhaiterait.

Dès qu'elle franchit le seuil de la villa, elle se sentit chez elle. Située dans un jardin complètement fermé aux regards indiscrets, la villa était décorée et meublée à la russe ; les domestiques étaient russes, eux aussi, ce qui ajouta à l'impression qu'eut Sophia d'entrer dans une demeure familière. Enfant, elle avait visité la Riviera, avec ses parents, pratique courante chez les Russes fortunés désireux de fuir les pires mois d'hiver. A l'époque, elle était restée confinée dans les lieux réservés aux enfants, mais elle se souvenait encore assez bien de la ville. Toutefois, pour le moment, elle ne souhaitait pas s'aventurer au-delà des grilles du jardin, prête à jouir de sa solitude en lisant les livres qu'elle avait apportés ainsi que ceux qui l'attendaient dans la magnifique bibliothèque remplie de volumes.

A mesure que les jours passaient, sa convalescence progressait dans ce climat apaisant ; Sophia se sentait l'esprit en paix, loin de cette tension permanente créée par les humeurs imprévisibles d'Edmund, sans aucune décision à prendre. Elle lui écrivait régulièrement, poussée par le sens du devoir, puis, une fois sa tâche accomplie, l'éliminait de ses pensées pour ne pas gâcher sa convalescence à l'idée des problèmes qui l'attendraient au retour. Elle envoya à Irène des cartes postales enjouées que Mme Burridge allait lui acheter ; sa correspondance s'arrêta là. Une secrétaire attachée au personnel de la villa déclina les invitations qui lui parvinrent. Rien ne la tenta, pas même une pittoresque bataille de fleurs dont elle suivit de loin le défilé, les orchestres de cuivres et la foule exubérante ; quelques pétales atterrirent dans le jardin où elle lisait, assise, et elle se contenta de lever les yeux de son livre pour les voir tomber à ses pieds.

Au bout de trois semaines, elle se força à sortir de sa solitude et à se promener dans la calèche découverte qui appartenait à son hôte. Elle regarda, d'un air d'abord prudent, à droite et à gauche, les maisons aux teintes pastel avec leurs balcons de couleurs vives, les hôtels d'un baroque ostentatoire, les rues étroites et les larges boulevards, les cafés aux stores rayés et les nuages dorés des mimosas en fleur. Des personnes élégamment vêtues flânaient sur la Promenade des Anglais, dans un flot d'ombrelles colorées qui dessinaient comme un vol de confettis le long de la baie étincelante. Avant même la fin de sa promenade, Sophia se sentit revigorée et en forme, malgré un dégoût encore assez prononcé pour la foule, lié à la terreur que lui inspirait l'idée qu'un jour elle devrait reprendre la vie commune avec l'homme pompeux qu'elle avait épousé.

Cependant, son bon sens lui dictait que sa guérison dépendait totalement d'elle et de ses efforts. Sa santé s'était suffisamment améliorée pour que Mme Burridge ait pu regagner l'Angleterre, et le séjour de Sophia tirait à sa fin. Par une journée d'une beauté exceptionnelle, elle décida qu'il était temps pour elle de reprendre contact avec la société. Afin de se remonter le moral et de calmer les tremblements qui l'affligeaient, elle choisit une toilette neuve en taffetas, suspendue dans sa garde-robe depuis son arrivée. De couleurs douces et agréables, aux reflets changeants, elle était garnie d'une ceinture qui serrait sa taille très mince et d'un col montant en satin blanc orné de dentelle, assorti aux petites plumes d'autruche neigeuses de son chapeau à large bord.

Elle demanda au cocher de l'arrêter à un endroit précis et descendit d'un air résolu pour rejoindre les flâneurs sur la promenade bordée de palmiers. Espérant ne rencontrer aucune connaissance pour cette première sortie publique, elle porta toute son attention sur un yacht élégant qui entrait dans la baie et inclina son ombrelle de manière à se protéger davantage des regards des passants que du soleil. Mais un homme de grande taille l'aperçut et la reconnut, bien qu'il fût en train de bavarder avec un couple de vieux Anglais, rencontré par hasard. Du coin de l'œil, il la vit s'éloigner, réussit enfin à se dégager et hâta le pas pour la rejoindre. Sa grande ombre se projeta à côté d'elle.

— Bonjour, madame Lindsay. Quelle merveilleuse surprise de vous voir à Nice !

Le cœur de Sophia cessa presque de battre en entendant la voix de Gregory Burnett, dont elle se souvenait si bien. Consciente que c'était le destin qui les mettait en présence l'un de l'autre, elle tourna la tête et lui fit face. Le regard de Gregory était chargé d'une telle intensité qu'elle en oublia leurs dix ans de différence et se sentit de nouveau jeune et belle.

— Monsieur Burnett ! s'exclama-t-elle d'une voix un peu rauque. Comment allez-vous ? Etes-vous aussi en vacances ?

Il secoua la tête avec un sourire faussement piteux.

— Je regrette de dire que je suis ici pour affaires. En est-il de même pour votre mari ? Travaille-t-il pendant que vous vous promenez ?

Elle détourna les yeux et regarda devant elle tandis qu'ils poursuivaient leur promenade ensemble.

— Edmund n'est pas à Nice, répondit-elle d'une voix calme. Je suis seule ici dans une villa charmante qui m'a été prêtée.

— Cela doit être très agréable, beaucoup plus que de prendre une suite dans l'un de ces grands hôtels.

— Je reconnais que je suis heureuse de jouir de la paix d'un jardin pour moi toute seule. Cela m'a permis de faire des lectures longtemps remises.

— Comment avez-vous passé votre temps en dehors de cela ? Etes-vous allée aux courses ? A l'opéra ? Jusqu'au casino de Monte-Carlo ?

Elle secoua la tête en souriant, les yeux brillants sous son large chapeau.

— Rien de tout cela. J'ai mené une vie calme. En fait, c'est ma première promenade depuis que je suis arrivée.

— Alors, j'ai de la chance de vous avoir rencontrée !

Ils continuèrent de bavarder sur un ton léger, en harmonie avec les lieux inondés de soleil et l'atmosphère oisive qui régnait. Ils quittèrent ensuite la Promenade pour s'asseoir à la terrasse d'un café au store bleu rayé et boire du thé russe, entourés de vasques de fleurs. Lors de leur première rencontre à Londres, elle l'avait trouvé dangereux et séduisant. Sous son regard admiratif, elle s'épanouit, comprenant qu'il la trouvait toujours désirable. Elle se sentit grisée et merveilleusement heureuse, soudain libérée de tous liens et responsabilités. A la fin de l'après-midi, ils surent tous deux qu'il ne se rendrait à ses rendez-vous d'affaires à Cannes ni le lendemain ni les prochains jours.

Elle cessa ses lettres quotidiennes à Edmund. Et toute correspondance. Même les cartes postales destinées à Irène furent oubliées dans son secrétaire. Pendant un bref interlude, rien d'autre n'exista plus pour elle en dehors de la villa et du jardin ;

elle reprit sa vie solitaire, mais, cette fois, cette solitude était amoureusement partagée.

L'idylle toucha à sa fin quand il ne leur fut plus possible d'ignorer le monde extérieur. Gregory partit pour Cannes. Une demi-heure après son départ, Sophia reçut un télégramme d'Edmund, annonçant qu'il arriverait le lendemain pour la ramener à la maison, comme promis. Elle regarda longuement le télégramme, semblant faire un effort pour se rappeler qui il était et quelle vie l'attendait au-delà des murs de la villa.

Le temps qu'il arrive, elle s'était complètement ressaisie et elle lui présenta un visage serein. Il ne restait plus aucune trace de la femme follement amoureuse qui s'était abandonnée durant quelques brèves journées dans les bras d'un autre homme.

4

Irène n'avait jamais vu sa belle-mère aussi en beauté. Le charme du Sud de la France avait agi sur Sophia, lui faisant un bien extraordinaire. Elle rayonnait d'un éclat juvénile, rappelant à Irène le jour de son arrivée à Milton Square, plusieurs années auparavant. Soulagé de voir son épouse rétablie physiquement et moralement, Edmund s'étonna, cependant, d'une transformation aussi radicale. Peu habitué à laisser son imagination l'emporter, il éprouva le sentiment étrange que, d'une manière indéfinissable, la femme qu'il avait ramenée de Nice différait de celle qui y était partie. Pourtant, pour la première fois depuis longtemps, Sophia se sentait beaucoup plus elle-même, ayant recouvré sa plénitude et sa beauté grâce au chaud soleil et au changement d'air. Habituellement patiente envers son mari, elle se montra encore plus patiente. Détachée d'Edmund, elle s'abandonna à lui avec une ardeur qu'il ne lui connaissait plus. Curieusement aussi, toute remontrance acerbe de la part d'Edmund ne semblait plus avoir aucun effet sur elle. Elle ne paraissait même pas l'entendre et plus jamais n'apparurent les larmes qu'elle versait facilement jadis et qui irritaient tant son mari.

Sophia se rendait parfaitement compte du changement opéré en elle et s'en réjouissait. Edmund avait essayé de la briser lentement, se servant de sa sensibilité comme d'une arme contre elle, mais, à présent, il n'avait plus de prise sur elle. Elle se dit qu'il était étrange que ses deux maris, très différents mais affligés du même égoïsme, aient chacun tenté de la briser, le premier par mépris des femmes, le second par une tyrannie possessive. Elle avait l'impression que, incapables d'affronter ce qu'il y avait en elle de vivant et de vital, ils s'efforçaient de le bannir. Avec Gregory, elle avait connu l'accomplissement total de ce qui avait représenté beaucoup plus qu'un simple rapport physique. Auprès de lui, elle s'était sentie redevenir une vraie femme, un être jouissant de tous ses droits. Alors qu'elle avait jusque-là considéré l'infidélité comme le plus grand péché, elle constatait avec stupeur que sa conscience ne la tourmentait qu'à peine. Ni Gregory ni elle n'avaient envisagé de poursuivre leur liaison après Nice. Ce qui s'était passé entre eux leur suffisait pour le moment. Elle ne souhaitait nullement remuer ce qui pouvait rester enfoui dans les recoins les plus reculés de son cœur. Si de tendres sentiments s'y cachaient encore, ils devaient demeurer secrets. La seule chose importante était qu'elle pouvait, plus que jamais, rester la femme d'Edmund et que rien de ce qu'il pourrait dire ou faire ne menacerait sa personnalité. Si, parfois, elle avait la sensation d'être dans les bras de Gregory, il ne s'agissait que d'un effet passager de son imagination qui s'estompa avec le temps pour aller rejoindre ces heures passées dans la chambre baignée de soleil et ces nuits avec les fenêtres ouvertes sur la lune.

Durant l'absence de sa femme, Edmund avait cessé toutes mondanités, car, en dehors des repas d'affaires, il ne tenait pas à sortir sans elle. Il avait donc passé ses soirées à la maison, ce qui avait gêné Irène, obligée de rentrer presque directement d'Essex House, sans pouvoir s'attarder avec Derek. Lorsque son père et Sophia reprirent leur vie mondaine, Irène redevint libre d'agir à sa guise.

Quant à Derek, il avait mis à profit cette période pour rechercher un lieu de rencontre qui fût convenable pour tous deux. Si cela n'avait dépendu que de lui, il se serait contenté de louer la première chambre meublée venue ; mais son bon sens lui soufflait qu'Irène, amoureuse romantique, aurait refusé un arrangement aussi prosaïque. Il devrait au moins attendre de l'avoir initiée aux plaisirs de l'amour. Il ne tenait pas à la perdre par maladresse. C'était uniquement pour cette raison qu'il s'était maîtrisé d'innombrables fois, rendu à moitié fou de désir par ses ardents baisers et par son corps jeune et ferme qu'il n'avait pu caresser qu'à travers ses vêtements. Lorsqu'il la raccompagnait après les cours, il lui était arrivé de déboutonner sa blouse et de toucher ses seins, sans les voir, sentant ses mamelons se dresser sous ses doigts, et le parfum de sa peau l'avait enivré. Le jour de leurs retrouvailles dans le magasin, alors qu'il croyait tout fini entre eux, son regard s'était furtivement posé sur ses seins et il avait failli perdre la tête. Jamais, auparavant, il n'avait attendu aussi longtemps une fille, désiré aussi fort la découvrir et la posséder, et il venait enfin, après avoir bien pesé le pour et le contre, de découvrir un endroit pour leurs rendez-vous.

Ce jour-là, l'air sentait le printemps. Irène tenait à la main un bouquet de violettes qu'il lui avait offert avec ses deux derniers pence.

— J'ai trouvé quelque chose pour nous, annonça-t-il d'un ton triomphant. Ce sera parfait !

Elle s'arrêta et virevolta dans ses bras.

— Où ? demanda-t-elle, excitée.

— Devinez, plaisanta-t-il, tout content.

Elle cita plusieurs lieux, mais il répondit chaque fois qu'elle était très loin.

— Ne me faites pas languir plus longtemps ! implora-t-elle en lui pinçant tendrement la joue.

Il prit ses deux mains dans la sienne.

— Un baiser d'abord, exigea-t-il en jouant au seigneur.

Elle obtempéra, comme toujours profondément troublée par la manière dont il s'emparait de sa bouche. Elle posa la tête sur son épaule.

— Où est-ce ? insista-t-elle doucement, redevenue aussi sérieuse que lui pendant leur long baiser.

— Au magasin, répliqua-t-il sur le même ton. Après les heures ouvrables. J'ai fait faire un jeu complet de clés.

Elle s'écarta pour lui jeter un regard incrédule. Ils se remirent à marcher.

— C'est l'endroit idéal, approuva-t-elle. Le seul danger, c'est qu'une patrouille de police nous prenne pour des voleurs.

— Aucun risque, affirma-t-il. Je vous dis que j'ai pensé à tout. Vous n'avez plus qu'à m'indiquer le jour qui vous convient.

Elle réfléchit quelques instants, puis prit sa décision. Cela se passerait le soir où son père et Sophia devaient aller au théâtre avec des amis et souper dehors ensuite.

— Mardi prochain, répondit-elle d'une voix ferme.

— Oh, ma chérie ! s'écria-t-il en la serrant très fort contre lui, l'embrassant avec une ardeur si sauvage qu'elle douta une seconde de sa sagesse à accepter un plan aussi audacieux.

Sophia ne manifestait aucun enthousiasme pour cette soirée. Lorsque Edmund lui avait annoncé qu'il avait réussi à obtenir une loge pour la première du nouveau spectacle de George Edwardes au Gaiety Theatre, elle avait frémi. L'imprésario était célèbre pour ses spectacles musicaux somptueux et les costumes magnifiques portés par de très belles filles. La femme de Gregory, Lillian Rose, faisait partie de la distribution. Sophia n'était pas encore préparée à voir ce qui pourrait lui rappeler Gregory, même de manière aussi indirecte, puisqu'il ne s'agissait, en fait, que de regarder, depuis une loge de théâtre, une jeune femme qu'elle n'avait jamais rencontrée et espérait ne jamais croiser. Elle se dit avec une appréhension prémonitoire que le destin semblait tout faire pour s'assurer qu'elle n'oublierait pas cet intermède romantique à Nice. Le vieil adage concernant les pots cassés qu'il fallait payer lui revint en mémoire. Ils avaient échangé des confidences tranquilles et avaient pu bavarder entre deux étreintes amoureuses. Elle souhaitait de tout son cœur qu'elle et Gregory puissent rester de tendres amis, à défaut d'être de nouveau amants, mais n'y croyait guère.

La soirée redoutée arriva. Pour ajouter au malaise de Sophia, Edmund avait invité deux collègues dont elle n'aimait pas les épouses. Eileen Harding et Clare Balfour manifestaient un appétit insatiable pour les cancans les plus cruels et Sophia faisait toujours attention à ce qu'elle disait devant elles. La remarque la plus innocente pouvait être mal interprétée et déformée. Et Sophia savait qu'elles ne lui pardonnaient pas de les éviter depuis des années. Lorsqu'ils se retrouvèrent tous au foyer du Gaiety Theatre, dans le Strand, Sophia jugea leurs effusions encore plus déplaisantes.

Le théâtre, doté d'une très grande salle, avait fait des débuts très modestes quarante ans plus tôt. Le mérite de son succès actuel en revenait au « Gouv'neur », ainsi qu'on appelait George Edwardes, à son jugement infaillible dans le dosage de tous les ingrédients nécessaires pour faire de ses productions des réussites totales. Même si les chansons et les dialogues de ses spectacles étaient toujours pleins de sous-entendus, ils n'entraient pas dans la catégorie dite « grivoise » et ne comportaient rien d'offensant, sauf aux yeux des plus prudes. George Edwardes pouvait donc attirer dans son théâtre aussi bien les dames respectables que leurs époux. Comme il habillait toujours ses danseuses de costumes somptueux, il veillait à ce qu'elles sachent les porter avec panache, et qu'elles aient une allure suffisamment sensuelle pour que les hommes se précipitent sur leurs jumelles afin de lorgner plus aisément un décolleté audacieux ou une cuisse bien faite. Il était passé maître dans cet art, sachant que ce qui était caché ou suggéré excitait davantage qu'une nudité étalée.

Les filles affluaient de tous les coins du pays afin de passer une audition pour chaque spectacle, brûlant toutes de devenir une « Gaiety Girl ». Quand l'une d'elles avait la chance de répondre à toutes les exigences du Gouv'neur en matière de physique et de talent, son style de vie changeait de manière irrévocable. Les Gaiety Girls étaient prises en main : on leur apprenait à marcher, à parler et à se conduire en société ; on leur donnait des leçons de chant et de danse jusqu'à ce qu'elles atteignent le niveau requis ; enfin, elles suivaient des cours d'escrime et d'équitation et on leur enseignait à bien se comporter dans la vie. La fille qui foulait les planches de la célèbre scène n'était pas n'importe qui, aussi n'y avait-il rien d'étonnant à ce que chaque homme jeune — ou moins jeune — recherchât le privilège d'être son chevalier servant, la dernière étape étant d'inviter à souper l'une de ces demoiselles qui formaient l'élite soigneusement sélectionnée par George Edwardes, élite connue sous le nom des Huit Grandes, cela en référence au statut dont elles jouissaient et non à leurs silhouettes voluptueuses en forme de sablier. Fleurs, bijoux, chocolats et capes de fourrure s'amoncelaient dans les vestiaires, mais la plupart des Gaiety Girls, connaissant leur valeur, briguaient la bague au doigt et, si possible, le titre allant de pair. Un certain nombre d'entre elles y réussissaient et entraient dans les rangs de l'aristocratie, grâce à leur beauté, à leur charme et, parfois, à leur vivacité d'esprit. Leur exemple encourageait celles qui suivaient leurs traces sur les planches du Gaiety.

Sophia ignorait la cause de l'échec du mariage de Gregory et de Lillian. Il ne lui avait rien dit de cet aspect de sa vie privée, mais il l'avait écoutée avec attention lui parler de ses problèmes, les effaçant par sa tendresse physique et sa sensibilité exceptionnelle. Il avait apaisé les blessures dont elle avait souffert en épouse courageuse et soumise. Elle n'arrivait pas à croire qu'une femme saine d'esprit puisse renoncer de son plein gré à un amant tel que lui.

Personne ne pouvait accuser Gregory d'avoir interrompu la carrière de Lillian en l'épousant. Au contraire, elle avait continué de se produire dans des music-halls jusqu'à son engagement au Gaiety. Pour des raisons connues d'eux seuls, cela avait signifié la fin de leur union. Ils avaient cessé toute vie commune, même s'il leur arrivait encore de sortir ensemble. On eût dit que l'idée du divorce ne les avait jamais effleurés. Sophia se demandait si Gregory aimait toujours sa femme. Cette éventualité suffisait à rendre poignant pour elle l'instant où Lillian apparaîtrait sur la scène.

Lorsque Edmund eut installé ses invités dans la loge, Sophia vit que bon nombre des fauteuils d'orchestre, des corbeilles et des autres loges étaient occupés par des gens qu'elle connaissait. Des sourires et des saluts s'échangèrent de tous côtés : l'assistance se sentait d'une humeur de fête, car la première d'un spectacle au Gaiety constituait un événement mondain important. Les tenues de soirée étaient de rigueur, les bijoux et les plastrons étincelaient, les éventails bruissaient. Sophia portait une robe longue en faille verte, une parure d'émeraudes et un boa de soie blanche plissée, enroulé autour d'elle à la dernière mode. Son éventail, également en soie blanche, aux branches incrustées d'argent et de perles, lui avait été offert par Edmund à l'occasion d'un anniversaire. Toujours prévenant, il venait d'ouvrir une grande boîte de chocolats enrubannée qu'il déposa sur le rebord en peluche de la loge. Clare Balfour, qui accusait déjà un certain embonpoint, se servit la première. Sophia était flanquée à sa droite de Clare Balfour et à sa gauche d'Eileen Harding.

Ouvrant son programme frangé de rouge, Sophia parcourut du regard la distribution et vit que Lillian se trouvait à la tête des Huit Grandes, ce qui faisait d'elle la vedette du groupe. George Edwardes avait pour tradition d'utiliser le mot « girl » dans les titres de ses productions — qui allaient de *The Circus Girl* à *The Runaway Girl*. En l'honneur de l'intérêt prodigieux manifesté aux voitures sans chevaux (Edmund lui-même envisageait de s'acheter une Daimler), le nouveau spectacle s'appelait *The Motoring Girl*. Alors que Sophia finissait de lire le programme, Clare se pencha vers elle et souligna de son doigt ganté de blanc le nom de Lillian Rose.

— C'est la femme de M. Burnett, le diamantaire, dit-elle, exhalant une odeur de chocolat parfumé à la framboise.

— Oui, je sais, répondit Sophia brièvement.

Clare s'appuya à son dossier en faisant mine de se reprocher sa stupidité.

— Bien sûr, que vous le savez ! Je l'avais oublié. Tout le monde est au courant, et pas seulement dans notre petit cercle où nos époux font affaire avec M. Burnett. Je pense que madame se sert de son mariage pour sa carrière, quoique cela ne semble pas décourager les bellâtres qui se pressent autour d'elle ! ricana-t-elle en s'offrant un second chocolat.

Eileen lança un coup d'œil en biais à Sophia.

— M. Burnett, déclara-t-elle, est moins heureux dans sa position de mari abandonné, ne trouvez-vous pas ?

Toujours ennuyée de parler d'autrui devant ces deux femmes dont Edmund lui avait infligé la présence pendant toute la soirée, Sophia murmura, tout en feignant de s'absorber de nouveau dans son programme :

— J'espère que sa réussite professionnelle lui apporte quelques compensations. Ah ! Je vois que Seymour Hicks va interpréter plusieurs chansons. Il a une si belle voix !

Eileen n'avait pas l'intention de changer de sujet.

— Rien ne peut compenser la position délicate dans laquelle se trouve M. Burnett lors d'une réception. Il est, en quelque sorte, un paria dans notre société, l'époux qui vit séparé de sa femme. Les autres maris, craignant qu'il ne courtise leurs épouses, sont jaloux de lui ; d'autant qu'il est bel homme et qu'aucune femme seule, soucieuse de sa réputation, ne peut fréquenter quelqu'un comme lui.

Clare éleva la voix, qu'elle avait déjà perçante, pour se faire entendre en dépit de l'orchestre qui commençait de jouer les premières mesures de l'ouverture.

— Il a plus de chance que vous ne croyez, Eileen. On m'a dit que plusieurs femmes mariées étaient disposées à le consoler, à l'abri des regards indiscrets.

Eileen acquiesça de la tête, comme s'il s'agissait d'un signal convenu entre elles, et s'adressa à Sophia d'un ton faussement suave :

— A propos, ma chère, comment s'est passé votre séjour à Nice ?

Sophia crut que son cœur cessait de battre, mais, après avoir manqué un battement ou deux, il repartit de plus belle et beaucoup plus rapidement. Cette flèche destinée à l'éprouver n'avait rien de subtil. D'une manière ou d'une autre, on avait appris qu'elle s'était trouvée à Nice en même temps que Gregory. Mais où était donc le danger ? Ils ne s'étaient rencontrés qu'une seule fois en public et avaient passé le reste du temps enfermés dans la villa. Personne ne pouvait être au courant de leur liaison. Sois calme, se dit-elle. Il n'y a aucune raison de s'inquiéter.

— Mon séjour m'a fait beaucoup de bien, répondit-elle d'une voix normale. Je me suis complètement rétablie.

— J'en étais sûre, approuva Eileen avec chaleur. Tout a concouru à rendre des couleurs à vos joues. J'espère que vous me raconterez cela un de ces jours.

Sophia se contint pour ne pas manifester son irritation. Elle tourna la tête et regarda froidement la femme, droit dans les yeux.

— Connaissez-vous Nice ? Je serais heureuse de vous donner des conseils.

— Oh ! rétorqua Eileen en levant un sourcil, j'y suis allée de nombreuses fois, quoique pas récemment. Cependant, ma cousine par alliance, Amelia Harding, y séjournait le mois dernier et vous a vue sur la Promenade des Anglais.

Cela expliquait tout. Eileen essayait de faire une montagne d'une taupinière — sa rencontre en public avec Gregory. Sophia recouvra son sang-froid.

— Vraiment ? Je ne crois pas connaître votre cousine.

— Vous n'avez jamais été présentées, mais je vous l'ai montrée une fois chez Goodwood et, ailleurs encore, une seconde fois.

— Quel dommage qu'elle ne soit pas venue à moi, à Nice !

— Elle l'aurait fait si vous aviez été seule. Elle n'a pas voulu être indiscrète.

— Elle ne l'aurait pas été, rétorqua Sophia calmement, quelle que fût la personne avec qui je me trouvais.

— C'est ce que vous dites, ma chère, rétorqua Eileen avec un sourire rusé. Amelia s'est rendue à votre villa, mais vous étiez sortie.

— Je ne suis allée à Nice que pour me reposer et j'ai donc dû refuser toute visite non annoncée.

— Comme vous êtes sage ! s'exclama Eileen en tapotant le bras de Sophia d'un air faussement conspirateur. A votre place, j'aurais agi de même. Cependant, j'aimerais que vous rencontriez ma cousine un de ces jours. (Les lumières de la salle s'éteignirent et Eileen secoua les épaules en signe d'excitation feinte en échangeant un regard avec Clare.) Ça commence ! J'adore les spectacles du Gaiety !

— Moi aussi, acquiesça Clare.

Alors que le rideau se levait sur une scène d'une beauté spectaculaire qui déchaîna les applaudissements spontanés de l'assistance, Eileen se pencha pour murmurer à l'oreille de Sophia ce qui pour tous ne pouvait être qu'une remarque de dernière minute, avant de goûter la représentation.

— Amelia et vous pourrez discuter des avantages comparés de la vue que vous aviez de vos fenêtres respectives. Sa villa était située sur la colline juste au-dessus de la vôtre et elle pouvait apercevoir un petit coin de votre jardin entre les arbres.

Elle reporta son attention sur la scène, ses traits rudes estompés par l'obscurité, la mine délibérément candide.

Sophia ne bougea pas, décidée à ne pas laisser transparaître l'effet que ces quelques mots soigneusement choisis avaient eu sur elle. Elle garda les yeux fixés sur la scène, sans vraiment distinguer les danseuses, consciente seulement du mouvement et de la couleur, sourde à la musique bruyante comme si, brusquement, elle était atteinte de surdité. Elle se rappela que Gregory et elle avaient passé de nombreuses heures ensemble dans le jardin, marchant enlacés dans les allées sinueuses, bavardant serrés l'un contre l'autre, échangeant un baiser lorsqu'ils se savaient à l'abri de tout regard curieux. Est-ce que la cousine-espionne les avait surpris alors qu'ils traversaient une partie dégagée de la pelouse ? Toutes les villas étaient entourées de grands jardins et il semblait difficile de pouvoir identifier, de loin, un couple en promenade. Sauf si on se servait de jumelles. Un frisson glacé parcourut le corps de Sophia à cette idée et l'empêcha de suivre le spectacle. L'allusion malveillante suggérant qu'on en savait plus que l'on n'en disait sur son séjour à Nice était de mauvais augure. Le scandale pouvait tout détruire et tout ruiner. Elle n'arrivait pas à s'imaginer l'intensité de la jalousie du pauvre Edmund, si un tel ragot parvenait à ses oreilles. Il abhorrait toute conduite immorale. Leur mariage prendrait fin. Edmund serait incapable de pardonner, et elle refuserait d'ailleurs, en l'occurrence, tout pardon. Elle crut que sa tête allait éclater devant la tournure affreuse que les événements pouvaient prendre — et cela, à la suite d'une remarque faite dans l'atmosphère la plus frivole !

Elle ne prêta pas attention à l'entrée des Huit Grandes, vêtues de dentelles et de mousselines à faire pâlir Paris, des guirlandes à la Botticelli ondulant sur leurs têtes au port souverain. Leur danse gracieuse avait un caractère effrontément sensuel, leurs expressions faussement amusées et condescendantes semblaient considérer comme naturel l'hommage fait à leur féminité éblouissante. Elles chantèrent en faisant tournoyer leurs ombrelles, exécutèrent une danse très légère et, seulement alors, Sophia s'aperçut que Lillian se trouvait sur la scène, facile à reconnaître puisqu'elle était la vedette. Sophia la jugea d'une beauté extraordinaire : les yeux d'un violet chatoyant, la peau laiteuse, les cheveux champagne. Son sourire semblait s'adresser à chaque homme, faisant de lui son amant. Elles terminèrent leur numéro, dans un tourbillon de voiles et de roses, formant un tableau charmant. Puis Seymour Hicks, portant un long manteau, une casquette et de grosses lunettes d'automobiliste, bondit sur la scène. Bon comédien, fort apprécié du public, il fut accueilli par un tonnerre d'applaudissements et les danseuses l'entourèrent joliment.

— Girls ! Girls ! déclama-t-il. Qui veut venir faire un tour dans mon automobile ?

Les scènes très enlevées provoquèrent le rire et la bonne

humeur, autres qualités des spectacles de George Edwardes. Sophia crut que la soirée ne se terminerait jamais.

A l'instant où le rideau se levait, Irène partait rejoindre Derek, Old Bond Street. Comme dans plusieurs rues anciennes de Londres, un passage étroit permettait d'accéder à l'arrière du magasin par où entraient les employés. Les policiers l'empruntaient pour leurs rondes de nuit et Irène s'assura qu'il n'y avait personne dans les environs avant d'ouvrir la grille en fer qui empêchait tout intrus de pénétrer chez Lindsay. Derek sortit de l'obscurité en entendant Irène, la fit entrer rapidement et remit le cadenas en quelques secondes. Il poussa ensuite le verrou intérieur.

— Nous sommes en sécurité ! chuchota-t-il.

Toujours dans l'obscurité, il la guida par la main à travers l'atelier et le corridor jusqu'à l'antichambre la moins utilisée, celle qui était dépourvue de fenêtres. Elle était éclairée par des lampes aux abat-jour en soie qui diffusaient une lumière douce. La seule lampe qui n'avait pas été allumée se trouvait sur la table rectangulaire centrale, réservée aux transactions commerciales. Derek ferma la porte derrière eux, vérifia que la porte vitrée de l'atelier ne laissait passer aucune lumière et regarda Irène en souriant.

— Je suis si heureuse ! murmura-t-elle.

— Moi aussi, dit-il, tout aussi doucement.

Il n'osait pas la toucher, craignant de perdre tout contrôle dès qu'il l'embrasserait et de se montrer trop hâtif, alors qu'il souhaitait se conduire avec toute l'élégance due à cette innocente jeune fille, si chère à son cœur. Généralement peu porté à la galanterie dans ces moments-là, il mesura la profondeur de ses sentiments pour elle. Avec une merveilleuse inconscience, elle leva le visage vers lui, les yeux mi-clos, pleine de gaieté.

— Pourquoi chuchotons-nous ? demanda-t-elle à voix basse. Personne ne peut nous entendre.

Il se mit à rire et lui répondit d'une voix normale :

— Pour ma part, je crois que c'est dû au ravissement de vous avoir enfin à moi.

— Comme nous avons de la chance ! acquiesça-t-elle, radieuse. Aucun client, aucun ouvrier bruyant, aucune lampe de policier braquée sur nous. Nous sommes seuls.

— Je vous aime, Irène.

— Je souhaite que nous restions toujours ensemble, fit-elle, le visage rayonnant de tendresse.

— Pourquoi en serait-il autrement ?

— Vous avez dit récemment que vous appréciiez la liberté par-dessus tout, remarqua-t-elle, soudain intimidée.

— Je parlais sûrement de liberté dans mon travail, corrigea-t-il, incapable de se rappeler ses paroles, mais maudissant cette remarque intempestive.

Cela expliquait qu'Irène ne lui ait laissé prendre que quelques libertés avec elle, car les jeunes filles « bien élevées » avaient pour premier principe de n'accorder leurs faveurs que dans le lit conjugal. A cet instant précis, il n'aurait pas supporté que ce qu'il désirait par-dessus tout lui soit refusé.

— Il existe plusieurs sortes de libertés, Irène. La plus belle est celle qui s'affirme lorsque deux êtres partagent leur amour et comprennent que rien ne pourra jamais les séparer.

Les lèvres tremblantes, les pupilles dilatées, elle soupira doucement en entendant ces mots.

— C'est aussi mon avis, approuva-t-elle, haletante.

Il la serra alors dans ses bras et l'embrassa ; la bouche d'Irène se fit si tendre que, sans hésiter davantage, il conduisit la jeune fille sur le divan en velours situé dans un coin de la pièce.

Prévoyant qu'elle se montrerait, au début, réticente et réservée, il lui murmura des paroles apaisantes tout en la dévorant de baisers jusqu'à ce que, peu à peu, elle s'abandonnât complètement. Il déboutonna sa blouse et s'aperçut qu'elle portait le pendentif qu'il lui avait offert. Elle lui avait confié qu'elle ne l'enlevait jamais ; il se contenta d'écarter le bijou et d'embrasser sa peau blanche et douce avant de couvrir ses seins de baisers.

Elle se sentit submergée de plaisir. Elle accepta qu'il lui fasse l'amour, après qu'il eut promis de prendre les précautions nécessaires pour éviter tout risque. Elle s'aperçut qu'elle avait été naïve de croire qu'une fois seuls ils ne feraient que s'embrasser et se caresser longuement. Elle n'aurait jamais pensé qu'elle aurait envie de passer ses doigts dans les cheveux de Derek, de caresser sa nuque ou de rechercher la douceur de ses épaules sous sa chemise ouverte. Il avait enlevé sa veste et sa cravate. Ses vêtements à elle étaient également défaits, sa jupe relevée sur ses hanches tandis qu'il caressait ses jambes gainées de bas et ses cuisses nues, remontant de plus en plus haut sans qu'Irène, éperdue d'amour, songeât ou désirât l'arrêter. Puis les doigts de Derek effleurèrent son sexe et elle laissa échapper un soupir extasié. Il se fit plus pressant, à présent silencieux. L'amour d'Irène transcenda la douleur qu'il lui infligea en lui ôtant sa virginité, saisi soudain d'une frénésie brutale. Alors que, épuisé, il reposait sur elle, Irène l'enlaça amoureusement. Pour une raison inconnue, elle éprouvait un sentiment bizarre de frustration physique, comme si quelque chose qu'elle avait entrevu avait subitement disparu. Cependant, son cœur était plein d'une tendresse dont l'éclat l'irradiait. Elle tourna la tête vers Derek et l'embrassa doucement sur le sourcil.

Il s'étira et la regarda.

— Vous êtes adorable, dit-il, avec un soupir satisfait.

Il voulut faire une nouvelle fois l'amour, mais elle lui fit remarquer que le temps pressait. Il approuva à regret. Une fois prêts à partir, il se montra empreint d'une gravité nouvelle, comme s'il avait compris aussi intensément qu'elle le sens réel de ce pas franchi ensemble. Il l'embrassa à plusieurs reprises, incapable de se détacher d'elle. Elle eut du mal à s'écarter, mais il le fallait.

— Nous devons partir, finit-elle par dire.

Il la lâcha en hochant tristement la tête. Ils traversèrent de nouveau l'atelier sombre et il ferma les portes derrière eux. Ils s'embrassèrent encore une fois passionnément juste avant de vérifier que personne ne passait près de la grille. Quand ils sortirent dans Old Bond Street, il héla une voiture pour Irène et la suivit des yeux tandis qu'elle s'éloignait.

Une fois à Milton Square, elle sonna à la porte, son père étant le seul à posséder une clé. Heureusement, le personnel avait tellement l'habitude de ses horaires irréguliers que le domestique ne s'étonna pas de la voir rentrer si tard. Elle monta lentement l'escalier, toute à son bonheur et à son amour.

Elle dormait profondément lorsque sa belle-mère vint la voir avant de se coucher. Sophia aurait aimé bavarder un moment avec Irène, sentant qu'une compagnie amicale lui aurait fait du bien après les affres de cette soirée. Elle avait néanmoins l'impression d'avoir réussi à maîtriser la situation. Au cours du souper chez Rules, après le spectacle, elle avait proposé à Eileen de venir prendre le thé avec Amelia Harding. Elle avait alors expliqué à Edmund, à haute et intelligible voix, qu'elle s'était trouvée à Nice en même temps que la cousine d'Eileen.

— Qui plus est, avait-elle ajouté, nous étions voisines. Je vais organiser un thé un jour où vous serez à la maison, Edmund. Je suis sûre que vous aimerez entendre, autant que moi, ce que Mme Harding aura à raconter à propos de son séjour sur la Riviera.

Cette attitude n'était pas celle d'une épouse coupable. Elle avait noté, avec satisfaction, une lueur d'incertitude dans les yeux d'Eileen qui avait accepté l'invitation, sans qu'aucun jour fût fixé. Sophia avait continué à bavarder, consciente du regard pénétrant de Clare et espérant avoir jeté le même trouble dans l'esprit de cette femme cupide. Dans la voiture qui les ramenait chez eux, Edmund avait annoncé d'une voix ferme qu'il n'avait nullement l'intention d'assister au thé en question et de perdre son temps à écouter des papotages stupides. Sophia, qui savait qu'il réagirait ainsi, était trop épuisée physiquement et moralement pour répondre et, fort heureusement, il n'y comptait pas.

Elle invita donc Amelia Harding à prendre le thé un après-midi où elle était sûre de la présence de trois amies de longue date. Amelia refusa l'invitation, prétextant un engagement antérieur. Eileen vint, mais personne ne lui laissa l'occasion de placer l'une de ses remarques malveillantes et, après le thé, elle fut la première à partir, trouvant ennuyeuse la conversation aimable et enjouée. Elle croisa Edmund sur le pas de la porte : il avait oublié qu'il devait éviter de rentrer tôt ce jour-là, mais son apparition rendit crédible le souhait formulé par Sophia au restaurant, qu'elle tenait à ce qu'il fût présent. Lorsque ses trois amies s'en allèrent, Sophia sentit que, finalement, l'affaire avait tourné à son avantage. Elle n'inviterait plus Amelia Harding, maintenant que le geste avait été fait. Elle pourrait vivre en espérant que toute possibilité de commérage avait été étouffée dans l'œuf.

5

Irène et Sophia se rendirent au magasin le jour où M. Taylor prit sa retraite. Edmund avait, en effet, souhaité leur présence lors de la remise d'une pendule et d'un chèque à l'homme qui l'avait si fidèlement servi pendant plus de quarante ans. Irène était heureuse de voir le vieil homme avant son départ et de lui adresser tous ses vœux. Elle éprouva un plaisir encore plus grand à la vue de Derek en blouse de travail blanche, aligné avec les autres orfèvres pendant les discours et la remise des cadeaux. Etant donné le risque encouru, ils ne s'étaient rencontrés secrètement qu'une fois dans l'arrière-boutique depuis leur premier rendez-vous, et cette seconde rencontre avait été aussi passionnée que la précédente, le danger ajoutant un certain piment à l'aventure. Leur troisième rendez-vous nocturne était prévu pour la semaine suivante. D'ici là, le successeur de M. Taylor aurait pris ses fonctions mais ils espéraient que cela ne changerait rien pour eux.

Désireux de taquiner Irène en partageant avec elle une plaisanterie qu'eux seuls pouvaient comprendre, Derek parcourut du regard, avec une vivacité comique, tout le magasin, à l'exception de l'endroit où se tenait Irène. Sachant parfaitement qu'il l'observait du coin de l'œil, elle eut du mal à ne pas rire. Comme il lui était cher, cet homme si conséquent dans son amour et si inconséquent dans ses affaires financières ! Elle avait appris les noms de certains chevaux qu'il jouait ainsi que les courses qui l'intéressaient et s'efforçait de suivre les résultats dans les colonnes sportives des quotidiens, accablée quand elle voyait qu'une fois encore la chance n'avait pas été de son côté. Il se montrait toujours plus gai dans l'adversité, affectant un air nonchalant qui, toutefois, ne la trompait plus comme auparavant. Plus il prenait des airs désinvoltes, plus elle savait qu'il avait perdu. Elle se demandait toujours quel aspect de son caractère l'inquiétait davantage : le Derek insouciant ou le Derek sombrement triomphant, les poches pleines de billets de banque et de souverains en or. Ce dont elle était sûre, c'était qu'elle l'aimait, quel que fût son état d'esprit et tout particulièrement aujourd'hui, où il manifestait son sens de l'humour. M. Lindsay commença à prononcer son petit discours, faisant l'éloge de M. Taylor, de sa longue et loyale carrière chez lui. La remise de la pendule fut symbolique car elle était en marbre et en chrysocale et beaucoup trop lourde pour être soulevée facilement. Très ému, M. Taylor remercia en quelques paroles très modestes.

— Je suis entré ici en tant qu'apprenti assistant sous les ordres de votre défunt oncle, monsieur Lindsay. Je me souviens très bien de la disparition du vieux monsieur et du jour où vous êtes devenu le nouveau propriétaire de ces lieux. Vous avez prouvé que vous vous y connaissiez autant que lui en beaux bijoux et j'ai été très honoré de travailler aussi longtemps dans cet établissement respecté de tous. Je vous remercie très sincèrement pour cette magnifique pendule. Elle me rappellera toujours quelques-unes des plus belles années de ma vie. Encore merci.

Irène ne lui serra pas la main comme tous les autres, mais embrassa son vieil ami sur la joue, ignorant le froncement de sourcils désapprobateur de son père devant une telle manifestation d'affection envers un membre du personnel, fût-il sur le point de prendre sa retraite.

— Vous allez me manquer, monsieur Taylor, déclara-t-elle. Le magasin ne sera plus jamais le même sans vous.

— Vous me manquerez aussi, mademoiselle Irène. Votre mère aurait été heureuse de savoir que vous êtes devenue une jeune fille très douée.

Irène songea à part elle qu'elle n'avait jamais autant apprécié un compliment.

Derek lui parla du successeur de M. Taylor avant qu'elle fasse sa connaissance. Son père lui avait dit qu'il avait engagé un homme jeune, mais comme il n'avait pas l'habitude de parler affaires à la maison, elle savait uniquement que le nouveau venu s'appelait Lester Ward. Selon Derek, il était brillant, efficace, connaissait à fond son métier et ne se laissait pas marcher sur les pieds. L'un des vendeurs du magasin avait déjà été renvoyé pour une faute mineure que M. Taylor aurait corrigée d'un conseil, afin d'éviter sa répétition.

En général, Derek n'avait que peu de rapports avec Lester Ward, mais Richardson, le maître orfèvre, avait eu une altercation avec lui dès le premier jour et lui avait rappelé clairement que le magasin et l'atelier formaient deux domaines séparés.

— En ce qui nous concerne, lui dit un jour Derek, le point important, c'est qu'il ferme toujours à l'heure précise. Le vieux Taylor se moquait pas mal de fermer en retard et de garder les vendeurs après l'heure, s'il y avait un client indécis qui prenait son temps pour choisir. Ward sait comment le décider dans un minimum de temps, et à leur entière satisfaction, ce qui signifie que nos projets ne risquent pas de tomber à l'eau à cause d'une fermeture tardive.

Irène avait dessiné une broche représentant un paon dont la

queue nécessitait un grand nombre de pierres et elle était ravie à l'idée de se rendre à plusieurs reprises au magasin pour les choisir une à une. Lorsqu'elle arriva pour sélectionner les premières pierres, elle vit un nouveau vendeur et devina aussitôt qu'il s'agissait de Lester Ward.

Il traversa le grand salon pour venir à sa rencontre. C'était, à première vue, un homme plutôt séduisant, aux yeux gris-bleu enfoncés, au regard pénétrant, aux cheveux châtains fournis et coiffés en arrière avec une raie au milieu. Il portait une veste bien coupée qui élargissait sa carrure.

— Mademoiselle Lindsay, si je ne me trompe. Bonsoir, je m'appelle Lester Ward. Je crains que M. Lindsay ne soit rentré chez lui, mais je suis ici à votre service. J'espère que cette première occasion de vous aider sera suivie de beaucoup d'autres.

Elle trouva cette entrée en matière trop obséquieuse et trop mielleuse, mais se dit que cela plaisait peut-être à certaines clientes.

— Comment allez-vous, monsieur Ward ? Je pense que vous savez que je viens de temps en temps choisir des pierres semi-précieuses pour mon travail ?

— Oui, bien sûr. Tout est prêt.

Il l'escorta à travers le magasin et le corridor, bien qu'elle eût tenté d'un geste de lui faire comprendre qu'elle connaissait le chemin. Il lui parla du temps doux qui avait fait éclore les premières jonquilles dans les parcs. Il eut beau essayer de tout faire pour se rendre agréable à ses yeux, l'aversion qu'elle avait éprouvée au premier regard ne fit que croître ; elle se reprocha son manque de charité. Il était plein de bonnes intentions et ne pouvait pas savoir qu'il était difficile à Irène d'accepter de voir quelqu'un remplacer M. Taylor. Il ne pouvait pas davantage soupçonner que son teint pâle et sa peau lisse dont il était sûrement très fier lui rappelaient les mains en cire qui la faisaient depuis toujours frissonner. En vérité, il s'agissait plus que de détails. Elle n'aimait pas la façon qu'il avait de la regarder. Habituée comme toutes les jeunes filles à remarquer les regards admiratifs et appuyés que les hommes lui lançaient, elle jugea l'attitude de Lester Ward furtive et sournoise et détesta ses coups d'œil obliques. Il s'effaça pour la laisser passer la première dans le corridor au bout du salon principal et elle sentit ses yeux s'attarder sur elle aussi intensément que s'il avait plaqué ses mains trop blanches sur ses fesses.

Elle atteignit la porte de l'atelier et, soulagée, tourna la poignée d'un geste ferme, bien décidée à ne pas le laisser entrer avec elle.

— M. Ryde doit m'attendre pour m'aider, comme d'habitude, à choisir mes pierres, dit-elle par-dessus son épaule, avec une inclination polie de la tête.

Il n'était pas homme à se faire congédier aisément.

— Mais je les ai déjà préparées dans cette salle, annonça-t-il en ouvrant toute grande la porte de la plus spacieuse des trois antichambres.

Elle aperçut, en effet, les plateaux contenant les pierres multicolores alignés sur la table, sous la lumière centrale. Il ne lui restait plus qu'à entrer ; Ward se précipita pour lui offrir un siège.

— Voulez-vous prévenir M. Ryde que je suis disposée à choisir mes pierres ? dit-elle en s'asseyant.

— C'est un honneur pour moi de vous assister en cette tâche.

Il tira le fauteuil situé de l'autre côté de la table et s'assit.

— Avez-vous apporté votre dessin ? demanda-t-il.

La colère se mêla chez Irène à l'aversion qu'elle avait dès l'abord ressentie. Elle aurait voulu souligner que Derek était son seul conseiller, mais se rendit compte que ce serait imprudent. L'homme assis en face d'elle était trop à l'affût. Elle sentait qu'il eût été prêt à bondir sur tout ce qui semblait inhabituel et qu'il agirait comme un bull-terrier avec un rat. Elle tira, de mauvaise grâce, le dessin de son sac et le déplia sur la table. Elle l'avait apporté pour le montrer à Derek dont elle souhaitait connaître l'avis. Les compliments de Lester Ward la laissèrent froide.

— Il me faudrait des turquoises et des améthystes pour la queue, dit-elle en examinant le contenu du plateau.

— Et pour le cou ?

— Il sera en émail. Je vais chercher quelque chose de brillant pour les yeux.

Elle était décidée à opérer son choix le plus vite possible, alors que, d'habitude, avec Derek, cette opération durait au moins une demi-heure et parfois même une heure. Pour la première fois, elle regretta la règle établie par son père qui interdisait de prendre toutes les pierres nécessaires en une fois, car si cela n'avait dépendu que d'elle, elle aurait choisi tout ce qu'il lui fallait pour son paon et ne serait plus revenue perdre son temps en compagnie de Lester Ward. Elle savait qu'elle trouverait le plateau tout prêt lors de ses prochaines visites et qu'il s'arrangerait pour s'occuper d'elle, la privant ainsi des rencontres avec Derek.

Elle avait presque terminé son choix, lorsque Lester Ward fut appelé au magasin. Elle en profita pour rejoindre Derek dans l'atelier où il travaillait seul à réparer un collier. Il avait espéré la voir avant son départ. Il se leva aussitôt et l'embrassa. Ils se mirent à parler en même temps, indignés de ce que Lester Ward les eût privés de ce moment qu'ils auraient pu passer ensemble.

— Tout est arrangé pour jeudi soir, déclara Derek.

Elle se dégagea à regret et soupira :

— Je dois regagner la pièce avant son retour.

— Au moins Ward n'a-t-il pas choisi notre « chambre » pour vous montrer les pierres, observa-t-il avec un regard tendre.

Elle lui sourit du seuil de la porte.

— J'en suis heureuse.

Elle avait à peine regagné son siège que Lester Ward entra d'un pas pressé et s'excusa longuement d'avoir dû la laisser. Elle l'interrompit en lui montrant sa sélection. Après avoir rempli les formalités habituelles et signé le registre, Irène rangea la petite boîte dans son sac.

— Quand comptez-vous revenir, mademoiselle Lindsay? demanda-t-il en lui ouvrant la porte donnant sur la rue.

— J'ignore totalement le moment où j'aurai besoin d'autres pierres. Cela dépendra du temps que je mettrai à réaliser mon modèle.

— Je serai là, à tout instant, à votre disposition, affirma-t-il.

Elle sourit intérieurement. Il ne serait certainement pas au magasin lors de ses rendez-vous amoureux.

Derek la posséda aussi violemment qu'auparavant, en proie à un désir fou. Il imaginait, sans doute, qu'elle partageait une partie de sa jouissance, et elle était heureuse de lui plaire.

Ils commencèrent à faire des projets et à parler de leur avenir. Ils se marieraient à la fin de ses études à Essex House : elle aurait alors vingt et un ans et personne ne pourrait les séparer. Ils s'en iraient à l'étranger et travailleraient côte à côte dans un atelier de joaillerie jusqu'au jour où ils pourraient monter leur propre affaire. Elle dessinerait les modèles et Derek les exécuterait. Elle était suffisamment perspicace pour sentir que, quels qu'eussent été les sentiments de Derek à son égard avant qu'elle soit devenue sienne, son amour avait considérablement grandi depuis. Elle était sûre qu'il était prêt à tout pour elle. Il avait déjà promis de cesser de jouer aux courses et elle espérait qu'avec le temps il serait complètement délivré de cette passion. Elle l'aiderait de toutes les manières possibles.

Seule Sophia se douta que sa belle-fille était amoureuse. Elle remarqua que le visage radieux et enjoué d'Irène était devenu plus rêveur et plus intériorisé, comme si des rêves secrets habitaient ses pensées. Sophia souhaitait que le jeune homme en question fût digne de la jeune fille et supposait qu'il s'agissait d'un étudiant de l'Ecole des arts appliqués, car il ne faisait certainement pas partie de ceux qui la courtisaient dans les soirées et les bals auxquels elle se rendait de temps à autre.

Sophia n'éprouvait pas la même tranquillité d'esprit en ce qui concernait ses propres affaires : depuis peu, elle avait l'impression que les commérages sur son séjour à Nice avaient repris de plus belle, si tant est qu'ils eussent jamais complètement cessé comme elle avait été portée à le croire. Elle en connaissait la raison. On la soupçonnait d'avoir commis le péché le plus abominable aux yeux des autres femmes, celui d'avoir pris un amant plus jeune. Même l'épouse la plus dévouée et la plus fidèle manifestait une jalousie féroce, consciente ou non, lorsqu'elle apprenait qu'une femme d'âge mûr s'éprenait d'un homme plus jeune. Les griffes s'aiguisaient, les langues se déchaînaient avec une telle rosserie que Sophia, témoin de ces réactions dans le passé, avait toujours considéré avec une stupeur silencieuse ces manifestations de rage envieuse, dont certaines émanaient de femmes très tolérantes. Elle pensait que l'âge mûr venu, les femmes regardaient d'un œil lucide leurs maris, eux aussi marqués par l'âge, et aspiraient de nouveau à être séduites par la jeunesse et la beauté. Elles détestaient alors celles qui y parvenaient et se vengeaient avec la seule arme à leur portée : le scandale.

Pour l'heure, il n'y avait rien de précis contre elle, mais elle éprouvait un sentiment de malaise qui l'empêchait de se concentrer sur autre chose. D'une sensibilité à vif, elle remarquait, çà et là, des regards qui se détournaient d'elle, des sourires faux, des conversations qui s'interrompaient à son approche. Si des relations ne la saluaient pas quand leurs fiacres se croisaient, elle se demandait ce qu'elles avaient appris. Pourtant, elle ne regrettait absolument pas ce qui s'était passé à Nice; au contraire, cette merveilleuse expérience lui avait donné la force de faire face à tout ce qui pourrait désormais lui arriver.

Edmund l'inquiétait beaucoup. Si elle réussissait à le protéger des ragots, il ne serait pas blessé. Même s'il était difficile à Sophia de jouer l'insouciance, elle devait continuer à vivre normalement, sans se laisser troubler par la moindre offense, réelle ou imaginaire. Elle devait veiller à ne pas rencontrer Gregory jusqu'à ce que les soupçons malveillants soient éteints. Elle préférait, d'ailleurs, l'éviter, tout en se rendant compte que, tôt ou tard, ils se reverraient certainement chez l'un ou l'autre de leurs amis communs ou en toute autre occasion. En plus de ces sujets d'inquiétude, elle eut à consoler Irène de la perte d'une perle qui s'était détachée de sa bague. Si seulement, songeat-elle, tous les problèmes de ce monde avaient aussi peu de conséquence que ces incidents matériels !

— Ne vous affligez pas, dit-elle en se mettant à genoux sur le parquet de la salle à manger pour chercher le bijou.

— J'ai regardé partout ! gémit Irène en poussant un siège et en passant les doigts sur le tapis turc. Il s'agit de la bague de ma mère, c'est la raison pour laquelle j'y tiens autant.

— Je le sais bien. Quand avez-vous remarqué la disparition de la perle ?

— Il y a une heure, dans ma chambre. Deux des femmes de chambre m'ont aidée à passer la pièce au peigne fin. Je me suis alors souvenue de m'être cogné la main contre le buffet hier matin, au cours du petit déjeuner, et je me suis demandé si cela ne s'était pas produit à ce moment-là.

— Vous ne savez donc pas vraiment quand cela a eu lieu ? Lorsqu'on porte une bague tous les jours, une pierre peut tomber sans que l'on s'en rende compte.

— Je ne peux croire que je ne m'en serais pas aperçue presque aussitôt. Je fouille cette pièce par acquit de conscience.

— Eh bien, espérons que nous allons trouver !

Elles retournèrent la salle à manger en vain. Irène finit par se redresser en soupirant :

— J'ai eu tort de porter cette bague tous les jours sans en vérifier la monture. Comment, moi, fille de joaillier et future joaillière, ai-je oublié cette règle d'or ? J'aurais pu la resserrer moi-même, à mon établi. Je m'en veux d'avoir été insouciante !

Sophia se releva et s'assit sur un siège Mackmurdo qui avait été déplacé pendant leurs recherches.

— Il faut remplacer la perle.

— Je ne suis pas sûre que ce soit aussi facile que cela, répondit Irène en fronçant les sourcils. Comme vous le savez, il semble que les perles soient blanches mais, en réalité, elles prennent toutes les nuances de l'arc-en-ciel lorsqu'il s'agit de les assortir. Celles de ma bague sont d'un ton bleuté.

— Dommage que votre père soit en voyage d'affaires ! Il aurait pu nous dire avec précision où en trouver une semblable au magasin. Voulez-vous me laisser m'en occuper demain matin ? Je dois aller chez ma modiste. C'est à deux pas.

Si Irène avait eu la moindre chance de voir Derek, elle y serait allée elle-même, mais Lester Ward mettait un point d'honneur à l'accueillir à chacune de ses visites et elle le supportait difficilement.

— C'est très gentil à vous, accepta-t-elle. Je déteste me séparer longtemps de cette bague.

Le lendemain matin, assise dans le landau qui la conduisait à la joaillerie, Sophia examina d'un air distrait la bague posée dans sa main gantée. En l'absence d'Edmund, elle avait choisi de ne pas sortir le soir si ce n'est lors de réunions entre femmes, pour jouer aux cartes ou discuter d'œuvres de charité. Elle ne voulait pas donner prise au moindre commérage en se montrant sans Edmund. Dans l'ensemble, elle rentrait chez elle plus tôt que d'habitude et elle s'était ainsi aperçue, pour la première fois, à quel point les horaires d'Irène étaient fantaisistes. Il lui arrivait de rentrer très tôt ou très tard; dans ce dernier cas, elle expliquait qu'elle avait fait le trajet à pied avec un ami. Sophia en conclut que la jeune fille avait un amoureux et fut contente qu'Irène se soit confiée à elle. Et puis, l'avant-veille, Irène avait eu un retard exagéré, ne rentrant que vers minuit. Sophia, incapable de dormir tant elle était inquiète, l'avait accueillie sur le palier du premier étage. Irène, qui avait dû voir la lumière dans la chambre de sa belle-mère, n'avait manifesté aucune surprise.

— Je suis désolée de vous avoir inquiétée, Mère, s'était-elle excusée. En réalité, j'escomptais bien rentrer avant vous. J'ai passé la soirée avec l'ami dont je vous ai parlé. Je l'aime. Je voudrais vous en dire plus, mais je ne tiens pas à faire de vous ma complice contre mon père.

— Oh, ma chérie ! s'était exclamée Sophia.

Souriant de bonheur, Irène avait secoué la tête en voyant Sophia si agitée.

— Je vous affirme qu'il n'y a pas lieu de vous faire du souci. Je ne compte pas m'enfuir. Je dois d'abord obtenir mon diplôme et être acceptée dans la Guilde avant d'envisager autre chose. Bonne nuit. Dormez bien.

Désireuse d'être rassurée, Sophia avait décidé d'avoir une conversation avec Irène le lendemain soir. L'épisode de la perle s'était alors produit et, d'ailleurs, l'occasion propice ne s'était pas présentée.

Sophia recouvrit de son autre main celle qui tenait la bague. Elle ne devait pas dévoiler à Edmund le secret amoureux d'Irène, ce qui lui faisait, à présent, deux secrets à cacher à son mari, le sien étant potentiellement plus explosif que la liaison sentimentale d'Irène. Il s'agissait sans doute d'un étudiant d'un niveau social modeste, ce qui expliquait pourquoi Irène ne tenait pas à en parler à Edmund, plein de préjugés. Sophia, qui n'était pas snob, était contente dès l'instant où Irène aimait le jeune homme — lequel devait sûrement travailler dur et avec enthousiasme, sinon Irène n'aurait pas été attirée par lui. Sophia serra plus étroitement la bague. Nul plus qu'elle n'appréciait le don d'amour.

Chez Lindsay, le nouveau premier vendeur se montra des plus attentifs et obligeants.

— Voici la bague de ma belle-fille, lui expliqua Sophia. Une perle a disparu et demeure introuvable. J'espère que vous arriverez à la remplacer par une autre, semblable.

Lester Ward examina soigneusement la bague avec une loupe.

— Hum... ce ne sera pas facile. Ces perles diffèrent de celles qu'on utilise généralement et sont plutôt petites. Etes-vous certaine de ne pas pouvoir retrouver la perle manquante ?

— Oui. Nous avons fouillé partout.

Il ôta la loupe et adressa un sourire rassurant à Sophia. Il avait de belles dents qu'il aimait montrer.

— Confiez-moi la bague, madame Lindsay. Si j'arrive à en trouver une semblable, je vous rendrai la bague réparée dans les plus brefs délais.

Elle le remercia et se retourna pour quitter le magasin, précédée de Lester Ward qui la salua avec force courbettes. Elle fut frappée de voir qu'il était très imbu de lui-même, presque aussi vaniteux qu'Edmund et, sans aucun doute, aussi efficace.

Il faisait une matinée chaude et éclatante. Old Bond Street fourmillait de passants élégants, dans un va-et-vient de voitures aux harnais polis et aux roues étincelantes. Sophia se dirigea vers la boutique de sa modiste, trois maisons plus loin. Elle avait songé à y passer avant de s'occuper de la bague, puis avait changé d'idée. Elle avait à peine fait quelques pas qu'elle le regretta ; cela lui aurait évité d'apercevoir Gregory qui sortait d'une boutique de cigares, de l'autre côté de la rue, et d'en être bouleversée. La voyant, il s'arrêta et croisa son regard. Puis une voiture les sépara et elle en profita pour presser l'allure et entrer chez sa modiste, en proie à un sentiment de panique. Elle était persuadée que des centaines d'yeux les avaient vus échanger ce simple regard et que les langues étaient prêtes à se délier.

Une fois à l'intérieur, elle prétexta un malaise et fut conduite dans une pièce privée pour se reposer et respirer des sels. Elle se laissa aller avec gratitude dans un fauteuil, incapable de contrôler le tremblement de ses genoux et de ses mains. Après l'inévitable tasse de thé qui ne manquait jamais d'être servie dans ce pays qu'elle considérait comme le sien, elle reprit, en apparence du moins, son sang-froid. Toutefois, elle ne parvint pas à s'intéresser aux chapeaux et repartit sans avoir rien acheté. Comme Gregory pouvait se trouver encore dans le voisinage, elle se rendit à sa voiture sans regarder ni à droite ni à gauche et rentra chez elle. Elle ne voulait pas risquer de céder à la tentation de courir se jeter dans les bras de Gregory.

Edmund revint du continent deux jours plus tard. Après s'être changé, il alla directement à son magasin régler des affaires urgentes. En rentrant le soir, il tendit à Irène la bague en saphirs et perles.

— Tiens, dit-il. Ward m'a annoncé qu'il avait réussi à trouver une perle assortie pour remplacer celle que tu as perdue.

Irène fut ravie. Il était impossible de voir la différence. Elle avait beau détester Lester Ward, elle devrait le remercier lorsqu'elle le reverrait, car il s'était sûrement donné beaucoup de mal.

Elle n'avait pas encore eu l'occasion de le revoir le soir où elle retrouva Derek au magasin. Après avoir fait l'amour, ils parlèrent de bagues. Derek, rêvant toujours d'être riche comme Crésus, décrivit la bague qu'il réaliserait pour elle : il utiliserait un diamant de Golconde, rose, parfait, d'une rare limpidité, et il l'entourerait d'émeraudes d'Amérique du Sud, ne choisissant que celles qui s'harmonisaient avec la couleur de ses yeux. Il s'exprimait d'un ton léger, mais Irène sentait derrière chacune de ses paroles sa détermination à faire fortune et ne douta pas qu'il y réussirait. Elle espérait, toutefois, qu'il avait abandonné l'idée de s'enrichir grâce aux courses. Comme s'il sentait le besoin d'Irène d'être rassurée, il lui ôta la bague de la main droite et la lui glissa à l'annulaire gauche, le chaton vers la paume, de manière que seul l'anneau doré fût visible.

— Voilà l'anneau que vous porterez un jour, dit-il en lui baisant le doigt comme pour sceller sa promesse.

Elle se redressa et se pencha vers lui. Ses cheveux, ramassés sur un seul côté, formaient comme une couverture cuivrée descendant sur ses dessous en désordre, cachant à demi la courbe pleine d'un sein nu. Il était allongé, le bras replié sous sa tête appuyée sur le coussin.

— Je souhaite que cela arrive bientôt, murmura-t-elle d'une voix tendre.

Contrairement à son habitude, elle était mélancolique et agitée. Elle ignorait les subterfuges et avait toujours avancé dans la vie à découvert et sans peur. Il en était de même aujourd'hui, mais elle éprouvait une saine indignation qui ne faisait que croître de jour en jour à l'idée que des circonstances les manipulaient, Derek et elle, sans qu'ils pussent les contrôler.

— Vous savez que vous n'avez qu'un mot à dire pour que j'obtienne notre licence de mariage, remarqua Derek en lui caressant un sein, charmé de la voir frissonner de plaisir.

Cette fois, ses paroles l'emportèrent sur l'effet de la caresse et, s'écartant presque aussitôt, elle posa les pieds par terre afin de se réajuster.

— Nous avons discuté de cela plusieurs fois, il est donc inutile d'y revenir, déclara-t-elle en remettant sa jupe qu'elle boutonna à la taille.

Derek et Irène ne s'étaient pratiquement jamais trouvés nus ensemble. Il le souhaitait mais, timidité ou modestie, elle s'y refusait. Elle avait l'impression qu'être nue signifiait s'abandonner entièrement au pouvoir de l'amour et elle avait décidé qu'elle seule choisirait ce moment.

— J'accepte de prendre la responsabilité de mes actes, poursuivit-elle en enfilant une manche de sa blouse, mais je ne veux pas falsifier une autorisation parentale pour me marier. De toute façon, vous savez parfaitement que si le secret est dévoilé, le premier geste de mon père sera de faire annuler le mariage en prouvant que je suis mineure.

Il enrageait de voir que, malgré toute la tendresse qu'elle ressentait pour lui, elle pouvait se montrer aussi indépendante et entêtée quand elle s'accrochait à un principe qu'elle estimait juste. Il l'aimait ! Comme il l'aimait ! Et il considérait que le fait qu'elle l'aimait devait suffire à lui faire oublier toute autre considération. Il n'était cependant pas pressé de se marier, loin de là ! C'était, au moins, une consolation à la blessure que l'entêtement d'Irène infligeait à son orgueil. Il gardait sa liberté et pouvait agir à sa guise. Naturellement, il était prêt à renoncer à ses distractions de célibataire en épousant Irène, mais aucun homme normal ne tenait à renoncer à sa liberté avant l'heure, surtout lorsque le mariage ne changerait rien à leurs relations. Ils n'avaient qu'à continuer à se rencontrer en secret, ce qui lui permettrait de travailler chez Lindsay aussi longtemps qu'il le faudrait pour la réalisation de leurs projets.

Elle dut lui trouver l'air un peu lugubre, car elle cessa de fixer des épingles dans sa chevelure luxuriante et lui dit en souriant, le bras arrondi au-dessus de sa tête :

— Tout finira par arriver. Vous verrez.

Au moment de quitter le magasin, elle songea à remettre sa bague à la main droite et lui demanda si c'était lui qui s'était occupé de la réparer. Il était en train de refermer l'une des portes intérieures derrière eux et lui jeta un coup d'œil par-dessus l'épaule.

— Non. J'ignorais que la bague était à l'atelier. Que s'est-il passé ?

— J'ai dû faire remplacer une perle.

— L'un des autres orfèvres a dû s'en charger. (Il la prit par le coude pour aller plus vite et ferma à clé la porte suivante.) Ward ne me laissera jamais faire la moindre chose pour vous, même indirectement.

— Pourquoi dites-vous cela ?

Il tourna la clé suivante.

— D'abord, il garde toutes les pierres précieuses de côté pour vous dans un tiroir fermé à clé, éloigné de l'atelier. Ensuite, j'ai découvert qu'il avait demandé combien de fois vous étiez venue choisir des pierres avec moi, comparant sans doute la fréquence de vos visites avec celles que vous faites maintenant que c'est lui qui s'en occupe.

— Je viens le moins souvent possible !

— Exactement. Je crois qu'il soupçonne vaguement qu'il y a eu quelque chose entre nous, même s'il ne se doute pas que cela continue.

— Comment pourrait-il avoir des soupçons ?

— Il vous a peut-être surprise le jour où il a été appelé pendant votre visite et où vous êtes venue me voir à l'atelier ; il a dû additionner les faits. Comme je vous l'ai déjà dit, il est malin comme un singe.

Elle releva le menton.

— Cela ne le regarde en rien, s'irrita-t-elle. De quoi se mêle-t-il ?

— Il n'y a qu'une réponse possible — il est amoureux de vous.

Elle ne répondit pas. Elle s'en était aperçue depuis le début.

Son père se trouvait dans le salon principal lorsqu'elle revint au magasin pour prendre une autre série de pierres.

— M. Ward a mis de côté pour toi quelques pierres semi-précieuses, Irène, déclara-t-il. Quand tu auras fini, nous rentrerons ensemble à la maison.

Elle n'aimait pas être seule avec Lester Ward dans la plus grande des trois antichambres, la porte soigneusement fermée. D'une part, il lui semblait assez dérisoire de rester là à examiner des gemmes de peu de valeur par rapport aux pierres coûteuses généralement présentées en ce lieu, d'autre part, elle devait sans cesse veiller à éviter tout contact physique avec Lester Ward. Il lui effleurait la main en choisissant les pierres ou pressait son genou contre le sien chaque fois qu'elle avançait les pieds sous la table, contact toujours très bref, comme accidentel, Ward s'écartant aussitôt, l'air confus, avant qu'elle puisse même pousser un soupir agacé. Ce jour-là, assis à la table l'un en face de l'autre,

Irène, les pieds bien calés sous sa chaise, commença par le remercier pour la bague, s'efforçant de ne pas montrer son antipathie pour lui. Il ouvrit et referma ses mains posées sur la table.

— J'ai simplement eu de la chance, répliqua-t-il, d'un ton infatué. Il arrive parfois de réussir sans peine, d'autres fois, il est presque impossible de trouver l'équivalent.

— Néanmoins, je vous en suis très reconnaissante. (Elle fixa son attention sur les nouvelles pierres présentées sur les plateaux.) Celles-ci me semblent intéressantes.

— A quel point reconnaissante ?

Elle le dévisagea, surprise par cette question inattendue.

— Pardon ?

L'air ravi, les lèvres serrées et les yeux brillants, il expliqua :

— Pardonnez-moi, mademoiselle Lindsay, de m'être montré maladroit dans ma hâte. Je souhaite profiter de votre bonne disposition à mon égard pour vous demander la permission de vous accompagner un soir au Gaiety.

Elle lui répondit d'un ton poli mais ferme :

— Je crains que cela ne soit impossible.

— Puis-je vous demander pourquoi ? Avez-vous déjà vu le spectacle ? Préférez-vous une pièce de théâtre ?

Son insistance, jointe à son arrogance, la stupéfièrent. La présence de M. Lindsay à quelques mètres de là semblait donner à Lester Ward la confiance de s'exprimer carrément, ce qu'il n'aurait pas osé faire autrement. Avait-il déjà demandé la permission à son père qui avait accepté ? Edmund Lindsay tenait-il son premier vendeur en telle estime qu'il était prêt à l'autoriser à fréquenter sa fille ? Si tel était le cas, Irène reprenait espoir en ce qui concernait Derek et leur situation. Ces conclusions optimistes tempérèrent sa réponse.

— J'aime beaucoup le théâtre, qu'il s'agisse de drame, de comédie ou de spectacle musical, mais je n'ai que peu de temps libre en ce moment. Mes horaires à Essex House varient sans cesse, ils ne sont pas fixes comme dans les autres écoles. Le soir, nous avons des conférences sur la gemmologie, l'architecture gothique, l'artisanat, que sais-je encore ! Les étudiants ne sont pas obligés d'y assister, mais nous aimons y aller car les sujets se rapportent à notre travail.

Tout en parlant, elle se rappela combien de fois Derek l'avait attendue en faisant les cent pas dans Mile End Road parce que la conférence durait plus longtemps que prévu.

— Cela doit vous convenir, de ne pas être emprisonnée dans des règles strictes. Je pense que vous êtes une personne très libre, capable de vous affranchir des conventions qui entravent les autres. Vous semblez être une jeune fille en quête de nouvelles expériences dans tous les domaines. Néanmoins, il vous faut un ami.

— J'ai beaucoup d'amis, monsieur Ward, répondit-elle, de plus en plus mal à l'aise.

— Aucun n'est capable de se faire votre champion, comme je le ferais, prêt à vous protéger et à garder vos secrets.

Derek avait raison, se dit-elle. Cet homme soupçonnait une intrigue amoureuse entre Derek et elle et il essayait de se livrer à une forme de chantage pour l'inviter. Il profitait de la présence de son père pour donner plus de force à sa requête et non pas parce que M. Lindsay était au courant. Dès le début, elle avait eu l'impression que Lester était sournois et rusé, ce qui se trouvait confirmé à présent. Au grand désarroi d'Irène, il se leva, fit quelques pas et s'arrêta près d'elle, appuyé de tout son poids sur un coin de la table. Elle ne le regarda pas, consciente de sa présence, de l'odeur de sueur qui se dégageait de lui. Il semblait très excité ; il se pencha vers elle et avança la main, sa paume humide marquant la table. Irène eut soudain peur de bouger, craignant de se retrouver dans ses bras.

— Vous vous êtes sûrement rendu compte, au cours de nos entrevues ici, poursuivit-il d'une voix étrangement rauque, à quel point mes sentiments pour vous se développaient. Dites-moi que vous m'autorisez à être votre ami. Votre ami intime.

Quand il pensait à elle, Lester Ward estimait que ce serait un jeu pour lui de la séduire. Elle l'avait attiré dès la première fois où il avait aperçu dans le magasin sa splendide silhouette et ses merveilleux cheveux couleur feu, signe et symbole pour lui d'une nature passionnée et hardie. Tout ce qu'il avait appris sur elle depuis cette première rencontre l'avait confirmé dans cette opinion. Elle suivait les cours d'une école qui n'avait rien de conventionnel et ne cachait pas ses idées socialistes et rebelles. De plus, elle n'avait rien d'une dame, circulant en omnibus à chevaux ou en fiacre, courant le risque de propositions que toute jeune fille de sa position sociale aurait évitées. Après quelques jours de travail chez Lindsay, il avait entendu dire qu'elle restait plus longtemps que nécessaire avec Ryde lorsqu'elle choisissait ses pierres et ce dernier était connu auprès de ses collègues pour ses conquêtes amoureuses et sa passion des courses. Cela prouvait qu'elle ne dressait aucune barrière entre elle et les employés de son père, comme cela aurait normalement dû être le cas. Il avait appris tout cela, accumulant faits et indices, certains plus importants que d'autres. Quant à lui, il savait qu'il plaisait aux femmes et particulièrement à celles du genre d'Irène et, jusqu'à présent, aucune n'avait résisté à ses regards suaves et à ses propositions, même les plus directes. Dès le début, il avait senti que l'atmosphère très lourde régnant entre Irène et lui était dangereuse et pleine d'incertitude pour elle. Il l'observa, vit qu'elle attendait son prochain geste et ne souhaita pas la décevoir. Il ôta la main de la table et la glissa rapidement sur le genou d'Irène, puis sur la cuisse en une caresse insistante qui fit remonter la jupe sur ses bas de soie noire et sur sa peau.

Sa réaction ne fut pas du tout celle qu'il escomptait. Elle bondit sur ses pieds, allongea le bras et le repoussa d'un geste qui faillit lui faire perdre l'équilibre. Le visage livide de rage et de dégoût, elle s'écria :

— Ecartez-vous ! Ne posez jamais plus votre main visqueuse sur moi ou je vous tuerai !

Les yeux flamboyants, le poing levé, elle semblait vraiment prête à exécuter sa menace.

— Espèce d'allumeuse ! répliqua-t-il, aussi furieux qu'elle.

Alors qu'elle passait devant lui, il la saisit dans ses bras. D'un coup de poing, elle se dégagea et, dans ce remue-ménage, l'un des plateaux, proche du bord de la table, tomba par terre, son contenu s'éparpillant dans toute la pièce.

Au bruit, Lester Ward reprit ses esprits et jeta un regard inquiet à la porte au cas où quelqu'un aurait entendu. Irène ramassa vivement la boîte dans laquelle elle avait rangé les pierres choisies. La main sur la poignée de la porte, elle se tourna, le visage rouge, vers Lester Ward.

— A l'avenir, M. Ryde m'aidera à choisir les pierres dont j'aurai besoin, comme c'était le cas avant votre arrivée !

Elle ouvrit la porte et quitta la pièce à l'instant où son père, en manteau et en chapeau, sortait de son bureau. Il leva les sourcils d'un air interrogateur.

— J'ai cru entendre du bruit ?

Elle haussa les épaules et détourna la tête pour ne pas montrer son visage irrité.

— L'un des plateaux est tombé par terre. Aucun dégât à déplorer.

Il hocha la tête, l'esprit déjà ailleurs, pensant à sa nouvelle acquisition, une Daimler gris-bleu. Irène sortit la première du magasin, contente de s'en aller.

6

Lorsque Irène raconta à Derek son entrevue déplaisante avec Lester Ward, il réagit moins violemment qu'elle ne s'y attendait. Bien qu'il fût agacé par l'attitude impudente de l'homme, il semblait préoccupé par autre chose. Elle devina qu'il avait dû jouer et perdre gros aux courses et qu'il affrontait sans doute des problèmes financiers. Le fait qu'il n'affectait pas la gaieté, habituelle chez lui dans ces circonstances, était en soi rassurant. Cela signifiait qu'il regrettait amèrement d'avoir failli à sa promesse de ne plus parier. Elle évita de faire la moindre allusion aux courses, estimant que la décision réitérée de se montrer moins insouciant à l'avenir dépendait uniquement de lui, et lui offrit le réconfort de ses bras. En échange, il lui fit l'amour avec une tendresse qui prouvait qu'elle ne lui avait jamais été aussi chère.

La conviction d'Irène concernant les dettes de Derek se trouva confirmée lorsqu'il manqua deux rendez-vous à la sortie d'Essex House, expliquant ensuite qu'il cherchait un nouvel appartement. Elle comprit qu'il était en retard pour payer son loyer et obligé de déménager. Lorsque, pour la troisième fois, il vint la rejoindre, l'air hagard, elle glissa son bras sous le sien et se prépara à aborder le sujet avec tout le tact possible.

— Je n'aime pas penser que vous allez emménager dans une vieille bâtisse, dit-elle en marchant.

— C'est moins cher, répondit-il, nerveux. Je crains que le Savoy ne soit pas dans mes moyens, en ce moment.

— Je vais vous proposer quelque chose que je ne vous ai jamais proposé jusqu'ici. Ne soyez pas trop dur avec moi, je vous en prie.

Il se raidit, les muscles de son bras tendus sous la manche comme s'il avait refermé le poing enfoncé dans sa poche.

— De quoi s'agit-il ? interrogea-t-il en lui jetant un regard aigu.

— Je dispose d'un peu d'argent. Sophia s'est montrée très généreuse pour mes dix-neuf ans.

— Ah oui ? fit-il d'une voix neutre.

A l'occasion de cet anniversaire qui remontait à quelques

semaines, Derek lui avait offert un livre sur les émeraudes qui lui avait plu davantage que tous les autres cadeaux.

— Laissez-moi vous prêter cet argent. Vous l'utiliserez comme bon vous semblera et vous me le rendrez quand vous le pourrez.

Elle avait craint de sa part une explosion d'orgueil offensé, mais il se contenta de pousser un profond soupir, les épaules affaissées. Il la fit pivoter vers lui et, à la lueur du réverbère, regarda le gracieux visage d'Irène, mis en valeur par ses cheveux relevés sous son canotier, tourné vers lui avec une expression de tendre anxiété.

— Vous êtes la plus adorable des personnes, ma chérie! Ne vous faites pas de souci pour moi. (Il posa ses deux mains ouvertes contre le menton d'Irène et lui caressa doucement les joues de ses deux pouces.) Je n'ai pas besoin de votre argent; c'est vous que je veux.

Il pencha la tête et l'embrassa amoureusement sur les lèvres. Elle se hissa sur la pointe des pieds pour pouvoir mieux passer les bras autour de son cou et se balança tendrement comme un mince roseau. Un peu plus loin, des orgues de Barbarie rivaux faisaient entendre leurs musiques discordantes, tandis que, chaque fois que la porte du pub voisin s'ouvrait, un bourdonnement de voix leur parvenait. Dans la rue, les bruits des roues et des sabots des chevaux résonnaient, agrémentés, de temps à autre, d'un cri ou d'un claquement de fouet. La ville vibrait toujours d'animation autour d'eux. Ils n'avaient jamais passé ensemble un jour tranquille à la campagne ou au bord de l'eau. Ils ne connaissaient que le silence de la pièce devenue la leur, grâce à un jeu de fausses clés. Le baiser qu'ils échangèrent témoignait de leur désir de se retrouver seuls.

Ils se revirent au début de la semaine suivante. Irène avait été retenue, au dernier moment, à Essex House. Ashbee l'avait convoquée dans son bureau pour lui faire une critique positive de la broche en forme de paon qu'elle avait finie le jour même et pour discuter de sa prochaine œuvre avec elle. Mme Ashbee était également présente, partageant la conviction de son mari que des relations personnelles devaient être maintenues, au niveau de la famille, avec chaque artisan du début de l'apprentissage jusqu'à l'entrée dans la Guilde. Quoique avare de compliments, Ashbee fit comprendre à Irène qu'elle tenait les promesses qu'il avait décelées en elle dès le premier jour où elle s'était inscrite à l'école. Il souhaitait qu'elle dessine et réalise un collier et des bracelets assortis.

— Je sais bien que vous avez chez vous l'occasion de voir de telles parures en pierres précieuses. Oubliez-les. La mode actuelle, que j'ai contribué à développer, a tendance à utiliser davantage les pierres semi-précieuses en joaillerie moderne. La beauté des couleurs, le talent de l'ouvrier et l'originalité peuvent, en s'unissant, donner des chefs-d'œuvre. Si vous en doutez, tournez-vous vers la nature. Souvenez-vous des couleurs délicates d'une aile de libellule ; dessinez une prairie d'un brun-rouge. Qu'y a-t-il de plus surprenant que l'éclair bleu d'un martin-pêcheur ? Aucun diamant de prix là-dedans, mais des nuances que votre adresse peut rendre à partir de tourmalines, d'aigues-marines, d'ambres ou de lapis-lazuli... Bien sûr, vous préféreriez utiliser des gemmes de la meilleure qualité, mais peu d'étudiants peuvent se les offrir. Alors, continuez comme vous avez fait jusqu'à présent et relevez le défi. Une turquoise veinée de vert ou tachetée est considérée comme une pierre sans valeur et pourtant, elle peut aider un créateur imaginatif à produire l'effet exact qu'il recherche. Ma femme et moi attendons de vous quelque chose de spectaculaire cette fois-ci, mademoiselle Lindsay.

Irène atteignit le passage menant à l'arrière du magasin, l'esprit en ébullition : elle venait de recevoir les encouragements d'Ashbee et elle allait retrouver l'homme qu'elle épouserait un jour. Elle voyait défiler des dessins merveilleux et sentait qu'elle était sur le point de pénétrer dans le domaine de la création qui la conduirait peut-être aux sommets de la profession de joaillière qu'elle avait choisie.

— J'ai tant de choses à vous raconter ! lança-t-elle d'une voix excitée, tandis que Derek la faisait entrer.

Ils s'embrassèrent passionnément, elle parce qu'elle était transportée de joie, lui parce qu'il était soulagé de la voir enfin apparaître alors qu'il ne l'espérait plus.

— Pourquoi êtes-vous si en retard ? demanda-t-il, soudain tendu. (Maintenant qu'elle était là, il éprouvait une réaction de colère presque naturelle pour s'être inquiété sans raison.) J'ai cru qu'il vous était arrivé quelque chose.

— Pas du tout, répondit-elle, d'un air ravi, en lui donnant la main pour traverser l'atelier non éclairé sans se cogner aux bancs. Tout est merveilleux. Et vous êtes merveilleux ! Je vous aime ! Je vous aime ! Je vous aime !

Il sourit, radouci après cette déclaration sans nuance, et se prépara à oublier durant une heure ou deux les soucis du monde extérieur qui le préoccupaient. Ils arrivèrent dans l'antichambre sans fenêtre et il ferma la porte de leur paradis.

— J'ai un nouveau projet fabuleux, annonça-t-elle, les yeux brillants. Un collier et des bracelets. Je vais utiliser un motif de botanique, mais d'une manière entièrement originale, le collier en forme de hausse-col, comme les chevaliers en armure en portaient sur la gorge. Mais il devra être léger et délicat. Je le ferai avec l'or que j'ai mis de côté et avec des chrysolithes vertes et jaunes. Elles ont un éclat particulier, mystérieux. Il me faudrait aussi une demi-douzaine de perles baroques. J'en ai vu deux sur le plateau tombé par terre l'autre jour. Je me demande s'il y en a d'autres. Je n'ai pas vraiment eu le temps d'examiner le contenu du plateau, lors de cette visite.

Il l'écoutait babiller, amusé, ôtant une à une les épingles de ses cheveux, prenant plaisir à passer les doigts dans sa crinière rousse. Elle ne le lui permettait pas souvent, parce que cela les obligeait à chercher les épingles, mais, ce jour-là, elle avait l'esprit trop occupé ailleurs et se trouvait dans un tel état de félicité qu'elle ne l'interrompit pas, si ce n'est pour lui échapper en virevoltant, afin de mieux décrire, avec des gestes rapides, ses longs doigts déployés en éventail, le modèle qu'elle était en train d'imaginer.

— Venez ici, finit-il par lui dire en la prenant par les épaules pour la faire tenir tranquille. Vous êtes un véritable feu follet, ce soir.

Elle riait, la tête renversée en arrière, le menton levé, quand la porte s'ouvrit brusquement. La lumière suspendue au-dessus de la table centrale s'alluma soudain, éclairant chaque coin de la pièce. Edmund, debout sur le seuil, le visage convulsé de rage, avait la main posée sur l'interrupteur, comme paralysée. Le rire d'Irène s'éteignit en un soupir étouffé. Elle se serra instinctivement contre Derek, debout près d'elle.

— Irène ! s'écria Edmund, d'une voix chevrotante où le saisissement se mêlait à l'incrédulité.

— Derek et moi, nous nous aimons, dit-elle rapidement.

— Vous vous aimez ?

Il hurla la phrase, comme incapable d'en comprendre le sens. Sa colère ne fit que s'amplifier et claqua comme un coup de fouet ; il crut que sa tête allait exploser. Il ôta la main de l'interrupteur et s'avança, le corps tremblant de rage, les poings serrés au bout de ses bras ballants.

— Irène n'est pas à blâmer, déclara Derek d'une voix sèche, presque lasse. (Il aurait dû savoir que lorsque la chance se détournait d'un joueur, les catastrophes fondaient sur lui de toutes parts.) C'était uniquement mon idée. J'ai fait des doubles des clés. Je l'ai convaincue de nous retrouver ici.

— Vous avez été son démon !

— Je n'ai pas eu besoin d'être persuadée, coupa Irène.

Son père se retourna contre elle, l'air furieux.

— Tais-toi ! Je m'occuperai de toi plus tard. Ryde, suivez-moi !

Il s'effaça pour laisser passer le jeune homme. Irène voulut les suivre, mais Derek l'en empêcha doucement.

— Il vaut mieux que vous attendiez ici. Votre père et moi devons parler.

Elle hésita, puis, le visage pâle et défait, s'écarta de lui. La porte se referma sur les deux hommes ; Irène baissa la tête, accablée par ce qui venait de se passer, et croisa les mains devant elle, les coudes étroitement collés au corps, debout, paralysée, tendue. Elle entendit ensuite la clé tourner dans la serrure. Son père l'enfermait. Il voulait s'assurer qu'elle ne tenterait pas d'intervenir dans l'entrevue dramatique qu'il allait avoir.

En fait, Edmund n'avait aucune intention de discuter de quoi que ce fût. Si l'amant de sa fille avait été moins musclé et agile,

Edmund l'aurait frappé pour se venger, mais après une petite échauffourée stupide près de la porte de l'atelier où il essaya de tirer Derek par la peau du cou, il comprit qu'il ne ferait qu'inciter celui-ci à la riposte. Blanc de rage, il devint encore plus violent en paroles, exprimant son opinion sur les séducteurs en général et le ravisseur de sa fille en particulier. Il employa un langage qu'il n'utilisait pour ainsi dire jamais, articulant à peine, ponctuant chaque mot d'un coup de poing sur l'établi et d'un coup de pied sur tout ce qui se trouvait à sa portée. Derek, pâle, les lèvres serrées, rassembla ses outils personnels et les rangea dans un sac en cuir. Quand il fut prêt à partir, il resta debout, tenant le sac en bandoulière.

— Comment avez-vous découvert que nous nous retrouvions ici, Irène et moi ? demanda-t-il de la même voix lasse, interrompant la tirade d'injures d'Edmund.

— Ah ! s'exclama Edmund, avec une rage triomphante. Quelqu'un de plus intelligent que vous s'est servi de ses yeux. Des épingles à cheveux par terre. Un coussin changé de place à plusieurs reprises, après les heures de fermeture.

— Et la découverte d'une perle perdue, peut-être ?

Les yeux d'Edmund s'étrécirent et brillèrent.

— Foutez le camp !

— Irène n'est pas fautive. Ne la faites pas souffrir. Je suis seul responsable.

— Allez au diable ! hurla Edmund, le visage congestionné.

Lorsque Derek se retrouva dehors, Edmund éprouva un instant d'intense satisfaction. Il avait envoyé un coup de pied dans les fesses de son ex-employé qui s'était étalé par terre. Le sac en cuir s'était ouvert et les précieux outils s'étaient éparpillés sur le gravier. Edmund referma la grille et mit les verrous de sécurité pendant que Derek se relevait. Edmund sourit sans joie en se disant que Ryde n'arriverait pas à retrouver ses outils dans l'obscurité.

Irène avait remis ses chaussures et relevé ses cheveux quand il revint dans la pièce. Il la regarda avec un sentiment proche de la haine. Quand il avait appris que des rendez-vous clandestins avaient lieu dans son magasin, que les soupçons se portaient sur Derek Ryde, aucune allusion n'avait été faite à la femme qui l'accompagnait. Personne ne lui avait parlé de la perle, mais il ne douta pas que c'était ce qui avait ouvert les yeux à son premier vendeur. Le portier qui nettoyait les locaux avait dû trouver la perle et la lui remettre. Toutes les pièces du puzzle s'étaient mises en place. Edmund s'était plus ou moins attendu à surprendre Ryde avec une femme mariée ; il avait même pensé qu'il pouvait s'agir de l'une de ses clientes, car certaines femmes riches et distinguées préféraient prendre un amant au-dessous de leur condition. Pour cette raison, il avait décidé de faire le guet et de surprendre seul les coupables, afin que l'affaire ne s'ébruite pas et que la dame ne soit pas embarrassée par la présence d'un autre témoin. Néanmoins, il n'avait pas apprécié d'être obligé de se cacher dans l'obscurité comme un minable détective privé et, qui plus est, dans son propre magasin. C'était sa deuxième soirée de guet. La fois précédente, il avait envoyé Sophia au concert au Royal Albert Hall, lui expliquant qu'il ne pourrait la rejoindre que plus tard, parce qu'il ne tenait pas à éveiller le moindre soupçon. Ce second soir, il aurait dû se trouver à son club. Au lieu de cela, il avait surpris sa propre fille dans une situation des plus compromettantes. En la regardant, il ne vit pas une jeune fille ardente et amoureuse mais une fille s'abandonnant à la licence et à la débauche, les vices qu'il détestait le plus. Voilà que s'accomplissait ce qu'il avait tant redouté depuis le jour où, soulevant Irène de son berceau, il avait vu que ses cheveux, noirs à la naissance, devenaient d'un roux doré.

— Où est Derek ? demanda Irène.

— Il est parti. Ne me pose plus de questions. Rentrons.

Elle comprit qu'il était dans un tel état de fureur qu'il ne tolérerait pas la moindre discussion. Il la laissa passer devant lui et sortir par la porte principale du magasin. Une fois dehors, elle jeta un rapide coup d'œil alentour, pensant que Derek l'avait attendue, mais elle ne vit personne. Pas un mot ne fut échangé pendant le trajet de retour en fiacre. Les mains d'Edmund, tour à tour crispées et ouvertes sur le pommeau en argent de sa canne posée entre ses genoux, indiquaient clairement son état d'esprit.

Ce soir-là, Sophia avait organisé chez elle une réunion d'un comité de bienfaisance. Les membres du comité venaient juste de partir et les domestiques enlevaient les plateaux chargés de tasses de thé lorsque Edmund entra dans le salon, suivi de sa fille. Un regard sur le visage cramoisi d'Edmund et sur celui tout pâle d'Irène lui apprit qu'il s'était produit un malheur. Elle bondit et ferma les doubles portes sur les domestiques.

— Que s'est-il passé ?

Il lança un regard furieux à sa femme.

— Demandez à votre belle-fille si elle ne va pas être bientôt mère !

Profondément troublée, Sophia regarda Irène qui secoua vigoureusement la tête :

— Non, je sais que non !

Edmund soupira bruyamment.

— Au moins faut-il se réjouir de cela !

Il se mit alors à raconter les événements de la soirée à Sophia, de plus en plus atterrée. Elle se blâma, sans en souffler mot à son mari, de ne pas s'être davantage inquiétée lorsque Irène lui avait annoncé qu'elle était amoureuse. Il ne lui était simplement pas venu à l'esprit qu'Irène avait pu être séduite par un homme capable de lui donner des rendez-vous dans un lieu aussi dangereux.

Pendant le soliloque furieux de son père, Irène fut au supplice de l'entendre souiller tout ce qui avait été si merveilleux pour elle. Elle resta debout, titubant sans s'en rendre compte, devant Sophia et Edmund, également debout, comme des pions sur un échiquier, ajoutant à l'impression de cauchemar qu'elle éprouvait. Elle ne retint qu'une chose : Derek n'avait pas parlé d'un possible mariage à son père, ce qu'elle trouva sage. Cela n'aurait fait qu'envenimer les choses. Avec le temps, même son père comprendrait que rien ne pourrait atténuer ni éteindre leur amour réciproque.

Sophia finit par poser la question qu'elle retenait depuis le début et demanda en se tordant les mains :

— Pourquoi êtes-vous allé au magasin ce soir, Edmund ? Je ne comprends pas.

— On m'avait prévenu. (Il se tourna vers sa fille :) Donne-moi ta bague, ordonna-t-il en tendant la main.

Emergeant de son angoisse, Irène le regarda, stupéfaite.

— La bague de ma mère ?

— Oui, oui, répondit-il en claquant les doigts d'impatience.

Elle enleva lentement la bague de sa main droite. Il la prit brutalement et la secoua à quelques centimètres du nez de sa femme, en lui disant d'une voix forte et comme s'il n'avait plus aucun lien avec Irène :

— Je crois que votre belle-fille a perdu la perle de cette bague dans l'antichambre où elle n'aurait jamais dû entrer lors de ses visites légitimes au magasin. Lorsqu'il a été demandé à mon premier vendeur de remplacer la perle, il a sans doute compris qu'une perle ramassée en ce lieu correspondait exactement à celle qui manquait.

Irène parla d'une voix lointaine :

— Il m'a tendu un piège.

— Il a estimé, à juste raison, que la vérité devait être connue, rectifia Edmund.

Inquiète pour Irène, Sophia essaya d'intercéder en sa faveur :

— Laissez Irène monter se coucher, Edmund. Elle ne semble pas bien. Elle a subi un choc.

Cette prière exaspéra encore sa colère.

— Ne gaspillez pas votre compassion ! C'est moi qui ai été offensé ! J'ai été trompé, et mes locaux ont été utilisés à des fins immorales. Elle mérite une punition extrêmement sévère.

Sophia répondit, l'air incrédule :

— Irène n'est plus une enfant. Vous me l'avez rappelé récemment. C'est une jeune femme.

— Je ne le sais que trop, répliqua-t-il, amer. Je sais aussi que justice et châtiment vont de pair.

— Montrez-vous donc juste et clément ! C'est beaucoup mieux.

Il commença à perdre patience. Le temps où il pouvait la faire taire d'un regard était révolu. Il haussa les épaules pour montrer qu'il se souciait peu de son opinion, se dirigea vers le secrétaire, l'ouvrit, sortit l'encrier, une plume et du papier. Il avança une chaise et fit signe à Irène de venir s'asseoir.

Elle ne bougea pas.

— Que voulez-vous que j'écrive ? Si c'est une lettre de rupture à Derek...

Il répondit d'une voix dure :

— C'est déjà fini. Tu ne le reverras plus. Tu vas écrire sur-le-champ à M. Ashbee pour lui annoncer qu'à dater d'aujourd'hui tu as terminé tes études à son Ecole des arts appliqués.

— Non ! s'écria Irène.

— Vous ne pouvez pas faire ça, Edmund ! s'exclama Sophia, incrédule.

Il lui lança un regard méprisant.

— M'avez-vous déjà entendu me rétracter ?

Irène ne bougeait toujours pas.

— Derek n'a rien à voir avec mon travail à Essex House. Je n'ai jamais manqué une minute de cours pour rester auprès de lui.

— Je considère que tu dis la vérité sur ce point, reconnut Edmund, mais cela ne change rien. Je t'avais avertie dès le début que si tu me donnais le moindre motif de te retirer de ton école, je le ferais immédiatement. Tu as accepté mes conditions et tu dois maintenant t'y plier. Privée de toute surveillance, tu as eu une conduite irresponsable et tu ne mérites nullement les concessions que je t'ai faites en te laissant suivre ces cours. Je serais un père indigne si je ne souhaitais pas te protéger des tentations futures qui peuvent se présenter davantage dans cette école qu'ailleurs. (Il trempa la plume dans l'encrier et la lui tendit.) Ne perds pas de temps. Tu dois écrire cette lettre. Je te donne l'occasion d'exprimer toi-même à M. Ashbee ce que tu penses de lui et ce que tu as appris à ses cours. Je pense qu'il préférera recevoir cette lettre écrite de ta main plutôt que de la mienne.

Irène alla s'asseoir au bureau. Après deux débuts de lettre ratés qu'elle déchira et jeta dans la corbeille à papiers, elle finit par rédiger sa lettre. Elle la mit dans une enveloppe qu'elle ferma. Elle se leva alors de son siège et resta debout, la main appuyée sur le dossier.

— Vous ne m'empêcherez pas de devenir joaillière, dit-elle à son père. (Elle se rendit compte qu'elle avait pleuré sans s'en apercevoir pendant qu'elle écrivait.) J'y arriverai. Puis-je avoir ma bague, à présent ?

Il la tenait toujours à la main. D'un geste délibéré, il la fourra dans sa poche.

— Tu as perdu le droit de posséder tout souvenir de ta mère. Je refuse que cette bague soit davantage souillée.

Irène quitta la pièce en hâte, secouée de sanglots. Sophia regarda son mari.

— Edmund ! Comment avez-vous pu ! s'écria-t-elle, atterrée.

Pour la première fois de sa vie, Lindsay éprouva le besoin de justifier son acte, troublé par l'expression nouvelle qu'avait prise le regard de sa femme.

— C'est pour son bien, insista-t-il, sur la défensive.

Sophia lui tourna le dos et s'empressa de monter rejoindre sa belle-fille. Edmund passa le reste de la soirée dans son bureau avec une bouteille de brandy. Quand il se coucha, Sophia était déjà au lit, apparemment endormie. Il ne la dérangea pas. Son dos tourné présentait une raideur qui découragea Edmund de l'embrasser pour lui souhaiter bonne nuit. Sans le brandy, il n'aurait sûrement pas fermé l'œil de la nuit.

Irène se leva bien avant l'aube. Elle rangea dans un sac en tapisserie quelques vêtements indispensables et mit dans sa bourse l'argent qu'elle avait offert de prêter à Derek. Cela devrait leur suffire pour vivre en attendant qu'il puisse se remettre à travailler. Elle avait l'espoir d'être engagée avec lui, mais en apprentissage. Sa seule crainte était de ne pas le trouver à son ancien logement car, toute aux bonnes nouvelles qui la concernaient, elle n'avait pas eu le temps de lui demander s'il avait déménagé. Dans ce cas, il aurait laissé sa nouvelle adresse ; il tenait toujours, en effet, à régler ses dettes dès qu'il était en fonds.

Le ciel de Londres annonçait une claire journée d'avril quand elle quitta sans bruit la maison. Dans l'air frais du matin, elle traversa en hâte la place et atteignit la rue déjà bruissante de voitures. Les bidons de cuivre brinquebalaient dans les charrettes des laitiers, un facteur refermait une boîte aux lettres après l'avoir vidée de son courrier et un ramoneur sifflait en déchargeant ses brosses. Des gens modestes se hâtaient de gagner leur lieu de travail avant six heures. Elle eut la chance de trouver un fiacre.

Derek habitait dans une rue tout à fait respectable, où dominaient des maisons de deux étages, originellement construites pour des familles nombreuses aux revenus modestes, en brique rouge, et percées de hautes fenêtres à guillotine ; certaines s'agrémentaient d'ornements gothiques en pierre ocre. Aucune ne comportait de sous-sol grillagé, car ici la présence d'une simple femme de ménage suffisait ; des murs bas protégeaient d'étroits jardins de façade où buissons et mauvaises herbes poussaient en toute liberté. Presque toutes portaient l'enseigne « Lits et Pension », avec pour certaines, la mention supplémentaire « Libres ».

Quand elle eut repéré la seconde maison au bout de la rue, Irène demanda au cocher d'attendre : elle voulait s'assurer que c'était bien là et qu'elle n'aurait pas à chercher plus loin. La porte d'entrée avait besoin d'une couche de peinture, mais le paillasson en cuivre brillait ainsi que le heurtoir qu'Irène secoua à deux reprises. Elle entendit un bruit de pas à l'intérieur et la porte s'ouvrit sur une femme d'âge mûr aux cheveux grisonnants, vêtue d'une robe nette et d'un tablier empesé. L'odeur du bacon en train de frire lui parvint d'une cuisine.

— Oui ?

— Bonjour. Est-ce que M. Ryde vit encore ici ?

La femme la regarda de la tête aux pieds.

— Vous ne ressemblez pas à un créancier. Vous devez donc être une de ses poulettes. Non, il ne vit plus ici, annonça-t-elle, prête à refermer la porte.

— Je vous en prie ! Un moment ! implora Irène. Je ne veux pas vous déranger, mais je dois le trouver. C'est important pour moi.

— Vraiment ? interrogea la femme, en fermant à demi la porte et en examinant la visiteuse matinale à l'air si bien élevé.

— Pouvez-vous me dire quand il a déménagé ? Avez-vous sa nouvelle adresse ? Voyez-vous, nous devons nous marier, tous les deux.

La femme garda un long moment le silence, réfléchissant à sa réponse.

— Oh, vous êtes fiancés ? Eh bien, il est parti il y a trois mois. Il me doit son loyer ; il a déménagé à la cloche de bois. Un matin, quand je l'ai appelé pour le petit déjeuner, il n'était plus là. Si j'avais su où il travaillait, j'y serais allée, mais il est très cachottier, à cause des bookmakers et des autres qui sont toujours après lui, parce qu'il leur doit de l'argent. L'autre jour, il y a deux semaines environ, ma fille l'a aperçu dans un bus et a réussi à le suivre jusqu'à une chambre qu'il occupait dans Edgware Road. Il lui a promis de la revoir mais il n'a jamais reparu. Inutile de dire qu'il avait décampé quand elle est retournée là-bas. Dieu seul sait où il vit, à présent !

Irène sentit son estomac se contracter douloureusement. Chaque mot prononcé par cette femme la faisait souffrir davantage. Il ne pouvait s'agir de Derek.

— Je ne puis croire que vous parliez du même M. Ryde. Je cherche Derek Ryde.

— Oui, c'est bien ça, Derek Ryde. Il est grand, blond et a les yeux verts. (Le visage de la femme eut un éclair de compassion en voyant l'effet que sa réponse produisait sur la jeune fille.) Je vous annonce de mauvaises nouvelles, hein ? Vous ne vous y attendiez sûrement pas, je suppose. Vous feriez mieux d'entrer et de vous asseoir quelques minutes. Je m'appelle Mme Pendle. (Elle s'écarta pour laisser entrer Irène.) Je suis occupée à servir le petit déjeuner à mes pensionnaires, mais ma fille va vous apporter une tasse de thé. Je pense qu'il vous faut faire sa connaissance.

Elle poussa Irène dans un petit salon guindé et dépourvu de confort avec ses fauteuils recouverts de crin brillant, ses têtières blanches empesées. Devant la fenêtre, dans un pot d'un jaune éclatant, un aspidistra donnait un reflet verdâtre à la lumière du jour. Irène s'assit dans le fauteuil le plus proche et se tint la tête à deux mains, les coudes appuyés sur les genoux. Elle n'arrivait pas à admettre ce qui venait de lui être révélé de cet aspect de la vie de Derek. Il avait dû quitter cette pension peu de temps après qu'elle lui avait écrit pour l'informer que, Sophia se sentant mieux, elle pouvait reprendre ses études à l'Ecole des arts appliqués. Il était venu l'attendre à Essex House le lendemain, sans mentionner son intention de déménager. Elle ignorait totalement qu'il avait plusieurs fois changé de logement. Encore sous l'effet de la stupeur, Irène se rappela quelques mots prononcés par Mme Pendle mais que, par crainte que la porte ne se referme avant d'en apprendre davantage, elle n'avait pas relevés. Elle n'eut pas le temps de s'y arrêter, car la fille de la logeuse entrait avec le thé promis. Elsie Pendle était une jolie fille à l'air effronté ; elle avait des cheveux noirs bouclés, et des yeux bleus. Elle était enceinte de cinq mois, au moins.

— Alors, mademoiselle, vous cherchez Derek Ryde ? commença-t-elle sèchement. Moi aussi, ajouta-t-elle en tapotant son ventre d'un geste éloquent.

Lorsque Irène ressortit de la maison, elle s'aperçut, surprise, que le fiacre l'attendait toujours. Elle l'avait oublié. Elle avait oublié tout ce qui concernait le présent. Il ne lui restait plus d'argent car elle avait versé à Mme Pendle — une veuve travaillant dur pour vivre — le loyer que Derek lui devait et donné le reste à Elsie en lui demandant d'acheter quelques vêtements pour le bébé. La fille l'avait remerciée avec effusion. Au moment de partir, Irène l'avait interrogée sur ce que sa mère avait voulu dire par « poulettes ». Elsie lui avait raconté qu'après qu'il eut quitté leur maison une actrice du Gaiety était venue lui rendre visite. Et Elsie avait dit aussi avoir appris par la suite qu'il se rendait souvent dans sa loge quand il avait de l'argent ou quand il en manquait.

Le cocher leva les yeux :

— Où allons-nous, mademoiselle ?

Irène n'avait pas le choix. Sans ressources, il ne lui restait plus qu'à rentrer chez elle.

— Milton Square, fit-elle, d'une voix rauque, en montant dans la voiture.

7

Parti pour son magasin plus tôt que d'habitude, Edmund n'assista pas au retour de sa fille et n'apprit jamais qu'elle était sortie avant lui ce jour-là. Il avait une raison particulière de vouloir se rendre au magasin avant l'arrivée de ses employés, raison pour laquelle il prit son petit déjeuner exceptionnellement tôt, content de sa solitude, car il ne se sentait pas d'humeur à supporter la froideur de Sophia. Il revoyait ses yeux accusateurs et avait encore à l'esprit sa remarque acérée sur la justice tempérée par la clémence ; il ne s'attendait guère à une telle attitude de sa part et, en fait, elle l'avait, à sa manière, encore plus déçu que sa fille. Tout cela ne lui plaisait pas. Vraiment pas.

Il pénétra dans son magasin. Il gagna tout d'abord l'atelier, remit en place tout ce que, dans sa rage, il avait renversé la veille. Il vérifia aussi que Ryde avait ramassé ses affaires sans laisser de désordre. En dehors de deux tiroirs ouverts, tout était en place. Malheureusement, le panneau vitré de la porte avait été légèrement fêlé au cours de leur altercation, mais cela se voyait à peine et serait réparé avant que quelqu'un d'autre le remarque.

Il termina par l'antichambre. Le balai du portier à la main, il balaya les épingles à cheveux et fouilla partout pour s'assurer qu'il ne restait ni un gant ni un mouchoir témoignant de la présence d'Irène en ce lieu. Tout semblait en ordre.

Il rangea le balai, jeta les épingles à cheveux à la poubelle et ouvrit la porte du bureau de son secrétaire. Il écrivit quelques instructions qu'il déposa au centre du sous-main, puis rejoignit son bureau. Il mit la bague ornée de saphirs et de perles dans une petite boîte qu'il scella ; il la déposerait un peu plus tard dans son coffre à la banque. Il ne la rendrait à Irène que le jour de ses noces et si le marié lui convenait. Sinon, la bague confisquée ne lui serait jamais restituée.

Il s'assit à sa table, prit une plume, un papier à en-tête et rédigea quelques lignes au bas desquelles il apposa sa signature, puis il glissa la feuille dans une enveloppe qu'il ferma. Il entendit le bruit des verrous que l'on tirait à la porte de derrière. Lester Ward, arrivé à huit heures précises, faisait entrer le personnel et le portier. Les vendeurs pénétrèrent dans le magasin en bavardant à voix basse : leur première tâche était d'enlever les housses des comptoirs et d'épousseter les étagères. Quelques rires parvinrent à Edmund depuis l'atelier où les orfèvres passaient leurs blouses et se préparaient à commencer leur travail. Ils avaient la responsabilité de leur parquet, mais le balayage et le triage avaient déjà été faits la veille au moment de la fermeture. Tout se passait comme Edmund l'avait prévu. Le portier entra sans frapper, le balai et le chiffon à poussière à la main. Il resta bouche bée en voyant que son patron était déjà là.

— Faites excuse, monsieur. J'ignorais...

— Ça ne fait rien, Thompson. Revenez dans dix minutes. Vous aurez largement le temps de faire le ménage avant l'ouverture du magasin. Dites à M. Ward que je veux le voir.

— Oui, monsieur.

Lester Ward se demanda aussitôt si l'arrivée étonnamment matinale d'Edmund Lindsay avait un rapport avec l'absence des outils de Ryde sur l'établi et la disparition de sa blouse au portemanteau. Intrigué, il se dirigea vers le bureau, jetant un coup d'œil à la dérobée sur l'antichambre qui l'intéressait particulièrement. Il l'inspectait tous les matins, mais, ce jour-là, rien ne semblait indiquer qu'elle avait été utilisée la nuit précédente. La découverte d'une petite perle avait transformé Lester en détective. Personne ne l'avait jamais contrecarré sans y laisser des plumes. Avec le temps, Irène paierait pour ce qu'elle lui avait fait endurer et pour l'aversion qu'il avait lue dans ses yeux.

— Entrez.

Lester Ward pénétra d'un pas vif dans le bureau de son employeur.

— Bonjour, monsieur Lindsay.

Edmund leva les yeux par-dessus son pince-nez.

— Bonjour, monsieur Ward. Auriez-vous votre trousseau de clés sur vous ?

— Oui, monsieur. Il ne me quitte jamais.

— Je vous prie de me le remettre.

Quelque peu surpris, Lester Ward tira de sa poche l'anneau dans lequel étaient réunies les clés et le lui tendit.

— Merci, dit Edmund en ouvrant un tiroir de son bureau pour les ranger à côté des clés de Ryde, récupérées la veille. Je vous ai convoqué pour vous informer de votre licenciement avec effet immédiat. Mon secrétaire va vous remettre un mois de salaire et voici un certificat, signé de ma main, qui vous permettra de retrouver une place sans aucune difficulté.

Lester Ward resta immobile, abasourdi par le coup inattendu qu'il venait de recevoir.

— Mais pourquoi ? Pour quelle raison ? J'ai droit à une explication !

Renversé dans son fauteuil pivotant, Edmund se croisa les mains et lui jeta un regard froid.

— En bref, j'estime que vous n'avez pas la classe requise pour une maison aussi prestigieuse que la mienne et que vous ne méritez pas d'être mon premier vendeur. Vous serez plus à votre place dans un établissement moins important.

Normalement pâle, le visage de Lester Ward devint rouge de colère.

— Ne me prenez pas pour un imbécile ! lança-t-il rudement, bouillant de rage. Je sais ce qui se cache derrière tout ça. Ryde n'est pas venu travailler ce matin, et ses outils ont disparu. Vous êtes certainement revenu ici la nuit dernière, après ce que je vous ai raconté il y a deux jours sur lui et sur la femme qui le rencontrait sous ce toit ! Qu'avez-vous fait en arrivant aujourd'hui avant tout le monde ? Vous avez remis les coussins en place ?

— J'ignore de quoi vous parlez, répondit Edmund d'un ton acerbe. Lorsque vous m'avez fait cet étrange rapport, j'ai craint pour votre esprit. Je vous ai dit alors que, comme nous étions, vous et moi, les seuls à posséder les clés du magasin, personne d'autre ne pouvait entrer sans effraction. Cela n'a pas eu lieu. J'ai l'impression, monsieur Ward, que vous êtes doué d'une imagination prodigieuse. Si Ryde a quitté son emploi sans m'en avertir, comme vous le prétendez, une simple vérification établira rapidement s'il a emporté un objet de valeur. S'il n'en est rien, il ne me restera plus qu'à engager un autre orfèvre, et ma maison ne se portera que mieux de se passer d'un artisan peu sérieux.

— Niez-vous être venu ici la nuit dernière ? insista Lester.

— Que je décide ou non de me rendre dans des locaux qui m'appartiennent ne vous regarde pas, rétorqua Edmund, inflexible. Nous n'avons plus rien à nous dire. Allez chercher votre paie en partant. Voici votre certificat, ajouta-t-il en lui tendant l'enveloppe qu'il venait de rédiger.

Lester Ward arracha celle-ci de la main d'Edmund et la jeta sur le bureau.

— Vous me mettez dehors pour une seule raison ! hurla-t-il en tendant un doigt accusateur. Vous savez aussi bien que moi qu'un troisième jeu de clés a été fait sans autorisation. Vous craignez que je ne mine votre autorité en faisant de vous la risée de votre personnel si je raconte que votre fille...

Edmund bondit sur ses pieds et donna un coup de poing tellement violent sur le bureau que les papiers s'envolèrent et que le parquet vibra.

— Gare à vous si vous osez murmurer une accusation diffamatoire en ma présence ou devant quiconque ! aboya-t-il, les veines de ses tempes gonflées de rage. Si jamais le moindre chuchotement diffamatoire est prononcé contre le nom des Lindsay, je vous traînerai en justice et vous accuserai de mensonge ! Qui plus est, il me suffirait d'un mot lâché ici ou là pour vous empêcher de trouver le moindre emploi. Et maintenant, fichez le camp.

Lester Ward n'eut pas d'autre choix que de capituler. Il avait compris la menace. Même mensongère, une insinuation délibérée concernant son honnêteté, lancée par un joaillier de la réputation d'Edmund Lindsay, mettrait fin à sa carrière. Il s'était déjà rendu compte de la dureté de son employeur, mais n'aurait pas cru qu'elle pouvait aller jusque-là. Il fallait arrêter cette confrontation. Un autre mot de défi, et le certificat de recommandation serait déchiré sous ses yeux, perspective bien plus inquiétante que toute menace de vengeance. Dans son désir de revanche sur Irène, il n'avait pas songé à la détermination naturelle de son père de la protéger, quelles que soient les circonstances. Il aurait dû comprendre que l'orgueilleux Lindsay ne tolérerait jamais la présence continuelle à ses côtés d'un homme au courant de la faute de sa fille. Au lieu de tirer bénéfice des révélations qu'il avait faites, Lester Ward avait tout perdu. Il ramassa l'enveloppe d'un geste sec. Résolu à partir dignement, il prononça ses dernières paroles avec un semblant de civilité.

— Vous me faites une grande injustice. Je me permettrai de vous rappeler qu'en entrant chez vous j'ai juré de ne rien dévoiler de ce qui se passerait à l'intérieur de ce magasin. Lorsque la porte de la joaillerie Lindsay se refermera sur moi, rien de ce que j'ai vu et entendu ne filtrera à l'extérieur. Bonne journée.

Edmund le regarda quitter la pièce. Tout s'était passé beaucoup mieux qu'il ne s'y était attendu; l'entrevue, bien que déplaisante, s'était terminée avec les résultats escomptés. Ward s'était montré un employé digne de confiance, mais un peu trop intéressé par les jolies femmes qui étaient sensibles à son charme, ce dont leurs chevaliers servants, époux ou amants, prenaient parfois ombrage. Ce n'était pas souhaitable pour une affaire où les hommes constituaient la clientèle essentielle. Tôt ou tard, Edmund aurait dû se débarrasser de Ward et l'occasion qui s'était présentée, si désagréable fût-elle, n'avait fait que hâter sa disgrâce. Edmund tendit la main et sonna. Il avait beaucoup de points à régler avant la fin de la journée et ne devait pas perdre de temps.

Revenue chez elle, Irène passa la journée dans sa chambre. Elle avait besoin de solitude. On lui servit le déjeuner sur un plateau, mais elle n'y toucha pas. Sophia vint un peu plus tard prendre le thé avec elle; elles bavardèrent, et Irène raconta à sa belle-mère qu'elle était partie à la recherche de Derek et ce qu'elle avait appris. Comme elle le prévoyait, Sophia ne lui fit pas la morale, mais lui apporta un tendre réconfort, seul baume susceptible de l'apaiser.

Irène descendit avant le retour de son père. Décidée à ne pas paraître abattue, elle s'était changée pour le dîner et portait une robe corail. Une fois les larmes amères versées, elle avait résolu de réagir. La blessure profonde que l'amour avait laissée en elle ne s'effacerait pas aussi vite.

Seule dans le salon, elle réfléchit en regardant le décor

familier, s'étonnant de tout ce qui lui était arrivé depuis le jour où elle avait demandé à son père de lui permettre de suivre les cours de l'école d'Ashbee, deux ans plus tôt. Faisant l'inventaire, elle porta à son crédit les solides bases techniques acquises à Essex House. Elle n'avait pas terminé son apprentissage en orfèvrerie, ce qui l'empêcherait de devenir membre de la Guilde, mais au moins en avait-elle appris suffisamment pour continuer à dessiner des bijoux, tout en sachant parfaitement comment en assurer la réalisation. Elle pourrait continuer à créer des modèles, qu'elle ajouterait à ceux qui s'accumulaient dans ses cartons. Il ne lui restait plus qu'à patienter jusqu'à sa majorité. Elle serait alors libre, prête à gagner sa vie sans dépendre d'un homme, qu'il s'agisse de son père, d'un mari ou d'un amant. En cette année 1900, qui voyait déferler de nouvelles lignes, où les formes et les couleurs balayaient tout ce qui avait pu exister auparavant tant en Europe qu'en Amérique, Irène saurait se faire une place, de préférence en haut de la crête. Elle y était déterminée.

Elle se raidit en entendant son père. Elle se tourna pour lui faire face. Il s'arrêta sur le seuil de la porte :

— Viens dans mon bureau, Irène.

Il allumait la lampe d'Ashbee posée sur la table quand Irène entra. Voyant son visage éclairé par la lampe, Irène le trouva fatigué et tendu. Les événements l'avaient marqué tout autant qu'elle. Elle jugea curieux qu'en dépit de tout ils aient encore le pouvoir de se blesser affectivement. Malgré les circonstances, le lien filial demeurait.

— J'ai des projets pour toi, dit-il en arpentant lentement le tapis.

Elle lui répondit sans détour :

— Je dois vous avertir que, quels que soient vos projets, j'ai l'intention de quitter la maison à ma majorité et de gagner ma vie.

— Oh ? interrogea-t-il d'un ton cynique. Eh bien, ce que j'ai projeté pour toi te conviendra. Le magasin a toujours besoin d'une personne supplémentaire déjà expérimentée.

— Je ne comprends pas.

— J'ai décidé de te prendre dans mon affaire. Tu seras mon assistante personnelle.

Elle se montra étonnée et irritée.

— Avant que je commence mes cours, vous m'avez clairement fait savoir que vous ne m'autoriseriez jamais à travailler comme joaillière à l'un de vos établis, et vous voilà prêt à m'ouvrir votre magasin. Où est la différence ?

— Il y a une grande différence. Comme je l'ai indiqué, tu occuperas une position importante, enfin, c'est ce que penseront les autres. Cela apaisera toute spéculation concernant ton départ impromptu de l'Ecole des arts appliqués et sera considéré comme un geste indulgent de ma part, dû à l'intérêt que tu manifestes pour la joaillerie. De plus, le poste que je crée pour toi t'évitera d'être considérée comme un membre du personnel. (Il brandit un index menaçant.) Ne t'imagine pas que cet arrangement de fortune pour réparer les pots cassés me satisfasse le moins du monde. Loin de là. Je ne pense qu'à la bonne réputation de la maison Lindsay et à me protéger de tout commérage.

— Je refuse de travailler avec Lester Ward, dit-elle avec raideur.

— Il est parti. Je l'ai renvoyé aujourd'hui.

— Qui va occuper sa place ? demanda-t-elle, les yeux écarquillés.

— M. Taylor a accepté de renoncer à sa retraite jusqu'à ce que j'engage un nouveau premier vendeur.

— Je vais travailler avec lui ? s'exclama-t-elle, voyant ce que cette nouvelle perspective pouvait signifier pour elle.

Elle allait apprendre la partie commerciale du monde de la joaillerie, non seulement l'achat et la vente au comptoir, mais tout ce qui pourrait concerner le marché à un niveau élevé. Edmund opina de la tête.

— Avant de quitter mon bureau, aujourd'hui, j'ai fait installer une pièce pour toi. Tu t'y tiendras à l'écart de mes employés, quand tu ne seras pas occupée à servir les clients. De plus, j'attends de toi un petit travail de secrétariat. Si tu apprends à utiliser une de ces machines à écrire modernes, ce sera encore mieux. J'en ai acheté une pour mon secrétaire, mais il répugne à l'essayer.

Elle resta silencieuse quelques instants, puis secoua la tête.

— Quand dois-je commencer ?

— Demain matin. Sois prête à partir avec moi dans la Daimler après le petit déjeuner. Nous ferons les trajets ensemble. Si je dois m'absenter ou voyager, la femme de chambre de ta belle-mère te servira de chaperon. En d'autres termes, tu seras constamment surveillée. (Sa bouche implacable se serra.) Malgré tes manières dévergondées, je veux que tu fasses un honnête mariage.

Elle eut le cœur glacé en apercevant dans ses yeux sa vieille rancœur qui revenait en force.

— Où sera mon bureau ? interrogea-t-elle courageusement, redoutant que quelque réserve eût été aménagée et meublée pour elle.

— Où seras-tu mieux que dans la pièce qui, apparemment, te séduisait le plus ? répondit-il, sarcastique, froidement décidé à la blesser. On l'utilisait rarement pour les clients. Tu pourras ainsi avoir tout loisir de te repentir de ta folie entre les quatre murs qui l'ont accueillie.

Il crut l'avoir brisée : un frisson la parcourut et son visage plein de sensibilité exprima une angoisse profonde. Elle croisa les mains comme pour rassembler ses forces, inclina la tête et dit :

— Je serai prête à partir avec vous demain matin.

Dans le hall, elle se heurta à Sophia qui, remarquant sa pâleur, signe d'une nouvelle crise, s'écria :

— Que s'est-il passé ?

Irène s'efforça de la rassurer d'un sourire et lui posa la main sur le bras.

— Tout va bien. Père va me prendre au magasin en qualité d'assistante personnelle. Au moins, je ne serai pas complètement coupée du monde de la joaillerie. Je lui en suis reconnaissante.

— Moi aussi, soupira Sophia, soulagée.

Après tout, Edmund n'était pas totalement dépourvu de clémence. Sans revenir sur sa décision, il avait tenu compte de ce que Sophia lui avait dit. Elle se dirigea vers le bureau à l'instant où il en sortait pour monter se changer. Elle lui passa les bras autour du cou et pressa son visage contre son épaule.

— Merci d'offrir à Irène une autre occasion de réaliser son ambition.

Elle n'apprit que bien plus tard le châtiment exquis qu'il avait infligé à sa fille, Irène se sentant incapable d'en parler et Edmund préférant éviter tout affrontement, alors que tout allait de nouveau bien entre sa femme et lui.

— Qu'allez-vous mettre demain au magasin, Irène ? demanda Sophia alors qu'elles montaient se coucher après dîner, laissant Edmund en train de lire dans le salon.

Comme il n'avait jamais engagé de femme auparavant, il n'existait aucun précédent auquel se référer.

— Je ne sais pas trop. Jetons un coup d'œil sur ma garde-robe. Vous m'aiderez à choisir.

En proie à un intense désespoir, hantée par la perspective de se retrouver dans l'antichambre le lendemain, Irène avait du mal à se concentrer.

— Vous devrez porter du noir, décréta Sophia en choisissant parmi les robes. Ne serait-ce que parce que c'est la couleur qui met le mieux en valeur les pierres précieuses. Et vous devrez être chic. C'est très important.

— Je n'ai que deux robes noires, celles qui me servent pour les enterrements, répondit Irène d'une voix distraite, assise sur une chaise.

Sophia les avait déjà trouvées et, les tenant chacune sur un bras, les examinait d'un œil critique. Toutes deux, d'une classique simplicité, avaient des parements en soie et un col montant.

— Essayez celle-ci, finit par dire Sophia en tendant à Irène la robe à rayures ton sur ton.

La jeune fille obéit. Sophia la regarda, prit la ceinture de velours de la seconde robe et, avec son goût infaillible, la noua d'un geste expert autour du col montant de manière que les extrémités retombent en une cravate souple, selon la toute dernière mode venue de Paris. Comme elle s'en doutait, l'effet était à la fois gracieux et frappant. Il ne manquait plus qu'une broche pour maintenir la cravate et mettre la dernière touche à la toilette. Irène sortit sa boîte à bijoux.

— Celle-là ! s'écria Sophia en choisissant la broche en jade qu'Irène possédait depuis l'enfance. Le vert mettra vos yeux en valeur et le filigrane en or ressortira sur le velours. Avez-vous des boucles d'oreilles assorties ?

Irène en trouva une paire, les mit et s'examina dans la psyché.

— Père approuvera ma tenue, observa-t-elle sèchement. Je ressemble tout à fait à la fille du propriétaire. (Elle leva le menton d'un air déterminé.) Mais je vais travailler dur et vendre mieux que tous les autres.

Debout derrière elle, Sophia lui sourit dans la glace.

— Je savais que vous seriez courageuse. Vous l'avez toujours été.

Irène lui répondit d'une voix tremblante :

— Je suis complètement abattue. (Elle se passa la main sur les yeux.) Je n'arrive pas à supporter mon chagrin.

Sophia s'approcha rapidement d'elle.

— Cela va se calmer, ma chère enfant. Croyez-moi, le temps adoucit les choses, même les peines de cœur.

Elle n'ajouta pas que c'était l'espoir qu'elle nourrissait pour elle-même, désireuse qu'elle était d'oublier l'amour romantique auquel elle s'était abandonnée.

Le matin suivant, tout se déroula comme Irène l'avait prévu. Edmund détailla sa toilette d'un air approbateur et ne lui adressa la parole qu'une fois au magasin. Tour à tour dans le salon principal et dans l'atelier, il la présenta comme son assistante personnelle, puis la laissa entre les mains de M. Taylor.

— Ma parole, mademoiselle Irène, lui dit son vieil ami, qui aurait pensé que vous et moi allions travailler ensemble ? Vous réussirez très bien dans le métier, j'en suis sûr.

— J'ai tellement appris avec vous, monsieur Taylor, et aussi au cours des deux années passées à l'Ecole des arts appliqués ! Mais ma soif de connaissances est insatiable. (Elle s'exprimait avec énergie parce que le travail, et le travail seul, était ce qu'elle souhaitait comme antidote à son chagrin d'amour et pour préparer son avenir.) Faites de moi une joaillière experte, vous serez mon meilleur professeur.

— Vous exagérez, rétorqua-t-il en riant, mais je ferai de mon mieux. Je sais, depuis des années, que vous êtes une des rares personnes douées d'un goût instinctif pour les pierres précieuses. De plus, vous avez commencé à acquérir des connaissances très jeune, ce qui représente un atout. Cependant, je dois d'abord obéir aux ordres de M. Lindsay, qui sont de vous installer. Une fois que vous aurez vu votre bureau, je vous montrerai les réserves. Ensuite, je vous apprendrai comment vendre avec courtoisie et efficacité, qualités que vous possédez d'ailleurs naturellement. Plus tard, M. Townsend, le secrétaire de votre père, vous expliquera le travail administratif.

Elle suivit M. Taylor et se raidit en entrant dans l'antichambre. A son intense soulagement, la pièce avait subi une transformation complète : le papier peint velouté tilleul n'avait pas changé, mais le divan et les fauteuils dorés avaient été enlevés et remplacés par un meuble-classeur ; à la place de la table, sous le plafonnier, se trouvaient un bureau en acajou, garni du nécessaire à écrire, et un fauteuil capitonné de cuir assorti aux deux sièges situés de l'autre côté du bureau. Un tapis turc aux teintes vives remplaçait le tapis persan plus sombre qui avait, jusque-là, recouvert le parquet ciré. Elle remarqua la machine à écrire posée sur une petite table et se dit que ce serait un peu comme de jouer au piano ; il lui faudrait apprendre la disposition des touches, ce qui ne semblait pas très difficile. M. Taylor l'informa que des sonnettes reliant son bureau à celui de son père avaient été installées pour qu'il puisse l'appeler si nécessaire et que les autres lui permettraient de convoquer M. Townsend ou d'être prévenue si l'on avait besoin d'elle dans le salon principal. On avait transformé un nid d'amoureux en un lieu de travail. En sortant de son nouveau bureau pour aller voir les réserves, elle décida de ne plus jamais évoquer les moments qu'elle y avait passés.

8

Irène travaillait depuis sept mois à la joaillerie lorsqu'elle fut appelée à servir son premier client important. Plusieurs personnes distinguées avaient fréquenté le comptoir, mais Irène était encore trop novice aux yeux de son père ou de M. Taylor pour se voir confier une vente particulière. Après le second départ, définitif celui-là bien que pris à contrecœur, de M. Taylor, son remplaçant, Robert Symington, avait estimé qu'Irène devait encore acquérir de l'expérience. Elle aimait bien M. Symington : la quarantaine, équitable envers les membres du personnel, strict quand la nécessité s'en imposait, toujours prêt à encourager Irène dans son intérêt passionné pour les pierres précieuses. Lorsqu'ils disposaient de temps libre, il continuait à lui faire subir les épreuves que M. Taylor avait mises au point : il présentait plusieurs variétés d'une même gemme, diamants, émeraudes ou autres, et elle devait essayer de déterminer leur lieu d'origine et leur valeur approximative d'après leur couleur, leur taille et leur éclat. Comme elle avait excellé en gemmologie à l'Ecole des arts appliqués et qu'en outre elle éprouvait une attirance curieuse pour les pierres, elle le surprenait souvent par ses réponses d'une précision remarquable, ainsi qu'il pouvait le vérifier d'après le registre des ventes. Il s'y connaissait bien en gemmes, même si, contrairement à son prédécesseur, il n'était pas expert, mais plutôt vendeur spécialisé, ce qui ne l'empêchait nullement de s'intéresser aux compétences croissantes d'Irène. Dès qu'une pierre inhabituelle arrivait au magasin, il la laissait toujours deviner quelle en était l'origine. Un jour, il lui montra une paire de boucles d'oreilles dessinées et fabriquées dans l'atelier en utilisant les pierres d'une belle couleur rouge sang du client.

— J'aimerais entendre ce que vous avez à en dire, la pria-t-il.

Elle les examina avec sa loupe, sachant que, lorsqu'il s'agissait de pierres taillées, seul un expert était capable de distinguer un vrai rubis d'autres pierres rouges comme les spinelles qui pouvaient être tout aussi magnifiques et de valeur équivalente. Elle devait donc deviner tous les éléments. Elle chercha d'abord la pointe de pourpre commune aux pierres originaires de Mogok, en Birmanie, source des rubis les plus rares et les plus beaux. Elle ne la trouva pas, ce qui ne l'étonna guère, mais elle suivait les règles d'observation établies pour elle. Elle rechercha ensuite les défauts et les inclusions que l'on rencontre souvent dans les vrais rubis ; or, ceux-ci étaient merveilleusement clairs, avec une sorte de lueur orange dans leur profondeur. Ayant étudié une multitude de pierres depuis son enfance, son œil avait acquis un sens aigu des nuances les plus subtiles. Elle reposa sa loupe.

— Ces pierres sont taillées en facettes et serties en or. Je dirais qu'elles viennent de Ceylan.

— Exact. Leur propriétaire possède une plantation de thé là-bas. Il veut offrir les boucles d'oreilles à son épouse. S'agit-il de spinelles ou de rubis ?

Les lèvres serrées, elle réfléchit longuement, utilisant aussi bien ses connaissances que son intuition, puis se décida d'un ton ferme :

— Je crois qu'il s'agit de rubis balais.

Elle avait donné l'autre nom employé pour les spinelles rouges.

— Bravo !

Elle progressa également dans un domaine plus terre à terre — celui de la dactylographie. Une dactylographe était venue lui donner quelques leçons et, grâce à sa mémoire sûre et à l'habileté de ses doigts, Irène avait rapidement su taper à une certaine vitesse, ne faisant que peu d'erreurs. Les lettres d'affaires dactylographiées ajoutaient au prestige de la maison, même si la correspondance avec les clients distingués se faisait toujours à la main, de la plus belle calligraphie de M. Townsend, tout autre procédé étant considéré comme discourtois. M. Townsend lui enseigna les rudiments de la comptabilité et lorsqu'il s'absentait quelques jours ou était souffrant, elle le remplaçait et s'en tirait mieux qu'elle ne s'y serait attendue.

Elle avait appris à servir les clients d'abord avec M. Taylor, se tenant près de lui pour observer le mécanisme de la vente d'objets de grande valeur à une clientèle tantôt simplement aisée, tantôt très fortunée. Elle allait chercher les boîtes plates en cuir bleu nuit gravées d'or — cachet de la maison Lindsay — qui contenaient les parures couchées sur leurs lits de soie ou de velours. Elle éprouvait un plaisir particulier à soulever, sur un signe de M. Taylor, le couvercle pour révéler les bijoux étincelants dont l'éclat semblait rejaillir sur les personnes présentes. Il arrivait qu'Irène attirât beaucoup plus l'attention des clients que les bijoux. Elle se coiffait les cheveux relevés à la nouvelle mode, dégageant ses oreilles et mettant en valeur son long cou déjà souligné par ses cols montants. Edmund Lindsay ne lui versait pas de salaire, estimant sans doute impensable que le nom de sa fille apparaisse dans ses livres. Il avait, en revanche, augmenté de façon considérable l'allocation qu'il lui donnait pour ses toilettes, parce qu'il souhaitait qu'elle soit toujours élégamment vêtue. Toujours en noir, elle ne portait plus ses bijoux personnels depuis qu'elle avait remarqué l'effet produit sur un acheteur potentiel quand elle mettait une boucle d'oreille, plaçait une broche ou tout autre bijou sur un vaporeux jabot noir ou sur un revers de soie.

Ses clients préférés étaient les jeunes couples qui venaient acheter leurs bagues de fiançailles ou de mariage ; elle avait su les servir dès le début. Ils semblaient si heureux, main dans la main, se regardant sans cesse, les jeunes filles manifestement très amoureuses, les jeunes hommes tendres et fiers ! Les premiers temps, leur joie n'avait fait qu'accentuer le vide douloureux de son cœur, réveillant des souvenirs qu'elle souhaitait oublier, mais, bien vite, elle n'avait plus pensé qu'au plaisir de vendre et au désir de présenter la bague idéale au couple qui se trouvait devant elle. Très souvent, l'homme portait l'uniforme d'officier, car la guerre contre les Boers venait d'éclater en Afrique du Sud et, pour nombre de couples, Londres était devenu un lieu d'adieux à la gare d'où partaient les trains militaires pour les ports d'embarquement. Il ne lui fallut pas longtemps pour apprendre à discerner quand une alliance était achetée pour permettre à un couple de voler quelques heures dans une chambre d'hôtel avant une séparation déchirante.

Elle remettait en place un plateau d'alliances après le départ de l'un de ces couples lorsqu'une dame âgée, d'allure aristocratique, pénétra dans le magasin, suivie d'une autre femme. Irène reconnut la dame aussitôt d'après les photos qu'elle avait vues dans les journaux. C'était l'ex-impératrice Eugénie, veuve du défunt Napoléon III qui avait régné sur la France avant de se retirer en exil en Angleterre où il était mort quelques années auparavant. Irène jeta un regard rapide alentour. Tous les vendeurs étaient occupés et M. Symington, qui aurait dû s'avancer à la rencontre de l'ex-impératrice, se trouvait dans le bureau de M. Lindsay. Elle sauta sur l'occasion.

En dépit de ses soixante-dix ans, l'ex-impératrice avait conservé sa célèbre démarche glissante. Très élégante, vêtue de noir de la tête aux pieds, elle personnifiait Paris avec la fine voilette de son chapeau nouée sur le menton et une simple plume ourlant le rebord du chapeau posé sur ses cheveux de neige. Irène s'approcha rapidement et fit une petite révérence respectueuse. Des yeux d'un bleu intense la regardèrent.

— Je viens de casser le fermoir de mon bracelet. J'aimerais qu'on me le répare immédiatement. Je suis disposée à attendre si cela ne demande pas trop longtemps, dit-elle en tendant un bracelet en diamants.

Irène examina le fermoir et vit l'endroit où le maillon s'était détaché.

— Il ne faudra pas longtemps, madame, remarqua-t-elle d'un ton expert, disposée à effectuer la réparation elle-même si nécessaire.

— Très bien, je vais attendre.

Irène conduisit l'ex-impératrice et sa compagne dans une antichambre et les fit s'asseoir. Elle porta le bracelet à l'atelier où Richardson s'en occupa sur-le-champ. Dès que la réparation fut achevée, elle rapporta le bijou à sa propriétaire.

— Voulez-vous que je l'attache, madame ?

— Oui, s'il vous plaît, répondit Eugénie en ôtant son gant et en tendant à Irène son fin poignet.

Elle regarda la jeune fille pencher la tête pour attacher le bracelet. Quels magnifiques cheveux auburn ! Jadis, elle était entourée de jolies femmes à la cour impériale et, elle-même, avec ses tresses d'un blond Titien, était la plus belle. En voyant cette jolie jeune fille, elle se rappela sa jeunesse, ce qui l'amusa. Ces derniers temps, il lui en fallait beaucoup pour sourire.

— Comment vous appelez-vous ? demanda-t-elle, une fois le bracelet fermé.

— Irène Lindsay, répondit la jeune fille, surprise.

— Etes-vous la fille de M. Lindsay ?

— Oui, madame.

— Très intéressant. J'aimerais vous voir lors de ma prochaine visite.

Irène accompagna l'ex-impératrice jusqu'à sa voiture et la regarda s'éloigner avant de rentrer dans le magasin. Même si elle avait souffert de la trahison et de la disparition de Derek, ce n'était rien comparé aux souffrances de cette femme seule. Eugénie avait perdu son pays, son mari et son fils unique, le prince impérial, mort courageusement dans la campagne contre les Zoulous, alors qu'il servait dans un régiment britannique. Les nouvelles quotidiennes des champs de bataille actuels devaient sûrement éveiller des souvenirs poignants chez cette femme pour qui les deuils se succédaient.

Irène occupait le temps qui lui restait à dessiner. Il lui arrivait de déjeuner d'un sandwich au magasin pour pouvoir travailler à son bureau. Si on ne lui avait pas interdit l'accès à l'atelier, elle aurait exécuté elle-même de son mieux certaines de ses créations et, parfois, elle éprouvait un intense sentiment de frustration. Edmund avait jeté un coup d'œil sur ses modèles et les trouvait bizarres ; il ne lui cachait pas son mépris, ce qui ne l'affectait pas. Elle continuait de se sentir en accord avec les modèles curvilignes et les motifs naturels de l'Art nouveau, devenu pour elle l'expression de sa jeunesse pleine d'énergie et de son espoir en la beauté de la vie.

Elle n'avait pas oublié Derek. La blessure restait insupportable quand ses pensées se tournaient vers lui. Un jour, regardant une vitrine dans Oxford Street, elle s'était arrêtée, stupéfaite. Une demi-douzaine de pendentifs en émail et or représentaient la tête d'une nymphe, exactement semblable à celle qu'il lui avait offerte. Elles étaient faites en Allemagne selon un dessin exécuté par Obrist. Elle avait cru que Derek l'avait fabriquée pour elle et il n'avait jamais corrigé cette impression. Une déception de plus parmi tant d'autres, qui lui causa autant de peine que les précédentes.

En janvier 1901, peu de temps avant le vingtième anniversaire d'Irène, la reine Victoria, très âgée, mourut, et sa disparition marqua la fin d'une époque. Irène se trouvait parmi les milliers de personnes qui, dans un silence respectueux, regardèrent passer le cortège, accompagné de roulements de tambours et de marches funèbres. Ce fut un événement profondément émouvant. Hommes et femmes pleuraient sans chercher à cacher leurs larmes. Irène eut une pensée pour la pauvre impératrice Eugénie qui avait perdu une amie personnelle très chère en la personne de la reine.

Toutes les personnes d'un rang social élevé durent prendre le deuil pendant un certain temps. Parmi elles, une dame très élégante, Mme Duncane, qui vint à la joaillerie la semaine suivante, après avoir pris rendez-vous, pour l'achat d'une bague extrêmement coûteuse, faite d'un diamant du Cap à la couleur dorée, caractéristique due à sa dimension. Le diamant taillé en « brillant » rond comportait une monture classique en or. La cliente fut introduite dans l'une des antichambres et s'assit à la table centrale où avait été posée, sur un coussin de velours, la bague soumise à son examen. Irène et M. Symington étaient chargés de s'occuper de la cliente, mais Edmund avait lui-même apporté la bague, désireux de superviser cette vente d'une valeur exceptionnelle. Comme c'était la première fois que la dame venait à la joaillerie, Edmund avait pris la précaution d'enquêter discrètement sur l'intégrité financière et sociale de sa cliente et avait été rassuré.

Irène suivit d'un œil vigilant le déroulement de l'opération. Ce n'était pas la première transaction importante à laquelle elle assistait et elle avait vu des bijoux d'une valeur encore plus grande que cette bague et, particulièrement, une parure en diamants de Golconde. Mais elle aimait tant les pierres précieuses qu'elle ne manquait jamais de spéculer sur les raisons qui faisaient, en dehors du goût personnel, qu'un client choisissait une pierre plutôt qu'une autre : prodigalité, avarice ou vanité en étaient les raisons les plus communes, générosité ou amour les plus belles. Qu'est-ce qui poussait cette femme à dépenser une fortune pour la bague de son choix ? Un placement ? Non, les hommes avaient tendance à agir ainsi, mais pas les femmes, au moins en ce qui concernait la joaillerie. L'amour d'une belle pierre ? Certainement pas dans le cas présent. On lisait le plaisir dans les yeux et l'expression des femmes, alors que le visage de cette cliente semblait d'une froideur de marbre derrière le voile noir moucheté qui le dissimulait de manière flatteuse. Autosuffisance ? Non, elle n'admirait pas l'effet de la bague en diamants sur sa main qu'elle avait tendue d'un geste automatique. Elle avait simultanément jeté un coup d'œil à la montre qu'elle portait en sautoir, comme pour s'allouer un temps précis pour acheter le bijou. La curiosité d'Irène grandit. Elle commença à se demander ce qui se cachait derrière une telle froideur. Mme Duncane était-elle si riche qu'un diamant de plus, si magnifique fût-il, ne signifiait pas grand-chose pour elle ? Sans le vouloir, Irène se mit à la regarder fixement.

Mme Duncane poussa un soupir indécis ; les lèvres retroussées, la tête rejetée en arrière, elle examina de nouveau d'un œil critique sa main ornée du diamant dont les feux dorés dansaient dans la pièce.

— C'est une pierre magnifique, sans aucun défaut, dit Edmund.

Il ne pressait jamais une vente, s'exprimant sur un ton neutre tout en étant passé maître dans l'art de faire le commentaire adéquat au bon moment, ce qui était le cas en cet instant.

La femme redressa les épaules, comme décidée à régler l'affaire, et posa les doigts de sa main garnie de la bague contre la paume de l'autre.

— J'en conviens, monsieur Lindsay. Elle est superbe. Je crois...

Elle fut interrompue au milieu de sa phrase par un bruit de verre brisé du côté du salon principal. On entendit des cris et un brouhaha.

— Que diable... ? s'écria Edmund, oubliant la présence d'une dame. Allez voir ce qui se passe, monsieur Symington !

— Oui, monsieur ! répondit Symington en se hâtant de sortir.

La cliente avait bondit sur ses pieds, inquiète.

— Est-ce un incendie ?

— Non, madame, non, la rassura aussitôt Edmund. Ce ne peut être cela. Il n'y a pas de fumée.

Il montra d'un geste confiant la porte que Symington avait laissée ouverte.

— J'ai grand peur des incendies, déclara Mme Duncane, agitée. (Elle rendit la bague à Edmund.) Prenez-la, je vous prie. Je ne peux absolument pas me décider maintenant.

A cet instant, le premier vendeur reparut sur le seuil :

— Quelqu'un a lancé une brique sur la vitrine.

— Un vol après bris de devanture ? demanda Edmund, outré.

— Peut-être, mais le filou a dû prendre peur et il s'est sauvé.

Edmund se tourna vers sa cliente hagarde.

— Tout va bien, madame.

Son ton uni cachait mal sa fureur contre le gaillard qui avait osé lancer une brique sur sa belle vitrine. Irène aurait trouvé son sourire faussement bénin amusant en d'autres circonstances.

— Je préfère me retirer, monsieur Lindsay, affirma Mme Duncane, inflexible. Je suis bouleversée.

Edmund se répandit en excuses, plus soucieux du désarroi d'une cliente potentielle que de la perte d'une vente, estimant que ce malheureux incident avait ébranlé le service impeccable de son magasin. Alors, comme si cela ne suffisait pas, sa fille avança et barra la route à sa cliente qu'il raccompagnait à la porte de la pièce.

— Rendez-moi le diamant du Cap avant de partir, fit Irène en tendant la main, paume ouverte, vers Mme Duncane.

— Comment osez-vous ! s'écria celle-ci, les yeux flamboyant derrière le voile noir. C'est intolérable !

Edmund crut, en cet instant crucial, que sa fille avait perdu la raison.

— Mme Duncane m'a rendu la bague ! grommela-t-il entre ses dents, essayant de faire reculer Irène d'un regard hostile.

Irène ne bougea pas du seuil de la porte et continua de regarder calmement Mme Duncane.

— Je répète ce que j'ai déjà dit. Si mon père prend la peine d'examiner de plus près la bague qu'il tient encore dans la main, il verra que vous avez, madame, opéré une substitution très adroite !

Cette accusation directe donna le signal d'une grande agitation. D'un bref coup d'œil, Edmund vit que sa fille avait raison. A la même seconde, la femme, d'une poussée vigoureuse, envoya Irène contre la porte et sa tête heurta le chambranle. Edmund se lança à la poursuite de la femme en appelant à l'aide et réussit à l'attraper avant qu'elle ait atteint le centre du magasin. Mais elle avait déjà su se tirer de situations aussi difficiles et elle se débattit tant et si bien qu'elle atteignit le corridor. A cet instant, les orfèvres sortirent de l'atelier, bientôt rejoints par les vendeurs du magasin. La lutte s'arrêta là. Ils trouvèrent Mme Duncane agrippée aux barreaux de la fenêtre du bureau d'Edmund, haletante, la tête baissée en signe de défaite.

La police retrouva la vraie bague dans une poche secrète de sa robe et la rendit à son véritable propriétaire avant d'emmener la voleuse. Elle ne leur était pas inconnue. Elle s'appelait Ruth Williams — mais avait plusieurs noms d'emprunt — et l'une de ses ruses consistait à utiliser le nom d'un membre respectable de la société pour avoir accès aux joyaux de valeur, faisant exécuter une diversion au moment du vol. Dans le cas présent, son complice, un jeune homme râblé selon les témoins, réussit à se perdre dans la foule après avoir lancé sa brique, mais des recherches furent engagées contre lui.

— Comment avez-vous soupçonné la femme ? demanda Sophia, mise au courant.

Edmund avait renvoyé Irène à la maison, car elle avait une entaille à la tête qui nécessitait les soins habiles de Sophia.

— Je ne l'ai pas soupçonnée, répondit Irène en toute franchise. Je trouvais simplement curieux son manque de réaction personnelle à l'égard de la bague. Cette pierre magnifique qui coupe le souffle à quiconque la voit pour la première fois la laissait froide.

Je suppose qu'elle était si tendue qu'elle ne l'a vue que comme l'objet qu'elle venait voler.

— Comment a-t-elle échangé les bagues ?

— Je l'ignore, avoua Irène en riant doucement. Vraiment, je l'ignore et, pourtant, je ne l'ai pas quittée des yeux, même quand il y a eu cette agitation dehors. J'ai simplement remarqué que lorsqu'elle a rendu la bague à Père, on eût dit que celle-ci s'était éteinte. Tout éclat avait disparu. Si Père n'avait pas eu son attention distraite, il ne se serait jamais laissé tromper. C'était très adroit de briser la vitrine et c'est le plan le plus audacieux dont j'ai entendu parler pour essayer de chiper une bague aussi soigneusement protégée, et sous notre nez, encore !

Sophia se dit qu'Edmund devait récompenser Irène de son intervention rapide qui avait permis d'empêcher le vol. Lorsque plusieurs jours se furent écoulés sans qu'il en parlât, elle souleva la question devant lui. Il répondit d'un ton bourru :

— Irène n'a fait que son devoir !

— Mais vous auriez récompensé n'importe quel autre membre de votre personnel ! protesta-t-elle.

Il fronça les sourcils de colère.

— Par sa conduite dévergondée, l'année dernière, Irène a perdu tout droit à une récompense ou à des privilèges d'aucune sorte. Elle devrait m'être reconnaissante de ne pas l'avoir renvoyée de la maison au lieu de la prendre dans mon magasin pour son propre salut. Aucun père n'aurait été aussi *indulgent* que moi ! souligna-t-il, désireux d'impressionner de nouveau sa femme par la concession qu'il lui avait faite, même si elle ignorait qu'il en avait profité pour la punir. Je n'ai absolument pas l'intention de lui accorder la moindre faveur qui pourrait lui faire croire que tout est oublié et pardonné. Jamais ! Jamais !

L'espoir que caressait Sophia disparut. Elle avait pensé qu'Edmund aurait autorisé Irène à reprendre ses cours à l'Ecole des arts appliqués. C'était l'homme le plus intraitable qu'elle eût connu.

Edmund pensa à sa femme le jour où une tiare d'une splendeur exceptionnelle fut terminée à l'atelier et déposée à son bureau pour un ultime examen. Il se dit que Sophia devait la voir avant que la tiare soit soigneusement enveloppée et rangée dans une boîte. La parure était composée de pierres ayant appartenu à la cour impériale de France avant de passer à des particuliers, et Edmund devait la livrer personnellement à Paris d'où venait la commande. Trois rangées de diamants jaunes, roses et incolores d'une immense valeur formaient le support éblouissant d'une couronne de neuf merveilleux saphirs, également sertis de diamants.

Renversé dans son fauteuil pivotant, sans quitter des yeux l'œuvre magnifique, Edmund tendit la main, d'un geste automatique, vers le courrier de l'après-midi que son secrétaire avait déposé sur le bureau. Il comptait emmener Sophia avec lui à Paris ; elle s'achèterait des toilettes pendant qu'il réglerait ses affaires : en plus de la remise de la tiare, il devait livrer quelques pierres précieuses rares achetées pour le compte de Fabergé qui se trouverait à Paris au même moment. Ses doigts touchèrent une enveloppe sur laquelle il jeta un coup d'œil ; elle portait la mention « Privé et confidentiel ». Il prit son coupe-papier en ivoire, l'ouvrit et en sortit une feuille de papier. Il la déplia et vit qu'elle ne portait ni adresse ni signature en dehors d'initiales illisibles. La première ligne lui sauta aux yeux, car il y lut le nom de sa femme associé à une accusation extraordinaire et terrible.

Une parcelle de son cerveau lui conseilla de déchirer la lettre et de la jeter dans la corbeille à papier. Il méprisait les lettres anonymes et leurs auteurs, mais son regard resta rivé, malgré lui, sur le texte, passant d'une ligne à l'autre, et Edmund lut en entier le récit diffamatoire de l'infidélité supposée de sa femme avec Burnett, l'année précédente à Nice. L'auteur en connaissait tous les détails. On les avait vus en conversation intime sur la Promenade des Anglais. Ils s'étaient cloîtrés une semaine entière dans la villa, n'en sortant que pour des promenades dans le jardin entrecoupées de longs baisers passionnés ; la personne qui les avait observés d'un point stratégique s'était sentie obligée de communiquer à l'offensé ces renseignements, avec dates à l'appui. Après avoir fouillé en vain sa mémoire, Edmund jeta la lettre sur son sous-main et tira un agenda d'un tiroir. Il en tourna fébrilement les pages qui dansaient devant ses yeux et finit par trouver le mois et le jour qu'il cherchait. Il poussa un grognement. Selon l'auteur de la lettre, Burnett avait quitté Nice la veille du jour où Edmund était venu chercher Sophia pour la ramener avec lui à la maison. Le télégramme ! Il avait envoyé un télégramme. Il poussa un autre grognement. Il aurait dû arriver sans s'annoncer. Et surtout, aujourd'hui, il aurait dû jeter la lettre dans la corbeille. A présent, il lui était impossible de bannir de sa pensée les germes empoisonnés du soupçon.

Les tempes et le cœur battant à tout rompre, il s'accouda à son bureau, la tête dans les mains, en proie à un désespoir sauvage. Qui avait pu lui envoyer une telle lettre ? Qui pouvait nourrir une telle rancune ? Il pensa à Lester Ward, se demandant s'il avait entendu des commérages à ce sujet, car c'était surprenant tout ce que les femmes se racontaient dans une joaillerie, sans se soucier des oreilles attentives des vendeurs. Il en rejeta aussitôt l'éventualité. Ward travaillait dans une maison réputée qui exigeait une loyauté totale et n'allait pas ruiner sa carrière par une lettre. De toute manière, c'était une femme qui, dans un style au vitriol, racontait des faits dont elle avait été témoin. Qui, parmi les connaissances de Sophia, cherchait à la perdre et à anéantir leur mariage par la même occasion ?

Il bondit hors de son fauteuil, sentant que sa tête allait exploser ; une telle rage montait en lui que chaque muscle et chaque nerf de son corps était tendu au maximum. Il devenait incapable d'avoir une pensée logique. Même utilisée à des fins démoniaques, la vérité apparaissait dans chaque mot de la lettre. Un certain nombre de faits, enfouis au fond de son être, remontèrent à la surface. L'intérêt que Sophia et Burnett avaient manifesté l'un envers l'autre lors de leur première rencontre dans sa propre maison ! Il se rappela sa colère quand Sophia avait cessé de lui écrire de Nice. Les dates concordaient exactement avec l'information livrée dans cette affreuse lettre ! Puis il y avait eu cette extraordinaire sensation, à son retour de Nice, que quelque chose avait changé en elle. Il se rendit compte aussi, à mesure que sa colère montait, que Burnett n'avait conclu aucune affaire avec lui depuis cette époque et qu'il avait refusé deux invitations à déjeuner au club, évitant tout contact avec lui. Est-ce que les deux amants se rencontraient secrètement les après-midi où il se rendait au magasin ? Avaient-ils des rendez-vous amoureux lorsqu'il partait en voyage ? Après avoir déjà souffert du déclin de la tendresse de sa première femme, encore qu'elle eût toujours été fidèle, allait-il endurer la même épreuve, et dans des circonstances beaucoup plus sordides ? Il avait déjà eu à subir la conduite inexcusable d'Irène, mais que son épouse chérie ait pu le trahir et se discréditer était plus qu'il ne pouvait supporter.

Il décida d'emporter la lettre infamante sans remarquer que, dans sa fureur, il ne fourrait dans sa poche que l'enveloppe vide. Il prit son chapeau qu'il enfonça sur sa tête et sa canne qu'il brandit, telle une arme. Il sortit de son bureau, décidé à exiger une confession totale de sa femme, même s'il devait la battre pour cela. Passant devant le bureau d'Irène, il l'entendit taper à la machine et se dit qu'il valait mieux qu'elle ne soit pas à la maison au moment de la confrontation. Il ne désirait aucune ingérence. Sacrebleu ! Si Sophia était coupable, elle allait payer. Il ne ferait pas de quartier !

— Je ne reviendrai pas de la journée ! hurla-t-il à M. Symington en claquant la porte du magasin.

Il était trop tôt pour que le chauffeur l'attende avec la Daimler mais la station de fiacres était proche. Il en choisit un avec un cocher à l'air rude et un cheval qui semblait plus fougueux que la plupart des autres paisibles canassons.

— Un souverain si vous me conduisez à Milton Square en dix minutes ! cria-t-il en prenant place.

— Oui, monsieur !

Le fouet claqua et le cheval bondit en avant, roulant les yeux et dressant les oreilles. Un autre coup de fouet, et ils se glissèrent dans la circulation dense. Edmund resta assis, penché en avant, se retenant à sa canne tendue horizontalement sur ses genoux. Ses doigts tambourinaient de manière spasmodique tandis que des vagues de colère haineuse déferlaient sur son corps consumé du désir de vengeance.

— Plus vite ! hurla-t-il pour se faire entendre. Dégagez-vous de ce satané encombrement !

Le cocher tira le volet de séparation et jeta un coup d'œil à son passager :

— Il y a toujours des problèmes, à cette heure. Je vais essayer.

Les lèvres serrées, Edmund était sur le point d'exploser et s'il n'arrivait pas chez lui au plus vite, il craignait de perdre toute maîtrise de soi une fois devant son épouse coupable — à présent, il n'avait plus aucun doute sur sa faute.

— Je vous paie pour me ramener chez moi. Fouettez les autres chevaux s'il le faut ! Chaque minute gagnée vous rapportera gros !

Le cocher accepta le défi avec joie. Conduisant un fiacre depuis treize ans, il avait eu le temps d'apprendre quelques trucs en cas de besoin. Les moyeux grincèrent quand il dirigea son cheval vers les rares espaces libres. Les autres cochers ou voituriers lui lancèrent des insultes lorsque son fouet s'abattit sur leurs chevaux, lui permettant de se faufiler. Tout se passait bien, quand un brougham surgit inopinément. Il y eut des grincements de roues et des cris d'avertissement. Le fiacre et l'autre véhicule se heurtèrent violemment dans un fracas qui couvrit les hennissements des chevaux affolés. Si Edmund était resté assis en arrière sur son siège, il n'eût sans doute ressenti qu'un léger choc. Mais, en position instable lors de la collision, il fut projeté en avant et se trouva la tête coincée dans les roues.

Quand on le retira, son visage était méconnaissable. Edmund était mort, presque sur le coup. On ne put l'identifier que grâce à l'enveloppe déchirée trouvée dans une poche de sa veste en lambeaux. Un policier se rendit aussitôt à la joaillerie.

Irène venait d'apporter le courrier qu'elle avait tapé pour que son père le signe ; elle ignorait qu'il était déjà parti. Par la porte ouverte du bureau, elle vit M. Symington arriver du magasin accompagné d'un policier. Leur expression grave l'avertit qu'un événement terrible venait de se passer.

— Qu'y a-t-il ? demanda-t-elle, pleine d'appréhension.

Elle écouta le récit du policier, les yeux fixés sur lui, le visage tendu. Tandis que M. Symington le raccompagnait, elle baissa la tête, se passa la main sur les yeux comme luttant pour accepter ce qui venait de se produire, consciente du froid glacial qui l'envahissait. Autour d'elle, le calme grandit peu à peu, à mesure que les orfèvres cessaient de travailler à leurs établis et que, dans le magasin, les voix se réduisaient à des chuchotements. Irène se contraignit à bouger, s'approcha de la table de son père, ramassa d'un geste automatique une lettre tombée par terre et l'enferma avec les autres papiers sans y jeter un coup d'œil, sachant qu'elle devrait tout régler plus tard. Elle ne quitta le bureau qu'après avoir vérifié que tout était sous clé, suivant en cela les habitudes de son père. Lorsque le premier vendeur revint, elle avait déjà mis son manteau et son chapeau.

— Avez-vous fermé le magasin et baissé le rideau de la vitrine, monsieur Symington ? demanda-t-elle, le visage creusé par la tristesse.

— Oui, mademoiselle Irène. Puis-je faire quelque chose pour vous ?

Elle avait déjà pris les rênes de l'affaire.

— Je vous verrai demain, dit-elle en secouant la tête.

Elle s'en alla, après avoir reçu les murmures de condoléances du personnel de l'atelier et du magasin, réuni pour assister à son départ. Tout le monde savait qu'elle était la nouvelle directrice de la joaillerie Lindsay.

Lorsque Irène arriva à la maison, Sophia finissait de se préparer dans sa chambre. Assise devant la glace de sa commode, elle fixait une épingle en perle sur son chapeau. Apercevant, dans le miroir, Irène debout sur le seuil de la porte, elle se figea, les deux mains levées, les coudes écartés et le dos raide.

— Que se passe-t-il ? chuchota-t-elle, effrayée.

— Père a eu un accident. Un terrible accident.

— Oh non ! s'écria Sophia en se levant aussitôt. Je vais le rejoindre. Où est-il ?

Elle vit alors, à l'expression d'Irène, qu'il était trop tard. Puis les mots filtrèrent jusqu'à sa conscience et elle se mit à frissonner des pieds à la tête, la mâchoire tremblante, la gorge trop serrée pour parler. Elle courut vers Irène et elles s'enlacèrent étroitement, saisies par la cruelle soudaineté de ce deuil.

Edmund n'avait pas de proches parents en dehors de deux cousins auxquels Sophia envoya un faire-part de décès. Elle télégraphia également à sa propre famille. Ce fut un grand réconfort pour elle de voir arriver son oncle Vladimir qui fit le voyage depuis Saint-Pétersbourg pour assister aux funérailles et passer quelque temps auprès de Sophia. Très maigre, les cheveux blancs, la barbe taillée, il était venu, malgré son grand âge, accompagné de son unique petite-fille, Maria, la lumière de sa vie depuis qu'il avait perdu sa femme, son fils et sa belle-fille au cours de l'épidémie qui avait emporté le premier mari de Sophia. Agée de dix-sept ans, grande et mince, Maria avait l'allure gracieuse d'un elfe, les yeux d'un gris rêveur sous des sourcils à l'arc parfait et de magnifiques cheveux blonds bouclés aux reflets dorés. Irène fut frappée par sa beauté hors du commun et s'aperçut très vite que la jeune fille était naturellement aussi douce et généreuse que Sophia, leur tante et belle-mère. Maria contribua grandement à atténuer l'atmosphère de deuil de la maison et aida Sophia dans les réponses aux lettres de condoléances qui affluèrent. Irène faisait de son mieux, mais devait avant tout s'occuper du magasin et Sophia était reconnaissante à sa belle-fille de prendre l'intérim des affaires avec tant d'aptitude avant l'enterrement. Cela impressionna Maria.

— Comme je vous admire, Irène ! Vous devez être d'une intelligence exceptionnelle.

Irène sourit en secouant la tête :

— Pas du tout. Du premier jour où j'ai commencé à travailler au magasin, je me suis intéressée à tous les secteurs de l'affaire, ce qui fait que, maintenant, je suis tout à fait au courant.

— Je ne comprends rien au commerce. On m'a seulement appris à tenir une vaste maison, à approuver le choix des menus et autres choses semblables.

— Est-ce vous qui dirigez la maison de votre grand-père ?

— Mon Dieu, non ! s'écria Maria. (Elle parlait parfaitement l'anglais et le français, comme toute Russe cultivée.) Je me prépare pour le moment où je me marierai. (Une lueur romantique dansa dans ses yeux.) Et je me marierai ! Avec un homme grand et beau qui m'adorera durant toute notre vie.

Comme Maria avait été chérie et couvée par tous, elle n'avait aucune raison de douter que l'homme de son choix agirait de même. Irène sourit :

— J'espère que vous le rencontrerez bientôt.

— Et vous dessinerez ma tiare nuptiale. Je vous en fais la promesse.

Irène rougit de plaisir, voyant que la promesse était sincère. Leur amitié se resserrait chaque jour davantage. Elle avait montré ses dessins à Maria, chose qu'elle ne faisait jamais. La désapprobation constante manifestée par son père à l'égard de ses modèles avait eu pour résultat qu'elle les cachait automatiquement, même à Sophia, pour éviter qu'ils puissent être une cause de friction entre son père et sa belle-mère.

Le jour des funérailles arriva. Des chevaux ornés de plumes noires tirèrent le corbillard et un épais parterre de couronnes recouvrit la tombe fraîchement creusée dans le cimetière situé au nord de Londres. Sophia témoigna de l'extraordinaire courage qui soutient souvent les veuves au long des journées interminables et éprouvantes qui précèdent l'enterrement. Même en cette occasion, son éducation rigide lui permit de supporter sa peine en silence, s'appuyant simplement sur le bras d'Irène au moment de jeter un bouquet de violettes sur le cercueil en un dernier adieu. Les larmes qu'elle versait sous son voile épais n'avaient rien d'hypocrite. La fin accidentelle d'Edmund, alors en pleine force de l'âge, la hanterait à jamais. Personne ne savait pourquoi il avait quitté lc magasin ce jour-là ni où il se rendait, et on supposait qu'il s'était soudain rappelé d'une affaire urgente. Elle avait partagé avec lui plusieurs années difficiles mais avait toujours compris son caractère et le besoin obsessionnel qu'il avait d'elle. En dehors de leurs divergences d'opinion en ce qui concernait Irène après l'histoire avec Derek Ryde, ils étaient parvenus, au cours des derniers mois, à une certaine harmonie que même une rencontre inattendue avec Gregory n'avait pas compromise. Elle s'était trouvée face à face avec lui au cours d'une soirée de charité se tenant chez Eileen Harding : brève et douce rencontre, lui, courtois et gentil, elle, essayant de ne pas montrer ses sentiments. Elle s'était éloignée le plus vite possible, sachant parfaitement que les autres femmes les observaient, surtout Eileen qui, ayant invité Gregory, donateur d'une bague en diamants et donc, hôte d'honneur, ne souhaitait pas le voir monopolisé par une autre. Sophia avait craint de nouveau les ragots susceptibles de parvenir aux oreilles d'Edmund. Elle avait un instant redouté qu'Eileen, vindicative et jalouse, ne lâchât une allusion venimeuse devant Edmund pour se venger de Gregory qui ne l'avait jamais courtisée. Une fois encore, Sophia avait été frappée par l'ironie du destin. Elle n'aurait jamais cru être aussi touchée par la mort d'Edmund. Elle regrettait sa fin tragique, sa seule consolation étant qu'il n'avait jamais rien su et que, à sa manière, il l'avait aimée, l'esprit en paix, jusqu'à sa mort.

Après le départ des personnes venues assister à l'enterrement, alors que Maria et son grand-père se trouvaient dans une autre pièce, Irène et Sophia s'assirent côte à côte dans le bureau pendant que l'homme de loi lisait le testament, rédigé la veille du mariage d'Edmund et de Sophia et inchangé depuis cette date. Il léguait tout à sa femme, en dehors d'une dot considérable pour Irène qui recevrait, le jour de ses noces, les bijoux de sa mère. Une clause spéciale concernait le magasin d'Old Bond Street. Il devrait être vendu en bloc. Sophia fut contrariée. Bien qu'elle n'en eût jamais parlé avec Irène, elle avait supposé que celle-ci prendrait la place d'Edmund et orienterait le magasin vers les nouveaux styles.

Sophia raccompagna l'homme de loi puis regagna le bureau et trouva Irène à la fenêtre en train de regarder le jardin.

— Ma chérie, dit-elle, pleine de compassion, êtes-vous très déçue ?

— Pas du tout, répondit Irène en se tournant lentement vers elle, très calme. Je crois que j'ai toujours su qu'il ne me laisserait pas son affaire. Père voulait que je fasse un beau mariage, d'où sa dot généreuse. S'il m'a donné une bague de ma mère, c'était uniquement pour vous faire plaisir. A présent, je ne l'aurai peut-être jamais, ce qui m'attriste beaucoup.

Sophia garda pour elle la certitude que sa belle-fille se marierait un jour. Ce n'était pas l'heure d'en discuter.

— Que voulez-vous faire ? Vous pouvez reprendre vos cours à l'Ecole des arts appliqués.

— Je ne trouverai pas deux fois une place vacante. J'ai déjà eu de la chance la première fois. De toute façon, j'ai entendu dire que l'école allait bientôt s'installer dans un village des Cotswold Hills. M. Ashbee a toujours désiré créer à la campagne. Quant à moi, j'ai besoin de vivre dans le cercle de la joaillerie.

— Vous espérez dessiner et vendre vos œuvres un jour ?

— C'est mon but. J'ai économisé un peu d'argent. Père s'est montré très généreux envers moi ces derniers temps. Mais je ne peux prendre aucune décision avant un séjour à Paris. Père devait livrer deux paquets la semaine prochaine, dont l'un à Fabergé. Le grand homme est attendu en France pour une exposition spéciale de ses œuvres. Vous l'avez connu, je crois ?

Sophia acquiesça de la tête, l'esprit ailleurs.

— J'ai rencontré votre père à une soirée musicale chez les Fabergé, répondit-elle d'un air absent. (Elle serra les mains sur le dossier du fauteuil près duquel elle se tenait.) J'ai quelque chose d'important à vous dire, Irène, de très important. Puisque vous parlez de la France, cela me donne l'occasion de vous entretenir d'une lettre.

— Oui ? interrogea Irène en la regardant intensément.

Sophia se dirigea vers le bureau à cylindre d'Edmund. Au cours des derniers jours, elle s'était occupée de ranger tous ses papiers, poussée par le besoin de ne pas rester inactive.

— Comme vous le savez, j'ai mis de l'ordre dans les papiers de votre père. C'était un homme méthodique et je n'ai eu aucun problème jusqu'à ce que je trouve une lettre au fond de l'un de ses tiroirs. Elle n'avait pas été ouverte, l'encre était passée et l'enveloppe jaunie ; j'ai eu du mal à lire la date sur le timbre français, mais je crois que la lettre a été postée il y a environ vingt ans.

— Et alors ? demanda Irène, étonnée de l'air inquiet de Sophia.

— J'ai hésité à l'ouvrir. En réalité je l'ai même jetée dans la corbeille à papier et je ne l'ai reprise qu'après réflexion.

— Il ne pouvait s'agir d'une lettre importante, sinon elle aurait été décachetée dès sa réception.

— C'est ce que je me suis d'abord dit. Puis je me suis demandé si on ne l'avait pas oubliée. Edmund était peut-être sur le point de l'ouvrir quand il avait été interrompu, et il n'y avait plus pensé ensuite, quoique cela ne lui ressemblât pas. Je crois qu'il a toujours su qu'elle était là.

— Vous avez donc décidé de la lire.

Sophia acquiesça de la tête.

— Je suis arrivée à la conclusion qu'il l'avait gardée pour une raison précise, mais je ne pouvais pas deviner son importance. (Elle se tordit les mains.) Comme je me suis trompée !

Irène s'approcha d'elle, stupéfaite.

— Qu'est-ce qui pourrait être si important après toutes ces années ?

Sophia inspira profondément et regarda Irène droit dans les yeux.

— Préparez-vous, ma chérie. C'était une lettre de votre grand-mère maternelle.

Irène la dévisagea, abasourdie.

— Mais mes grands-parents sont morts il y a des années ! Ma mère a été élevée par des parents adoptifs. Mon père ne m'a pas beaucoup parlé d'elle, mais il a mentionné ce fait.

— Il m'a raconté la même chose, et cependant, cette lettre a été écrite par la mère de votre mère. Je suppose qu'il a reconnu son écriture et, pour des raisons personnelles, a décidé de ne pas l'ouvrir.

— Mais pourquoi ?

— Qui peut le dire ? Le manque de salutations d'usage dans la lettre semble indiquer qu'Edmund et sa belle-mère n'étaient pas en bons termes. C'est une lettre triste, que pourtant vous devriez lire.

Elle avança la main, trouva ce qu'elle cherchait et tendit la lettre à Irène.

La jeune fille s'assit dans un fauteuil en étudiant la belle écriture de l'enveloppe. Elle ouvrit ensuite la lettre qui contenait un chèque. Elle y jeta un coup d'œil avant de parcourir la lettre à en-tête de l'hôtel Meurice, à Paris. Comme Sophia l'avait remarqué, elle commençait sans les formalités d'usage. Il s'agissait d'une requête très touchante et sincère adressée à Edmund, lui demandant d'acheter une couronne des plus belles fleurs printanières qu'il puisse trouver en hommage à Denise, fille unique chérie de la signataire de la lettre, une certaine Gabrielle Roget. Irène posa la lettre sur ses genoux.

— Ces fleurs n'ont jamais été achetées, remarqua-t-elle, tendue. Le chèque n'a jamais été encaissé. Je sais que le nom de jeune fille de ma mère était Roget, mais on ne m'a jamais dit qu'elle était française. Pourquoi mon père me l'a-t-il caché ?

Sophia vint s'asseoir près d'elle en soupirant :

— Je ne vois qu'une seule explication : votre mère était une enfant illégitime. Cela cadrerait avec le fait qu'elle ait été élevée par des parents adoptifs. Connaissant votre père, il est aisé de deviner pourquoi il a toujours voulu garder secrète l'origine de votre mère, même pour vous.

— Je ne comprends toujours pas pourquoi il a gardé cette lettre sans l'ouvrir.

— Sa conscience l'a peut-être empêché de la jeter.

Irène accepta cette explication, qui s'accordait bien avec le caractère de son père. Elle aurait aimé trouver une adresse sur la lettre qui puisse lui permettre de rechercher sa grand-mère, si elle était encore en vie. Il ne restait que la banque d'où le chèque émanait, bien que Gabrielle Roget n'eût eu là-bas qu'un compte momentané puisque, à l'époque, elle logeait à l'hôtel.

— Puis-je garder la lettre et le chèque ? demanda Irène.

— Oui, bien sûr, acquiesça Sophia, devinant la raison qui la poussait à le faire. (Elle se sentit toutefois obligée de l'avertir doucement :) Vingt ans ont passé. Cela fait beaucoup de temps. Bien des choses ont pu arriver.

Irène compléta ce que Sophia n'avait pas osé dire :

— Et si Mme Roget est encore vivante, elle n'a peut-être pas envie de me voir. Je le sais. Néanmoins, je vais lui écrire.

Elle envoya la lettre le lendemain, donnant son adresse à Londres ainsi que le nom de l'hôtel où elle serait à Paris. Puis elle concentra délibérément ses pensées sur autre chose, décidée à ne pas nourrir de faux espoirs. Elle avait encore plusieurs affaires à régler au magasin et, le soir, elle tenait compagnie à Maria. A cause de leur deuil, elles ne purent aller au spectacle, mais se promenèrent à pied et en voiture. Elles savaient toutes deux que la séparation serait difficile. Le jour vint où Maria dut retourner chez elle avec son grand-père. Les deux visiteurs auraient voulu emmener Sophia avec eux pour qu'elle se repose, mais elle ne pouvait partir tant que les affaires d'Edmund n'étaient pas entièrement réglées et que le magasin n'avait pas été vendu.

— Ecrivez-moi, Irène ! supplia Maria au moment des adieux.

— Vous avez ma parole, répondit-elle.

— Souvenez-vous de ce que je vous ai dit. Essayez de venir avec tante Sophia dès qu'il lui sera possible de nous rendre visite.

— Je ne peux rien promettre, répliqua Irène en souriant. Beaucoup de choses dépendent du résultat de mon séjour à Paris.

Le lendemain, quand Irène quitta à son tour Londres pour Paris, accompagnée d'un garde du corps pour veiller sur les précieux joyaux, elle sentit que tout son avenir était en balance. C'était un défi excitant. De plus, pour la première fois de sa vie, elle allait connaître une véritable liberté.

9

Paris était tel qu'Irène se le représentait, une ville belle, aux perspectives dégagées, d'une élégance pleine de volupté. Le soir de son arrivée, elle remit la tiare de saphirs et de diamants à une adresse, rue de Rivoli. Le lendemain matin, elle quitta son hôtel, descendit les Champs-Elysées baignés de soleil et se rendit au Grand Palais où avait lieu une exposition privée des œuvres de Fabergé. Irène avait reçu une invitation quand elle avait annoncé à Carl Fabergé qu'elle viendrait à Paris à la place de son défunt père. C'était un événement et un privilège, car plusieurs œufs de Pâques impériaux allaient être exposés. Bien que les fameux œufs-joyaux de la maison Fabergé fussent la stricte propriété de la famille impériale russe, ceux qui avaient été faits pour le défunt tsar et son fils régnant, Nicolas II, d'une beauté et d'un intérêt particuliers, n'avaient été exposés qu'une seule fois auparavant, lors de l'Exposition internationale universelle de 1900, à Paris — l'année précédente. Edmund l'avait visitée et Irène n'imaginait pas avoir la chance de voir ces œufs merveilleux.

Une foule élégante se pressait déjà dans la longue galerie tendue de soie quand Irène arriva, mais il y avait suffisamment de place pour examiner à loisir les objets présentés dans les vitrines ou sur les comptoirs. Presque tous les aspects de l'art du grand orfèvre se trouvaient représentés. Icônes et calices ; horloges et coupes ; services à café, éventails et manches d'ombrelle ; figurines et étuis à cigarettes ; animaux en calcédoine, jaspe et quartz, avec leurs yeux en pierres précieuses et fleurs d'émail sur or. Il y avait quelques pièces de joaillerie, de jolie broches et une multitude de pendentifs et d'épingles de cravate, mais Fabergé faisait peu de joaillerie pure, s'intéressant davantage aux objets d'art ornemental.

Irène observa tout d'un œil critique. Une partie de l'œuvre exposée lui parut outrancière et ostentatoire, presque vulgaire, très éloignée des lignes et des formes simples qu'elle aimait, mais il était difficile de ne pas admirer la finesse inouïe du travail effectué. Comme si cela ne suffisait pas, elle ne put résister à l'enchantement des articles de fantaisie qui avaient rendu

Fabergé si célèbre. Ebahie, elle tomba en contemplation devant une chaise à porteurs de six centimètres de haut en émail sur or d'un rose transparent, avec des vitres de cristal de roche laissant voir des garnitures à franges à l'intérieur d'une nacre, une table en jade blanc sertie d'or, encore plus petite, des fauteuils en émail de couleur abricot clair et des coffrets en cornaline rouge sombre incrustés de médaillons émaillés. Ces délicieux objets miniatures et bien d'autres encore l'occupèrent longuement et elle s'aperçut brusquement qu'il lui fallait encore aller admirer, à l'autre extrémité de la galerie, la vitrine des fameux œufs, principal pôle d'attraction.

Si elle n'avait pas déjà succombé au charme de Fabergé, les œufs de Pâques auraient achevé de la séduire. Il s'agissait de cadeaux d'amour, ce qui les différenciait de tout le reste. Une quinzaine d'années auparavant, le tsar Alexandre III avait consulté Fabergé. Il voulait offrir un cadeau spécial à son épouse, susceptible de lui rendre sa gaieté après une période de troubles et de désolation. Fabergé avait suggéré un œuf de Pâques en or et émail blanc : en s'ouvrant il dévoilerait une poule miniature aux plumes en émail qui ne manquerait pas d'amener un sourire sur le visage triste de la tsarine. Le résultat avait dépassé cette espérance : elle avait éclaté d'un rire ravi. Depuis, s'était instaurée la tradition d'offrir chaque année à Pâques un œuf avec une « surprise » cachée à l'intérieur, tradition qui ne s'était pas seulement transmise de père en fils, mais s'était étendue à toute la famille Romanov et même au-delà.

En examinant un choix de ces œufs, Irène essaya de décider lequel elle aurait voulu recevoir en cadeau, le matin de Pâques. Elle était loin de se douter que, de l'autre côté de la vitrine, Gregory Burnett l'examinait en se demandant où il avait déjà vu cette superbe jeune fille en stricte robe de deuil, coiffée d'un chapeau à large bord qu'elle portait avec beaucoup de chic, les cheveux flamboyants tirés, le visage ovale, les paupières baissées.

Elle avait arrêté son choix sur un œuf d'environ douze centimètres, en émail rose, décoré de muguet en perles et diamants taille rose, aux feuilles d'or. Il fallait soulever une couronne impériale en forme d'épi pour dévoiler la « surprise », une réplique en état de marche du carrosse — en or jaune et émail rouge — qui avait conduit Nicolas et la tsarine à la cérémonie de leur couronnement. Le reste des œufs était tout aussi magnifique. Irène les regarda une dernière fois, rangés par ordre de grandeur dans la vitrine. Un œuf-pendule en émail fraise tournait et le bec plongeant d'un cygne en or marquait les heures. Un autre œuf était encastré dans un temple d'amour à colonnades en serpentine vert pâle et garni de deux exquises colombes en platine. Un autre encore, en agate d'un blanc laiteux et orné de rubans en or, s'ouvrait pour révéler un panier de fleurs printanières en émail, aux nuances délicates. Tant de couleurs magnifiques, tant d'ingénuité liées à une adresse parfaite ! Irène poussa un profond soupir admiratif, quitta la galerie pour retrouver Paris sous le soleil. Elle brûlait encore davantage de rencontrer Fabergé qui lui avait fixé rendez-vous ce même après-midi.

Gregory la regarda partir. Il s'était souvenu de son identité quand elle avait jeté un dernier coup d'œil sur le contenu de la vitrine et il avait reconnu ses yeux. Comment oublier ces yeux verts ? Il s'agissait d'Irène Lindsay, la belle-fille de Sophia. N'eût été leur liaison, il aurait rejoint Irène et se serait fait connaître. Il se contenta de sourire intérieurement et de poursuivre sa visite.

Irène mettait un point d'honneur à ne jamais arriver en retard à un rendez-vous, et les bonnes manières de Fabergé lui interdisaient de faire attendre quiconque. Elle pénétra donc dans le salon de la suite de Fabergé à trois heures précises. Il était déjà debout pour l'accueillir, cheveux gris clairsemés, barbe bien taillée, regard aimable et sourire contenu, presque timide. Calme, cultivé, il se souciait peu de la gloire, lui préférant une vie paisible auprès de sa femme et des siens, entouré d'amis de longue date, sans jamais pour autant mesurer son hospitalité aux autres. En dépit de son ascendance française huguenote, il ne favorisait pas particulièrement ses clients français et, d'ailleurs, ne se préoccupait nullement de la nationalité des amateurs qui achetaient ses créations exotiques. Les flatteries le laissaient froid. Ses responsabilités l'obligeaient à quitter les frontières de sa chère Russie natale et à voyager à l'étranger ; il effectuait ce bref séjour en France, qui coïncidait avec cette exposition, en réponse à l'invitation qui lui avait été faite de juger les pièces susceptibles d'être acceptées à une autre exposition, uniquement réalisées par de jeunes orfèvres et lapidaires venant de différents pays. Ceux qui visitaient les ateliers de la maison Fabergé, à Saint-Pétersbourg, à Moscou ou à Odessa, se répandaient en commentaires sur le nombre de jeunes artisans devant les établis ; il ne refusait jamais un postulant prometteur. Un bon atelier demandait toujours d'autres talents, les plus neufs se mêlant aux plus anciens pour en augmenter la valeur. Au fil des ans, il avait vu plus d'un petit apprenti se transformer en maître de grande réputation.

— Bonjour, mademoiselle Lindsay, dit-il en s'inclinant courtoisement.

— Bonjour, monsieur Fabergé.

— Veuillez vous asseoir. Permettez-moi tout d'abord de vous présenter mes condoléances pour la mort tragique de votre père.

Il s'assit en face d'elle.

— Merci. Mme Lindsay, ma belle-mère, vous sait gré de la lettre que vous lui avez adressée.

— C'est ce qu'elle m'a écrit dans sa réponse très aimable. Comment va-t-elle ?

Ils poursuivirent la conversation en français. Après les préliminaires mondains, Irène lui présenta le petit paquet de pierres qu'il examina une à une à la lumière, assis à une table devant la fenêtre. Quand il eut fini, il ôta sa loupe, fit un signe de tête approbateur et se renversa sur son fauteuil pour la regarder.

— Quel est votre prix ? demanda-t-il.

Irène lui indiqua celui qu'elle avait trouvé dans les notes de son père et qu'il accepta sans discuter. Il ouvrit un tiroir, sortit de quoi écrire et fit un chèque qu'il tendit à la jeune fille. Elle le prit et le rangea dans son sac.

— J'aimerais vous entretenir d'une autre affaire, dit-elle.

— Oui ? interrogea-t-il en se rasseyant pour la mettre à l'aise.

— En m'occupant du courrier de mon père, j'ai appris que vous aviez l'intention de prendre une suite à l'hôtel Berner, à Londres, pour y organiser régulièrement une exposition-vente de vos œuvres.

— C'est exact.

L'idée ne venait pas de lui. Il ne comptait pas se rendre à Londres s'il pouvait l'éviter, préférant laisser les voyages à l'étranger à son associé, originaire d'Afrique du Sud. Cependant, il sélectionnait toujours avec soin les personnes travaillant pour lui. Il aimait savoir exactement qui était engagé, qu'il s'agisse de la réalisation ou de la vente de ses créations ; le résultat était que ses sept cents employés formaient une équipe bien soudée.

— Comme notre correspondance a dû vous l'apprendre, poursuivit-il, il est question d'ouvrir une succursale de la maison Fabergé à Londres.

— Mon père devait avoir quelques responsabilités dans l'exposition en question, fit Irène en se sentant d'un calme étonnant. Je vous demande de me laisser prendre sa place.

Il ne se permit ni un sourire ni un froncement de sourcils, se contentant de la fixer du même regard attentif. Elle est jeune, belle et ambitieuse, se dit-il. Courageuse, aussi. Elle réclamait un poste de responsabilité que des hommes réputés dans le métier auraient été prêts à se disputer s'ils en avaient eu vent.

— Qu'est-ce qui vous fait croire que vous avez les qualifications requises ? demanda-t-il, intéressé.

Elle le lui dit, pleine d'une confiance inébranlable. Elle savait qu'elle avait fait les preuves de sa compétence dans le métier aussi bien en ce qui concernait la vente que la partie administrative, sans parler de ses talents de joaillière et de dessinatrice ainsi que de sa connaissance des gemmes. En travaillant pour Fabergé, sa réputation se trouverait aussitôt établie, lui permettant ensuite de s'installer à son compte, le moment venu. Le maître orfèvre l'écouta jusqu'au bout avant de donner sa réponse.

— Je regrette de vous décevoir. Lorsque j'ai appris la mort de votre père, je me suis immédiatement tourné vers la deuxième personne inscrite sur ma liste, et elle a accepté.

Irène pâlit, se mordit la lèvre inférieure, mais garda le dos bien droit et le menton levé. Elle prononça d'une voix ferme et distincte :

— Cet homme aura besoin d'une assistante, monsieur Fabergé.

Il fut tenté de l'applaudir, mais ce n'aurait pas été correct.

— Nous avons déjà engagé deux assistants et il a aussi son propre secrétariat.

Elle pâlit encore plus, mais refusa sa défaite.

— Il lui faudra quelqu'un pour le seconder, comme je le faisais pour mon père.

Il réfléchit quelques secondes avant d'acquiescer lentement.

— C'est aussi mon avis, commenta-t-il brièvement. Etes-vous prête à occuper ce poste ?

Le visage radieux, les yeux brillants, elle répondit :

— J'accepte avec plaisir.

— Très bien. Mon associé discutera avec vous de votre salaire et des autres questions ; M. Bowe va quitter notre succursale de Moscou pour me représenter à Londres. Il supervisera les différentes réunions qui se tiendront à l'hôtel Berner. Vous aurez certainement à travailler pour lui de temps en temps.

— Il ne sera donc pas le seul à qui j'aurai affaire ?

— Non. M. Burnett va prendre la place de votre père. Il était indispensable pour moi de nommer un homme au courant de tout ce qui se passe dans le domaine de la joaillerie et de l'art ornemental à Londres. Il n'est pas question qu'il prenne un jour la tête d'une succursale si je décide d'en ouvrir une. Il a aimablement accepté d'assurer l'intérim.

— Vous avez dit qu'il s'appelait Burnett ? questionna-t-elle, en levant les sourcils d'un air hésitant.

— Oui, Gregory Burnett. Vous le connaissez ? Il était en relations d'affaires avec votre père.

Irène eut une expression de mécontentement étonné.

— C'est un diamantaire. Comment peut-il s'y connaître dans la vente des œuvres de Fabergé ?

— Il n'est pas là pour vendre, mais pour diriger. Ainsi, vous le connaissez ?

— Je l'ai rencontré une fois, il y a longtemps, répliqua-t-elle calmement.

— Tant mieux. Cela signifie que vous ne vous trouverez pas confrontée à un étranger quand je vous présenterai à lui comme son assistante personnelle. Il est à Paris en ce moment et doit venir me voir à quatre heures. (Il sortit sa montre et y jeta un coup d'œil.) Il ne reste que neuf minutes à attendre. Permettez-moi de vous offrir quelque chose.

Il commanda du thé qui fut servi dans une théière d'argent très travaillée, sur un plateau également en argent gravé, garni de tasses en porcelaine de Sèvres et d'un plat de gâteaux à la crème et aux fruits exotiques. L'hôtel, sensible à la présence de ce client éminent traitait ce dernier magnifiquement. Fabergé invita

Irène à faire le service. Sur ces entrefaites, Gregory arriva. Fabergé se leva pour l'accueillir et leur conversation prouva qu'ils s'étaient déjà vus plusieurs fois durant les derniers jours. Irène continua de servir le thé, remplissant la troisième tasse sans lever les yeux vers eux. Du coin de l'œil, elle aperçut les deux hommes qui s'approchaient de l'endroit où elle était assise.

— J'ai engagé une assistante qui travaillera directement avec vous, monsieur Burnett, déclara Fabergé. Vous avez connu son défunt père et vous l'avez, je crois, déjà rencontrée une fois. La voici : c'est Mlle Lindsay.

Irène reposa la théière sur le plateau et tourna la tête pour regarder l'homme qu'elle avait vu quitter leur maison de Milton Square après un dîner qui avait eu lieu le jour de son retour à Londres. Ce soir-là, elle s'en souvenait, elle avait exprimé le souhait de suivre les cours de l'Ecole des arts appliqués. En partant, il lui avait jeté un regard par-dessus son épaule, comme s'il la voyait pour la première fois : il avait paru fasciné. A présent, son visage reflétait une expression bien différente, un mélange d'ennui et d'exaspération, avec une nuance hostile dans le regard.

— Cela fait des années que nous ne nous sommes vus, mademoiselle Lindsay, dit-il d'une voix brusque, en français. Comment allez-vous ?

— Très bien, merci, répondit-elle d'un ton uni. Vous ne semblez pas approuver ma nomination. Avez-vous une objection à faire concernant les femmes ?

Il se rendit compte qu'il avait laissé voir ses sentiments. Il n'avait pas besoin d'assistante personnelle — c'était aussi simple que cela. Il souhaitait encore moins que ce fût elle. S'il s'était agi d'une autre femme, il aurait abordé le problème franchement et aurait réglé l'affaire. Fabergé aurait respecté sa décision. Malheureusement, gisait au fond de sa mémoire cette demi-promesse de l'aider si l'occasion s'en présentait, ce qui impliquait qu'il ne pouvait, honnêtement parlant, refuser de le faire, alors qu'elle avait la chance unique de pouvoir travailler pour le joaillier du tsar. Cela ne changeait pas grand-chose pour lui, car la réputation des Burnett était établie depuis longtemps, du vivant de son père : Fabergé avait, le premier, passé au père de Gregory une commande de diamants, taille rose, particulièrement beaux et rares, ses pierres préférées, qu'il avait ensuite continué à commander à Burnett. Par conséquent, pour Gregory, organiser les réunions prévues à l'hôtel Berner ne lui apporterait ni avantage supplémentaire ni gloire personnelle, alors que cela ouvrirait à Irène toutes les portes du milieu de la joaillerie jusqu'à la fin de ses jours. Il savait que sa promesse l'obligeait à l'aider, ce qui ajoutait à son mécontentement. Il s'efforça, cependant, d'adoucir le ton de sa réponse.

— Toute femme capable de valoir un homme dans le domaine

des affaires a sa place — à condition qu'elle accepte de travailler sans compter, avec intelligence, endurance et persévérance.

Elle refusa de se laisser aller à la colère, surtout en ce lieu. Trop de choses étaient en jeu. Il lui fallait cacher son irritation.

— Vous ne réussirez pas à me prendre en faute, assura-t-elle d'une voix nerveuse. Voulez-vous une tasse de thé ? proposa-t-elle en lui tendant la tasse avec un sourire glacial.

Elle le rencontra à trois reprises au cours des deux jours suivants lors de réunions de travail avec d'autres représentants de Fabergé, dont plusieurs s'occupaient de l'exposition parisienne. Sa présence fut jugée nécessaire en tant qu'assistante personnelle de Gregory, même si elle ne s'assit jamais près de lui ; ils ne s'adressèrent pour ainsi dire pas la parole, mais il lui arriva de jeter un coup d'œil sur les notes qu'elle lui avait préparées pour ces réunions. Elle passa son temps libre à visiter Paris. Elle rendit aussi visite à Arthur Lucas, l'orfèvre qui avait jadis travaillé pour son père et qui occupait actuellement une place importante à la Maison de l'Art nouveau, créée par Siegfried Bing, magasin frayant en France la voie aux tendances nouvelles, comme Liberty le faisait à Londres. Ignorant l'adresse personnelle de Lucas, elle alla le voir à son lieu de travail et en arrivant rue de Provence, elle regarda, impressionnée, la façade abondamment ornée de fleurs et de fruits dans le style qui était peu à peu reconnu comme l'une des innovations les plus imaginatives jamais conçues dans l'histoire du dessin. Elle trouva dans les salles du magasin des trésors dignes de rivaliser avec l'exposition Fabergé, bien que totalement différents. Une fois encore, elle pensa avec gratitude à sa belle-mère qui avait eu la sagesse de lui ouvrir les yeux dès l'enfance sur la beauté sous toutes ses formes, formant et élargissant si bien son goût que ses préférences personnelles pour l'Art nouveau ne l'empêchaient nullement d'apprécier la magie des fantaisies de Fabergé. Ici, il s'agissait d'un autre genre de fantaisies. Les fenêtres vitrées de Louis Comfort Tiffany déversaient une lumière pure, tour à tour captée par les objets soigneusement regroupés : vases, coupes et lampes en verre jaune, rose, violet, vert pomme et orange délicat s'échappant en volutes d'un blanc vaporeux, dessinés par Favile, objets en verre de Gallé, mobilier de Gaillard, horloges en bronze de De Feure, argenterie incrustée d'opales de Thiède, tapisseries d'Obrist. Et le rayon joaillerie ! Abeilles, têtes de Méduse, serpents ondulés et nymphes volantes exécutés par Lalique, Derosiers et Veazey. Elle décida qu'un jour ses propres modèles prendraient place auprès de ceux-là et de bien d'autres signés de noms tout aussi prestigieux.

— Monsieur Lucas ? dit un vendeur en réponse à Irène. Oui, je vais le chercher, mademoiselle.

Arthur Lucas arriva, témoignant d'un étonnement ravi.

— Mademoiselle Irène ! Quelle merveilleuse surprise ! Mon

Dieu ! Vous veniez juste de commencer l'Ecole des arts appliqués quand j'ai quitté l'Angleterre. Est-ce que tout va bien ?

Il ne s'était pas aperçu qu'elle portait le deuil et lorsqu'elle lui annonça la nouvelle, il parut bouleversé. Lindsay s'était montré un bon patron, malgré une sévérité dont il ne lui tenait pas rigueur. Ils bavardèrent un moment, puis sachant qu'il ne pouvait s'absenter longtemps de l'atelier, il invita Irène à dîner un soir. Sa femme était française, raison pour laquelle ils s'étaient installés à Paris, car après quinze ans passés à Londres, elle n'avait jamais pu surmonter le mal du pays. Irène, qui l'avait rencontrée une fois, accepta l'invitation avec joie.

Elle se rendit à plusieurs reprises à la Maison de l'Art nouveau, mais sans déranger M. Lucas. Elle avait beaucoup de choses à voir. La plupart des objets n'étaient pas à portée de sa bourse, mais elle s'offrit un vase de Tiffany d'un dessin purement abstrait, mélange glorieux de teintes rouge-or — comme si le soleil lui-même avait été capturé dans le moulage.

A la fin de la quatrième et dernière réunion, Gregory s'approcha d'elle. Elle venait de faire ses adieux à Fabergé et aux membres de son équipe qui repartaient avec lui pour la Russie et qui, une fois là-bas, rejoindraient les différentes succursales de la maison.

— Quand comptez-vous quitter Paris, mademoiselle Lindsay ? lui demanda Gregory, en anglais.

— Demain matin, par le train-bateau de dix heures.

Rien ne la retenait à Paris. Elle n'avait reçu aucune réponse à la lettre envoyée à Gabrielle Roget par l'entremise de la banque et si, de retour à Londres, elle ne trouvait pas de courrier, cela signifierait qu'il n'y en aurait jamais.

— Je propose que nous voyagions ensemble, si vous en êtes d'accord. Il nous reste des problèmes à examiner avant l'ouverture de l'exposition au Berner dans quelques semaines.

— Je croyais que vous deviez rester encore à Paris, remarqua-t-elle.

— Je le devais, en effet. Mais mon bureau de Londres m'a envoyé un télégramme réclamant ma présence là-bas. Je reviendrai plus tard. Si vous le voulez bien, il vaudrait mieux que nous dînions ensemble ce soir pour ne pas avoir tous les problèmes à régler demain.

— Je regrette, mais je suis déjà prise, répondit-elle, sincère, car elle devait dîner chez les Lucas.

Elle vit son regard se durcir. Il ne la croyait pas et avait pris sa réponse pour une rebuffade. De toute évidence, les femmes ne devaient sûrement rien lui refuser, même involontairement, comme c'était le cas pour elle : Gregory était beaucoup trop séduisant avec son allure de flibustier et son air détendu, preuve d'une constante maîtrise de soi, quelles que soient les circonstances.

— Nous nous verrons donc demain à la gare du Nord, dit-il froidement. J'ai réservé un compartiment de première.

— Je serai exacte, assura-t-elle en le saluant de la tête.

En s'habillant pour le dîner, elle repensa à lui. Il était normal que Gregory n'apprécie guère que Fabergé l'ait engagée. Tout d'abord, il aurait certainement préféré choisir lui-même son assistante au lieu de se trouver devant le fait accompli. Ensuite, du point de vue personnel, il y avait le fait qu'elle était la belle-fille de Sophia avec laquelle il avait eu une liaison à Nice.

Elle n'oublierait jamais le choc qu'elle avait ressenti en l'apprenant. En rangeant les papiers de son père, après l'enterrement, elle avait vu la lettre calomnieuse. D'abord douloureusement surprise et incrédule, elle avait été saisie de fureur devant la méchanceté de l'auteur. Toute tremblante de rage, elle s'était rendu compte que c'était la lettre qu'elle avait ramassée par terre le jour de la mort de son père. Comme ce n'était pas le genre de lettre à laisser traîner, elle en avait conclu qu'il l'avait laissée tomber par inadvertance au moment de sortir.

Il aurait été bizarre que son père la gardât. Pourtant, n'avait-il pas conservé sans même l'ouvrir celle de sa belle-mère ? Au moins, elle était sûre que personne d'autre au bureau n'avait pu la lire, puisqu'elle avait fermé le tiroir à clé.

Elle avait d'abord pensé que Sophia était la dernière personne à s'abandonner à une liaison. Puis, à mesure qu'elle y réfléchissait et une fois sa colère passée, elle entrevit clairement la possibilité de la chose. Pour quiconque la connaissait bien, il était évident que Sophia était malheureuse, qu'elle avait du mal à supporter les humeurs et les exigences de son époux. Eloignée de ses responsabilités, sous un climat plus ensoleillé et romantique, la douce et sentimentale Sophia avait pu succomber au charme d'un séducteur. Irène se sentit vieille et sage. Sa propre expérience lui interdisait de porter le moindre jugement sur l'épouse de son père. Derek et Gregory étaient de la même espèce : des hommes dangereux, égoïstes, qui se servaient des femmes aussi longtemps qu'ils en avaient besoin. Elle ne haïssait ni l'un ni l'autre ; en fait, sa propre sensibilité douloureuse prouvait que ce qu'elle avait ressenti pour Derek subsistait, en dépit de tout ; ce qui montrait, d'ailleurs, à quel point l'amour pouvait être stupide et dénué de raison. Elle éprouva un sentiment de compassion pour l'épouse délaissée de Gregory, ne doutant pas que la pauvre femme ait été obligée de le quitter. Irène espérait que Sophia n'avait pas souffert. Son père avait une manière extrêmement cruelle de châtier les gens, et sachant ce qu'il savait, il était impossible de prévoir ce qu'il lui aurait fait. Mais Irène était bien décidée à n'en jamais parler. Elle avait brûlé la lettre dans le cendrier du bureau en espérant que son père, l'auteur de la lettre et elle-même avaient été les seuls au courant.

Elle passa une soirée agréable chez Arthur Lucas et sa femme.

Yvonne, jadis couturière à la cour de Londres, s'habillait avec une grande élégance en dépit de ses formes généreuses. Ils habitaient un appartement aux hauts plafonds en stuc, avec des pots de géraniums aux fenêtres. Irène se sentit aussitôt à l'aise avec eux. Au cours de la conversation, elle comprit que, tandis qu'Yvonne était heureuse de se retrouver en France, bien que leurs trois fils fussent mariés en Angleterre, Lucas souffrait à son tour du mal du pays. Il n'aimait pas tellement travailler dans un établissement où la joaillerie ne constituait qu'une partie des ventes, même si les nouveaux modèles qu'il devait réaliser mettaient son habileté au défi, maintenant que ses propres modèles classiques appartenaient au passé.

— Si, un jour, vous cherchez un orfèvre pour réaliser vos modèles, dit-il, ne plaisantant qu'à moitié, faites-le-moi savoir, mademoiselle Irène.

Elle promit de ne pas oublier son offre.

Elle rentra tard à son hôtel. Tandis qu'elle s'éloignait de la réception après avoir pris sa clé, l'employé l'appela :

— Un instant, mademoiselle Lindsay. Vous avez une lettre.

Le cœur battant, elle comprit d'où elle venait. L'employé lui tendit la lettre qu'elle serra contre elle en prenant l'ascenseur pour gagner sa chambre au quatrième étage. Une fois entrée, elle déchira l'enveloppe. Le papier était délicatement parfumé. La lettre avait été écrite le jour même. L'adresse donnée indiquait un quartier élégant. Elle ne comportait qu'une simple phrase d'invitation : *Mme Roget recevra Mademoiselle Lindsay demain à midi.*

Elle la lut à plusieurs reprises comme pour chercher un indice concernant la personnalité de l'auteur. Autoritaire ? Et comment ! Une réponse signifiant : c'est à prendre ou à laisser. Si Irène ne se rendait pas au rendez-vous le lendemain à midi, il n'y aurait pas d'autre invitation. Cela n'augurait rien de bon.

Elle téléphona aussitôt à la réception pour annuler son départ du lendemain matin. Malgré l'heure tardive, elle téléphona à l'hôtel de Gregory. Il n'était pas rentré. Elle en conclut qu'il avait trouvé quelqu'un avec qui partager sa soirée ou qu'il avait changé son programme. Elle lui laissa un message indiquant qu'elle ne pourrait pas quitter Paris en même temps que lui, comme prévu.

Cette nuit-là, elle dormit peu, remplie d'excitation et essayant d'imaginer le visage de la grand-mère qu'elle allait voir le lendemain. Si sa mère avait vécu, elle aurait eu quarante-trois ans, puisqu'elle n'avait que vingt-trois ans à sa mort. Par conséquent, Gabrielle Roget devait avoir entre soixante-cinq et quatre-vingts ans, selon l'âge auquel elle avait eu sa fille. Irène ne s'endormit qu'à l'aube, imaginant une vieille dame percluse de rhumatismes, les cheveux blancs, en robe noire à col montant, qui l'examinerait d'un air hautain derrière son face-à-main.

Un coup de téléphone de Gregory la réveilla en sursaut juste après sept heures.

— Pourquoi ne partez-vous pas aujourd'hui ? demanda-t-il d'un ton abrupt.

Mal réveillée, elle s'appuya sur un coude, l'écouteur à l'oreille, tout en rejetant en arrière ses longs cheveux de l'autre main.

— J'ai changé mes projets, répondit-elle d'une voix ferme, froissée de l'hostilité de Gregory. Il s'est passé quelque chose de très important.

— De plus important que votre travail pour la maison Fabergé ?

— Oui, mais sur un plan personnel.

— Je vous rappelle que j'avais stipulé qu'une femme ne pouvait prendre la place d'un homme que si elle faisait passer son travail avant tout.

La colère monta en elle.

— Permettez-moi de vous rappeler à mon tour que vous n'aviez d'abord nullement l'intention de quitter Paris aujourd'hui, et que si vous n'aviez pas été rappelé à Londres pour vos propres affaires, nous n'aurions pas dû nous revoir avant au moins deux ou trois semaines. Si je suis retenue à Paris pour plus longtemps que prévu, nous aurons tout le temps de nous revoir pour discuter affaires, lorsque vous reviendrez ici.

— Très bien, mademoiselle Lindsay, rétorqua-t-il avec un profond soupir. Mais sachez que c'est la dernière fois que vous ne vous conformez pas à mes changements de programme. Au revoir.

Il raccrocha. Elle reposa le récepteur. Comment pouvait-il sous-entendre qu'elle se conduisait avec légèreté dans son travail ? Il serait surpris de s'apercevoir à quel point elle travaillait consciencieusement et sans se ménager. Pour l'heure, le moment n'était pas encore venu pour elle de répondre dès qu'il la sifflait. Il le savait d'ailleurs parfaitement bien, sinon il l'aurait contrainte à l'accompagner aujourd'hui. Tant mieux, parce qu'elle aurait été obligée de refuser, ce qui aurait donné à Gregory l'occasion de se débarrasser d'elle. Il n'avait pas un caractère facile !

Pour se rendre chez sa grand-mère, elle décida de ne pas se mettre en grand deuil. Il faisait une journée d'été si radieuse qu'elle choisit une blouse en soie blanche à col montant, une jupe noire plissée également en soie et un chapeau de paille assorti. Elle s'arrêta devant la maison, impressionnante derrière ses hautes grilles et son rideau d'arbres. Elle tira la sonnette.

Un domestique lui ouvrit. Il lui fit traverser un vestibule rempli de plantes vertes et entrer dans un hall couvert de tapis d'où partait un grand escalier tournant ; des tableaux italiens aux cadres chargés ornaient les murs. Elle n'eut le temps que d'y jeter un rapide coup d'œil, mais crut reconnaître plusieurs Canaletto. Une double porte s'ouvrit.

— Mme Roget va venir vous rejoindre tout de suite, mademoiselle, dit le domestique avant de s'en aller.

Irène resta seule dans un grand salon au décor d'une splendeur ostentatoire. Il devait dater de l'apogée du Second Empire, trente ans plus tôt, au moins. Elle pensa aussitôt que la pauvre impératrice Eugénie avait sans doute tenu salon dans une immense pièce de ce genre. Des stores d'un bleu vaporeux, baissés à cause du soleil, protégeaient de hautes fenêtres garnies de rideaux frangés d'or, sous lesquelles se trouvaient des consoles garnies de sujets en porcelaine fine ; de magnifiques trumeaux ornaient les espaces entre les fenêtres. Les murs étaient décorés de moulures dorées et tendus de soie brochée d'un bleu foncé. A l'extrémité de la pièce, se dressait une imposante cheminée en marbre blanc, flanquée de statues féminines qui semblaient mouchetées à cause des reflets lumineux diffusés par des chandeliers étincelant sous le soleil tamisé. Le bleu ciel régnait en maître sur les fauteuils en tapisserie et les coussins à pompons. Des sièges bas, des tables et des lampes aux abat-jour en soie ajoutaient à l'impression d'entassement extravagant de ce décor flamboyant. Il y avait un tel bric-à-brac sur chaque surface polie qu'il aurait été impossible de glisser une épingle entre les coupes à fleurs en argent, les bonbonnières en verre, les bergers et les bergères en porcelaine de Dresde, les chandeliers en Sèvres, les vases chinois de toutes tailles et de toutes formes, datant sans aucun doute de la dynastie Ch'ing, et tous ces autres petits objets coûteux accolés les uns aux autres. Quelque part dans la pièce, une horloge égrena mélodieusement les douze coups de midi.

Irène s'aperçut brusquement qu'elle n'était plus seule.

— Ainsi, vous êtes la fille d'Edmund Lindsay ! lança une voix féminine à l'accent typiquement cockney.

Irène pivota sur elle-même de surprise et leva la tête. Elle découvrit alors une étroite galerie au-dessus de la double porte par laquelle elle était entrée. Une balustrade dorée courait le long de cette galerie terminée par une arcade donnant sur une chambre. Gabrielle Roget était appuyée à la balustrade. Pendant quelques secondes, il fut difficile de dire laquelle regardait l'autre avec le plus d'étonnement. Le large bord du chapeau d'Irène avait caché son visage et ses cheveux jusqu'à ce qu'elle lève la tête. La petite-fille et la grand-mère aux cheveux roux s'examinèrent sans pouvoir prononcer un mot. Pour Irène, ce fut une révélation. Elle comprenait enfin pourquoi son père lui avait toujours manifesté de la froideur. Il ne pouvait jamais la regarder sans voir en même temps sa ressemblance avec sa grand-mère, une femme qu'il avait détestée au point de nier son existence et de ne pas ouvrir une lettre qui concernait sa jeune épouse disparue.

— Je suis aussi la fille de votre fille, déclara Irène d'une voix claire.

— C'est ce que je vois, répondit Gabrielle d'un ton d'où avait disparu toute sécheresse.

Elle commença à descendre l'escalier en spirale en tournant la tête pour ne pas perdre de vue la jeune fille. Elle ne ressemblait en rien à la grand-mère à cheveux blancs qu'Irène avait imaginée. Grande, voluptueuse, la poitrine pleine, les hanches larges, les cheveux coiffés à la dernière mode, relevés et tordus en tresse, teints d'un roux éclatant rappelant néanmoins leur couleur originelle comme le prouvaient ses sourcils arqués, elle avait le visage d'une femme qui avait bien vécu et beaucoup souffert ; même sa voix de gorge indiquait son goût des plaisirs. Elle avait une peau fine et très blanche comme en ont souvent les rousses, mais la sienne était marquée de nombreuses rides ; malgré un maquillage savant, de petites taches brunes parsemaient son front et le reste du visage jusqu'au col montant de sa robe au large tuyauté en dentelle qui semblait soutenir sa tête et dissimuler sans doute l'affaissement de ses mâchoires et les plis de son cou. Agée de soixante-cinq ans, elle en avouait cinquante lorsqu'on lui demandait son âge et personne n'en doutait. Seul son docteur connaissait la vérité et elle le détestait pour cela. Arrivée aux dernières marches, elle pivota dans un bruissement de satin pour regarder sa petite-fille de ses yeux noirs et intelligents dans lesquels apparut une lueur d'amusement.

— Vous êtes surprise, n'est-ce pas, Irène ? Vous ne vous attendiez pas à cet accent cockney ? Oh ! je peux parler comme une dame de la haute s'il le faut, mais ce n'est pas le moment des faux-semblants. Mon vrai nom est bien Roget, qui a une consonance française, mais mon prénom était Gertrude, ce qui n'a rien d'original. J'ai adopté celui de Gabrielle après avoir vécu suffisamment en France pour comprendre leur jargon. Eh bien ? Allez-vous m'embrasser ou partir ?

Irène n'hésita pas. Elle s'avança et embrassa sa grand-mère sur la joue, puis recula. Les deux femmes s'observèrent attentivement.

— Venez ! s'exclama Gabrielle en la serrant dans ses bras. Je veux étreindre ma petite-fille !

Irène accepta volontiers. Quand elles se séparèrent, elles rirent à travers leurs larmes tout en s'essuyant les yeux avec un mouchoir, celui de Gabrielle noirci par son abondant Rimmel.

— Est-ce que je ressemble à ma mère ? demanda Irène.

— Pas beaucoup, répliqua Gabrielle en rejetant la tête en arrière pour mieux examiner sa petite-fille. Mais, Dieu merci, vous ne ressemblez pas davantage à votre défunt père ! Je craignais tant que vous ne soyez son portrait craché !

— Je l'ai senti à vos premières paroles.

— Vraiment ? Vous avez l'esprit vif.

— Je pense au reste que c'est la raison pour laquelle vous avez hésité à me voir, jusqu'au moment où vous avez compris que c'était maintenant ou jamais.

Gabrielle pencha la tête, demeura un moment silencieuse, puis elle dit :

— Je vais vous confier une chose. Si vous ne m'aviez pas répondu comme vous l'avez fait, j'aurais tourné les talons et ne serais jamais descendue.

— J'en doute fort.

— Ah oui ? Pourquoi ?

Irène retroussa les lèvres en un sourire et leva les bras pour ôter son épingle à chapeau.

— Vous n'auriez pas pu résister à l'envie de me voir de plus près.

Elle enleva son chapeau, révélant la couleur flamboyante de ses cheveux.

Gabrielle éclata d'un rire en cascade.

— Morbleu ! Vous avez raison. J'ai failli me trouver mal en voyant du haut de la galerie que nous avions la même couleur de cheveux. Et vous êtes comme moi quand j'avais votre âge. Je vais vous montrer un portrait que l'on a fait de moi, il y a longtemps. Mais auparavant, nous allons déjeuner ensemble. Nous avons tellement de choses à nous dire !

Elle prit la main d'Irène, l'enferma dans la sienne et passa son bras autour de la jeune fille. Ainsi enlacées, elles se dirigèrent d'un même pas vers la double porte donnant sur le hall. On avait dû entendre leur venue, car les battants s'ouvrirent aussitôt pour leur laisser passage. Alors qu'elles longeaient le mur des Canaletto, Gabrielle s'arrêta et regarda sa petite-fille.

— Envoyez chercher vos bagages à l'hôtel et passez quelques jours ici auprès de moi. Nous avons tant à nous raconter ! Qu'en pensez-vous ?

— Il n'y a rien que je souhaite davantage, répondit Irène, ravie.

Elles téléphonèrent à l'hôtel, puis s'installèrent à une table ronde dans une pièce également ronde, fraîche et tapissée de vert, dont les portes vitrées donnaient sur une véranda ombragée et sur le jardin. Le repas fut léger et délicieux. Pendant qu'elles mangeaient en buvant un vin excellent, Irène parla beaucoup, car Gabrielle voulait tout savoir sur son enfance et sur ce qu'elle avait fait depuis. Sa grand-mère se rengorgea comme un paon en apprenant qu'Irène allait travailler pour Fabergé, ce qui l'impressionna bien plus que le désir de la jeune fille de dessiner des joyaux.

— J'ai tellement de jolis objets faits par lui ! s'exclama Gabrielle. Prévenez-moi de la date de l'exposition-vente à l'hôtel Berner et je viendrai acheter quelque chose pour vous.

— Venez-vous souvent à Londres ?

— Il y a des années que je ne suis pas revenue dans ma patrie, rétorqua Gabrielle, haussant légèrement les épaules et s'essuyant le coin des lèvres. L'Angleterre reste encore ma patrie même si j'ai passé la plus grande partie de ma vie en France.

— Comment êtes-vous venue dans ce pays ?

— Oh, c'est une bien longue histoire ! Allons prendre le café sur la véranda et je vous la conterai. Après tout, c'est lié à la naissance de votre mère et je m'aperçois que vous souhaitez apprendre sur elle tout ce que je peux vous en dire.

Gabrielle lui narra ses humbles débuts, reprenant volontairement les intonations cockney de son enfance pour rendre plus vivants certains incidents survenus au cours des treize premières années de sa vie. Joe Roget, son père à la chevelure flamboyante, avait une voiture des quatre-saisons qu'il tirait dans les rues de la ville, et Kath, sa mère aux cheveux noirs, travaillait comme domestique. Ils s'étaient mariés et avaient eu quatorze enfants, partageant avec eux un taudis de quatre pièces avec W.-C. à l'étage. Gabrielle, ou plutôt Gertie, comme on l'appelait alors, était la plus jeune, venue au monde alors que sa mère était épuisée et que son père s'adonnait à la boisson — donnant libre cours au tempérament violent allant de pair avec la couleur de ses cheveux. De tous les enfants, seule Gertie avait hérité de cette couleur, ce dont s'enorgueillissait son père qui la préférait ouvertement aux autres, sa femme y comprise. Elle resta sa préférée même en grandissant, mais à mesure qu'il buvait davantage et devenait plus brutal, il s'en prit également à elle. Malgré tout, elle l'aimait, comprenant tout ce que ses explosions de colère cachaient de frustration et de misère. Elle était souvent la seule qui fût capable de le calmer quand il sanglotait en s'apitoyant sur lui-même et que le visage de sa mère devenait un masque de haine. Les fils quittèrent la maison dès qu'ils le purent, refusant tout contact avec lui et glissant à leur mère, les rares fois où ils la voyaient, le peu d'argent qu'ils réussissaient à économiser. Les filles connurent toutes sortes d'ennuis et n'osèrent plus rentrer à la maison. Gertie résolut de mener une vie différente et de se débrouiller pour sortir de cette misère noire dans laquelle les siens s'étaient enfoncés. Elle savait qu'elle était la plus belle de la famille et que ses cheveux avaient toujours accroché les regards. Plus tard, à la puberté, elle commença à comprendre qu'elle avait d'autres atouts : quelque chose en elle attirait les hommes et elle se trouva plus d'une fois dans des situations difficiles, jusqu'à ce qu'elle eût appris à faire attention et à savoir donner un coup de pied dans l'aine de son assaillant si besoin était. Avec son jeune frère Archie, le seul à vivre avec elle sous le toit familial, elle aidait Joe à charger et trimbaler sa voiture des quatre-saisons. Le plus souvent, c'étaient eux qui s'en occupaient entièrement quand leur père était trop ivre ou traînait dans un pub. Un jour, le frère et la sœur rentrèrent pour trouver leur père hébété, assis sur une chaise, la tête dans les mains, soûl mais sous le choc de ce qu'il venait de faire. Gertie poussa un cri terrible. Kath gisait, sans vie, le visage noirci de coups, sa tête formant un angle bizarre là où la nuque s'était brisée, quand Joe l'avait projetée contre le mur. Les voisins avaient déjà prévenu la police. Joe fut emmené dans le panier à salade et aucun membre de la famille ne le revit plus. Il se pendit la nuit même dans sa cellule.

En dehors d'Archie dont Gertie avait pitié, parce qu'il était faible et incapable de résister à la tentation de voler, ce qui le destinait à finir en prison comme son père, elle n'éprouvait pas la moindre affection pour ses autres frères et sœurs. Peut-être avaient-ils aimé Kath Roget à leur manière, mais cela n'apparut guère quand ils se disputèrent les quelques meubles et colifichets que leur mère avait réussi à garder et qu'ils voulaient vendre. Gertie les regarda avec mépris, appuyée debout contre un mur car l'un d'eux avait déjà vendu tous les sièges.

— Tu f'rais bien de v'nir avec moi, Gertie, lui dit une de ses sœurs mariées d'une voix désagréable. Mais j' veux pas Archie qu'est un voleur. Il a qu'à aller chez quelqu'un d'autre.

— J' viendrai pas, répondit Gertie. J'ai déniché un boulot chez une veuve, dans Edgware Road. Elle a une épicerie. Elle s'est fournie chez papa de temps en temps et sait que j' travaille dur.

Voilà comment elle avait fait ses débuts dans la vie. Gertie astiquait les sols en pierre de la boutique et des réserves, lavait les étagères, portait les lourds fromages, préparait les commandes, faisait les courses et se rendait utile. Elle ne recevait aucun gage en dehors de la nourriture, d'une série de tabliers et de vêtements usagés que Mme Jones lui donnait et qu'il lui fallait ajuster à sa taille. Le travail était plus dur et plus fatigant que derrière la voiture des quatre-saisons et elle aurait certainement eu la vie plus facile en se plaçant comme bonne — ce qui lui aurait au moins permis d'avoir de la compagnie après le travail. Toutefois, elle avait choisi cette place dans un but précis. Mme Jones possédait un timbre de voix plaisant, une bonne élocution, et Gertie aspirait par-dessus tout à parler « comme il faut », y voyant un atout qui lui permettrait de faire son chemin dans la vie. Douée d'une bonne oreille et d'un esprit rapide, elle se débarrassa assez vite de son accent cockney auquel elle ne revenait, sans en avoir conscience, que dans les moments de grande colère ou de tension, ce qui expliquait qu'elle ait montré si clairement ses origines en s'adressant pour la première fois à sa petite-fille.

— A quinze ans, je servais à plein temps au comptoir et je recevais un petit salaire, poursuivit Gabrielle. Mme Jones prit l'habitude de s'appuyer de plus en plus sur moi. Un veuf la courtisait et lui tournait la tête. Je ne lui ai pas escroqué un penny, mais j'ai développé un commerce parallèle, achetant fruits et tomates aux marchands de quatre-saisons et les revendant en cachette à mon compte. Elle ne s'intéressait plus à l'épicerie, contrairement à son soupirant. Il a commencé par mettre tout en ordre afin de vendre. Puis il m'a vue. Pour m'attirer à lui, il a décidé de fermer les yeux sur mes affaires, ce qui m'a permis de mettre de côté une somme coquette. Lorsque j'ai compris qu'il ne supportait plus d'attendre mes faveurs et devenait méchant, je suis allée trouver Mme Jones pour lui demander une lettre de recommandation afin de me placer ailleurs. Après l'épicerie, j'ai été engagée chez un fleuriste, ce qui n'était pas pénible, sauf qu'au début j'ai dû travailler dans l'arrière-boutique à faire des bouquets et des couronnes mortuaires. Mais cela n'a pas duré longtemps. J'ai été engagée ensuite chez un fleuriste du quartier chic du West End où j'ai rencontré des hommes distingués, de vrais gentlemen, même si leurs manières laissaient à désirer. Plusieurs venaient tous les jours acheter une rose ou un œillet pour leur boutonnière. C'était déjà à la mode. J'ai pris l'habitude de fixer moi-même la fleur à la boutonnière de ceux qui me plaisaient et, pour être honnête, je suis devenue très experte. On m'a invitée à sortir, à aller au théâtre et dans des restaurants de luxe. J'avais investi une somme importante dans ma garde-robe et comme j'ai toujours su m'habiller avec goût, mes chevaliers servants pouvaient m'inviter sans rougir. Que s'est-il passé ensuite ? demanda Gabrielle en secouant la tête au souvenir de sa bêtise. Je suis tombée amoureuse de l'un de ces messieurs, et lui de moi. J'ai commencé à rêver de bague au doigt et de bonheur. Puis, un matin, j'ai ouvert le journal et appris par le carnet mondain qu'il avait épousé la veille la fille d'un baronnet.

— Oh, grand-mère ! s'exclama tristement Irène en se penchant sur son siège. Vous avez dû avoir le cœur brisé.

— Oui. Je me suis rendue malade à force de pleurer au point que je ne suis pas allée travailler pendant trois jours. (Gabrielle s'interrompit quelques instants et regarda attentivement sa petite-fille.) Vous avez connu la même épreuve, n'est-ce pas ? Il y a quelque chose dans votre regard que je reconnais bien.

Irène baissa les paupières et se rejeta en arrière dans son fauteuil en osier.

— C'est fini. Je l'ai presque oublié. Enfin, je le crois. C'est drôle de voir que vous avez vécu une expérience semblable.

Gabrielle sourit.

— Les jeunes s'imaginent toujours être les seuls à connaître l'amour et les rencontres amoureuses. Croyez-moi, c'est pareil pour chaque génération.

Irène regarda de nouveau sa grand-mère.

— Comment vous en êtes-vous sortie ? Moi, j'ai travaillé.

— Eh bien, j'ai été aidée de manière inattendue. Quelqu'un a remarqué mon absence chez le fleuriste. Un Français d'un certain âge, dont je fleurissais d'habitude la boutonnière, a demandé où j'étais. Lorsqu'on lui a dit que j'étais souffrante, il m'a envoyé des fleurs ce jour-là et le lendemain. Le surlendemain, il est venu en personne m'apporter un bouquet. Je me suis arrachée du lit, j'ai mis une robe de chambre en soie et j'ai ouvert la porte, ne m'attendant nullement à le voir. Ma chambre était sens dessus dessous et je devais être affreuse avec mes yeux gonflés, mes cheveux emmêlés descendant jusqu'à la taille, mais il a ôté son haut-de-forme, s'est incliné, m'a tendu ses fleurs et a pénétré dans la pièce. Il a repoussé quelques vêtements pour s'asseoir dans mon unique fauteuil. Je n'ai jamais rien vu de plus incongru que ce petit Français, à la fine moustache cosmétiquée et à la barbe taillée en bouc, assis là, avec ses vêtements élégants et ses guêtres blanches au milieu du désordre de ma chambre ! Il avait découvert mon adresse en donnant la pièce à quelqu'un de la boutique et m'avoua plus tard que cela faisait longtemps qu'il m'avait remarquée. Il était gentil et compatissant. Je lui ai tout raconté et même quelque chose dont je n'avais parlé à personne. Je lui ai ainsi donné l'occasion qu'il attendait. Il m'a offert de m'emmener avec lui en France, de m'installer dans un appartement, de payer tous les frais de l'accouchement et, après la naissance du bébé, de le confier à des parents nourriciers et de pourvoir à son entretien. Voilà comment je suis venue en France. A la naissance de votre mère, j'avais encore le mal du pays, c'est pourquoi j'ai décidé qu'elle serait élevée en Angleterre. Nous avons choisi un couple de bons chrétiens dans tous les sens du terme. Ils n'avaient pas d'enfants et auraient voulu l'adopter, mais j'ai toujours refusé de couper complètement les ponts, même si je n'ai plus jamais revu ma fille. A l'insu de Denise, ses parents adoptifs m'envoyaient un rapport annuel sur sa santé et son éducation. Quand elle a rencontré votre père et souhaité l'épouser, ses parents adoptifs sont allés le trouver et l'ont prié de venir me demander sa main. Il m'a détestée aussitôt, comme si le simple fait que je l'eusse mise au monde avait souillé sa bien-aimée. J'ai dû non seulement lui donner ma parole d'honneur de ne jamais essayer de prendre contact avec Denise, quelles que soient les circonstances, mais encore signer un papier faisant de lui son tuteur jusqu'au jour du mariage, date à laquelle elle passerait automatiquement sous sa coupe légale. Je crois qu'il avait peur, en voyant notre antipathie réciproque, que je n'empêche le mariage, mais depuis longtemps j'avais décidé de ne pas intervenir dans la vie de ma fille. Je sentis qu'il l'adorait et je lui ai fait confiance. Les parents adoptifs m'ont appris que j'étais grand-mère et que ma pauvre Denise était morte. Je n'ai écrit qu'une seule fois à cet homme pour lui demander de déposer une couronne anonyme sur sa tombe et j'ai appris ces jours-ci qu'il n'avait jamais ouvert cette lettre. (Gabrielle se passa les doigts sur les sourcils comme pour écarter inconsciemment des souvenirs pénibles. Puis elle se leva, tendit la main vers Irène et sourit.) Venez ! Je vais vous montrer un tableau de moi, jeune. Vous allez voir que nous nous ressemblons.

— Pourquoi avez-vous appelé ma mère Denise ? interrogea Irène alors qu'elles rentraient dans la maison.

— Pour faire plaisir à mon petit Français. Sa mère s'appelait ainsi. Comme vous avez dû le comprendre, il était marié, ce qui explique que je ne l'aie pas épousé.

Elles montèrent au premier étage pour voir la chambre attribuée à Irène; une femme de chambre défaisait déjà ses bagages arrivés de l'hôtel. De là, elles se rendirent dans la chambre à coucher de Gabrielle, pièce spacieuse aux proportions harmonieuses, avec des piliers classiques supportant un plafond voûté sur lequel était peinte une tonnelle de roses. Des rideaux roses garnissaient les fenêtres, donnant à l'éclat du soleil estival une lueur romantique qui, à son tour, lustrait de rose le mobilier doré. Pourtant, on ne remarquait que le lit immense, placé sur une estrade d'où partaient des guirlandes de fleurs en soie recueillies par des chérubins dorés, et dominé par un dais d'où retombaient des draperies en dentelle. En s'approchant, Irène s'aperçut, surprise, que l'intérieur du dais était doublé de miroirs reflétant le lit et toute personne qui s'y couchait. Elle détourna le regard vers sa grand-mère qui lui montrait un grand tableau occupant un mur.

— Eh bien ? Qu'en pensez-vous ?

La peinture différait totalement de ce à quoi Irène s'attendait, même si elle commençait à s'habituer à cette maison peu banale. Gabrielle était nue, assoupie, les cheveux défaits, les bras gracieusement levés au-dessus de la tête. Leurs visages se ressemblaient, mais pas leurs corps : Irène avait des seins plus fermes, une taille plus fine que la jeune femme du portrait, déjà mère de famille à l'époque du tableau.

— Vous auriez pu être ma sœur et non ma grand-mère, dit Irène d'un ton sérieux.

Après avoir discuté du tableau, Gabrielle lui fit visiter les autres pièces : la salle de bains en marbre de Carrare avec des panneaux en argent martelé et une pièce que Gabrielle appelait son placard à vêtements, alors qu'il s'agissait en réalité d'une pièce immense garnie de penderies où s'alignaient des douzaines de robes coûteuses, de fourrures, de manteaux et de capes. Il y avait des chapeaux sur des étagères, des chaussures sur des gradins. Enfin, Gabrielle ouvrit son coffre à bijoux. Il ne s'agissait pas d'un coffret ordinaire destiné à être posé sur une commode, mais d'un meuble qui arrivait à hauteur de la poitrine, constitué de tiroirs qu'elle tira un à un pour en montrer le contenu. Certains tiroirs étaient consacrés aux parures de diamants, d'autres aux rubis, aux émeraudes, aux saphirs et aux perles. Le dernier tiroir contenait une collection de pierres qui n'avaient jamais été montées. Elle ramassa une demi-douzaine d'émeraudes magnifiques et les fourra dans la main de sa petite-fille.

— Je vous prie de les accepter en cadeau. Demandez à ce joaillier de chez Bing dont vous m'avez parlé d'en faire une pièce de joaillerie que vous aurez dessinée et envoyez-moi la note. (Elle arrêta d'un geste la protestation d'Irène devant ce cadeau extravagant.) Non, non ! Je veux voir quels sont vos talents créateurs.

— Je ne puis assez vous remercier, fit Irène, incapable de trouver ses mots.

— Cela me procure une telle joie d'avoir deviné quel cadeau-souvenir pouvait le mieux convenir à ma petite-fille !

Gabrielle referma son coffre à clé pendant qu'Irène emportait les émeraudes dans sa chambre à coucher et les rangeait, l'esprit en ébullition. Quand elle alla rejoindre sa grand-mère, celle-ci l'attendait en haut de l'escalier.

— Comme votre Français a dû vous aimer, grand-mère ! remarqua-t-elle spontanément. Aucune femme n'a jamais été aussi gâtée.

Gabrielle lui jeta un regard pénétrant. Elle vit que cette remarque avait été faite sans malice et qu'Irène croyait naïvement que ce bienfaiteur âgé était milliardaire.

— Il m'a aimée, Irène. Généreux en tout, il m'a appris à veiller sur mes économies et à investir en Bourse. Il m'a guidée dans cette voie, ayant reconnu en moi le don qui me permettrait de vivre sans souci jusqu'à la fin de mes jours. Il m'a aimée de la manière la moins égoïste du monde. Malheureusement, nos relations ont cessé plus tôt que je ne l'avais supposé, même s'il avait déjà eu quelques alertes. Il a eu une attaque et est resté paralysé. Il a passé les derniers mois de sa vie livré aux soins douteux d'une épouse qui ne l'aimait pas et qui ne m'a jamais permis d'aller le voir. (Elle lut la question que sa petite-fille stupéfaite voulait lui poser, et vit dans ses yeux qu'elle avait compris.) Oui, vous avez tiré la conclusion qui s'imposait. J'avais cru que vous aviez deviné dès votre arrivée ici, tout comme votre père l'avait fait dès qu'il avait posé les yeux sur moi. Sincèrement, je croyais que vous aviez compris. Je suis une femme dont la profession est l'amour. Dans ma jeunesse, j'étais la courtisane la plus recherchée de Paris, une *grande horizontale,* comme disent les Français. Actuellement, je dispense toute ma tendresse à un seul homme. (Elle esquissa un sourire désabusé.) Je suppose que vous me trouvez trop vieille pour connaître le plaisir dans les bras d'un homme. Je vous dirai que le jour de mes cinquante ans, j'ai traversé le bois de Boulogne en courant pour retrouver un amant qui avait la moitié de mon âge. Alors ? Je vous ai choquée ?

Appuyée contre la balustrade, Irène répondit :

— Non, je suis intriguée.

Une lueur malicieuse apparut dans les yeux de Gabrielle.

— Je vais vous en dire plus. Un monsieur très distingué, Louis Tiffany, ayant entendu parler de mon tête-à-tête sentimental au Bois m'a joué un vilain tour. Il est reparti en Amérique sans même un au revoir, mais lors de son séjour suivant à Paris, sa première visite a été pour moi. Je n'ai accepté de le recevoir qu'après qu'il fut revenu trois fois. Il m'a alors offert un collier en diamants valant une fortune !

Elle renversa la tête en arrière et rit de son rire de gorge aux sonorités sensuelles.

— Puis-je vous demander si vous l'aimiez ?

Gabrielle répondit franchement.

— Il me plaisait bien. Je dirais que je l'aimais pour sa générosité, mais les hommes qui fréquentent les *demi-mondaines* (1) doivent se montrer généreux. (Elle jeta un coup d'œil à la montre de gousset suspendue à sa taille par un ruban de soie.) J'ai rendez-vous avec mon conseiller financier qui va arriver d'une minute à l'autre. Pouvez-vous vous distraire toute seule pendant un moment ?

— Je vais visiter le jardin.

— Prenez une ombrelle. Vous ne devez pas abîmer votre teint délicat. Le premier devoir d'une femme est de veiller à sa beauté.

Irène se promena entre les parterres de fleurs et les fontaines en pensant à son père. Ce n'était pas seulement la ressemblance d'Irène avec Gabrielle qui l'avait dressé contre elle ; il avait interprété cette ressemblance comme une tare pesant sur elle et il avait toujours agi dans le dessein d'empêcher sa fille de suivre les traces de Gabrielle. Pauvre homme ! Il avait dressé des barrières bien inutiles entre sa fille et lui !

Quand elle regagna la maison, elle se rendit compte de l'importance qu'avait prise pour elle son séjour à Paris. D'abord, elle avait fini par comprendre les inquiétudes de son père à son égard. Ensuite, elle avait trouvé une grand-mère qui lui avait réservé un accueil dépassant tout ce qu'elle avait pu imaginer. Enfin, elle avait été engagée chez Fabergé. Qu'y avait-il d'autre encore ? La réponse jaillit presque instantanément — elle avait revu Gregory.

Elle fronça les sourcils. Il ne comptait pas pour elle. En revanche, Sophia pouvait fort bien penser à lui. Secouant la tête pour chasser Gregory de son esprit, elle pénétra dans l'ombre fraîche de la maison.

(1) En français dans le texte. (*N.d.T.*)

10

Irène découvrit que les matinées lui appartenaient. Gabrielle ne descendait jamais avant midi. Cela permit à Irène d'exécuter les ordres que Gregory lui envoyait dans des lettres adressées à l'ancien hôtel d'Irène, car il ignorait qu'elle en était partie. Ne tenant pas à le rencontrer à Paris, elle ne lui avait pas donné sa nouvelle adresse, préférant aller chercher le courrier à l'hôtel et lui répondre de là, sur du papier à en-tête. Chaque fois qu'elle fermait une enveloppe de l'hôtel, elle éprouvait un sentiment de triomphe.

Il lui avait été plus difficile d'annoncer à Sophia qu'elle allait travailler avec Gregory pour l'exposition-vente de Fabergé à Londres. Cependant, puisqu'elle n'était pas censée connaître l'épisode romantique de Nice, elle écrivit une lettre dans laquelle elle parla de lui en termes impersonnels. Sophia la félicita chaudement, sans faire la moindre allusion dans sa réponse aux sentiments qu'elle avait pu éprouver en apprenant qu'une fois encore elle se trouvait plus ou moins directement liée à cet événement passé.

Irène s'était empressée de dessiner une broche à partir des émeraudes qu'elle avait reçues. Elle prit rendez-vous avec Arthur Lucas et lui montra le modèle dans tous ses détails. Lucas avait installé un petit atelier chez lui et lui promit d'exécuter la commande le plus rapidement possible.

— Donnez-moi deux semaines, demanda-t-il.

— Cela correspondra à la fin de mon séjour à Paris. Je partirai juste après.

— Vous pourrez l'emporter à Londres, soyez tranquille.

Cet après-midi-là, Gabrielle emmena Irène faire des courses, balayant d'une phrase toutes ses protestations :

— Absurde ! Aucune femme ne possède suffisamment de toilettes. Ce sont les maris qui tiennent de tels propos à leurs épouses, ce qui ne les empêche pas de se montrer généreux envers les femmes qu'ils courtisent. De toute manière, je ne vous aime pas en deuil. Ne le portez jamais pour moi ! Mettez du rouge vif, de l'orange, tout ce qui pourra indiquer la joie d'avoir connu la défunte et de l'en remercier ainsi. C'est ce que je fais toujours. Réservez le noir pour les toilettes raffinées ou pour mettre en valeur les plus beaux joyaux. Je suis allée un jour aux courses de Longchamp, une ombrelle jaune au-dessus de ma tête et toute vêtue de noir. J'ai fait sensation et, pendant des semaines, le noir et le jaune ont été à la mode.

Elle rit à ce souvenir. Elle avait toujours des histoires à raconter sur les *demi-mondaines,* apparues avant la chute du Second Empire et toujours florissantes. Elles formaient encore un milieu brillant, spirituel et sexuellement excitant, fréquenté par des personnages de haut rang, venus de partout. Gabrielle s'enorgueillissait d'en être encore le centre. Les histoires qu'elle racontait mêlaient scandales et intrigues, luxure, avarice et pure *joie de vivre* (1). Il y avait ce noble français qu'elle avait tellement épuisé par sa passion juvénile que l'épouse, inquiète pour la santé de son mari, lui avait rendu visite pour lui demander de ne plus le voir ; Gabrielle n'aimait pas particulièrement cette dame mais elle avait elle aussi remarqué que le visage de son amant s'empourprait de manière souvent inquiétante et que sa respiration se faisait brève, aussi avait-elle accepté et, avec la complicité de l'épouse, avait trouvé une *belle petite* (2) pour le distraire moins dangereusement. Une fois, souhaitant exciter un homme jeune et ardent, elle lui avait dit qu'il ne pourrait l'étreindre que pendant le temps qui serait nécessaire pour faire brûler une liasse de billets de mille francs. Il était venu avec douze mille francs qu'il avait fait brûler très lentement, un billet après l'autre ! Elle raconta aussi l'histoire d'une rivale qui, arrivée en retard à une réception donnée en l'honneur du prince de Galles, avait ôté sa robe afin de se faire apprécier dans toute sa nudité par l'hôte royal. En Russie, une autre courtisane, non moins fière de son corps, s'était fait apporter nue sur un plat d'argent lors d'un banquet d'officiers cosaques. Le tsar l'avait envoyée en déportation.

Gabrielle méprisait les nouvelles *demi-mondaines* de l'époque présente, sans se rendre compte que c'était un signe de l'âge que de s'imaginer ainsi que tout était mieux autrefois. A son avis, aucune ne pouvait rivaliser avec celles de son époque, pas même les deux courtisanes qu'elle considérait, à contrecœur, comme les plus attirantes : la Belle Otèro, fille d'une gitane espagnole, et Diane de Chandel, tout aussi exotique. Gabrielle les détestait simplement à cause de leur jeunesse, craignant que sa propre gloire n'en soit ternie. Cela ne l'empêchait pas de les inviter chez elle lorsqu'elles étaient à Paris, car elles mettaient de l'animation partout où elles allaient. Mais elle ne les invitait jamais ensemble — elles se haïssaient mortellement.

Tandis que les jours passaient, Irène ne cessait de s'étonner de l'éclat des personnages qui fréquentaient les dîners et les

(1) En français dans le texte. (*N.d.T.*)

réceptions de sa grand-mère. Musiciens, écrivains, peintres et sculpteurs y côtoyaient des hommes politiques célèbres, des aristocrates ainsi que des personnes de naissance royale. Les femmes brillaient comme autant de joyaux dans ces assemblées à prédominance masculine, puisqu'elles étaient toutes, sans exception, des *demi-mondaines*.

Irène reçut de nombreuses propositions qui ne l'étonnèrent pas et dont elle se lassa vite de faire le compte. Elles lui étaient toujours adressées avec charme et aisance, ainsi que l'atmosphère créée par Gabrielle l'exigeait. Elle apprit à écarter ces avances d'un sourire dépourvu de toute animosité. Elle s'amusait parfois à l'idée que ces hommes auraient été incapables de comprendre l'idée qu'elle se faisait de sa liberté personnelle qui lui permettait d'aller où elle voulait et de fréquenter qui lui plaisait. Elle ne les blâmait nullement d'essayer de la séduire, car il ne leur serait jamais venu à l'esprit que la petite-fille de Gabrielle pût choisir une autre voie. Certains émettaient l'hypothèse que Gabrielle voulait lancer Irène pour qu'elle la remplaçât ensuite dans le *demi-monde* (1). Ces remarques ne parvinrent heureusement pas aux oreilles de Gabrielle, car lorsqu'elle présidait ces réceptions raffinées, elle se sentait de nouveau jeune et pleine d'éclat. Elle savait que d'autres courtisanes souhaitaient l'éclipser, en particulier ses ennemies les plus virulentes, Otèro et Chandel qui convoitaient toutes deux son trône, mais son amour-propre aurait été sévèrement touché si elle avait appris que ses invités considéraient qu'il était temps pour elle d'abdiquer et de laisser la place à sa petite-fille. Elle continuait à voir Irène comme un reflet d'elle-même, sans s'apercevoir qu'elle comparait un visage très maquillé à l'éclat naturel de la jeunesse.

Arthur Lucas livra le bijou à Irène le jour promis. Elle était seule sur la véranda quand on l'annonça. Elle posa le livre qu'elle lisait et alla l'accueillir. A l'expression de son visage, elle comprit qu'il était très content de son travail.

— Oh, montrez-le-moi vite ! s'écria-t-elle, tout excitée et tapant dans ses mains.

Il déposa le petit paquet sur une table de la véranda et défit le papier de soie d'un air respectueux.

— Voilà ! dit-il. Qu'en pensez-vous ?

Elle resta sans voix. C'était une véritable œuvre d'art. Bien qu'elle eût réalisé ses propres modèles à l'Ecole des arts appliqués, elle n'aurait jamais été capable de façonner un bijou aussi élaboré ; outre cela, comme elle ne travaillait plus en atelier, elle avait exécuté le dessin en lâchant la bride à son imagination et le résultat était stupéfiant. Elle prit la broche du bout des doigts : se détachant sur un feuillage d'émail blanc translucide, apparaissait une libellule au corps composé des magnifiques émerau-

(1) En français dans le texte. (*N.d.T.*)

des, dotée d'ailes en filigrane d'or qui frémissaient grâce au délicat mécanisme qu'elle avait conçu ; sur les feuilles, de petites gouttes en relief faisaient songer à une pluie d'or ; l'ensemble resplendissait et paraissait vivant. Sans même se rendre compte qu'elle haletait, elle agrafa la broche sur sa robe rayée et courut se regarder dans le miroir le plus proche. Arthur la suivit.

— Faites-moi savoir quand vous aurez besoin d'un artisan pour votre propre affaire, mademoiselle Irène, lui dit-il.

Elle sourit et lui répondit :

— C'est promis, monsieur Lucas.

— N'attendez pas trop longtemps. Je vieillis et ma vue n'est plus ce qu'elle était au temps de votre père.

— Allons donc ! Vous êtes loin d'avoir atteint l'âge de la retraite !

— Si jamais vous envisagiez de m'embaucher, il faudrait que ce soit de ce côté de la Manche. Ma femme ne voudra jamais retourner en Angleterre.

La discussion s'arrêta là. Les horloges de la maison sonnèrent midi et Gabrielle parut en haut de l'escalier.

— Regardez, grand-mère ! M. Lucas a livré la broche !

Gabrielle s'immobilisa sur une marche. Sur le corsage d'Irène, la broche se détachait de manière spectaculaire. Une vague de jalousie envahit Gabrielle, réaction involontaire qui survenait chaque fois qu'elle convoitait quelque chose qui ne pouvait lui appartenir. Son enfance misérable lui revenait alors à la mémoire.

— C'est très beau, remarqua-t-elle, se reprenant et se sentant fière de l'œuvre de sa petite-fille. Je n'ai jamais vu de bijou aussi étonnant. Félicitations, Irène ! Et à vous aussi, monsieur Lucas, pour votre réalisation. J'espère que vous avez apporté votre note.

Elle réglait ses dettes sur-le-champ, toujours en souvenir du passé. Cet aspect de son caractère contrastait avec son attitude avide et impitoyable envers les hommes riches dont elle avait su obtenir tout ce qu'elle souhaitait pour s'élever dans la société au cours de ses années de pratique amoureuse.

Ce soir-là, Gabrielle tenait salon. Les pièces de réception étaient éclairées aux chandelles, parce qu'elle trouvait que l'électricité donnait une lumière trop crue, peu flatteuse pour le teint. Les invités se pressaient en tenue de soirée et les musiciens jouaient dans la galerie au-dessus du grand salon. Irène étrennait une robe à bretelles très décolletée en dentelle crème doublée d'une soie jaune pâle. La broche constituait son unique bijou. Dès qu'elle se mêla à la foule des invités qu'elle commençait maintenant à connaître, elle prit conscience des regards indirects que lui lançaient les femmes.

Elle sentit soudain un regard posé sur sa nuque. Elle se retourna et croisa les yeux hostiles de Gregory, à l'autre bout de la pièce. Il venait sûrement d'arriver. Elle le trouva irrésistiblement séduisant, ce qui éveilla en elle une certaine irritation. Elle s'en voulait d'être aussi sensible à sa présence. Quelqu'un répéta la question qu'il lui avait posée et elle fit un effort pour reporter son attention sur les personnes qui l'entouraient. Elle sentait toujours le regard de Gregory et comprit que Burnett se frayait un chemin pour la rejoindre. Il murmura d'une voix rude à son oreille :

— Que diable faites-vous donc ici ?

Elle s'éloigna des personnes avec qui elle conversait et lui fit face.

— Je suis invitée, répondit-elle froidement.

— Invitée ? Et par qui ? demanda-t-il en regardant alentour comme pour chercher le coupable. Ce n'est pas un endroit pour vous !

— Pourquoi ? interrogea-t-elle avec une innocence feinte.

— Il se trouve que c'est la maison de la *demi-mondaine* la plus célèbre de Paris. Toutes les femmes présentes ne sont que des cocottes ! Aucun homme honorable ne se serait permis de vous emmener ici. Quand je suis arrivé à Paris aujourd'hui, j'ai téléphoné à votre hôtel. On m'a dit que vous étiez partie et j'en ai conclu que vous aviez regagné l'Angleterre. Si j'avais su que vous aviez annulé vos engagements envers moi le jour où nous devions repartir ensemble afin de continuer de fréquenter quelqu'un d'assez vil pour vous conduire ici, je n'aurais jamais permis cela !

Elle poussa un profond soupir devant son audace à croire qu'il avait le droit de la surveiller.

— Je n'ai aucune explication à vous donner !

— Vous le devez, pourtant, si vous voulez travailler avec moi à Londres. Les hommes qui bavardent avec vous ici ne tiennent certainement pas à vous rencontrer quand ils viendront avec leurs épouses acheter des colifichets chez Fabergé !

— Etes-vous en train de me congédier avant même que j'aie commencé ? demanda-t-elle d'un air de défi.

— Non, je vous offre une seconde chance. Prenez votre manteau et partez immédiatement avec moi.

Elle ne bougea pas.

— Où comptez-vous m'emmener ? se moqua-t-elle.

— Puisque le souper n'a pas encore été servi, dit-il d'une voix qui trahissait son impatience, nous allons dîner quelque part et je vous reconduirai à votre hôtel.

Elle décida que le moment était venu de mettre fin à cette comédie.

— Je ne loge pas à l'hôtel. J'habite dans cette maison et je vais y rester jusqu'à mon départ, après-demain. Je suis la petite-fille de Gabrielle Roget.

Les yeux de Gregory s'écarquillèrent puis s'étrécirent ; une expression de stupéfaction se peignit sur son visage. Avant qu'il ait pu faire un geste, une jeune et jolie femme à l'allure de poupée, vêtue d'une robe en perles, une aigrette piquée dans ses cheveux blonds, s'interposa :

— Il faut que je vous le demande ! s'écria-t-elle. Je meurs de jalousie. Est-ce un Lalique ?

Stupéfaite, Irène la regarda sans comprendre :

— De quoi parlez-vous ?

— De votre broche. C'est un Lalique, n'est-ce pas ?

— Non. Pas du tout.

Une autre *demi-mondaine* qui s'était approchée donna son avis :

— Elle a dû être exécutée par Fouquet. Elle est divine ! Toutes les femmes ici présentes veulent vous la chiper !

Une autre voix féminine lança :

— Vous vous trompez toutes les deux. C'est un modèle d'Henri Veter. Je reconnais son style.

Irène songea qu'elle aurait dû être flattée d'avoir été comparée aux trois plus grands créateurs de l'Art nouveau, mais la situation prenait une tournure cauchemardesque. Maintenant qu'il n'était plus question que de l'origine de la broche, des femmes affluaient de tous les coins de la pièce. Gregory avait disparu et elle se trouva peu à peu acculée dans une alcôve sous la pression des femmes qui l'entouraient. Les parfums agressifs la suffoquaient ; elle était assourdie par les clameurs de ces créatures de plus en plus outragées qu'on refusât de leur donner le nom du créateur de la broche. Au grand soulagement d'Irène, Gabrielle vint à la rescousse.

— Ecartez-vous, mesdames ! Je vous livrerai le nom du créateur quand vous voudrez bien la laisser respirer.

Elle dégagea la voie pour Irène qui traversa la pièce dans un concert de cris et de pépiements. Gregory l'attendait. Il lui passa un bras autour de la taille et l'entraîna vers la porte, tandis que Gabrielle barrait la route aux autres. Il prit son étole des mains de la domestique qui l'avait apportée, la posa sur ses épaules et la fit sortir en hâte de la maison. Un fiacre stationnait devant la grille.

— Chez Maxim's, dit-il au cocher. (Il monta à côté d'Irène et lança d'un ton sec :) Et vous feriez bien d'enlever cette broche si vous ne voulez pas être lynchée.

Renversant la tête en arrière, elle éclata de rire. Il en fit autant, conscient comme elle de l'absurdité de la scène qui venait de se dérouler.

— Sont-elles vraiment folles ? demanda enfin Irène en reprenant son souffle.

— Non, seulement cupides, soupira-t-il.

— Si telle est votre opinion, pourquoi fréquentez-vous cette maison ?

— Je connais Gabrielle depuis longtemps. Pas intimement, je m'empresse d'ajouter. Un ami de mon père, Louis Tiffany, m'a pris sous son aile quand, jeune homme, je suis venu pour la première fois à Paris. Il m'a présenté à Gabrielle et, depuis, je vais à ses soirées chaque fois que je suis à Paris et que j'en ai le temps. Ses salons rivalisent avec ceux des familles les plus riches et les plus cultivées, comme, par exemple, ceux de la comtesse de Loynes dont les réceptions ne sont pas sans influencer la politique française. En fait, j'avais l'intention de m'y rendre dans la soirée. Peut-être voudrez-vous m'accompagner après dîner ?

— Cela pourrait être intéressant. (Désireuse de mettre les choses au point, elle déclara :) Je dois vous dire que j'ai l'intention de retourner chez ma grand-mère et d'y rester jusqu'à mon départ de Paris.

— Je n'avais pas l'intention de vous enlever, rétorqua-t-il avec force. (A présent que ces quelques minutes de gaieté partagée avaient pris fin, la tension s'installait de nouveau entre eux.) J'ai bavardé un instant avec votre grand-mère avant qu'elle vienne à votre secours et elle m'a donné la date de votre départ. Cette fois, nous ferons ensemble le voyage de retour.

Les narines frémissantes, Irène prit une profonde inspiration et serra les poings. Il considérait l'affaire réglée. Elle supposa qu'il agissait aussi autoritairement avec elle à cause de Sophia, sans parler du fait qu'elle travaillait sous ses ordres.

Le fiacre tourna dans la rue Royale.

— Nous y sommes, annonça Gregory.

Lors de ses promenades, elle était déjà passée devant l'immeuble du XVIIIe siècle en pierre grise qui abritait Maxim's, reconnaissable à l'auvent pourpre de l'entrée devant laquelle se tenait un portier en livrée aux boutons de cuivre étincelants. Irène avait entendu dire que l'intérieur du restaurant avait été entièrement redécoré dans l'esprit de l'Art nouveau. Dès leur entrée, ils se sentirent enveloppés d'une atmosphère enjouée. Les bouchons de champagne sautaient, ún orchestre déversait une musique bruyante, le plafond en verre coloré peint d'oranges, de citrons et de guirlandes de fleurs conférait à chaque chose un éclat particulier. On les installa à une table aux lumières tamisées. Ici se côtoyaient les jeunes gens les plus brillants de la société, les *demi-mondaines* et leurs soupirants, dans un étincellement de bijoux et de coiffures extravagantes.

Une fois que Gregory eut choisi le menu et que le garçon se fut éloigné, il examina pour la première fois la broche.

— Je vous félicite, dit-il. C'est un très beau modèle. Je n'ai jamais vu des émeraudes aussi joliment utilisées dans un bijou contemporain. Est-ce vous qui l'avez faite ?

— Je n'ai fait que la concevoir. Un orfèvre, qui a jadis travaillé chez mon père et vit maintenant à Paris, en a assuré la réalisation.

— A-t-il l'habitude de réaliser ce genre de modèles ?

— Non, avoua-t-elle franchement, mais c'est un maître artisan plein d'expérience. Mon modèle était si compliqué qu'il fallait un orfèvre de sa qualité pour l'exécuter. J'ai quitté l'Ecole des arts appliqués avant de pouvoir devenir membre de la Guilde.

Elle ne lui fournit aucune explication sur ce point, disant

simplement que son père avait décidé de la prendre avec lui au magasin. Ils bavardèrent un moment sur son travail dans la maison Lindsay ; il lui posa plusieurs questions ayant un rapport avec ce qu'elle aurait à faire sous ses ordres. Sans entrer dans les détails, elle lui raconta comment elle avait découvert sa grand-mère et fait sa connaissance. Il l'écoutait avec un intérêt amusé tandis que son regard, faussement nonchalant, s'attardait sur l'image plaisante qu'elle offrait, avec ses cheveux roux flamboyant dans la lumière tamisée, ses épaules nues d'une blancheur laiteuse, l'ombre de son décolleté et l'extraordinaire broche dont l'éclat attirait les regards de toutes les femmes qui passaient devant leur table, même de celles qui arboraient les plus somptueux bijoux.

Les mets étaient délicieux. *Consommé madrilène* (1), suivi d'un *campanile de crêpes* (2) et d'un *canard à l'orange* (3). Irène mangeait avec appétit, faisant honneur à chaque plat. En fait, depuis qu'elle vivait chez sa grand-mère, c'était la première fois qu'elle mangeait à sa faim. Comme beaucoup de personnes aisées, surtout quand elles n'arrivent pas à oublier leurs origines modestes, Gabrielle se montrait aussi avare sur certains détails inattendus que généreuse par ailleurs. Elle ne lésinait pas sur la nourriture offerte à ses invités, mais estimait qu'Irène, dès lors qu'elle faisait partie de la maison, devait manger aussi frugalement qu'elle. Elle affirmait avec tranquillité que les restes d'un dîner ou d'un souper devaient nourrir ses domestiques pour au moins une semaine. Gabrielle était toutefois moins stricte en ce qui concernait les bonbons et les chocolats. Plus d'une fois, Irène s'était levée de table encore affamée.

Gregory la regardait manger avec une approbation amusée. Il aimait son naturel, son absence de prétention et la vivacité qu'elle mettait à accueillir tout ce qui croisait son chemin, bon ou mauvais. Il se dit qu'elle sentait assurément, tout comme lui, que les étincelles qui jaillissaient si fréquemment entre eux prenaient leurs racines dans une attirance sexuelle réciproque à laquelle, pour des raisons personnelles, ni l'un ni l'autre ne souhaitaient s'abandonner.

— Avez-vous pensé vous consacrer au dessin de bijoux ? demanda-t-il.

Ils venaient de terminer un sorbet léger au champagne pour « creuser » l'estomac, et elle accueillit avec un enthousiasme renouvelé le canard à l'orange que le garçon leur présentait avant de le découper avec dextérité.

— Oui. J'ai même envisagé de m'inscrire dans un atelier de Cartier ou d'un joaillier tout aussi renommé, mais je refuse de subir les restrictions imposées par une maison. Je viens de goûter

(1) En français dans le texte. (*N.d.T.*)

pour la première fois de ma vie à l'indépendance et je tiens à la garder. Un jour, je m'installerai à mon compte. J'ignore encore où. Entre-temps, je vais continuer d'acquérir une certaine expérience en travaillant pour Fabergé. Cela me procurera peut-être un prestige suffisant auprès de ma banque pour qu'elle m'avance les fonds nécessaires à mon installation.

— A mon avis, il y a un sérieux obstacle qui s'y oppose.

— Lequel ?

— Vous êtes une femme.

Un éclair coléreux passa dans ses yeux verts.

— Cela n'a rien à voir.

— C'est vrai, en ce qui vous concerne.

— Pourquoi en ce qui me concerne ? Toutes les femmes doivent avoir des chances égales.

— C'est un fait reconnu qu'en affaires les femmes se situent loin derrière nous.

— Cela tient simplement au fait que leur éducation ne les prépare pas à entrer en compétition avec les hommes. Un jour, cela changera.

— Est-ce votre recette de la coexistence parfaite ? demanda-t-il d'une voix délibérément traînante.

— Ne vous moquez pas ! Vous êtes pétri de préjugés. Comme tous les hommes ! Leur ego exige que les femmes leur soient soumises.

Il était en train de boire du vin et il regarda son verre comme s'il s'agissait d'une boule de cristal.

— Je regrette de vous contredire. Lorsque ma femme a pris la décision de remonter sur les planches, elle a tranché seule. Elle et moi savions que cela signifierait la fin de notre mariage, mais c'était le prix à payer. Je ne l'aurais jamais gardée contre sa volonté, car je déteste toute soumission.

Irène rougit, gênée.

— Désolée. J'avais oublié que vous aviez été marié.

— Je le suis toujours, dit-il avec un regard sardonique. Le lien n'a jamais été défait. Il s'est simplement distendu et nous en sommes au stade civilisé de la séparation, ce qui me convient parfaitement. Je n'ai pas l'intention de me remarier un jour.

— Vous paraissez très sûr de vous.

— J'ai atteint une sagesse qui me permet de reconnaître l'amour pour ce qu'il est. Un bref sortilège de délicieuse folie qui détourne le corps, le cœur et l'esprit de tout sens commun. Une fois les brumes de l'extase dissipées, la réalité apparaît rude et sans compromis.

— Point de vue cynique avec lequel je suis en total désaccord.

— J'aurais été peiné d'apprendre le contraire. Les rêves romantiques doivent être chéris et protégés le plus longtemps possible.

— Je ne parle pas d'illusions éphémères. Je crois que deux

êtres peuvent s'aimer leur vie durant. Peu d'entre nous connaissent cette chance, mais elle existe.

— Je vous autorise à me convaincre momentanément. Pour cette soirée au moins. Buvons à l'amour. Au vôtre. Pour l'éternité.

Elle attendit avant de lever son verre, le soupçonnant de se moquer d'elle. Puis elle vit que, pour une fois, son regard ne révélait rien de troublant ni d'énigmatique, mais qu'il la remerciait d'être agréable à regarder.

— A l'amour! répondit-elle.

Ils burent en se souriant et sourirent de nouveau lorsque le garçon remplit leurs verres. On eût dit qu'ils avaient enfin accepté de se laisser aller à l'atmosphère de Maxim's. Ils bavardèrent de choses plus légères tout en dégustant des fromages, des fraises des bois plus douces que du nectar et un café servi dans des tasses dorées, accompagné de liqueurs.

En quittant Maxim's, ils se trouvèrent nez à nez avec l'une des *demi-mondaines* de chez Gabrielle, escortée de son soupirant.

— Je viendrai vous voir demain, chuchota-t-elle à Irène d'un air féroce. Ne recevez personne avant moi.

Surprise, Irène la suivit des yeux et Gregory résuma la situation :

— Si vous le désiriez, vous pourriez avoir une théorie de clientes qui feraient la queue devant la maison de votre grand-mère pour obtenir un modèle signé de vous. Je pense que cela règle la date de votre départ de Paris. Nous prendrons le premier train du matin.

Elle était en train de monter dans le fiacre et s'assit en protestant d'un ton indigné :

— Je refuse d'écourter mon séjour de deux jours. Et si mes modèles sont si demandés, je serais stupide de partir.

— Vous seriez stupide de rester, rétorqua-t-il, crispé. Vous n'avez ni atelier, ni orfèvres, ni magasin.

— M. Lucas, qui a réalisé ma broche, est prêt à travailler pour moi.

— Je parierais qu'il n'est pas prêt à quitter une place sûre chez Bing pour courir sa chance avec cinq ou six *demi-mondaines* qui veulent que vous leur dessiniez des babioles coûteuses. N'essayez pas de mettre la charrue avant les bœufs, Irène. Si vous êtes patiente, votre heure viendra.

Elle comprit qu'il lui donnait un bon conseil, mais elle lui en voulait de le présenter comme un ordre qui ne souffrait aucune discussion. Elle se hérissait contre cette assertion renouvelée de la domination masculine. La trêve se terminait, au moins pour elle.

— Si je vous comprends bien, énonça-t-elle d'une voix froide, je ferais mieux de retourner chez ma grand-mère et de vous laisser aller seul chez les Loynes. Je peux toujours entrer par la porte de derrière si la réception n'est pas finie.

— Comme vous voulez, répondit-il, tout à ses pensées. Vous avez besoin de bien dormir avant d'affronter cette journée de voyage qui vous attend. Soyez prête à sept heures et demie. Nous prendrons le train-bateau de huit heures.

— Je n'ai pas encore dit oui, lança-t-elle.

Il regardait au-dehors, réfléchissant aux messages qu'il devait laisser concernant les affaires traitées dans la journée. Il se tourna vers elle :

— Si vous croyez que Gabrielle va vous aider, vous vous trompez. Elle réagira de la même manière que moi, mais pour une raison différente.

Irène se mordit la lèvre. Comment avait-il deviné ses pensées ?

— Je ne suis pas de votre avis, fit-elle à voix haute.

Il ne répondit pas. Ils gardèrent le silence jusqu'à chez Gabrielle. La maison était encore illuminée ; toutes les voitures, cependant, étaient parties. Il accompagna Irène jusqu'à la porte.

— Inutile de prétendre avoir passé une merveilleuse soirée ! déclara-t-il en sonnant. Nous pouvons, vous et moi, nous dispenser de ces formules de politesse.

— Je puis dire, pourtant, que ce fut une soirée inoubliable.

— Je suis de cet avis.

La porte s'ouvrit et Irène fut baignée de lumière, sa silhouette encore plus belle et désirable ainsi éclairée. Gregory se rappela le soir où il l'avait vue dans le hall de Milton Square. Ce souvenir fut si vif qu'il décida qu'elle ne resterait à aucun prix à Paris une seconde fois.

— Bonne nuit, Irène. Je serai là à sept heures et demie.

Elle entra d'un pas vif, témoignant de son irritation. Les domestiques desservaient et remportaient les plateaux à la cuisine.

— Où est ma grand-mère ? interrogea-t-elle.

— Mme Roget s'est retirée. Elle demande que vous alliez la voir.

Irène monta en hâte l'escalier. Gabrielle était couchée dans son lit extraordinaire aux draps et aux oreillers de satin noir ; sans maquillage, ses cheveux teints dénoués, elle paraissait vieille dans sa chemise de nuit en soie. Elle enleva ses lunettes et posa le livre qu'elle lisait. Elle avait l'air sombre. Irène se méprit.

— Est-il très tard ? Etes-vous restée éveillée à cause de moi ?

— Tard ? s'écria Gabrielle en tapant sur le livre pour donner plus de force à son indignation. A Paris ? Il n'est jamais tard à Paris pour rentrer chez soi, même à l'aube ! Comme vous ressemblez à votre pudibond de père, Irène !

C'était la plus dure insulte qu'elle pût formuler.

Irène soupira, s'assit sur le bord du lit et regarda sa grand-mère.

— Je vous ai déplu d'une manière ou d'une autre. Qu'ai-je fait ?

— Vous avez gâché ma soirée avec votre broche ! Je n'ai

jamais vu une de mes réceptions tourner aussi mal. Les femmes m'ont tellement reproché de vous avoir laissée partir que le reste de la soirée a été détestable. Il y en a même qui ont filé de bonne heure. Je n'ai jamais été aussi humiliée.

— J'ai rencontré une de vos invitées tandis que Gregory et moi sortions de chez Maxim's. Elle m'a dit qu'elle viendrait me voir dans la matinée.

— Vraiment ? s'exclama Gabrielle, les lèvres blanches de colère. Je gage qu'elle ne sera pas la seule. Eh bien, l'entrée leur sera interdite ! Ma maison ne va pas se transformer en boutique ! (Elle tendit un doigt menaçant vers sa petite-fille.) Vous ne dessinerez aucun modèle pour elles sous mon toit !

Irène recula la tête malgré elle sous l'effet de la déception. Comme toujours dans les moments de tension, elle se rappela qu'elle savait se tirer d'affaire toute seule et qu'il en serait encore de même aujourd'hui.

— Vous n'aurez pas besoin de fermer votre porte, grand-mère, dit-elle en s'efforçant de garder une voix calme. Gregory veut que je parte demain matin pour Londres avec lui. Mon séjour chez vous s'achève un peu plus tôt que prévu.

Une expression de détresse apparut sur le visage de Gabrielle.

— Mais il vous faudra revenir ! Il faudra revenir me voir !

— Bien sûr. Et je vous promets de vous écrire.

Irène prit la main tremblante qui lui était tendue et la serra. Les deux femmes s'embrassèrent.

— Vous êtes une gentille petite, décréta Gabrielle en s'essuyant les yeux avec un mouchoir en dentelle. Vous allez me manquer.

— Moi aussi, je vais me languir de vous. Je vous dis au revoir maintenant pour ne pas vous déranger demain.

— Au revoir, ma chérie.

A l'instant où Irène atteignait la porte, Gabrielle reprit sur un ton cajoleur, nouveau chez elle :

— Une seconde, Irène. Si vous concevez un joli modèle de broche pour moi à partir des pierres que vous avez vues dans mon coffre, cela me fera plaisir.

Irène acquiesça sans hésiter.

— Je vous en dessinerai un que je vous enverrai par la poste. Vous demanderez à M. Lucas de le réaliser.

— Oui, oui. Je l'attends déjà avec impatience.

En regagnant sa chambre, Irène pensa à la demande de sa grand-mère. Elle était heureuse de faire quelque chose en échange de l'hospitalité reçue, mais, en même temps, elle comprenait pourquoi Gregory, qui connaissait si bien le *demi-monde,* avait paru si sûr qu'elle n'obtiendrait aucune aide de sa grand-mère. Gabrielle ne tenait nullement à ce qu'Irène exécute des modèles pour les autres. Pour Gabrielle, ces jeunes femmes étaient ses rivales et la manière dont elles avaient gâché sa soirée prouvait leur méchanceté et leur esprit rancunier, courants dans ce milieu ; en empêchant Irène d'accéder à leurs demandes, Gabrielle prenait sur elles une revanche subtile et son triomphe serait complet le jour où elle pourrait exhiber un bijou unique qui ferait l'envie de toutes.

Irène était sur le perron de la maison, les bagages près d'elle, quand Gregory arriva à l'heure fixée. Il descendit de voiture et s'approcha d'elle.

— Je suis content que vous ayez décidé de voyager avec moi, déclara-t-il.

Elle eut un sourire triste et pencha la tête en signe de soumission temporaire aux circonstances.

— Je n'avais pas le choix, reconnut-elle franchement.

— Ne soyez pas abattue. Comme je vous l'ai dit la nuit dernière, votre heure viendra. Immanquablement.

Bien que sensible à ses encouragements, elle ne put s'empêcher de penser que les hommes se montraient toujours magnanimes quand ils marquaient des points. Si elle n'avait pas accédé à ses désirs aujourd'hui, sa réaction aurait été tout autre.

Ce fut un voyage étrange, difficile à oublier. Ils voyagèrent en première classe, dans un confort parfait. A la gare du Nord, il acheta une brassée de journaux, et pour elle et pour lui, soulignant l'attention particulière qu'il lui portait, ce qu'elle trouva curieusement stimulant. Tout en lisant ou parcourant les pages, elle sentait le regard de Gregory posé sur elle, mais dès qu'elle tournait la tête vers lui, il feignait d'être plongé dans la lecture de ses journaux. Leurs regards ne se rencontrèrent pas une seule fois. Elle avait l'impression qu'il l'étudiait comme il ne l'avait jamais fait auparavant, tout en ne souhaitant pas l'embarrasser par cet examen. Quand ils se parlaient, ils s'exprimaient avec un grand naturel. Il l'informa qu'une sélection des objets de Fabergé serait mise en vente à Paris, tout comme ils allaient le faire à Londres. Il ignorait encore si l'orfèvre russe allait ouvrir une boutique à Paris. Ils traitèrent de questions concernant leur futur travail commun et elle fut plus à l'aise avec lui sur ces sujets. Ce ne fut qu'ensuite, lorsqu'ils se promenèrent en silence sur le quai en attendant le bateau, puis, plus tard, dans le train Douvres-Londres, qu'elle sentit un courant électrique passer entre eux. Elle devint si attentive à chaque mouvement qu'il faisait qu'elle eut l'impression que même s'ils ne faisaient que se toucher la main, une pluie d'étincelles violentes jaillirait de ce contact. Cette image, bien qu'un peu ridicule, l'obséda. Quand le train s'arrêta à la gare Victoria, elle feignit d'être encombrée de son sac et de ses gants pour ne pas voir la main qu'il lui tendait afin de l'aider à descendre.

Alors qu'ils se dirigeaient vers la sortie, suivis des porteurs chargés de leurs bagages, il proposa de la raccompagner chez elle, mais elle refusa.

— C'est inutile. Nous pouvons prendre des fiacres séparés. J'ai demandé que l'on fasse prévenir ma belle-mère de mon retour. La maison ne sera donc pas vide.

Parler de sa belle-mère manquait peut-être de tact. Jusque-là, elle n'avait pu se résoudre à mentionner le nom de Sophia devant Gregory. Mais il s'avéra qu'elle avait bien fait d'expliquer que Sophia avait été prévenue. En arrivant au bout du quai, elle aperçut Sophia souriante qui l'attendait. Celle-ci s'avança vers Irène, tout en jetant inconsciemment à Gregory un regard amoureux.

— Comme c'est gentil d'être venue me chercher ! dit Irène d'une voix faible.

— J'étais tellement excitée à l'idée de votre retour que j'ai décidé de venir, répondit Sophia en l'embrassant. (Elle se tourna vers Gregory.) Comment allez-vous, monsieur Burnett ? Irène m'a informée de son plaisir d'entrer au service de M. Fabergé et m'a appris qu'elle allait travailler avec vous.

— Je suis content de vous revoir, madame Lindsay. Permettez-moi de vous conduire à votre voiture.

— J'ai pris la Daimler, aujourd'hui. Je m'en sers presque tout le temps, à présent. Pouvons-nous vous déposer quelque part ?

— Je m'en voudrais de vous déranger. Mais je vous remercie de l'offre.

Il les accompagna jusqu'à l'endroit où était rangée la Daimler. Le chauffeur, portant une nouvelle livrée crème et une casquette noire, les attendait. Irène se souvint que Sophia n'avait jamais approuvé la tenue grise choisie par Edmund. C'était un détail mais qui indiquait que Sophia commençait à se remettre de son deuil. Une fois assises à l'arrière et le chauffeur au volant, Sophia exprima le souhait que Gregory vienne dîner un soir chez elles.

— Vous êtes très aimable, répondit poliment Gregory. Au revoir, madame Lindsay. A demain, Irène.

La voiture s'éloigna et Sophia jeta un regard interrogateur à Irène.

— Demain ?

— Je dois rencontrer Gregory à l'hôtel Berner. Nous devons visiter la suite où les objets de Fabergé seront exposés et vendus.

— Oh ! s'exclama Sophia, apparemment satisfaite. (D'un geste affectueux, elle tapota la main d'Irène posée sur la couverture.) Parlez-moi de Paris. Je brûle d'impatience d'en savoir davantage sur votre grand-mère et sur tout ce que vous avez fait là-bas.

Et peut-être sur Gregory, ajouta Irène *in petto*. Elle avait le cœur lourd. Pour elle, il était clair que Sophia s'était rendue à la gare dans l'espoir que Gregory arriverait par le même train. Irène eut peur pour cette femme exquise et qu'elle chérissait tant. Et pour elle-même. Ce retour au bercail s'annonçait mal.

11

Trois semaines plus tard, la suite retenue au Berner fut prête pour l'exposition-vente de Fabergé. Irène finit un travail urgent de dernière minute dans la pièce jouxtant le bureau de Gregory et vint ensuite rejoindre les vendeurs qui se préparaient à recevoir les premiers clients. Elle ne devait aider à la vente qu'en cas de trop grande affluence ; sinon, elle avait pour tâche de régler tous les problèmes qui pouvaient se présenter. La suite avait subi des transformations depuis que Gregory et elle l'avaient visitée pour la première fois. Avec ses étagères, ses vitrines et ses comptoirs en verre, elle ressemblait vraiment à une boutique, ce qu'elle était momentanément.

Irène avait énormément travaillé avec Gregory pour préparer cette inauguration sous sa direction. Elle avait passé des moments difficiles avec Sophia, car chaque fois qu'elle avait un rendez-vous de travail avec Gregory, Sophia prenait un air rêveur qui indiquait son désir inconscient de le voir. Irène essayait de deviner l'état d'esprit de sa belle-mère. Sophia avait accepté son veuvage et, maintenant qu'elle avait repris sa vie mondaine, il était naturel qu'elle souhaite renouer une liaison que les circonstances avaient écourtée. Jusqu'à présent, aucune invitation précise à dîner n'avait été fixée, mais uniquement parce que Gregory était débordé de travail et qu'Irène se trouvait, en général, à ses côtés. Irène éprouvait une grande satisfaction de voir qu'il se reposait complètement sur elle à présent qu'elle avait prouvé son efficacité. Bien qu'il eût un secrétariat, il lui laissait une grande partie du courrier à régler et elle le faisait volontiers, désireuse d'acquérir le plus d'expérience possible susceptible de l'aider le jour où elle monterait sa propre affaire. De temps en temps, Gregory lui adressait des compliments mais, le plus souvent, il se montrait rude et impatient. Il leur arrivait de s'affronter durement.

Comme Gregory n'avait accepté d'organiser cette exposition-vente qu'à la suite de la mort subite de M. Lindsay, il n'était pas question pour lui d'accepter la prochaine manifestation prévue quelques mois plus tard. Cela signifiait qu'Irène devrait travailler avec son successeur. Elle songeait qu'il valait mieux qu'ils suivent des chemins différents. Elle ressentait trop sa présence quand ils étaient dans la même pièce. Comme en ce moment, par ce doux matin d'automne, alors qu'il se trouvait à l'autre bout de la suite, la tête penchée pendant qu'il lisait un papier, sa haute taille se profilant contre la fenêtre. Elle n'essayait pas d'analyser ce qu'elle éprouvait, se disant qu'elle en était arrivée à un stade où elle ne l'aimait ni ne le détestait ; simplement, quand ils étaient ensemble, elle n'était que trop consciente du fait qu'il était un homme et elle une femme. Lorsqu'elle s'autorisait à réfléchir plus avant, elle reconnaissait que si leur voyage de Paris à Londres avait mis au jour des sentiments profondément enfouis en elle, ils existaient sans doute depuis le jour où il avait pénétré dans le salon de Fabergé.

— Quelqu'un ! chuchota l'un des vendeurs.

Qui serait le premier visiteur ? Un membre d'une famille royale d'Europe ? Un noble ? Une personne de goût ? Le portier ouvrit toutes grandes les doubles portes et s'écarta. La femme qui entra portait un tailleur de ville en soie verte, un chapeau immense garni de plumes et de rubans clairs, placé de manière à mettre en valeur ses cheveux blonds relevés. Irène la reconnut immédiatement d'après les cartes postales que les collectionneurs s'arrachaient : c'était Lillian Rose, l'épouse de Gregory.

— Bonjour, Gregory, dit-elle gaiement. J'ai pensé que je devais être votre première cliente.

Il sourit comme s'il s'était attendu à la voir.

— Vous aurez aussi le meilleur choix, n'est-ce pas ?

Elle lui fit la grimace.

— Je dois donner le ton. Les autres suivront.

— Que comptez-vous acheter ?

— Un étui à cigarettes. Pour un monsieur.

Elle semblait prendre plaisir à mentionner une conquête et se conduisait avec la franchise d'une enfant gâtée.

— Rien pour vous ?

— Oh, j'aurai sûrement envie de tout ce que je verrai !

Elle pivota sur elle-même d'un geste théâtral dans un frémissement de plumes et parcourut du regard l'exposition des objets, petits et grands, disposés dans la salle. Tout à fait par hasard, Irène se trouvait devant le comptoir des étuis à cigarettes. Lillian se dirigea vers elle d'un pas alerte.

— Montrez-moi ce que vous avez de plus beau.

Irène suivit l'usage établi chez Fabergé pour servir les clients. Elle se tourna vers la vitrine derrière elle et choisit deux boîtes blanches en houx. Toutes les créations de Fabergé étaient présentées dans ces boîtes bordées de satin, portant à l'intérieur l'aigle russe à deux têtes ainsi que le poinçon de l'orfèvre. Elle posa les boîtes sur le comptoir en face de Lillian, ouvrit la première, montra l'étui à cigarettes pendant quelques secondes, le sortit et le présenta en le prenant dans ses deux mains. Il était en émail bleu et en or, bordé de petits diamants taillés en rose.

Elle fit de même avec la seconde boîte. Afin d'éviter d'éblouir sa cliente en lui montrant trop d'objets à la fois, elle referma le couvercle des deux boîtes avant de lui en faire voir d'autres. Irène choisit une série d'étuis à cigarettes dans la gamme des prix moyens et s'en tint là. Lillian n'avait pas l'intention d'acheter un objet trop cher ; elle finit par porter son choix sur un étui en or strié de rouge avec un saphir en guise de poussoir. Tandis que Lillian s'attardait encore à regarder, Irène se demanda ce qui avait causé la rupture entre Gregory et sa femme. Avec son attitude blasée envers l'amour, Gregory s'était-il lassé d'elle après un laps de temps assez bref et était-elle retournée au théâtre pour se consoler ? Irène avait entendu dire qu'à l'époque de leur mariage ils formaient un couple assorti, lui, sensuel et conquérant, elle, d'une beauté de porcelaine. Ils avaient aujourd'hui des rapports aimables : il la taquinait gentiment, elle lui faisait du charme. Il revint même la voir pendant qu'Irène la servait pour lui demander comment marchaient les représentations.

En prenant la boîte de l'étui à cigarettes, Irène jeta un coup d'œil autour d'elle. La salle s'était remplie de monde ; tous les vendeurs s'affairaient. Elle se figea soudain. Sophia était là, vêtue d'une toilette de demi-deuil en soie violette avec toque assortie, le visage couvert d'une voilette à pois qui lui donnait un air mystérieux et romantique. Elle bavardait avec Gregory. Chère Sophia, lui cria en silence Irène, ne le poursuivez pas ! Il a un cœur de séducteur et se lasse très vite. Il n'ira pas plus loin que cette liaison de quelques jours à Nice.

Lillian brisa le cours de ses pensées :

— Avez-vous l'intention de me faire attendre toute la journée ?

— Non, mademoiselle Rose, répondit Irène rapidement.

Une fois son achat terminé, Lillian se promena dans la salle. Après avoir rangé les boîtes, Irène chercha Sophia, surprise de ne pas la voir, étonnée qu'elle soit partie sans lui avoir parlé. Un peu plus tard, ayant un message urgent à communiquer à Gregory, Irène frappa et entra dans son bureau. Sophia s'y trouvait. Penché sur sa table, Gregory parlait à Sophia, assise en face de lui. Ils regardèrent tous deux Irène qui s'approchait. Sophia eut un sourire absent, comme si elle pensait encore à l'entretien qui venait d'être interrompu.

— Je venais vous voir, Irène, dit-elle.

Le message apporté par Irène exigeait que Gregory avisât sur-le-champ.

— Voulez-vous avoir la bonté de montrer à votre belle-mère les œufs de Pâques ? demanda-t-il à Irène. Je pense que cela l'intéressera.

Sophia lui tendit la main.

— J'ai eu plaisir à converser avec vous, monsieur Burnett. Nous nous verrons donc à la maison samedi soir.

— J'en serai ravi, madame Lindsay.

Irène se raidit. Sans aucune logique, elle était furieuse contre Sophia qui avait formulé cette invitation et contre Gregory qui l'avait acceptée. C'était la première fois qu'elle se sentait aussi irritée à l'égard de sa belle-mère.

— Aimez-vous ma nouvelle toilette ? interrogea Sophia en se rendant avec Irène dans la grande salle.

— Vous êtes merveilleusement élégante, répondit Irène d'une voix sincère mais tendue.

Sophia parut ne rien remarquer.

— J'ai trouvé que le moment était venu de quitter le deuil. De nos jours, trois mois suffisent amplement. Voilà pourquoi j'ai décidé de recommencer les mondanités.

— Est-il sage d'inviter Gregory chez nous ?

Sophia lui jeta un regard en biais sous son voile.

— J'ai déjà invité le Dr Harris et son épouse, M. et Mme Cummings. Il ne sera donc pas le seul invité. Pourquoi avoir cru cela ?

— Cela m'a traversé l'esprit, un point, c'est tout.

Irène songea que, de toute façon, la présence des autres n'était qu'une maigre consolation. Ce dîner servirait de point de départ pour renouer d'autres liens. Tout indiquait que Sophia émergeait de son état de prostration et cherchait à s'affirmer de nouveau en tant que femme, tenant à mener la vie qui lui plaisait. Ce qui était hautement recommandé, sauf si cela entraînait d'autres chagrins.

Sophia prit plaisir à regarder les œufs de Pâques qui, à la différence des autres expositions, étaient ici en vente. Certaines « surprises » à l'intérieur de ces œufs étaient aussi coûteuses que celles qui avaient été spécialement faites pour les Romanov, mais d'autres œufs étaient moins élaborés. Ils étaient tous très beaux. Sophia fut tentée d'en acheter un monté en pendentif, mais finit par se décider pour un cadre à photo en émail mauve foncé. Lorsque Irène rentra à la maison ce soir-là, le cadre ovale contenant une photo d'Edmund trônait sur le piano à queue, sorte d'offrande expiatoire à sa mémoire. Dans la nuit, Irène crut entendre des sanglots dans la chambre de sa belle-mère. Encore à moitié endormie, elle se précipita hors de son lit, mais une fois devant la porte de Sophia, n'entendit plus aucun bruit. Pensant qu'elle avait rêvé, elle regagna son lit. Le lendemain matin, elle se demanda si les sanglots ne provenaient pas du rez-de-chaussée.

Irène dessina le modèle de broche promis et l'envoya à sa grand-mère. Elle avait imaginé la broche sous la forme d'une grappe de raisin avec des feuilles en or, des raisins en perles blanches, crème et grises descendant de la poitrine jusqu'à la taille. Une lettre d'approbation enthousiaste arriva par retour du courrier. Irène fut contente de voir que son dessin avait été si bien reçu et elle savait pouvoir faire entièrement confiance à Arthur Lucas pour qu'il exécute exactement ses indications.

Le samedi soir arriva. Gracieuse dans une toilette en dentelle lilas, Sophia devint de plus en plus nerveuse à mesure que l'heure prévue pour l'arrivée des invités approchait. Elle se mit à arranger les coussins et les fleurs dans le salon. Quand la sonnette retentit, Sophia se figea, une main à la gorge, les yeux sur la porte ouverte donnant sur le hall. Gregory était le premier. A sa vue, Sophia s'anima, se précipitant vers lui pour l'accueillir. Ils échangèrent quelques propos à voix basse, puis entrèrent ensemble dans le salon en bavardant à voix haute ; Irène les attendait, pleine d'animosité contre l'un et l'autre.

— Nous voilà de nouveau réunis, Irène, dit-il en souriant amicalement.

Moins de trois heures plus tôt, ils avaient réglé une commande difficile.

Elle prit une profonde inspiration, serra les mains derrière son dos comme pour se retenir de le frapper ; elle le détestait, et cette haine la torturait et la faisait trembler à la fois. Elle lui répondit sans savoir ce qu'elle disait.

La soirée fut plaisante pour tous, sauf pour Irène. Sophia avait le don de réunir des gens dont elle savait qu'ils s'entendraient bien. Outre Gregory, il y avait sept invités et Sophia présidait la table en hôtesse radieuse ; c'était sa première soirée depuis la mort d'Edmund. Le Dr Harris qui la connaissait mieux que quiconque songea, en dégustant son consommé, que Sophia Lindsay avait été en quelque sorte libérée par son veuvage. Professionnellement, il ne s'attendait pas à la revoir de sitôt. Curieux, comme les douleurs et les ennuis de santé des femmes avaient souvent leur origine dans un mariage malheureux.

Par une sorte d'accord tacite, Gregory et Irène gardèrent leurs distances pendant toute la soirée. Ils se connaissaient suffisamment bien, maintenant, pour deviner quand l'autre était de mauvaise humeur, ce qui était le cas pour Irène depuis l'arrivée de Gregory. Quand ils travaillaient ensemble, ils n'hésitaient pas, de temps en temps, à se laisser aller à une explosion de colère, car cela clarifiait l'atmosphère et supprimait la tension entre eux. La soirée ne permettait pas un tel éclat, mais, peu avant l'heure de se retirer, la curiosité l'emporta chez Gregory. Irène s'était levée pour aller chercher un livre dans le bureau de son père afin de le prêter à l'un des invités. Gregory la suivit. La pièce n'était éclairée que par la lampe en ambre posée sur le bureau. Gregory ferma la porte et s'y adossa. Elle avait dû le voir arriver dans l'une des glaces du hall, car elle s'adressa à lui d'un ton froid, sans même se retourner.

— Vous voulez aussi emprunter un livre ?

— Non, je veux savoir pourquoi vous êtes d'une humeur massacrante. Vous n'étiez pas dans cet état en quittant l'hôtel Berner cet après-midi. Est-ce ma présence dans cette maison qui vous déplaît ?

Elle pivota sur elle-même pour lui faire face, le livre contre sa poitrine comme un bouclier.

— Oui, oui, et oui !
— Ce n'est pas très poli.
— Je ne me sens pas d'humeur à être polie. Vous êtes l'invité de Sophia, pas le mien.
Il s'approcha d'elle.
— Dites-moi pourquoi vous ne voulez pas de moi ici.
Elle ne pouvait pas reculer, car les étagères de livres se trouvaient derrière elle.
— Je ne veux pas que Sophia souffre encore. Elle n'a déjà que trop souffert.
Le visage impassible, les yeux fixés sur elle, il interrogea :
— Pourquoi pensez-vous que j'aie l'intention de la faire souffrir ?
— Je sais que vous étiez avec elle à Nice.
— Ah, c'est ça ! murmura-t-il d'un ton pensif, plus pour lui que pour elle.
— Je l'ai découvert par hasard. Elle l'ignore et je vous demande de ne jamais le lui répéter.
Il posa une main sur l'étagère à la hauteur de la tête d'Irène et approcha son visage du sien.
— Je n'en avais nullement l'intention. Vous avez ma parole... Etait-elle malheureuse à son retour de Nice ?
— Non, au contraire. Le passé ne m'inquiète pas, c'est à l'avenir que je songe. Vous êtes incapable d'aimer longtemps. Vous me l'avez dit vous-même. Sophia est très fragile en ce moment. Je ne veux pas qu'une peine la détruise.
— Pourquoi ne pas m'avoir interdit la maison ?
— Je n'ai pas voix au chapitre. Et puis, elle aurait posé des questions. Elle aurait voulu connaître mes griefs contre vous.
— Que lui auriez-vous répondu ?
Elle lui jeta un regard irrité :
— Qu'il faut avoir perdu la raison pour vous aimer.
— Faites-vous allusion à elle ou à vous dans ce contexte particulier ? demanda-t-il, les yeux fixés sur les siens.
La première réaction d'Irène fut de lui lancer le livre, mais il l'attrapa au vol et le posa sur un siège. Il la prit dans ses bras, ses lèvres sur les siennes, ardentes, impérieuses. Elle s'accrocha à lui et lui répondit avec violence, trouvant sa bouche merveilleusement dangereuse. L'ardeur de leur baiser les submergea, les empêchant de se séparer, chacun cherchant à assouvir un désir si longtemps réprimé. Le cœur battant, la respiration courte, ils se collèrent l'un à l'autre, les contours de leurs corps s'épousant exactement comme s'ils n'avaient été créés que pour l'amour. Alors que leur baiser allait se prolonger davantage, un faible bruit à la porte les sépara brutalement. Sophia se tenait sur le seuil, la main sur la poignée de la porte ouverte, le visage gris, les yeux dilatés.
— Je croyais que vous n'arriviez pas à trouver le livre, Irène,

articula-t-elle lentement, essayant courageusement de sourire et feignant de n'avoir rien vu.

— Le voilà, répondit Irène en prenant le livre.

Ils sortirent tous trois sans échanger un mot. La soirée se poursuivit comme si de rien n'était. Seul le Dr Harris remarqua que Sophia avait l'air épuisé et en conclut qu'il était temps de partir; il fit un léger signe de tête à sa femme qui se leva docilement, suivie des autres invités. La soirée, qui avait pris une tournure atroce pour Sophia, se terminait enfin.

Gregory souhaita bonne nuit à Irène qui lui répondit en détournant la tête. Son regard s'attarda sur elle un instant, puis il se dirigea vers le hall où Sophia prenait congé de ses invités. Irène ignora ce que lui et Sophia se dirent et ne s'en soucia guère. Elle entendit un domestique fermer la porte d'entrée, puis Sophia entrer dans le salon.

— Je pense que tout s'est bien passé ? questionna Sophia en regardant les tasses vides et les coussins aplatis, seuls signes de la soirée qui venait de se terminer.

Irène comprit que Sophia n'avait pas l'intention de faire allusion à ce qui s'était produit dans le bureau. Il n'était pas difficile de deviner qu'il eût été au-dessus de ses forces d'en parler.

— Vous êtes toujours une hôtesse parfaite, Mère, dit-elle calmement.

Sophia fit un petit geste pour repousser le compliment.

— Je vais aller me coucher. Je suis très fatiguée. Bonne nuit, ma chérie.

Elle embrassa tendrement Irène sur la joue comme elle le faisait chaque soir depuis le premier jour de son arrivée. Puis elle monta dans sa chambre où sa femme de chambre l'attendait pour l'aider à se déshabiller.

Irène la suivit sans se hâter. Une fois dans sa chambre à coucher, elle s'approcha de la cheminée et regarda les flammes danser. Elle n'aurait jamais cru être un jour celle qui détruirait les illusions que Sophia pouvait nourrir à propos de Gregory. Elle aurait aimé réconforter sa belle-mère, mais ne le pouvait sans révéler qu'elle connaissait leur liaison. Elle ne pouvait pas, non plus, aggraver la peine de Sophia en confirmant que Gregory n'avait aucune autre femme en tête depuis leur rencontre à Paris. Jusqu'à ce soir, Irène n'avait pas compris la source de son émoi intérieur, quand elle se trouvait près de lui. Au moins ne s'agissait-il pas d'amour. Il était incapable d'aimer et elle se persuada que la manière dont elle avait réagi à son baiser ne témoignait que du désir naturel de son corps à revivre un amour physique semblable à celui qu'elle avait partagé avec Derek. Consciente et lucide désormais, elle pourrait se protéger d'une nouvelle rencontre de ce genre avec Gregory. Elle frissonna soudain et croisa les bras sur sa poitrine couverte d'un léger tissu.

Elle était trop agitée pour dormir. Elle passa un kimono en soie sur sa chemise de nuit, s'assit à sa table de dessin et travailla au modèle qu'elle avait déjà commencé. Quand elle posa enfin sa plume et referma sa boîte de peinture, elle ne se leva pas pour autant de son siège. Elle tira un livre de comptes d'un tiroir et y reporta son salaire hebdomadaire reçu le jour même. Le total de ses économies ne suffisait pas à couvrir les frais d'une installation. Au début, elle avait pensé ouvrir une petite boutique dans une rue commerçante où elle aurait commencé par réparer des bijoux pour des joailliers de sa connaissance, ce qui lui aurait assuré un revenu régulier, sinon élevé, lui permettant de vendre en même temps des modèles dessinés par elle. Elle avait appris à l'Ecole des arts appliqués que les beaux objets ne nécessitent pas forcément des pierres coûteuses. Ashbee lui-même utilisait des pierres semi-précieuses dont il savait mettre en valeur les riches couleurs. Elle avait calculé qu'elle pourrait payer un artisan et réussir à joindre les deux bouts. A présent, sans avoir complètement modifié ses projets, elle avait décidé de monter son commerce ailleurs. Elle souhaitait que les *demi-mondaines* puissent fréquenter facilement sa boutique et son atelier, et elle espérait s'adjoindre le talent d'Arthur Lucas. Elle commencerait par utiliser les pierres de ses clients, car elle ne disposerait pas de l'argent nécessaire à l'achat d'un stock important. Si elle réussissait à attirer le *demi-monde,* elle aurait ensuite le *monde.* Ses bijoux se verraient partout. La seule ombre au tableau était la jalousie outragée de Gabrielle en découvrant qu'elle dessinait des modèles pour ses rivales ; cependant, se disait-elle, si Gabrielle continuait de recevoir des modèles exclusifs et exceptionnels, elle ne pourrait plus s'opposer à ses projets.

Renversée sur son siège, elle leva les bras et rejeta ses cheveux en arrière. Après la deuxième exposition-vente de Fabergé, elle serait prête à tenter sa chance. D'ici là, Gregory serait sorti de sa vie.

Un nuage passa sur son visage et elle pressa doucement le bout de ses doigts sur ses tempes. Sortirait-il aussi de la vie de Sophia ? C'était une autre question. Elle n'imagina pas un instant que l'incident de la soirée avait pu tempérer la passion de Sophia envers lui. Une femme amoureuse n'abandonne pas quand elle surprend son amant en train d'en embrasser une autre, même si l'autre est sa propre belle-fille. Irène se sentit de plus en plus abattue. Elle ne pouvait pas cependant regretter le baiser échangé avec Gregory ; ce baiser l'avait émue, bouleversée.

Au point de vue de l'âge, il était, d'une certaine manière, entre les deux, trop âgé pour Irène, trop jeune pour Sophia. Elle perçut, soudain, qu'elles étaient devenues des rivales involontaires face à un homme qui ne souhaitait que conquérir les femmes.

Sa conviction que Sophia ne renoncerait pas à Gregory se trouva confirmée dans les vingt-quatre heures qui suivirent.

Grâce au directeur de Fabergé, très compétent, Gregory pouvait s'occuper de sa propre affaire à Hatton Garden et il lui arrivait souvent de venir juste faire une petite visite à l'hôtel Berner. Ce matin-là, Irène ne le vit pas arriver, car elle accueillait une cliente importante et s'il regarda dans sa direction, elle ne s'en aperçut pas. La cliente en question était l'ex-impératrice Eugénie.

La vieille dame, toujours vêtue de noir et accompagnée de sa suivante, venait d'entrer, saluée par le directeur. Tout à coup, elle remarqua Irène qui se dirigeait vers le bureau, des papiers à la main.

— Mademoiselle Lindsay ! Venez vous occuper de moi !

Stupéfaite que l'ex-impératrice la reconnaisse et se souvienne de son nom, Irène s'approcha d'elle :

— Je suis très honorée, madame.

— Vous avez perdu votre père depuis notre dernière rencontre, dit Eugénie d'une voix pleine de compassion en s'asseyant dans le fauteuil qui lui avait été avancé. Mes condoléances.

— Merci, répondit Irène, touchée par l'attention d'une femme qui avait tant souffert elle-même.

La conversation porta sur l'achat que voulait faire Eugénie : il s'agissait d'une *bonbonnière* (1) en cristal au couvercle d'or.

Le temps qu'Irène se rende dans le bureau avec les papiers, Gregory était déjà reparti. Un peu plus tard, en regardant son cahier de rendez-vous, elle vit qu'il avait écrit de sa main : « Le Savoy, treize heures. » Sans nom, ce qui signifiait qu'il s'agissait d'un rendez-vous personnel, simplement indiqué pour que l'on puisse l'appeler en cas d'urgence. Le soir même, Sophia montra innocemment à Irène le nouveau chapeau qu'elle s'était acheté dans la journée.

— Je suis sortie avec ma toque de velours et, comme j'étais en avance pour mon déjeuner de treize heures, je suis allée chez ma modiste. Et j'ai acheté ce chapeau avec lequel je suis ressortie ! (Elle éclata d'un rire gai et posa sur sa tête le chapeau à large bord, garni de plumes d'autruche.) Il vous plaît ?

Irène hésita, et, dans un souffle :

— J'ai toujours pensé que vous étiez la femme la plus élégante que je connaisse. Mais je pense que vous préféreriez savoir si Gregory a aimé votre chapeau lorsque vous l'avez rejoint pour le déjeuner.

Un silence pesant s'abattit sur elles. Sophia ouvrit la bouche pour répondre, la referma, se détourna et ôta son chapeau d'une main tremblante.

— Pourquoi croyez-vous que son opinion m'importe ?

— Je vous connais bien. Je suis capable de voir que vous êtes attirée par lui.

Sophia redressa la tête, le dos tourné.

(1) En français dans le texte. (*N.d.T.*)

— Depuis quand avez-vous cette conviction ?
— Je vous ai surprise en train de le regarder, lorsque vous êtes venue me chercher à la gare Victoria.
Les épaules de Sophia s'affaissèrent.
— Je le trouve très séduisant, dit-elle d'un ton las. Impossible de le nier, même si je suis beaucoup plus âgée que lui. D'une dizaine d'années, pour le moins.
— Vous êtes encore très belle.
— Vous êtes gentille, remercia Sophia en s'asseyant en face d'Irène, le chapeau à la main. Gregory s'est également montré généreux. Il m'a aidée jadis, à un moment où j'avais besoin de compréhension. Si, ensuite, j'ai choisi de m'intéresser à lui, la faute m'en incombe entièrement. Récemment, je n'ai pas recherché ses conseils en vue de renouer des relations avec lui, mais parce que je n'ai trouvé personne d'autre que lui pour me donner les renseignements qu'il me fallait. A franchement parler, je reconnais que j'ai espéré que nos relations pourraient connaître un nouveau développement et je me suis même convaincue que mon veuvage faciliterait les choses. J'ai mis un certain temps à m'apercevoir qu'il n'en était rien.
Irène se rappela la nuit où elle avait entendu ces sanglots désespérés.
— Pourquoi me dites-vous cela maintenant ?
— Parce que je ne veux pas que vous vous sentiez coupable de lui avoir permis de vous embrasser dans cette maison. Il n'y a rien entre Gregory et moi en dehors d'une amitié sincère, déclara Sophia, les yeux baissés sur son chapeau et jouant d'un air absent avec l'une des plumes. J'espère que vous me croyez, sinon, vous n'accepterez pas ce que je vais vous confier ensuite.
— Je crois qu'il existe entre vous des liens d'amitié, concéda Irène.
Il était clair pour elle que sa belle-mère luttait contre ses sentiments, mais qu'elle n'en parlerait plus jamais. Si on demandait à Irène si elle aimait toujours Derek, elle répondrait certainement que non, ce qui était la vérité, mais cela n'empêchait pas une émotion profonde d'exister, enfouie au fond d'elle-même.
Sophia lança soudain un regard anxieux à Irène.
— Ne tombez pas amoureuse de lui, Irène ! Il est marié, vous êtes jeune, libre, et vous avez tout le temps de choisir le moment d'aimer de nouveau. Je vous ai toujours considérée comme ma fille et je veux vous parler comme si vous étiez la chair de ma chair.
Irène répondit d'un air décidé :
— Je n'ai nullement l'intention de me compliquer la vie avec lui. Dès que nous aurons fini de travailler ensemble pour Fabergé, nos routes vont se séparer. Ce baiser ne signifiait rien, si ce n'est une attirance momentanée.
Sophia remarqua que les dénégations d'Irène étaient un peu

trop catégoriques, comme si elle essayait de se convaincre elle-même.

— Vous aurez l'occasion de le rencontrer encore, Irène. Vous travaillez dans la même branche.

— Non ! s'exclama Irène avec fermeté. Je ne tiens pas à travailler avec lui. Le jour où il me faudra acheter des pierres pour mon magasin, j'irai voir d'autres diamantaires. Il n'en manque guère. J'en ai rencontré plusieurs depuis que je travaille pour Fabergé.

— Etes-vous si montée contre lui ? s'enquit Sophia, pas tout à fait convaincue.

Irène s'approcha de Sophia, lui prit les poignets et dit en la regardant en face :

— J'ai déjà aimé une fois. Cela a été désastreux. Je ne tiens pas à aimer une nouvelle fois. Voilà pourquoi je suis décidée à chasser Gregory de ma vie à jamais, pendant qu'il est encore temps. Vous avez bien fait de me mettre en garde. Si je ne m'éloigne pas, je pourrais tomber amoureuse de lui. Je ne veux pas aimer quelqu'un qui ne soit pas capable de m'aimer pour toujours.

Elle posa son front contre le bras de Sophia. Elle semblait proche du désespoir.

Sophia libéra un de ses poignets et caressa la tête de la jeune femme comme si elle était encore une enfant. Il était peut-être déjà trop tard. L'amour avait, sans doute, déjà creusé son sillon. Délibérément, Sophia chassa sa propre angoisse à cette idée et consola Irène d'une manière toute maternelle. Quant à elle, elle ignorait si Gregory était, ou non, capable d'aimer une femme durablement. Elle ne devait pas le juger à travers ces quelques jours passés à Nice, passionnés et tendres mais dénués de sentiments profonds de sa part à lui. Néanmoins, il était marié et le scandale pouvait causer des ravages. Sophia ferait tout pour éviter des ennuis à Irène, s'il était en son pouvoir de les empêcher. Cela impliquait un changement dans les projets qu'elle avait faits avec lui en vue d'une association qui apporterait à Irène un soutien financier. Il souhaitait autant que Sophia qu'Irène ait sa chance et Sophia avait apprécié ses conseils. Ses propres hommes de loi à Saint-Pétersbourg s'occupaient de trouver de l'argent pour elle. L'essentiel de sa fortune était en effet en actions. Edmund s'était montré très circonspect dans son testament : tout, y compris la vente du magasin et du stock de pierres, avait été transformé en investissements contrôlés, ce qui voulait dire qu'elle était une veuve riche mais sans beaucoup d'argent disponible. Tant qu'elle n'avait pas réussi à réunir la somme voulue, elle préférait ne rien dire à Irène, afin d'éviter de la décevoir. A présent, il lui faudrait trouver un autre associé que Gregory. Elle pensa à Gabrielle Roget. Sophia avait entendu parler des *demi-mondaines* et de la jalousie de Mme Roget, mais elle espérait que si l'on présentait convenablement l'affaire à Gabrielle Roget, celle-ci accepterait d'aider Irène.

Sophia expliqua tout cela à Gregory. Ils entraient dans cette phase d'harmonie si rare où deux anciens amants deviennent des amis. Pour lui, il en avait été ainsi depuis leur séparation à Nice ; quant à elle, après de faux espoirs, une première tentative d'accepter la situation et l'expérience traumatisante d'avoir vu Irène dans les bras de Gregory, elle s'était résignée à cette relation amicale, avec la certitude qu'elle durerait et garderait toute sa chaleur.

— J'ai des raisons de croire qu'Irène n'acceptera jamais que vous preniez une participation financière à son installation, Gregory, déclara-t-elle. Elle est volontaire et indépendante et m'a clairement précisé qu'elle souhaitait suivre sa voie, libre de toute association masculine.

Ils se trouvaient dans son bureau de Hatton Garden. Renversé dans son fauteuil en cuir, il la regarda.

— Cela ne me surprend pas. Naturellement, je suis déçu. Pouvez-vous seule l'aider financièrement ?

— Non, et c'est la raison pour laquelle je viens vous demander une faveur. Vous connaissez bien Mme Roget et vous devez vous rendre à Paris dès la fin de l'exposition-vente Fabergé. Pourriez-vous la contacter de ma part et lui proposer de s'associer pour moitié, financièrement parlant ?

Il réfléchit avant de répondre, doutant du résultat de son intervention.

— Je regrette de vous dire que les courtisanes forment une espèce à part. Elles ne se soucient que d'elles-mêmes, s'intéressent rarement aux autres et surtout pas aux hommes auxquels elles accordent leurs faveurs. La richesse représente tout pour elles et je ne pense pas que Gabrielle soit prête à mettre en jeu son argent sur l'avenir d'Irène.

— Elle s'est montrée généreuse envers Irène en lui offrant ces émeraudes, rappela Sophia.

— Ce n'était nullement dans son caractère. Elle a dû céder à l'émotion du moment. (Il lui sourit.) Vous me croyez peu charitable. C'est possible. Laissez-moi m'en occuper, je ferai de mon mieux

Sophia ne douta pas de son succès. Elle préférait croire que Gabrielle serait plus aimante dans sa vieillesse qu'elle ne l'avait été dans le passé, quand elle avait coupé tous liens avec sa propre fille et l'avait laissée épouser un homme qui l'avait rendue malheureuse. Sophia quitta donc Hatton Garden pleine d'optimisme.

Les œuvres de Fabergé continuaient d'obtenir un grand succès. La liste des commandes s'allongeait de jour en jour, la plus importante provenant de Buckingham, car la reine Alexandra était une fervente collectionneuse des œuvres de Fabergé. Le jour de la fermeture arriva. Il fallut tout ranger. Irène et Gregory s'occupèrent ensemble des dernières commandes.

— Vous allez me manquer, Irène, dit-il quand elle ferma le registre. (Ils étaient seuls. Les autres employés étaient rentrés chez eux. C'était la première remarque personnelle qu'il lui faisait, depuis le soir où il l'avait embrassée. Le reste du temps, leur conversation avait porté sur leur travail.) C'est la dernière fois que nous nous voyons ici. Je pars pour Amsterdam demain. J'irai ensuite à Paris et à Monte-Carlo.

— En vacances ? demanda-t-elle en rangeant les registres.

— Non, pour affaires.

— Même à Monte-Carlo ?

— Oh oui ! C'est certainement le seul endroit au monde où l'argent circule aussi librement et où les diamants font l'objet d'une demande constante.

— Vraiment ? interrogea-t-elle, intéressée. Plus qu'à Paris ?

— C'est plus concentré. Pensez au casino où les fortunes changent de mains dans la nuit. On y voit les Vanderbilt, les Rothschild, les représentants des familles royales et bien d'autres personnalités.

Elle s'assit lentement dans un fauteuil, comme submergée par l'idée qui venait de lui venir.

— Les locaux commerciaux sont-ils chers ?

— Si vous voulez un local très bien situé, c'est exorbitant. Mais il reste des petites rues et des allées que le commerce n'a pas encore touchées, vestiges du calme qui régnait avant l'implantation du casino.

— Croyez-vous que je pourrais trouver un deux-pièces à louer ? Une pièce serait réservée à la vente et l'autre à l'atelier.

— Je pense que oui, si vous n'attendez pas trop. A mon avis, ce n'est plus qu'une question de temps ; très vite, chaque pouce de terrain sera utilisé, qu'il s'agisse des quartiers anciens ou nouveaux. Je sais déjà qu'au moins six joailliers se sont installés là-bas. Je rencontre souvent à Monte-Carlo des collègues diamantaires et lapidaires, signe de l'importance grandissante de la ville. On m'a appelé plus d'une fois pour procurer une pierre rare à un client.

Elle l'écoutait, très intéressée, de plus en plus séduite par son idée.

— Je suis certaine qu'Arthur Lucas réussirait à persuader sa femme de vivre à Monte-Carlo. Elle ne voulait pas retraverser la Manche.

Gregory s'approcha d'elle, posa la main sur le dos de son fauteuil et lui dit en la regardant :

— Préparez le terrain tranquillement. Si vous étiez restée à Paris comme cela a été un moment votre intention, vous auriez brûlé vos vaisseaux. A présent, vous pouvez prendre votre temps. Les *demi-mondaines* ne vous ont pas oubliée. Monte-Carlo est leur terrain de chasse favori. Pourquoi ne pas nous revoir là-bas dans dix jours ? Je pourrais vous aider à trouver ce qu'il vous faut.

Elle leva les yeux vers lui et leurs regards se croisèrent avec une telle intensité que chacun prit conscience de l'élan passionné qui jaillissait entre eux, ne leur laissant aucun doute quant à la signification d'un tel rendez-vous. Ils se trouveraient confrontés à leur attirance mutuelle et ne pourraient plus reculer. Il la vit se raidir, se lever rapidement, prête à fuir pendant qu'elle pouvait encore échapper au magnétisme qui les poussait de plus en plus l'un vers l'autre.

— C'est impossible, répliqua-t-elle. Vous oubliez que je dois continuer à travailler ici jusqu'à ce que je reçoive d'autres ordres de Moscou. C'est la raison pour laquelle l'on me paie jusqu'à la prochaine exposition-vente. Je ne pourrai me rendre à Monte-Carlo que pour quelques jours, dans l'intervalle précédant la réouverture de la suite à l'hôtel Berner. (Elle lui tendit la main et serra la sienne avec brusquerie.) C'était intéressant de travailler avec vous. Au revoir.

— Au revoir, dit-il en gardant sa main.

Dans un état proche de la panique, elle se dégagea, saisit son manteau et son chapeau et s'enfuit en courant.

Il alla à la fenêtre, la vit sortir de l'hôtel et s'éloigner, la tête penchée comme si elle sanglotait. Il la suivit des yeux jusqu'à ce qu'elle ait complètement disparu.

Irène ne se rendit pas à Monte-Carlo avant la seconde exposition de Fabergé. Juste au moment où elle comptait le faire, elle reçut deux lettres importantes de Saint-Pétersbourg. L'une de Maria annonçant qu'elle s'était fiancée au comte Léon Romanov, jeune, beau et doté de toutes les qualités dont elle rêvait pour un mari. La seconde du grand-père de Maria commandant la tiare de la mariée qui, par autorisation spéciale, serait exécutée dans l'atelier de Fabergé.

Jamais encore Irène ne s'était attaquée à un projet aussi excitant. Se souvenant parfaitement bien du visage et du teint de Maria, elle passa des heures à esquisser des modèles préliminaires jusqu'à ce qu'elle réussisse enfin à atteindre la forme éthérée qu'elle recherchait. Elle avait reçu carte blanche pour le choix des pierres et l'assurance que ses directives seraient suivies à la lettre. Elle aurait souhaité, comme c'était l'usage pour un modèle particulier, disposer des pierres, ce qui lui aurait permis de les arranger sur des supports en cire peints aux couleurs du métal précieux, destiné à mettre en valeur le travail de joaillerie. Elle aurait pu ainsi se faire une idée exacte de la pièce terminée, mais elle trouvait déjà flatteur que Maria et grand-père Vladimir soient prêts à accepter son choix. La tiare, en forme de couronne, comportait des diamants étincelants à l'intérieur de chacune des six crêtes, terminées à leur tour par des perles roses *tremblant* (1) et des spinelles roses en forme de goutte d'où partait le voile nuptial, nuage vaporeux de tulle et de dentelle.

— C'est exquis ! s'exclama Sophia en examinant les dessins. (Ils montraient la couronne nuptiale sous tous ses angles et des croquis donnaient les détails des montures, nécessaires aux artisans pour réaliser le modèle.) J'espère qu'un jour viendra où vous dessinerez votre propre couronne.

— Je ne crois pas que ce soit pour bientôt, répondit Irène d'un ton ferme.

Elle sortait de moins en moins, consacrant à ses dessins le temps libre que lui laissait son travail pour Fabergé. Sophia, au contraire, avait cessé de porter le deuil et, épanouie, allait de réception en réception. Elle s'inquiétait du refus persistant d'Irène de l'accompagner, mais elle avait d'autres soucis en tête. Ses hommes de loi mettaient un temps fou à débloquer l'argent dont elle avait besoin pour aider sa belle-fille qui ignorait tout de ce projet. Gregory n'avait pu tirer un sou de Gabrielle. Il avait eu raison de supposer qu'elle ne laisserait pas les sentiments l'emporter sur les risques financiers. Elle se montra carrément désagréable lors de la visite qu'il lui fit, ayant déjà reçu une lettre d'Irène lui annonçant son intention d'ouvrir un atelier à Monte-Carlo, dans l'espoir d'attirer là-bas l'attention des *demi-mondaines* et autres femmes riches. Gregory pensait que le refus véhément de Gabrielle d'investir dans les affaires de sa petite-fille avait pour origine un certain dépit.

Dans l'espoir de hâter les décisions de ses hommes de loi et dans le but de revoir une dernière fois ses vieux amis pendant qu'elle était encore libre de ses mouvements, Sophia décida de se rendre à Saint-Pétersbourg. Elle pourrait ainsi emporter les dessins d'Irène. Jusqu'à la veille de son départ, Sophia espéra recevoir un mot confirmant que l'argent avait été débloqué, mais en vain. Elle fut donc obligée d'emprunter pour une durée momentanée.

— Irène, dit-elle, le soir même alors que les deux femmes étaient seules, j'ai quelque chose à vous demander. Je suis sûre que vous me pardonnerez quand je vous dirai que j'ai supposé dès le début que vous accepteriez ma proposition.

Irène la regarda en souriant et posa le livre qu'elle tenait à la main.

— Nous ne nous sommes encore jamais brouillées et je ne vois pas pourquoi nous commencerions.

Sophia était du même avis, bien qu'il fût toujours impossible d'être sûr de quoi que ce soit. Comment aurait-elle supporté de voir Gregory et Irène amoureux l'un de l'autre, ce qui aurait pu aisément se produire si Irène n'avait pas choisi, après sa première déception amoureuse, de faire parler sa tête plutôt que

(1) En français dans le texte. (*N.d.T.*)

son cœur ? Peut-être n'aurait-elle pas pu endurer une telle épreuve. Elle revint à ce qu'elle voulait dire.

— Si vous ne deviez pas partir pour Monte-Carlo avant mon retour de Saint-Pétersbourg, j'aurais attendu d'être revenue pour vous en parler. Voyez-vous, je ne veux pas que vous louiez un local modeste à Monte-Carlo. Je désire que vous trouviez une belle boutique dans une rue commerçante, afin d'attirer la clientèle que vous recherchez. Cela ne signifie pas qu'il vous sera plus facile de vous établir, si ce n'est que vous n'aurez pas de soucis financiers.

Stupéfaite, Irène la regarda.

— Je dois faire attention à ne pas voir trop grand, sinon je me trouverai en faillite. Une boutique trop chère ne ferait qu'accélérer le processus.

— Non, si vous m'autorisez à vous aider financièrement. Je serai votre commanditaire, sans aucun contrôle ni droit de regard sur votre affaire. Disons que je vous demande de me laisser partager votre futur succès.

Pleine d'une joie incrédule, Irène dévisagea sa belle-mère :

— Est-ce vrai ? Vous est-il possible de le faire ? Je croyais que vous ne pouviez disposer de votre argent.

— Il y a toujours des arrangements possibles, répondit Sophia sans se compromettre. Un compte vous a été ouvert à la banque Smith, chargée des intérêts anglais à Monte-Carlo. Vous pourrez ainsi décorer votre boutique, installer votre atelier, etc. Les papiers sont déjà prêts et le directeur de la banque m'a promis de vous aider de son mieux.

Radieuse, Irène eut du mal à parler :

— Comment pourrais-je jamais vous remercier ? Cela va me permettre d'engager dès à présent Arthur Lucas. En réponse à la proposition que je leur avais faite, il m'a annoncé que sa femme et lui ne seraient pas hostiles à l'idée de venir vivre à Monte-Carlo, à condition que je lui assure la sécurité de l'emploi. (Elle quitta son fauteuil d'un bond et enlaça sa belle-mère.) Venez me voir à Monte-Carlo après Saint-Pétersbourg, avant de regagner Londres.

— C'était mon intention, répliqua Sophia en souriant.

Si les hommes de loi lui manquaient de parole, elle pourrait toujours vendre ses bijoux pour rembourser le prêt généreux de Gregory qui allait permettre à Irène, sans qu'elle s'en doutât, d'aborder une phase décisive de sa carrière.

12

Irène arriva à Monte-Carlo à la fin de l'été. Elle ne pouvait comprendre pourquoi la station balnéaire n'était pas à la mode en été autant qu'en hiver, car elle ne trouvait pas la température excessive et, d'ailleurs, les arbres donnaient suffisamment d'ombre. Elle était heureuse d'avoir le temps de chercher un local et de s'installer avant le changement de saison. Lorsque le froid s'établirait en Europe et que les premières neiges tomberaient en Russie, les gens riches regagneraient Monte-Carlo comme autant d'oiseaux migrateurs. Elle escomptait que tout serait prêt à temps.

Certains hôtels étaient fermés à cette époque de l'année ; l'ouverture officielle de la saison était fixée au 16 novembre et la fermeture au mois de mai. Irène, toutefois, n'avait pas de problème de logement dans l'immédiat. Elle avait dans son sac le trousseau de clés d'un appartement. Elle s'était arrêtée à Paris avant de venir à Monte-Carlo et avait rendu visite aux Lucas ainsi qu'à sa grand-mère. Au début, Gabrielle lui avait battu froid. Elle lui avait lancé des pointes sur la vanité dont elle témoignait en recherchant la clientèle des *demi-mondaines* et cela avec des moues peu compatibles avec son âge.

— Je vous ai déjà dit que je vous ferai des dessins exclusifs, grand-mère, avait répété Irène patiemment. En voici d'ailleurs un que vous pourrez faire réaliser par un bon joaillier de Paris. Comme je vous l'ai expliqué, M. Lucas va quitter Bing pour me suivre à Monte-Carlo.

Gabrielle s'était emparée du dessin et, après l'avoir vu, s'était adoucie. Le modèle représentait un large collier en saphirs bordé de papillons. Elle n'avait jamais rien vu de tel. Cette gitane espagnole, la Belle Otèro, avait louché avec envie sur sa broche en perles. Cette fois encore, Gabrielle lui ferait mordre la poussière.

— Le mieux, c'est que ce collier soit la première commande de votre atelier de Monte-Carlo, dit-elle sur un ton moins rogue.

— Ce serait un début magnifique, grand-mère !

Gabrielle n'avait pas fait mention de la visite de Gregory, certaine que la jeune fille n'était pas au courant. Après avoir reçu l'assurance qu'elle aurait toujours la prééminence sur les autres et après avoir admiré le joli modèle qui lui était offert, Gabrielle s'était sentie un peu honteuse d'avoir refusé d'investir une somme, même modeste, dans la courageuse aventure d'Irène. Alors qu'Irène allait partir, afin de prendre le train de nuit pour Monte-Carlo, Gabrielle trouva un moyen de faire amende honorable.

— Attendez un instant, commanda-t-elle, allant vers un secrétaire. (Elle prit un trousseau de clés dans un tiroir et le lui tendit.) J'ai un appartement à Monte-Carlo où je passe les mois d'hiver. Vous pourrez vous en servir pendant l'été et même ensuite.

Irène pouvait à peine croire à sa bonne fortune. Quand le fiacre s'arrêta à l'adresse indiquée, elle fut plus ravie encore. L'appartement se trouvait au premier étage d'un immeuble baroque, garni de balcons, de stores et de fleurs en abondance. La personne chargée en permanence de l'entretien de l'appartement lui ouvrit la porte. Chaque pièce importante, y compris la luxueuse chambre à coucher qui lui était destinée, avait vue sur la mer.

Il ne lui fallut pas longtemps pour s'orienter dans la ville, protégée des vents du nord par les pentes escarpées des Alpes maritimes, avec son port rempli de yachts que l'on apercevait à travers les palmiers et autres arbres exotiques. Portant un chapeau de paille pour se protéger du chaud soleil, une robe fraîche en coton et des chaussures confortables, Irène se promena le long du palais d'origine sarrasine, traversa la galerie Charles III où elle retira un peu d'argent à la banque Smith et passa devant le célèbre restaurant Ciro. Elle entra dans chaque joaillerie, repérant exactement leur situation et examinant leurs bijoux. Certains objets étaient absolument magnifiques; la perfection de la bijouterie Cartier provoqua son admiration. Elle remarqua que chaque magasin était meublé selon le style ostentatoire du Second Empire et qu'il en était de même du casino ainsi que des meilleurs hôtels et restaurants. Elle s'intéressa à l'hôtel Ermitage, malheureusement fermé en été, car Gabrielle lui avait parlé de ses piliers de marbre rose, de ses plafonds peints, de ses médaillons signés par de grands artistes sans oublier les facilités qu'il offrait aux amants des *grandes horizontales*. Gabrielle y avait séjourné à plusieurs reprises jusqu'à ce qu'un admirateur lui offre cet appartement en remerciement de ses faveurs.

— Quand un gentleman passe ses vacances à Monte-Carlo, avait-elle raconté à Irène, il est naturel qu'il souhaite en profiter pleinement. Il ira au casino, au tir au pigeon, à l'opéra et à d'autres spectacles, pratiquera le yachting, les bains de mer, se promènera mais il désirera aussi se livrer à des plaisirs érotiques. S'il est seul, il emmènera sa maîtresse ou sa courtisane préférée avec lui et ils occuperont des suites contiguës à l'hôtel de Paris. Cependant, s'il est encombré d'une épouse et peut-être même d'une famille, il installera l'autre personne dans une suite de l'hôtel Ermitage. Un couloir souterrain bien commode relie les deux hôtels entre eux et au casino, qui permet au gentleman en question de rendre visite à sa maîtresse sans gêner sa femme. Elle peut même tout ignorer de la chose et croire qu'il s'attarde à une table de jeu !

Gabrielle avait renversé la tête et s'était laissée aller à son rire contagieux.

Dans un tabac qui vendait de tout — depuis des cartes postales jusqu'à des livres donnant des martingales pour gagner au jeu —, Irène acheta un guide sur la principauté. Elle apprit qu'elle comprenait Monaco, La Condamine et Monte-Carlo, l'ensemble ne dépassant pas trois kilomètres et demi de longueur et un kilomètre et demi de largeur. Un si petit espace et une telle renommée ! Cela la fit sourire.

Elle parcourut les rues étroites et escarpées bordées de maisons où logeaient les habitants de la principauté, et de magasins d'alimentation vendant du vin, du pain, des fruits et légumes et de la viande que débitaient des bouchers en blouse bleue. De temps à autre, une voiture attelée de poneys passait en cliquetant, le cocher presque toujours accompagné d'un chien, installé sur le siège près de lui. Après avoir visité la ville sous tous ses angles, Irène s'arrêta devant le symbole de la principauté, le casino, source de la richesse locale. Les mains sur les hanches, Irène regarda ses jardins en terrasses, ses fleurs, ses tours et sa façade surchargée de motifs qui le faisait ressembler à un gâteau de mariage géant.

Les jours suivants, elle rendit visite aux agences immobilières. En se promenant dans les rues, elle avait remarqué de nombreux passants appartenant visiblement à la bourgeoisie et qui profitaient des prix hors saison. Elle vit en eux des clients potentiels. Si elle réussissait à leur vendre ses bijoux comme elle comptait le faire avec la clientèle plus riche de la saison d'hiver, elle pourrait garder sa boutique ouverte toute l'année. Elle avait également noté l'ouverture de nouveaux négoces qu'elle visita. Elle finit par se décider pour une petite boutique dotée d'une seule vitrine donnant sur une ruelle non loin de la place du Casino. Le rez-de-chaussée lui convenait et, de plus, elle pourrait vivre au premier étage après quelques aménagements. Une cour à l'arrière complétait l'ensemble.

Une fois les formalités terminées, Irène engagea des ouvriers pour aménager l'ensemble. Elle avait pris le parti de la simplicité, renonçant délibérément aux traditionnels chandeliers et fauteuils Louis XV, aux stucs surabondants et aux ornements superflus. Elle rechercha plutôt une atmosphère tranquille avec des jeux d'ombre et de lumière grâce au vitrail qu'elle fit poser sur la porte d'entrée : des couleurs argentées, lilas et mauves, faisant écho aux frises murales qu'elle avait dessinées. Les sièges au dossier droit et haut et aux pieds très fins, du plus pur style Art nouveau, complétaient le décor. Elle fit peindre la devanture de la boutique en blanc avec une frise rappelant celle des murs et choisit pour enseigne ses deux prénoms : Irène Denise. Elle ne voulait pas se servir du nom — trop connu et respecté — de son père. Elle avait monté seule cette affaire. Elle devait réussir — ou échouer — seule.

Les Lucas arrivèrent dès le début des travaux, Arthur pour superviser l'installation de l'atelier, Yvonne pour trouver un appartement. Lucas et Irène décidèrent immédiatement du stock de pierres à acquérir pour débuter. Elle avait déjà pris contact avec ses diamantaires et Lucas, à son tour, annonça aux lapidaires de sa connaissance qu'il pourrait avoir besoin de pierres à livrer très vite. Ils donnèrent la priorité à l'atelier qui fut prêt en deux jours, ce qui permit à Arthur de se mettre à travailler presque aussitôt. Il voulait achever le collier en saphirs de Gabrielle pour l'exposer dans la vitrine le jour de l'inauguration. Irène mit un tablier et travailla à ses côtés, réalisant des pièces en émail peu coûteuses, d'un modèle exclusif. Il leur arrivait de travailler à l'atelier si longtemps qu'Yvonne Lucas venait les rejoindre avec un repas enveloppé dans une serviette. Elle le réchauffait sur un réchaud à gaz et ils le dégustaient sous son regard satisfait.

Maria envoya deux pages de louanges concernant le dessin de la tiare nuptiale. Grand-père Vladimir se montra extrêmement généreux. Irène apprécia fort ce cadeau en cette période de grosses dépenses, surtout après qu'Arthur se fut entretenu avec un jeune orfèvre qui venait de terminer son apprentissage, un Français au visage fin et aux cheveux noirs, qui se prénommait Jacques.

— Puis-je me permettre de l'engager ? demanda Irène.

— Il a de la valeur. Je crois que ce serait faire de fausses économies que de ne pas l'engager maintenant.

— Très bien, acquiesça Irène.

Il ne lui fallut pas longtemps pour se rendre compte qu'Arthur avait eu raison. Jacques était un ouvrier assidu et d'un niveau élevé. Les dessins d'Irène correspondaient à ses goûts et il les exécutait avec enthousiasme et habileté.

Dès que son appartement fut aménagé, elle quitta celui de Gabrielle et s'installa dans ses nouveaux quartiers, sachant que tôt ou tard sa grand-mère allait venir à Monte-Carlo. En bas, les rideaux restèrent baissés sur la vitrine et la porte tant que les travaux se poursuivaient.

Un matin, Irène était agenouillée par terre dans la boutique, occupée à défaire des boîtes, lorsque Lucas introduisit un visiteur inattendu par la porte de derrière. Irène avait dégagé de son emballage l'une des lampes Tiffany qui venaient de lui être livrées. Accroupie, elle étudiait avec plaisir l'effet de la lampe en opaline quand le visiteur entra dans la boutique. Au frémissement de son corps, Irène le reconnut sans même tourner la tête.

— Comment allez-vous, Irène ? demanda Gregory, debout devant l'entrée voûtée séparant l'atelier de la boutique.

Sans bouger, elle tourna la tête pour le regarder. Elle vit ses yeux noirs et tendres qui exprimaient avec éloquence ce que cette séparation avait été pour lui. Elle prit une profonde inspiration et serra contre elle le pied en bronze de la lampe. Son espoir d'avoir surmonté l'attirance qu'elle éprouvait pour lui s'envola aussitôt. Si elle avait été prévenue de son arrivée, elle aurait peut-être réagi différemment. Elle aurait pu être sur ses gardes — ce qui n'était pas le cas. L'excitation qu'elle ressentit à sa vue la rendit muette. Elle avait oublié qu'il était si grand et si fort avec ses larges épaules, elle avait oublié le feu de son regard posé sur elle, elle avait oublié son élégance naturelle. Oublié ? En vérité, elle se souvenait de tout : elle se souvenait qu'il avait été l'amant de Sophia, qu'il était marié; elle se souvenait aussi qu'elle s'était rendu compte qu'elle l'aimait, lors du baiser passionné qu'ils avaient échangé.

Elle prononça avec peine :

— Je vais bien. Je pense que Gabrielle vous a dit que j'étais ici.

— Oui. (Il eut un regard approbateur.) J'aime la manière dont vous avez décoré cette boutique. Je vous souhaite beaucoup de succès.

— Merci.

Désireuse de ne pas rester inoccupée, elle posa la lampe qu'elle tenait à la main et se mit à déballer la seconde. Il s'approcha d'elle, s'accroupit, les bras sur les genoux.

— Cela vous ennuie que je sois venu ?

— Non. Allez-vous rester longtemps à Monte-Carlo ? demanda-t-elle tout en enlevant les papiers protecteurs.

— Quelques jours.

Etait-il venu pour affaires ? Pour la voir ? Elle n'osa pas formuler la question.

— A mon avis, ces lampes vont donner la touche finale à cette pièce. Qu'en pensez-vous ?

— C'est parfait. Pourquoi ne pas en juger tout de suite ?

Il prit une lampe, la posa sur le comptoir, et, après l'avoir branchée, l'alluma. La lumière jaillit, les couleurs opalines dessinant un joli motif sur les murs et le plafond. Irène bondit sur ses pieds en poussant une exclamation de plaisir.

— C'est encore plus beau que je ne le pensais ! Allumons-les toutes !

Chaque lampe avait des nuances différentes qui se fondaient aux tons pastel de l'ensemble, tandis que la lumière centrale se concentrait sur les bijoux qui seraient proposés à la vente, sans éblouir le client. Irène resta debout au milieu de la pièce et tendit les mains comme pour les projeter dans la lumière ambiante. Gregory la regarda en se disant qu'il l'aimait et qu'il ne quitterait pas Monte-Carlo sans avoir brisé toutes les barrières qu'elle avait dressées contre lui.

— Irène, dit-il d'une voix tendre.

Elle croisa les bras en un geste de défense, les mains plaquées contre sa poitrine

— Oui ?

— Laissez tout tomber et passez le reste de la journée avec moi.

— Je ne peux pas. Il y a trop à faire.

— Faites l'école buissonnière, pour une fois !

Elle sourit mais secoua la tête :

— Ce ne serait pas bien vis-à-vis d'Arthur et de Jacques qui travaillent comme des forcenés à l'atelier. Nous préparons une série de modèles que j'ai dessinés, et il ne nous reste que quelques semaines pour tout terminer avant l'ouverture.

Il ne se laissa pas arrêter par ces arguments.

— Demain, c'est dimanche. Vous n'allez pas me dire que vos orfèvres travaillent sept jours sur sept !

— Non, évidemment !

— Je vais louer un bateau et nous longerons la côte demain en voilier. Etes-vous déjà allée au casino ? Non ? Nous pouvons dîner ensemble ce soir et aller y faire un tour ensuite.

Elle avait envie d'aller au casino, non pas tellement pour tenter sa chance au jeu que pour voir le lieu où l'on gagnait et perdait des fortunes. Quant à la sortie en bateau, l'idée l'enchantait au plus haut point. Elle avait passé de longues journées à travailler ces derniers temps, surtout depuis quelques semaines. Elle s'efforça de résister, de se dire qu'elle courait un plus grand risque qu'aucun autre pris jusque-là, car ses sentiments étaient en jeu. Mais elle se sentit faiblir. Il lui était plus facile de résister à Londres et à Paris que dans l'air pétillant de Monte-Carlo où tout se liguait contre elle. Elle fut surprise de s'entendre répondre :

— Je serai prête à huit heures.

Elle s'approcha de chaque lampe qu'elle éteignit une à une. Avec les rideaux baissés, il régna dans la pièce une pénombre merveilleuse incitant à la déraison. Comme poussée par une force qu'elle ne contrôlait pas, elle se jeta dans ses bras. Leurs lèvres se rencontrèrent en un baiser ardent et elle s'accrocha à Gregory comme une noyée.

Quand ils se séparèrent, haletants, elle écarta les bras de Gregory en disant :

— Partez, maintenant.

— A plus tard, Irène, répondit-il sans protester.

Elle l'entendit bavarder avec Arthur dans l'atelier tandis qu'elle pliait les cartons d'emballage des lampes. Elle supposa qu'ils parlaient du travail en cours. Cela n'avait pas d'importance. Tout ce qu'elle savait, c'était que la seule présence de Gregory dans la pièce voisine accroissait son excitation.

Quand elle n'entendit plus sa voix et que toutes les fibres de son corps lui confirmèrent qu'il était parti, elle se sentit soulagée et capable de se concentrer de nouveau sur son travail. Ce qui avait débuté par une simple prise de conscience de sa présence proche s'était transformé en quelque chose qu'elle n'avait jamais connu avec un autre homme. Elle était amoureuse. Profondément et complètement. Il ne s'agissait pas d'une idylle printanière susceptible de s'éteindre rapidement. C'était un amour sans illusion. Elle s'y engageait en sachant parfaitement que cela ne pourrait se terminer que par un cœur brisé. Mais il lui était impossible de reculer.

On accédait à son appartement de deux manières. Soit par un escalier intérieur situé entre la boutique et l'atelier, soit par une volée de marches à l'extérieur, à l'arrière de l'immeuble. A huit heures précises, elle ouvrit la porte et s'appuya à la balustrade métallique, éclairée par le clair de lune. Une voiture aux lumières allumées entra dans la cour. Gregory descendit et leva les yeux vers elle, frappé par sa beauté. Même le clair de lune ne pouvait rivaliser avec l'éclat de ses cheveux relevés et ornés d'un bijou scintillant, telle une étoile. Un châle blanc était enroulé sur une épaule, à la mode matador ; les journées avaient beau être douces, les soirées de septembre étaient souvent fraîches, une fois le soleil couché. Sa robe diaphane bruissait tandis qu'elle descendait les marches, découvrant à chaque pas le bout d'une chaussure en satin.

— Le temps m'a paru long depuis ce matin, dit-il en souriant. Mais je suis récompensé.

— Vos fleurs étaient magnifiques ! répondit-elle.

Elle avait pris le temps d'arranger le bouquet qu'un fleuriste lui avait livré peu après midi, tandis qu'elle travaillait à l'atelier. Gregory avait déjà troublé son emploi du temps. Elle avait eu du mal à se concentrer sur son travail, alors qu'elle ne pensait qu'à l'instant où elle allait le revoir.

Ils allèrent dîner chez Ciro, renommé sur toute la Riviera pour sa nourriture délicieuse et sa cave superbe. Durant la saison d'hiver, même les personnes de sang royal devaient retenir leurs tables à l'avance. M. Ciro, un petit Napolitain tout en rondeurs et à la moustache cosmétiquée, les accueillit avec effusion.

— Bonsoir, monsieur Burnett ! Bonsoir, mademoiselle ! Comme c'est agréable de vous revoir à Monte-Carlo, monsieur ! Par ici, je vous prie.

Il les conduisit à une table bien placée qui, comme toutes les autres, était fleurie d'orchidées et ornée d'étincelants gobelets florentins. C'est alors que commença le rituel qu'adorait M. Ciro et qui consistait à faire un éloge extravagant des spécialités qu'il offrait à ses clients de choix, désirant les impressionner en soulignant le mal infini qu'il avait à ne servir que le fin du fin pour le plus grand délice de leurs palais. Gregory avait l'habitude de ce rituel, mais cela intrigua Irène. Une fois la commande enfin passée, ils se regardèrent, amusés.

— Ce sera aussi bon qu'il l'a dit, affirma Gregory, même si l'on a du mal à le croire.

La soirée se passa dans le bonheur. Ils parlèrent de différentes choses et, pour la première fois, aucune note discordante ne troubla leur tête-à-tête. Chacun avait accepté le fait inévitable qu'il aimait l'autre.

Main dans la main, ils montèrent l'escalier du casino, éclairé par des lampes accrochées au dais en verre, et entrèrent. Irène admira les miroirs dorés et peints, les hauts plafonds décorés, les fresques représentant des femmes aux hanches voluptueuses, allongées sur des nuages, l'éclat des roulettes. Elle gagna quelques francs qu'elle reperdit. Gregory gagna une fois sans presque s'en rendre compte — il regardait Irène au lieu d'écouter le croupier —, et ils éclatèrent de rire quand les jetons s'amoncelèrent devant lui. Ils quittèrent le casino comme ils y étaient entrés, ni plus riches ni plus pauvres. Quant à leurs sentiments, c'était une autre histoire. Chaque seconde les rapprochait davantage.

Pourtant, il ne passa pas la nuit avec elle. Il n'entra même pas dans son appartement, se contentant d'ouvrir la porte avec la clé accrochée à son sac qu'elle avait laissé tomber dans son trouble. Il s'aperçut qu'elle s'était trouvée inopinément confrontée à des fantômes de son passé et du sien. Cela n'avait rien de vraiment surprenant. Il sentit qu'une fois qu'ils auraient bavardé de manière plus intime qu'ils ne l'avaient fait ce soir, simple prélude à ce qui leur arriverait ensuite, plus aucune ombre ne pèserait sur la voie qu'ils emprunteraient ensemble. Il l'attira contre lui, pencha la tête et l'embrassa avec une tendresse passionnée, tandis qu'elle se dressait sur la pointe des pieds pour presser son visage contre le sien en un élan d'affection profonde. Elle lui souhaita une bonne nuit et referma la porte.

Quand elle fit de même le soir suivant, il se demanda pendant combien de temps il allait supporter d'être laissé dehors. Poussant un soupir, il enfonça les mains dans les poches de son manteau et, les lèvres serrées, examina la cour depuis le palier du premier étage. Puis il commença à descendre les marches. Il se dit que tout avait été éclairci entre eux au cours de la journée. Et quelle merveilleuse journée ils avaient passée, elle très gaie, lui, profondément heureux d'être avec elle. Le bateau qu'il avait loué était un petit yacht avec un équipage de trois matelots, ce qui leur permit de s'allonger sur des chaises longues sous un dais, de jouir de la vue de la côte rocheuse et de sa végétation exotique. Le bleu du ciel s'harmonisait avec celui de la mer qui étincelait sous le soleil en autant de diamants. On leur servit des boissons glacées au son d'un phonographe et, un peu plus tard, ils déjeunèrent de fruits de mer et de salades. Il lui montra du doigt la villa de l'ex-impératrice Eugénie à Cap-Martin, et le rocher de Monaco qui se profilait derrière la demeure. Ils virent de magnifiques villas où des gens riches, célèbres ou inconnus, s'installaient pendant la saison, et il expliqua à Irène les changements auxquels elle assisterait lorsque viendrait l'hiver.

Ils avaient apporté leurs costumes de bain et ils se baignèrent à deux reprises pendant que le yacht jetait l'ancre au large; un membre de l'équipage descendit une échelle pour leur permettre de remonter à bord sans peine.

En fin d'après-midi, alors que les lumières commençaient à briller le long de la côte qui s'assombrissait, ils eurent une conversation sérieuse. Ils parlèrent de Lillian. Gregory lui raconta son mariage et son échec.

— Quand vous êtes-vous rencontrés? demanda-t-elle d'une voix calme.

Le ciel et la mer derrière elle flamboyaient comme ses cheveux.

— Au cours du printemps de 1894. Nous nous sommes mariés peu de temps après à New York où elle m'avait accompagné. Je m'y étais rendu pour affaires. Elle avait besoin de vacances. Nous sommes rentrés à Londres mari et femme.

— C'était donc quatre ans avant que je vous aie vu pour la première fois à la maison.

Il réfléchit rapidement.

— Oui, c'est ça. Lillian était une artiste de music-hall, elle chantait des airs folkloriques de son Lancashire natal, faisait la coquette avec le public qui l'adorait. Elle recherchait les compliments et les applaudissements, dans tous les sens du terme, et elle continue de le faire. Cela entretient son excessive vanité. Elle a besoin d'être aimée, mais est incapable d'aimer sincèrement.

— A quoi cela tient-il, d'après vous?

— Ce n'est ni sa faute ni celle de personne, dit-il d'un ton empreint de compréhension. Elle a eu des débuts difficiles. Elle a été élevée dans la misère et sans aucune affection. Elle ne pense qu'à elle. Sentimentalement, elle est volage et s'affole quand les choses vont mal pour elle. Elle a toujours peur qu'une catastrophe ne lui fasse de nouveau connaître les taudis. Cela la hante encore aujourd'hui, même si elle ne l'avoue jamais. Chaque fois qu'elle me contacte sous un prétexte quelconque, je sais que c'est parcc qu'cllc cst cn proic à un accès de panique et j'arrive, généralement, à l'apaiser.

— Vous n'éprouvez aucune aversion envers elle?

— Aucune. C'était différent quand notre mariage a mal tourné et que j'étais jaloux. (Vraiment différent, songea-t-il. Il avait découvert qu'elle ignorait ce qu'était la fidélité, ayant toujours utilisé son corps pour obtenir des auditions, un cachet plus important, ou tout avantage pour sa carrière. Leur mariage avait fini par éclater.) L'adulation du public est ce qui compte le plus pour elle, reprit-il. Cela la rassure sur sa beauté et elle s'épanouit d'être la vedette.

— Pourquoi n'avez-vous jamais divorcé ?

— Elle éprouve une peur maladive du scandale. Etant donné que les tribunaux anglais exigent la preuve de l'adultère pour divorcer, elle refuse d'en entendre parler. Jusqu'ici, cela ne me gênait pas. J'avais décidé que je m'étais marié pour la première et dernière fois et, de son côté, elle ne pensait qu'à sa réputation. Elle ne devait pas être ternie, rien ne devait nuire à sa carrière. Les journaux se seraient jetés sur une histoire de divorce, sachant pertinemment que tout ce qui concerne une Gaiety Girl passionne le public, et les journalistes auraient pu découvrir des choses sur son enfance qu'elle ne désirait pas voir publiées.

— Mais ne souhaite-t-elle pas se remarier ?

— Pour le moment, elle trouve très commode d'avoir un mari dans l'ombre. Elle peut jouer un soupirant contre l'autre en leur rappelant mon existence.

Irène avait alors frissonné, s'enveloppant étroitement dans son châle, sans que Gregory puisse savoir si cela venait de ce qu'il lui avait raconté ou de la fraîcheur du soir. Elle s'était levée et, appuyée sur le bastingage, avait regardé le rivage. Il l'avait rejointe. Ils approchaient du port. Ils n'avaient plus parlé de Lillian.

Une fois sur le quai, ils avaient dîné dans un petit restaurant du port, sans avoir pris le temps de se changer. Le visage d'Irène avait pris une teinte hâlée et ses cheveux emmêlés et pleins de sel lui donnaient une beauté différente. Elle avait bu pas mal de vin, ce qui n'était pas son habitude. Ils avaient bavardé simplement, comme s'il n'y avait pas eu de conversation sérieuse entre eux quelques heures plus tôt. Ils avaient dansé avec d'autres couples sur le parquet grand comme un mouchoir de poche au son d'un piano et d'un accordéon qui n'auraient certainement pas gagné de prix au conservatoire, mais jouaient avec entrain. Gregory avait offert une bouteille de vin aux deux musiciens et la musique avait repris à un rythme encore plus rapide. Irène avait dansé avec son boucher, très souple en dépit de sa carrure impressionnante, et les clients s'étaient écartés, applaudissant en mesure, tandis que les deux danseurs tourbillonnaient à perdre haleine. D'autres avaient voulu inviter Irène, mais Gregory avait refusé, la serrant contre lui. Et puis, sur le seuil de la porte, elle avait jeté les bras autour de son cou, l'avait embrassé et une fois de plus congédié.

Le cinquième et dernier soir arriva. Irène avait travaillé dur toute la journée à l'atelier en compagnie d'Arthur et de Jacques, et Gregory n'était venu la chercher qu'à sept heures et demie. Il avait eu beaucoup à faire lui aussi pendant ces cinq jours, se rendant une fois à Cannes en train, louant une voiture pour aller voir des clients à Nice et remettre un lot de diamants à Cartier. Dans la matinée, il avait loué une voiture et visité le village de Cap-d'Ail où l'on construisait plusieurs villas, très isolées les unes des autres, qui jouissaient toutes d'une vue magnifique sur la mer. Un terrain lui avait plu et il avait consulté une agence immobilière, désireux de l'acheter. Il en parla à Irène le soir même, pendant l'entracte d'un concert qu'ils étaient allés écouter.

— J'ai déjà choisi le lotissement et discuté des plans avec l'architecte, l'informa-t-il.

— Je pense que c'est un bon investissement. Dans peu de temps, tout va doubler ou tripler de valeur ici, si Monte-Carlo continue à être La Mecque du jeu.

Il voulut lui dire que, pour lui, cette villa représentait plus qu'un investissement : c'était le foyer qu'il souhaitait partager avec elle. Il savait que si elle lui fermait sa porte, ce n'était que temporaire; il la connaissait suffisamment pour comprendre qu'elle n'agissait pas par coquetterie mais parce qu'elle souhaitait mettre de l'ordre dans son cœur et dans sa conscience avant de franchir le pas.

Elle grimpa les marches la première et, comme les soirs précédents, il ouvrit la porte. Il attendit qu'elle lui donne le baiser d'adieu, mais, ce soir-là, elle pénétra dans la petite entrée de son appartement en laissant la porte ouverte. Une applique en forme de tulipe était restée allumée et Irène s'arrêta, à demi tournée vers lui, pour le regarder, éclairée par la lumière très douce. Son châle glissa de ses épaules, ses yeux verts brillèrent, ses lèvres humides s'écartèrent légèrement comme si elle retenait son souffle, maintenant que sa décision était prise de ne plus lui fermer sa porte.

Il referma doucement la porte derrière lui et s'approcha d'elle. Elle se dirigea vers sa chambre à coucher. Les rideaux étaient déjà tirés, le large lit en cuivre était recouvert d'une dentelle blanche. Elle posa son châle sur un fauteuil, alluma la lampe de chevet à franges, et une lumière tamisée éclaira la pièce. Irène enleva le dessus de lit, rabattit le drap de lin blanc et tapota les oreillers. Gregory suivit chacun de ses gestes, tandis qu'elle ne levait pas une seule fois les yeux sur lui. Lui tournant à demi le dos, elle leva les mains pour dégrafer sa robe à col montant, fermée dans le dos.

— Laissez-moi faire, dit-il d'une voix calme.

Elle resta immobile, inclinant la tête pour l'aider à défaire les petits crochets. La robe s'écarta à mesure que les agrafes s'ouvraient le long de son dos. Il embrassa sa nuque avant de passer ses mains sous les épaulettes de la robe pour la faire glisser à terre. Irène se baissa, la ramassa, la mit sur le fauteuil et se tourna vers Gregory. Elle n'avait plus sur elle qu'un jupon et un soutien-gorge en soie. Ses seins pointaient sous le tissu brillant. Elle défit son soutien-gorge et découvrit sa poitrine magnifique. Il s'aperçut à quel point l'admiration qu'il éprouvait pour elle se lisait sur son visage lorsque, gentiment surprise, elle lui effleura la joue et la bouche de ses doigts. Il referma la main sur son poignet et baisa chacun de ses doigts.

— Vous êtes mon seul et unique amour, Irène, déclara-t-il.

Il avait jadis prononcé des mots passionnés, mais jamais, depuis l'échec de son mariage, il n'avait parlé le langage du cœur. Il eut l'impression de renaître.

Elle détourna les yeux et chuchota :

— J'ai déjà été aimée.

Il comprit qu'elle voulait lui épargner une déception. Peut-être craignait-elle sa jalousie. Mais il trouva cette confession touchante.

— Non, vous n'avez jamais été aimée comme je vais vous aimer cette nuit — de toute mon âme, de tout mon cœur, de tout mon corps.

Elle le regarda de nouveau, pleine d'une sérénité et d'une joie intérieure, effaçant ses derniers doutes. Elle renversa la tête en arrière et libéra ses cheveux qui tombèrent en cascade sur son dos. Il effleura ses seins et elle ferma les yeux, frissonnant sous sa caresse. Il embrassa longuement ses mamelons tandis qu'elle prenait sa tête dans ses mains et enfouissait les doigts dans ses cheveux. Des frissons la parcoururent pendant qu'il finissait de lui enlever ses dessous qui tombèrent à ses pieds. La beauté du corps d'Irène stupéfia Gregory. Il enveloppa ses hanches de ses bras et la souleva pendant qu'elle posait les mains sur ses épaules, les yeux fixés sur lui, ses cheveux formant comme un rideau cuivré autour d'eux. Il la porta jusqu'au lit et, passant une main sous son dos pour la soutenir, il l'allongea doucement, sa tête reposant sur le coussin. Il écarta une mèche de cheveux roux qui barrait son front.

— J'attends cet instant depuis le premier soir où je vous ai vue, murmura-t-il d'une voix ardente. Je ne sais comment, pendant quelque temps, je vous ai perdue.

Elle le suivit des yeux, tandis qu'il se dirigeait de l'autre côté du lit et se déshabillait. Il éprouvait une passion intense pour elle, mais entendait se contrôler pour que le plaisir d'Irène soit le sien, son extase la sienne, et pour lui faire atteindre des sommets amoureux qu'elle n'avait jamais connus. Il s'allongea près d'elle, puissant et musclé. Elle l'attendait, les bras ouverts, et il lui donna un baiser à la fois tendre et violent.

Il embrassa ensuite chaque courbe et chaque partie de son corps, l'explorant avec délices jusqu'à ce qu'il ne restât aucune parcelle que sa langue, ses lèvres ou ses caresses n'aient effleurée. Il sentit qu'il l'avait conduite à devenir pleinement consciente de sa propre sensualité, à découvrir enfin le lien de toujours entre ses cheveux roux et le royaume de la passion. Elle retint à plusieurs reprises sa respiration, pleine d'un tourment délicieux, ondulant de plaisir sous ses caresses insistantes ; elle passait les mains contre son corps ou, dans les moments plus calmes, le caressait d'une manière voluptueuse qui le faisait frissonner d'amour pour elle. Il la pénétra enfin, enivré par l'odeur de son corps, et crut mourir de plaisir quand elle répondit passionnément à son étreinte. Soudain, Irène ouvrit les yeux tout grands, regarda le visage de Gregory métamorphosé par la passion ; cela ne dura qu'une seconde ou deux, mais cela suffit à Gregory pour voir que ses pupilles se dilataient sous l'intensité d'un plaisir qu'elle n'avait jamais ressenti auparavant. Il la serra contre lui en gémissant de bonheur. Ils connurent l'extase ensemble et ne formèrent plus qu'un, comme unis pour l'éternité.

Un peu plus tard dans la nuit, blottie dans les bras de Gregory, la tête sur son épaule, elle poussa un soupir heureux. Il caressa ses cheveux et approcha ses lèvres des siennes. Lorsque leurs bouches s'unirent, il se sentit de nouveau envahi de passion et se déplaça pour la couvrir de son corps.

S'il l'avait pu, il aurait tout annulé pour rester davantage avec elle, mais ce n'était pas possible. Il devrait parcourir des milliers de kilomètres, traverser l'Atlantique et revenir en Europe avant de retrouver cet appartement et cette femme qu'il aimait comme il n'avait jamais aimé personne auparavant.

A l'aube, il s'habilla et se prépara à partir. Elle passa une robe de chambre et se serra contre lui pour un dernier baiser.

— Prenez soin de vous, dit-il d'une voix anxieuse. Je reviendrai dès que je le pourrai. Ecrivez-moi. Souvent.

— Je vous le promets, répondit-elle avec ferveur.

Elle le suivit en relevant sa robe. Il se retourna avant d'arriver à la grille de la cour et marcha à reculons pour pouvoir la regarder un peu plus longtemps. Elle resta en haut de l'escalier, le soleil matinal éclairant ses cheveux. Il se rappela la première fois où il était parti, emportant dans les yeux une image d'elle. Cette fois, elle lui envoya un baiser du bout des doigts.

13

Le 15 novembre, la veille de l'ouverture de la boutique, qui coïncidait avec le début de la saison, Sophia arriva chez Irène sans prévenir.

— Ma chère enfant, enfin, enfin ! s'exclama-t-elle en tendant les bras.

— Mère !

Elles s'étreignirent et se mirent à parler ensemble, se bombardant mutuellement de questions, tout à la joie des retrouvailles. Depuis qu'elles avaient quitté Londres, chacune de son côté, Sophia avait voyagé en Russie, rendant visite à de vieux amis. Elle profita d'une pause pour examiner d'un air approbateur l'intérieur de la joaillerie, admirant les bijoux et les ornements fabriqués dans l'atelier avant de s'enthousiasmer sur la décoration du petit appartement d'Irène au premier. Sophia s'était installée à l'hôtel de Paris, sachant qu'il n'y avait pas suffisamment de place sous le toit d'Irène pour elle et pour sa femme de chambre.

— Quelles nouvelles de Maria ? demanda Irène. J'ai reçu, hier, un faire-part de mariage. Comment trouvez-vous son fiancé ?

Sophia, occupée à regarder quelques toiles qu'Irène avait achetées à un artiste local, se retourna et dit avec un sourire hésitant :

— Léon est très beau. Très riche. Et très arrogant. Je ne peux rien ajouter de plus.

Inquiète, Irène se leva de son fauteuil.

— Vous croyez qu'elle sera malheureuse ?

Sophia haussa légèrement les épaules.

— Elle est follement amoureuse de lui.

— Que pense son grand-père de cette union ?

— Mon oncle a beaucoup changé depuis que vous l'avez vu, soupira Sophia. Il a le cœur malade et sa santé s'est détériorée. Il ne souhaite qu'une chose : voir Maria mariée. Pour lui, ce mariage est merveilleux. (Elle ouvrit son sac et en sortit un paquet plat qu'elle tendit à Irène.) Maria m'a demandé de vous remettre cette photographie récente, avec sa tendresse.

Irène défit le paquet. Dans un cadre délicat d'émail rose et d'argent, qu'elle reconnut aussitôt comme venant de chez Fabergé, elle vit un portrait extrêmement ressemblant de Maria ; Léon se trouvait près d'elle et Irène en conclut que la photographie devait être tout aussi fidèle. Il était aussi beau que Sophia l'avait dit, les joues creuses romantiques à souhait, le nez parfaitement dessiné, les yeux tournés vers sa bien-aimée. Mais à la différence de sa fiancée dont le beau visage irradiait de joie innocente, son sourire semblait cynique et on lisait un dédain ennuyé dans ses yeux aux paupières lourdes. Ce n'était pas l'expression d'un homme amoureux. Fronçant les sourcils d'anxiété, Irène regarda sa belle-mère.

— On ne peut pas espérer que Maria change d'avis ?

— Ah, vous avez, vous aussi, compris ! murmura Sophia avec un sourire triste. Non, Maria le trouve parfait. Elle pense que le mariage lui ouvrira la porte du bonheur. (Elle se redressa.) Il arrive que les rêves se réalisent. Espérons qu'il en sera ainsi pour elle. M'accompagnerez-vous au mariage ?

Irène, qui avait placé la photographie sur une étagère et continuait de l'examiner, se tourna vers Sophia et demanda, l'air surpris :

— Vous allez refaire ce long voyage le mois prochain ? Pourquoi n'avoir pas plutôt prolongé votre séjour ?

— Et j'aurais manqué l'ouverture de votre boutique ? Ça, jamais !

Irène secoua la tête d'un geste affectueux.

— J'aurais dû deviner que vous viendriez me soutenir moralement, même si cela devait vous occasionner une grande fatigue.

Elle avait espéré que Gregory serait présent également, mais il se trouvait très loin, à New York, chez Tiffany. Il lui écrivait souvent. Une pile de lettres de lui, nouées d'un ruban bleu, était rangée dans sa commode. Chaque ligne qu'il lui écrivait disait son amour pour elle de manière directe ou indirecte. Tôt ou tard, elle devrait avouer à Sophia qu'en dépit de ses conseils elle était tombée amoureuse de lui. Elle alla prendre le faire-part posé contre un vase.

— Cela ne peut pas tomber plus mal pour moi, répondit-elle. Il m'est impossible de quitter la boutique aussitôt après son cuverture.

— Quel dommage ! Vous ne verrez pas Maria avant longtemps. Je crois que Léon et elle vont passer leur lune de miel en croisière aux Caraïbes.

— Je lui souhaite tout le bonheur possible. Je vais, d'ailleurs, lui écrire, assura Irène, espérant que les craintes de sa belle-mère se révéleraient sans fondement.

Le lendemain matin, Irène étrenna une toilette pour l'inauguration de sa joaillerie. Cette fois, elle ne mit pas une tenue noire classique, mais une blouse blanche soyeuse et une jupe grise, légère. Des guirlandes de fleurs enrubannées encadraient l'entrée de la boutique pour en annoncer l'ouverture. L'effet en était charmant ; et le fleuriste avait évité tout œillet, considéré comme maléfique par les joueurs de Monte-Carlo. Le collier de Gabrielle étincelait dans la vitrine tapissée de velours crème. Arthur avait passé des heures à réaliser ce bijou, bel exemple de ce que l'atelier pouvait exécuter. Jacques et Arthur entrèrent dans le magasin et regardèrent Irène lever le rideau et ouvrir pour la première fois la porte d'entrée. Sophia était arrivée quelques minutes auparavant, ne voulant pas manquer cet instant.

— Et voilà ! s'écria Irène en se redressant après avoir ôté le dernier verrou du bas.

Les trois autres applaudirent, puis Sophia embrassa Irène sur la joue.

— Félicitations, ma chérie ! Vous avez travaillé si dur pour arriver que vous méritez de réussir.

— Vous avez raison, madame Lindsay, enchérit Arthur. Je me souviens de toutes les questions que Mlle Irène avait l'habitude de me poser quand vous veniez avec elle, autrefois, à Old Bond Street. Personne n'a plus travaillé et étudié qu'elle.

Souriante, Irène se dirigea vers le comptoir et emplit quatre coupes de champagne qu'elle leur tendit. Ils portèrent un toast à la boutique, puis les deux artisans regagnèrent l'atelier. Quelques secondes plus tard, la porte s'ouvrit ; il ne s'agissait pas d'un client, mais d'un livreur apportant une longue boîte fermée par un large ruban de satin. Le garçon remit son paquet et s'en alla.

— Cela doit venir d'un admirateur ! s'écria Sophia. Comme c'est gentil !

Irène ouvrit la boîte. Trois douzaines de roses rouges à longue tige s'y trouvaient accompagnées d'une carte de visite dans une enveloppe. Elle connaissait le nom de l'expéditeur avant même de lire la simple initiale apposée sur la carte : G. Il avait tout dit en lui envoyant ces fleurs. Irène regarda sa belle-mère. Le moment de lui annoncer la nouvelle était arrivé.

— C'est Gregory qui me les envoie. Il a dû les commander avant de quitter Monte-Carlo.

Sophia eut un regard surpris.

— Il était ici ? Vous l'avez vu ?

— Beaucoup plus que cela. Beaucoup, beaucoup plus.

Sophia pâlit.

— Vous voulez dire que vous et lui...

Elle s'arrêta, incapable de poursuivre. Les mots ne passaient plus. Elle vit sa belle-fille acquiescer d'un signe de tête. Puis elle entendit un gémissement rauque et se rendit compte que c'était elle qui l'avait poussé. Elle serra les poings, les bras raidis, la taille ployée.

— Non ! Non ! Non ! s'écria Irène, désireuse d'atténuer ce choc terrible.

Elle enlaça Sophia et la conduisit à un fauteuil dans lequel sa belle-mère s'effondra. Heureusement, les portes séparant le magasin de l'atelier étaient fermées, ce qui fit que personne d'autre n'entendit son étrange gémissement angoissé. Irène alla aussitôt prendre un flacon de sels qu'elle passa sous le nez de Sophia qui l'écarta.

— Je vais bien, affirma Sophia, reprenant son sang-froid.

Elle respira à petits coups, la main posée sur son ventre. Elle se dit que son cœur venait de mourir, mais qu'elle continuerait de vivre. Il avait succombé à un amour qui ne reposait que sur des rêves et des espoirs fallacieux que sa propre folie avait nourris et entretenus. Elle éprouvait un engourdissement agréable. Jamais plus elle ne connaîtrait de peines de cœur. Il ne restait plus rien de son passé. Pas même elle.

— Je ne croyais pas que cela vous causerait un tel choc, dit Irène, chagrinée, en se penchant sur elle pour la regarder.

— N'en est-ce pas un que de savoir que vous vous êtes donnée à un homme marié ? demanda Sophia, consciente qu'elle était injuste.

C'était la première fois qu'elle lui parlait durement, mais, en cet instant, sa tendresse pour elle s'estompait. Elle ne voyait plus en elle la belle-fille qu'elle avait toujours aimée comme sa propre fille, mais la femme qui lui avait pris le seul homme qu'elle eût jamais réellement chéri, même si ces quelques journées passées avec lui remontaient à plusieurs années. Elle voyait se vérifier l'adage selon lequel une blessure infligée à l'intérieur du cercle familial cause bien plus de peine qu'une blessure faite par un étranger.

— A-t-il changé d'avis et décidé de divorcer ?

— Non.

— Pourtant, je suis sûre qu'il vous a parlé de mariage.

— Non.

— Alors, c'est comme je l'ai toujours cru — il aime sa femme, Lillian Rose, encore plus qu'aucune autre.

— Je ne le crois pas.

— Vous voulez dire que vous ne voulez pas le croire, rectifia Sophia d'un ton pédant.

Irène se leva et recula d'un pas.

— Jadis, j'ai aimé Derek, mais cela n'a abouti à rien. Jadis, Gregory a aimé Lillian avec le même résultat.

Sophia bondit sur ses pieds.

— Avez-vous perdu l'esprit ? Il y a un monde de différences entre ces deux affaires. Il est légalement lié à une autre, alors que vous êtes libre. Vous ne représentez qu'une passade pour Gregory. Il vous a traitée de manière déshonorante. Tant qu'il est marié, il n'a le droit ni de vous aimer ni de vous laisser l'aimer.

Cette critique de Gregory piqua Irène au vif. Ce qui la concernait la touchait moins.

— Vous n'avez aucun droit de vous montrer aussi à cheval sur les principes avec moi ! A Nice, vous étiez encore la femme de mon père !

A peine eut-elle prononcé ces paroles qu'elle porta les doigts à ses lèvres comme pour les reprendre. Le visage de Sophia, qui était couleur de cendre, devint livide ; elle vacilla.

— Comment le savez-vous ? questionna-t-elle d'une voix étranglée. Je n'ai jamais mentionné Nice quand je vous ai confié, un jour, que Gregory était un bon ami.

— J'ai entendu des bruits à ce sujet, répondit Irène précipitamment, ne trouvant rien de plus convaincant à dire.

— Votre père était-il au courant ? Croyez-vous que cette rumeur soit parvenue jusqu'à lui ? demanda Sophia, proche de la panique, comme si Edmund était encore en vie et pouvait entrer dans la pièce à la seconde.

Irène lui prit la main pour la soutenir.

— Pensez-vous qu'il aurait gardé le silence s'il l'avait su ? interrogea-t-elle d'un ton évasif, espérant que Sophia ne lui poserait plus de questions sur ce sujet délicat.

Sophia ferma les yeux, pleine de gratitude.

— C'est vrai, reconnut-elle. Il était trop jaloux pour me le cacher. Merci, mon Dieu ! Je n'aurais pas souhaité lui infliger ce chagrin. (Elle ouvrit les yeux, à présent emplis de larmes.) Ni à vous, mon enfant. Vous avez eu raison de me rabrouer. Nous ne nous sommes jamais querellées jusqu'ici et je prie pour que cela ne se reproduise jamais plus. Je crois que j'ai perdu la tête pendant quelques instants. (Elle retira sa main et alla regarder les roses.) Comment avez-vous fait pour ne pas me haïr d'avoir jadis aimé l'homme que vous chérissez ?

— Comment pouvez-vous imaginer cela ? C'est vous qui devriez me haïr. Je n'ai aucune excuse d'être tombée amoureuse de lui, et si je n'avais pas failli à ma résolution de ne jamais me lier sentimentalement avec lui, peut-être que vous et lui...

— Ne dites pas cela ! s'exclama Sophia d'une voix ferme. Ne pensez jamais ça ! Nous n'étions pas faits l'un pour l'autre. De plus, je ne veux pas que ce qui a pu se passer entre Gregory et moi soit source de gêne pour vous.

— Rassurez-vous. Le passé de chacun est fait de fragments pris dans la vie d'autrui, comme un puzzle. Je connaissais à peine Gregory à cette époque. Je ne l'avais rencontré qu'une fois.

— C'est juste. Cela a été la première et dernière fois qu'Edmund l'a invité à la maison. Votre père m'a raconté bien plus tard que Gregory lui avait conseillé de vous laisser suivre les cours de l'Ecole des arts appliqués. Il a fait pencher la balance en votre faveur.

— Vraiment ? Je l'ignorais. Il ne m'en a jamais parlé.

Sophia prit une rose par sa tige et appuya la fleur sur la paume de l'autre main.

— Il y a encore une chose que vous ne savez pas. Quand je me suis aperçue que je ne pouvais pas disposer de l'argent qui vous était nécessaire pour ce magasin, Gregory s'est proposé de me le prêter et je viens juste de le rembourser.

— Pouvez-vous encore douter de son amour pour moi ? demanda Irène, ravie. Vous venez de m'en donner une double preuve.

Sophia lui jeta un regard compatissant.

— Ne cherchez pas sans cesse de confirmation, ma chérie. (Elle reposa la fleur dans la boîte qu'elle tendit à sa belle-fille.) Mettez ce bouquet magnifique dans un vase. Je ne voudrais pas voir ces fleurs se faner trop tôt.

Irène prit la boîte.

— J'ai changé depuis le jour où je vous ai avoué à Londres que je craignais de l'aimer si je ne pouvais espérer une liaison durable entre nous. Je suis plus courageuse, maintenant. Quand il est venu à Monte-Carlo, je savais que le choix, quel qu'il fût, dépendait de moi seule. Je pouvais soit accepter ce que le destin se préparait à m'offrir avec toutes ses conséquences, soit le repousser sans savoir ce que c'était de se blottir dans ses bras. Mais je crois qu'en ce moment il m'aime plus que toute autre femme au monde.

Sophia considéra la boîte d'un regard vague, jouant avec le ruban de satin.

— Vous a-t-il dit qu'il vous aimait ?

— Oui, répondit Irène.

— Alors, peut-être avez-vous raison de le croire. Je peux vous affirmer qu'il ne m'a jamais dit qu'il m'aimait.

— Je vous remercie de me l'avouer.

Sophia respira avec peine et releva la tête. Elle fit un geste semblable à celui que l'on adresse à une enfant :

— Allez, dépêchez-vous de mettre ces fleurs dans un vase avant l'arrivée de votre premier client.

Personne n'entra dans la boutique ce matin-là pour voir les roses pourpres se détacher joliment sur les murs pâles. Pourtant, la ville bruissait d'animation. Comme c'était le premier jour de la saison, les gens arrivaient par le train ou en voiture attelée et s'installaient dans les hôtels ou les villas qui avaient augmenté leurs prix dans la nuit. Plusieurs promeneurs s'arrêtèrent devant la vitrine de la boutique pour admirer le magnifique collier de saphirs mais personne ne franchit le seuil de la joaillerie pour découvrir ce que l'on pouvait lui proposer d'autre à l'intérieur.

L'après-midi, la boutique connut le même calme, alors que l'agitation se poursuivait dans les rues. Les guirlandes de fleurs qui garnissaient l'entrée commencèrent à se faner, les pétales tombèrent sur le trottoir et dans le caniveau. L'heure de la fermeture allait sonner quand la porte s'ouvrit toute grande. Un jeune Anglais, élégamment vêtu, entra d'un pas rapide.

— Le collier de saphirs de la vitrine, dit-il d'une voix distinguée en lissant sa moustache blonde. J'aimerais le regarder de plus près.

Irène alla le chercher dans la vitrine et le présenta sur son coussinet à franges. Le jeune homme se montra intrigué par le travail réalisé, si délicat qu'il donnait l'impression que les papillons allaient s'envoler. Irène lui expliqua comment le collier s'attachait sur la nuque.

— Cette pièce n'est pas à vendre, poursuivit-elle, mais c'est un exemple de ce que nous pouvons dessiner et exécuter si on nous le demande.

Il lui jeta un regard cynique et déclara d'un ton cinglant :

— Pas de ça avec moi, jeune dame ! Je connais le genre de trucs utilisés à l'étranger pour attirer le chaland. Si vous aviez travaillé dans une joaillerie anglaise honorable, vous sauriez qu'un joyau se vend sans peine si le travail et le prix sont honnêtes. Combien vaut-il ?

Irène se montra patiente. Elle avait déjà eu affaire à des clients difficiles auparavant, mais s'étonnait de voir que des personnes apparemment bien élevées n'étaient fidèles qu'entre elles à leurs bonnes manières et se montraient déplaisantes avec ceux qui les servaient, si capables fussent-ils.

— Je regrette de vous décevoir, insista-t-elle, mais ce collier n'est pas à vendre. Il a été fait pour une cliente, avec ses propres pierres.

L'Anglais poussa un grognement exaspéré.

— Vendez-m'en un autre pareil ! Vous me faites perdre mon temps.

— Il n'en existe pas de ce style. Chacun de mes modèles est unique. Aimeriez-vous voir quelques dessins d'autres colliers ?

— Non, à moins que vous ne puissiez en réaliser un identique à celui-ci en une heure, rétorqua-t-il, sarcastique.

Irène feignit de ne pas avoir entendu et sortit de l'armoire vitrée un autre collier en turquoises, doté d'un fermoir en argent sur le devant, puis un sautoir en quartz et un troisième collier de perles roses. Chacun d'eux plut manifestement au jeune homme mais il revint à son premier choix en s'agitant de plus belle.

— Je veux celui-là, affirma-t-il en montrant du doigt le collier de saphirs. C'est à cause de ces maudits papillons. La dame à qui je veux l'offrir a vu le collier en passant en calèche il y a à peine une heure et s'en est entichée. Aucun autre ne fera l'affaire. Ne pouvez-vous pas me le vendre et en faire un semblable pour votre cliente ? (Il s'accouda sur le comptoir et ajouta d'un ton confidentiel et persuasif :) Il me le faut absolument pour ce soir.

Irène secoua la tête avec fermeté.

— Tout ce que je puis vous proposer est de dessiner un collier avec des papillons et de le réaliser dans les jours qui viennent.

Le jeune homme recula et tapa du poing sur la vitre, le visage empourpré de colère.

— Vous n'avez pas le droit de présenter des objets qui ne sont pas à vendre ! hurla-t-il. Soyez sûre que je ferai savoir que l'on manque de courtoisie, ici !

Il claqua la porte avec une telle force qu'Irène se précipita pour vérifier que la porte vitrée n'avait pas souffert. Les cris du jeune homme et le bruit attirèrent l'attention d'Arthur et de Jacques qui accoururent. Ils avaient déjà passé leurs manteaux et se préparaient à rentrer chez eux.

— Qu'est-il arrivé ? Vous n'avez rien, mademoiselle Irène ? s'enquit Arthur, anxieux.

Elle leur expliqua brièvement l'incident.

— J'ai reçu une leçon, conclut-elle. Je n'exposerai plus jamais d'objets qui ne sont pas à vendre. Demain, je vais envoyer le collier à ma grand-mère par porteur spécial. Je suis stupéfaite par l'insistance de cet homme. Il s'est montré très agressif.

— Il a sans doute ses raisons, commenta Jacques en haussant les épaules.

— Lesquelles ? Je lui ai proposé de lui dessiner un autre collier, mais il a refusé tout net.

Le Français fit un clin d'œil salace.

— Les *demi-mondaines* sont revenues à Monte-Carlo. Certaines sont très demandées. Je pense que votre client espérait attirer l'une de ces personnes si recherchées, grâce à ce colifichet coûteux. Il va se retrouver tout seul cette nuit.

— Vous en avez assez dit, Jacques, intervint Arthur en fronçant les sourcils.

Jacques sourit, haussa de nouveau les épaules et leur souhaita une bonne nuit. Arthur s'occupa de baisser le rideau et de verrouiller les portes, tandis qu'Irène rangeait le collier de saphirs et d'autres objets de valeur dans le coffre. Elle était pensive.

— Jacques a-t-il raisonné juste, monsieur Lucas ?

— J'en suis sûr, répondit Arthur, avec raideur.

Il avait vu beaucoup de choses dans sa vie, mais il était toujours resté fidèle à sa femme.

— Alors, si l'une de ces *demi-mondaines* a assez apprécié ce bijou pour faire savoir qu'elle aimerait le recevoir, elle va revenir. Je dois essayer de rendre ma vitrine plus attrayante chaque jour.

Une demi-heure plus tard, elle rejoignit sa belle-mère à l'hôtel de Paris où elles devaient dîner ensemble. C'était un bel hôtel et, dans le hall, se côtoyaient des personnes qui auraient pu, toutes, faire les délices des rubriques mondaines des quotidiens et hebdomadaires internationaux.

Avant de monter dans la suite de sa belle-mère, elle alla examiner une statue équestre de Louis XIV en bronze se détachant sur un fond de palmiers en pots. On considérait que la touffe de crins sous la jambe levée du cheval portait bonheur et, pendant les quelques minutes où Irène s'arrêta devant cette sculpture célèbre, plusieurs hommes et femmes touchèrent la touffe en passant. Elle savait qu'elle était tout aussi joueuse qu'eux, mais elle n'avait nullement l'intention de faire fortune de cette manière. Elle possédait comme atouts l'originalité de ses modèles et sa force de caractère. Elle s'éloigna à l'instant où une femme blonde, tout endiamantée, et laissant traîner derrière elle un boa rose, s'avança et toucha d'une main gantée de blanc la touffe de crins. Elle riait, la tête tournée vers le jeune homme qui l'accompagnait, et ne remarqua pas Irène qui la reconnut aussitôt avec un sentiment de gêne.

— Je ne vais jamais au casino sans m'arrêter ici, proclama Lillian Rose d'une voix mélodieuse.

La petite cérémonie superstitieuse ne prit que quelques secondes et le couple poursuivit son chemin. Irène inspira profondément. Elle se retourna et s'aperçut que Sophia venait de la rejoindre.

— Devinez qui je viens de voir ? dit Irène.

— Lillian Rose est arrivée aujourd'hui, répondit Sophia en secouant la tête. Elle a déjà au moins deux soupirants à ses basques.

Irène revit la femme de Gregory après dîner, quand Sophia proposa d'aller passer un moment au casino. Lillian jouait à la roulette et il semblait que la réputation du fétiche n'était pas surfaite, du moins dans son cas. Elle gagnait, ce qui l'excitait beaucoup. Deux hommes l'encadraient. Un troisième, debout derrière son siège, avait l'air ennuyé et mécontent ; elle l'ignorait manifestement et Irène reconnut en lui le client auquel elle avait eu affaire en fin d'après-midi.

Irène étudia la petite scène avec un certain intérêt, puis Sophia et elle prirent place à une autre table, sous les lampes basses frangées de soie. Le collier n'avait finalement pas été demandé pour une *demi-mondaine* mais pour une actrice anglaise aux goûts tout aussi dispendieux.

Sophia passa dix jours à Monte-Carlo et décida de regagner Saint-Pétersbourg en s'arrêtant à Paris pour s'acheter une toilette pour le mariage. Le lendemain du départ de Sophia, Lillian Rose vint à la boutique. Elle était seule, mais rayonnait d'une telle personnalité qu'on avait l'impression qu'elle dominait l'environnement. Irène venait de servir un client et rangeait un plateau de bagues. Jusqu'à présent, les ventes avaient été rares, mais un visiteur entrait quand même de temps à autre. Après avoir jeté un coup d'œil sur les objets exposés alentour, Lillian s'approcha du comptoir. Irène reconnut son parfum, un des plus chers du monde ; ses vêtements proclamaient leur origine parisienne. Elle ne perdit pas de temps en préambules.

— Vous portiez une broche d'émeraudes au casino récemment, dit-elle à Irène. Est-ce vous qui l'avez dessinée ?

Irène fut surprise. Elle n'avait servi qu'une fois Lillian chez Fabergé où elle lui avait vendu un étui à cigarettes et ne s'attendait pas à être reconnue. Il ne lui était pas venu à l'esprit que, pendant qu'elle observait Lillian à la table de jeu, celle-ci en faisait autant à son égard. Irène savait que sa broche avait attiré les regards, mais il y avait tant de joyaux ornant oreilles, poignets, gorges et corsages qu'elle ne s'était pas attendue que la broche causât le même effet que lors d'une soirée privée ou d'un dîner chez Maxim's.

— En effet.

— Avez-vous dessiné tout ce que vous vendez ?

— Oui.

— J'ai une proposition à vous faire, déclara alors Lillian en s'asseyant dans un fauteuil près du comptoir. Nous en tirerons profit toutes les deux. Je vais choisir un bijou que vous mettrez de côté pour moi. Ensuite, une de mes relations va venir l'acheter...

— Comme pour le collier de saphirs ? l'interrompit Irène. Lillian fronça les sourcils et agita la main en un geste d'impatience.

— Le stupide garçon a voulu trop en faire. J'ai été très ennuyée quand j'ai appris qu'il s'était précipité ici. Je n'avais fait qu'une suggestion, comptant vous voir d'abord.

— Eh bien ?

— Le procédé est simple. Vous vendez le bijou choisi par moi au monsieur en question. Je le porterai au casino, à l'opéra, ailleurs encore, ce qui vous fera plus de publicité pour votre magasin que vous ne pourriez en obtenir par d'autres moyens. Je ferai savoir à tous d'où viennent ces bijoux. En échange, vous me donnerez un pourcentage sur les ventes effectuées grâce à moi. Je pense que dix pour cent serait honnête.

— Impossible !

Lillian se méprit.

— Bon. Huit pour cent. C'est très généreux de ma part. Je vais rester à Monte-Carlo jusqu'à Noël, ce qui signifie que je vais vous procurer beaucoup de travail au cours de la saison. (Elle vit l'expression de plus en plus étonnée d'Irène et haussa les sourcils d'un air interrogateur :) Est-ce la première fois que l'on vous propose un tel arrangement ? Je peux vous affirmer que c'est pratique courante pour une femme aussi en vue que moi. A Londres, j'avais un accord spécial avec plusieurs maisons de couture. Il m'est arrivé de m'habiller entièrement sans débourser un penny. Je choisis, en général, plusieurs robes, j'en garde une et je renvoie les autres le lendemain. On me rembourse alors la totalité de la somme — moins une petite retenue — versée par l'un ou l'autre de ces messieurs. Comme vous le voyez, ces arrangements sont très pratiques. Je propose qu'il en soit de même avec tout bijou que je ne tiendrais pas particulièrement à garder.

Irène s'aperçut que Lillian ne se rendait nullement compte de ce que cette proposition avait de déplaisant, en dehors de toute autre considération.

— Je n'accepterai jamais un tel marché ! s'écria-t-elle.

Lillian lui lança un coup d'œil dédaigneux.

— Dois-je comprendre que vous rejetez l'offre privilégiée que je vous fais ?

— Oui !
— Et vous comptez rester à Monte-Carlo ? dit-elle d'un ton moqueur.
— Je réussirai à mon heure et à ma manière.
— Oh, je vois ! s'écria Lillian en se levant. (Elle fit quelques pas puis se retourna, jeta un regard ironique à Irène derrière son comptoir et reprit :) Est-ce une question de principe ? Ou parce que je suis la femme de Gregory ?
Irène se raidit.
— Je refuse de discuter de cela avec qui que ce soit.
Lillian continua de la regarder d'un air cynique.
— Voyez-vous, je ne divorcerai jamais et je ne lui donnerai jamais l'occasion de le faire. Ne croyez pas que mes admirateurs aient la moindre chance. Je prends plaisir à jouer de leurs rivalités, mais je préserve ma réputation avant tout. Sinon, le Gouv'neur l'apprendrait vite.
— Même si vous êtes à Monte-Carlo ?
Lillian eut un petit rire.
— Il a des yeux et des oreilles partout, c'est la raison pour laquelle il aime que ses Gaiety Girls soient vues dans les endroits chics et tiennent leur place dans les événements mondains internationaux. J'ai l'habitude de venir à Monte-Carlo quand nos représentations s'interrompent pendant la saison d'hiver ou que l'on m'accorde un bref repos lorsqu'un spectacle reste longtemps à l'affiche. Cette fois-ci, j'avais un motif supplémentaire de venir. Je voulais vous connaître. Après avoir vu vos bijoux, j'étais prête à faire affaire avec vous, parce que je ne crois pas aux sentiments quand se présente une chance de gagner de l'argent. Voyez-vous, Gregory a eu plusieurs femmes dans sa vie depuis que nous nous sommes séparés et je ne doute pas qu'il y en aura beaucoup d'autres une fois qu'il se sera lassé de vous. Mais vous êtes la première à l'inciter à reconsidérer son statut conjugal. Lorsqu'il est venu me trouver, il y a quatre ou cinq semaines, pour parler de divorce, je pouvais à peine en croire mes oreilles.
En dépit de la laideur de tout ce qui était dit, Irène se réjouit d'apprendre cette information d'une importance vitale pour elle. Quatre ou cinq semaines ! Cela signifiait qu'il avait fait les premiers pas pour recouvrer sa liberté avant de venir la voir à Monte-Carlo. Mais l'égoïsme de Lillian constituait un obstacle infranchissable. Irène s'efforça de contenir le tremblement ému de sa voix.
— Pourquoi refusez-vous le divorce ? Vous ne l'aimez pas. Vous ne le désirez pas.
— Et vous ?
Irène contourna le comptoir et se plaça devant Lillian, les mains serrées.
— De tout mon cœur.
Lillian rejeta la tête en arrière.
— Mon Dieu, quelle dévotion ! Eh bien, vous allez être déçue !

Le Gouv'neur n'a rien à objecter à mon mariage. En fait, il en est plutôt content, parce que cela rassure les spectatrices mariées, mais il n'acceptera jamais que je me présente devant un tribunal pour divorcer, même si je suis la victime. Vous voilà prévenue. Ma carrière passe en premier. Profitez de ce que vous avez eu. Et laissez tomber.

Elle se dirigea vers la porte, prête à partir.

— Ne croyez pas que vous m'avez vaincue ! riposta Irène d'une voix forte. Je me battrai contre vous pour l'avoir et le garder.

Lillian s'arrêta et dit d'une voix presque aimable :

— Ce n'est pas contre moi que vous devez vous battre, mais contre Gregory. Il m'a promis, jadis, que si nous devions rompre le lien qui nous unit, cela ne dépendrait que de moi. Voilà pourquoi il est venu me voir avant de consulter ses avocats. Il voulait que je le libère de sa promesse. J'ai refusé et je continuerai de le faire. Je peux avoir besoin de lui un jour. Lorsque ma carrière sera terminée et ma beauté fanée, il sera là pour veiller sur moi. Je ne serai jamais seule. C'est une assurance réconfortante, hein, de savoir qu'on ne sera jamais seule ! J'ai été le premier amour de Gregory. Ce genre d'attraction est aisé à ranimer. J'ai bien l'intention d'être aussi son dernier amour. Vous n'y pourrez rien.

La porte se referma derrière elle. Le courant d'air fit tomber un pétale de rose rouge. D'un geste machinal, Irène alla le ramasser, le garda dans la main qu'elle pressa contre sa poitrine. Gregory avait dit que Lillian avait un besoin obsédant d'être adulée et elle venait d'en donner la preuve. Une telle femme aussi avide de gains émotionnels que financiers ne ferait que prendre sans jamais rien donner en retour. Dans un certain sens, elle ressemblait à Gabrielle. Elles avaient toutes deux connu des débuts difficiles, éprouvaient le besoin d'être riches et utilisaient les hommes pour arriver à leurs fins. Il existait cependant des différences essentielles entre elles. Gabrielle se moquait du scandale, sauf quand il s'était agi de protéger sa fille. Elle s'amusait des commérages, tandis que Lillian les craignait, pensant qu'ils pourraient la détruire. Gabrielle avait choisi son chemin dans la vie et le suivait, quelles qu'en fussent les conséquences, alors que le besoin de sécurité de Lillian témoignait de son manque de courage et de sa faiblesse de caractère. Elle cachait ses aventures derrière la façade respectable d'une Gaiety Girl, cependant que Gabrielle avait toujours affiché avec éclat ses amants. Le roi d'Angleterre, alors prince de Galles, avait partagé sa couche, ainsi que le Kaiser, le tsar quand il était héritier du trône, le roi Alphonse d'Espagne et un grand nombre d'hommes d'Etat, de poètes et d'écrivains, de Briand à D'Annunzio. Elle les avait aimés avec la générosité de sa nature voluptueuse. Comment Lillian se comportait-elle avec ses amants ? Etait-elle aussi mesquine en amour que dans d'autres domaines ? Irène n'en doutait guère. Lillian était incapable d'éprouver le moindre sentiment pour quiconque, en dehors d'elle-même. Toutefois, ce narcissisme se nourrissait de la dévotion et de l'adulation des autres. Quelle tristesse !

La joaillerie commença à bien marcher à l'approche de Noël. Il s'y effectua un nombre important de réparations, ce qui aida à couvrir les frais quotidiens ; il y eut aussi quelques petites ventes. Les lettres de Gregory arrivaient, toujours aussi fréquentes, même si elles étaient irrégulières. Il espérait être de retour pour le Nouvel An. Sophia écrivit pour raconter en détail les noces de Maria. La mariée était très belle et sa tiare avait provoqué surprise et admiration. Moins d'une semaine plus tard, Irène apprit que le grand-père de Maria était mort dans son sommeil. Noël arriva enfin et Irène fut soulagée à l'idée que Lillian allait rentrer en Angleterre. C'était comme si un gros nuage se dissipait. Irène allait connaître un répit, même s'il n'était que temporaire.

14

La saison élégante battit son plein en janvier. Le nombre de yachts venus mouiller dans le petit port de Monaco s'accrut. Les Romanov, les Vanderbilt, les Astor ainsi que d'autres personnalités aussi connues s'installèrent dans les hôtels, louant parfois des étages entiers tant à l'hôtel de Paris qu'au Grand Hôtel ou au Métropole. On rouvrit les villas ; les maîtresses de maison et leurs domestiques arrivèrent. L'Ermitage abondait en jolies femmes, comme s'il avait son propre harem, et ces créatures de rêve, merveilleusement vêtues, apparaissaient partout, tels de pâles magnolias attirés par le tendre climat, les tonnelles de citronniers et d'orangers et les violettes. Les tirs au pigeon vivant se succédaient toute la journée ; les malheureux oiseaux, effrayés, la queue coupée, étaient livrés dans des paniers pour se faire massacrer dans le ciel bleu. Le premier duel de la saison se déroula à l'aube dans le jardin d'une villa : les deux parties furent légèrement blessées et leur honneur sauvegardé. D'autres duels eurent lieu par la suite — Français, Hongrois et Russes étant connus pour leur rapidité à prendre la mouche. On déplora un suicide, celui d'un homme qui mit fin à ses jours après avoir tout perdu au jeu. Ces tragédies étaient, en général, plutôt rares, la direction du casino préférant faire crédit et payer le billet de retour du joueur malchanceux, mais certains clients refusaient tout conseil ou aide.

La circulation doubla puis tripla avec les nouvelles arrivées. De somptueuses calèches tirées par des chevaux aux flancs lisses et satinés apparurent dans les rues étroites. Lorsque les cochers et les laquais portaient des chapeaux à cocarde et tenaient des rênes blanches, l'on savait que la calèche appartenait à un Romanov — et il n'en manquait pas, la station balnéaire recevant un grand nombre de ducs, de duchesses et d'autres nobles russes de rang inférieur dont l'extravagance et les excès étaient légendaires. Ils avaient leurs compartiments personnels, très luxueux, rattachés aux trains, et leurs domestiques dormaient par terre devant les portes de leurs wagons-lits. L'express Saint-Pétersbourg-Nice ralentissait son allure de moitié chaque fois que le cousin du tsar l'empruntait parce qu'il estimait que la vitesse n'était pas bonne pour son cœur. Il exigeait encore que ses domestiques s'inclinent jusqu'à terre sur son passage, selon l'ancienne coutume en usage dans son pays. Un autre noble, préoccupé de sa santé jusqu'à l'obsession, se baignait chaque jour dans une baignoire remplie de jus de fraises livrées par paniers. Un comte faisait changer toutes les nuits l'agencement de son jardin afin de voir chaque matin des couleurs différentes. Il avait également fait envoyer un plat d'huîtres à sa maîtresse installée à l'Ermitage et elle avait trouvé un fabuleux collier de perles au milieu des coquillages. Le jour où une *demi-mondaine* n'arriva pas à décider quel bracelet de diamants de chez Cartier lui plaisait le plus parmi toute la collection, son amant, un Romanov, jeta le lot dans son giron. Il était banal de voir les Russes allumer leurs cigares en mettant le feu à des billets de mille francs, mais ils n'étaient pas les seuls à manifester ce dédain ostentatoire pour l'argent ; les Romanov ne constituaient que la crête flamboyante du flot de gens riches venus dépenser des fortunes incroyables sur les tables du casino.

Un après-midi, une vieille dame russe très distinguée convoqua Irène à sa suite de l'hôtel de Paris en lui demandant d'apporter des dessins pour un sautoir destiné à une jeune filleule éprise des idées du tout nouveau XXe siècle. C'était exactement le genre de commande qu'Irène espérait et elle prit avec elle quelques-uns de ses modèles les plus originaux. Mme Borisvinsky, petite et ronde, le visage aimable et les cheveux gris, était venue à Monte-Carlo soigner son arthrite, s'exposant au soleil sur son balcon et prenant des bains minéraux ; elle marchait avec difficulté en s'appuyant lourdement sur deux cannes. Mais elle avait le sens de l'humour, aimait les cancans et fumait à la chaîne des cigarettes turques dans un porte-cigarettes en nacre. Avant de parler affaires avec Irène, elle commanda du thé russe et lui offrit des chocolats.

— Ma filleule était demoiselle d'honneur au mariage de Maria Romanov, expliqua-t-elle à Irène. Depuis, elle ne parle plus que de la tiare de la mariée dessinée par une joaillière, une de ses parentes par alliance, installée à Monte-Carlo. J'ai décidé que je ne pourrais rien trouver de mieux que de vous commander une babiole pour l'anniversaire de Natacha qui aura lieu en mars. Cela me permet, en même temps, de faire votre connaissance. Quand pensez-vous que son bijou sera prêt ?

— Bien avant l'anniversaire, promit Irène.

Si le délai avait dû être plus court, elle savait qu'Arthur et Jacques auraient travaillé jour et nuit pour livrer la commande à temps. Ils formaient une bonne équipe.

— Montrez-moi votre dessin le plus excentrique, dit Mme Borisvinsky d'un ton ironique. De nos jours, les jeunes veulent se distinguer de leurs aînés par tous les moyens.

Le modèle choisi était asymétrique, composé d'or, d'émail et d'une unique perle baroque. Mme Borisvinsky leva les mains au ciel, hocha la tête en signe de raillerie plaisante devant ce dessin original et déclara que sa filleule se rengorgerait comme un paon en recevant ce cadeau. Elle laissa partir Irène à regret, car, comme la plupart des personnes âgées, elle aimait régaler ses visiteurs de récits du passé.

— Revenez me voir, dit-elle.

Et pour être sûre qu'Irène reviendrait, elle lui donna un collier de perles à polir et à renfiler.

Irène rangea les perles dans son sac et descendit l'escalier de l'hôtel juste à temps pour assister à une arrivée spectaculaire. Des chuchotements lui indiquèrent le nom de la nouvelle venue : la Belle Otèro. Pleine de curiosité, Irène ralentit le pas. Ainsi, la femme d'une beauté étonnante qui entrait dans l'hôtel de Paris était Caroline Otèro, la courtisane que Gabrielle détestait.

Caroline Otèro avait environ trente-cinq ans, son beau visage olivâtre proclamait fièrement son sang espagnol. Ses sourcils et ses cils étaient épais et noirs. Elle se produisait de temps à autre aux Folies-Bergère, exécutant un flamenco provocant qui ressemblait à un acte sexuel accompli avec chaque spectateur. Elle avait la silhouette idéale, en forme de sablier : taille de guêpe, hanches généreuses, seins fermes et pointus, dont on disait qu'ils avaient inspiré l'architecte qui avait dessiné les coupoles jumelles de l'hôtel Carlton, à Cannes.

Le personnel se répandit en courbettes et s'empressa autour d'elle. Son amant attitré, le baron Ollstreder, l'accompagnait. Elle devait être fatiguée du voyage, car l'attention dont elle était l'objet déclenchait chez elle une irritation grandissante.

Soudain, elle lança, d'une voix exaspérée, au directeur de l'hôtel venu l'accueillir :

— Pourquoi tout ce raffut ? On croirait que je suis une Altesse royale ! Je ne suis qu'une putain entretenue, et rien d'autre !

Dans le silence stupéfait qui suivit — chacun ayant entendu ce qu'elle venait de dire —, elle traversa le hall en faisant claquer ses hauts talons sur le sol de marbre et se dirigea vers l'escalier. Elle dépassa Irène sans lui accorder un regard, les yeux noirs flamboyants, les narines dilatées. Le baron Ollstreder la suivit, imperturbable, apparemment habitué à ses éclats.

Dans les jours qui suivirent, Monte-Carlo bruissa des extravagances de la Belle Otèro. Elle jouait comme une folle et perdait sans relâche. Le soir, elle portait parfois un boléro brodé de diamants d'une telle valeur que deux gardes du corps armés ne la quittaient jamais des yeux. Une nuit, au cours d'une réception, elle avait ôté ses chaussures et sa robe et s'était mise à danser pieds nus et en dessous transparents.

Lorsque Irène rapporta les perles à Mme Borisvinsky, elle la trouva dans un état de grande excitation.

— Que pensez-vous de cela ? Diane de Chandel vient d'arriver à Monte-Carlo. Elle et Caroline Otèro sont « ennemies intimes ».

Leur rencontre va provoquer des étincelles ! s'écria la vieille dame en gloussant de plaisir.

Au grand soulagement de la direction de l'hôtel de Paris et d'un grand nombre d'autres personnes, Chandel s'installa dans l'une des plus belles villas avec toute sa suite : amant très riche, soubrette, coiffeur, masseuse et tout le personnel que ce genre de femme traînait dans son sillage. Lors de l'une de ses rares et pénibles sorties, Mme Borisvinsky se rendit à la boutique d'Irène et lui raconta la rencontre entre Otèro et Chandel au casino.

— L'une et l'autre étaient merveilleusement bien habillées et ruisselaient de bijoux. Impossible de dire laquelle était la plus belle, et elles le savaient bien. Leurs yeux lançaient des éclairs, mais elles se sont saluées gracieusement et se sont rendues à leurs tables respectives. Je sais ce qui va se passer. A partir d'aujourd'hui, chacune d'elles va essayer de dépasser l'autre en atours et en bijoux lorsqu'elle ira au casino.

Les prédictions de la vieille dame se révélèrent exactes. Irène aurait aimé disposer de l'argent nécessaire pour payer le droit d'entrée permettant de fréquenter les tables tous les soirs afin d'observer le face-à-face des deux lionnes, pas tant pour les scènes qu'elles provoquaient que pour admirer les fabuleux joyaux que chacune avait collectionnés au cours de sa vie comme autant de trophées.

Un jour, Irène reçut un message inattendu et mystérieux que lui apporta la femme de ménage s'occupant de l'appartement de sa grand-mère. Irène le lut : « Ne dites à personne que je suis ici. Venez immédiatement. Gabrielle. » Perplexe, elle obéit. En arrivant, elle trouva les stores baissés comme si l'appartement était désert et la femme de ménage, après l'avoir fait entrer, la conduisit dans la partie réservée aux domestiques où des rideaux en dentelle laissaient passer le soleil. Gabrielle l'attendait.

— Irène, ma chérie ! Je savais que vous viendriez !

— Qu'est-ce que tout ce mystère ? demanda Irène, après qu'elles se furent embrassées sur les joues et assises.

Gabrielle tapota de la main une boîte en bois vernis posée sur la table devant elle.

— En voici la raison.

Elle souleva le couvercle : la boîte était bourrée de pierres provenant de sa collection.

— J'ai une demi-douzaine d'autres boîtes comme celle-là. Vous allez me dessiner une parure — tiare, boucles d'oreilles et tout et tout — comprenant le maximum de pierres précieuses et qui ne ressemble en rien à ce que l'on a pu créer jusqu'ici. Et vite ! Il n'y a pas de temps à perdre !

— Je vous dessinerai ce que vous voulez, mais, auparavant, expliquez-moi la raison de ces mystères. Avez-vous peur que l'on ne vous vole vos pierres ?

— Non, non ! Je ne veux pas qu'Otèro ou Chandel sachent que je suis à Monte-Carlo. Je veux créer la surprise lorsque je choisirai de me montrer. Vous devez avoir entendu parler de leur rivalité tous les soirs au casino ? Oui ? Eh bien, tôt ou tard, l'une d'elles va essayer d'éclipser l'autre totalement. D'une certaine manière, c'est une lutte à mort. Je veux y participer. (Elle redevint sérieuse.) Certaines *demi-mondaines* détestent les hommes, mais je n'ai jamais commis ce péché. J'ai aimé chaque homme aussi longtemps que notre liaison a duré. Et parfois même un peu plus longtemps, mais sans le montrer. Chaque bijou donné à une *demi-mondaine* est un tribut à l'amour. Je veux prouver à Otèro et à Chandel que si elles sont les reines de l'amour, j'en suis l'impératrice.

Irène songea qu'il s'agissait de la plus étrange commande jamais faite à un dessinateur de bijoux. C'était à la fois triste et incongru.

— Laissez-moi carte blanche, fit-elle. J'ai une idée, mais je dois réfléchir.

— Je suis sûre que ce que vous ferez sera parfait, répondit Gabrielle, brusquement comblée de voir qu'elle recevait le soutien attendu.

Irène travailla toute la nuit. Elle avait terminé de dessiner son modèle en détail quand Arthur sonna à la porte de l'atelier, suivi de Jacques quelques instants plus tard. Les deux hommes étudièrent les dessins posés sur l'établi. Ils gardèrent le silence. Finalement, Arthur, qui n'avait jamais dit qu'une chose était impossible, leva la tête et regarda longuement Irène.

— Il faudra engager d'autres orfèvres si vous voulez respecter le délai imparti. Cela implique aussi que tout le monde travaillera jour et nuit.

— Pouvez-vous trouver les artisans capables dont nous avons besoin ?

— Oui, j'en connais trois à Nice et un à Paris.

— Très bien, engagez-les le plus tôt possible, monsieur Lucas.

— Et à qui comptez-vous confier la partie du modèle qui n'entre pas dans mes compétences ?

— A votre femme. Elle est très adroite de ses mains.

Il approuva, l'air content.

— Il ne nous reste plus qu'à tout préparer pour nous mettre au travail, mademoiselle Irène.

Ils transformèrent une resserre en atelier supplémentaire qu'ils meublèrent d'un autre établi. Le soir même, deux orfèvres y travaillaient déjà et un troisième vint les rejoindre le lendemain. Chaque fois qu'il y avait une période creuse d'une heure ou deux à la boutique, Irène travaillait aux côtés d'Arthur et de Jacques. Elle était occupée à servir un client dans la boutique quand le quatrième orfèvre arriva et elle ne le vit qu'un peu plus tard dans l'après-midi. Il occupait la place d'Irène, le dos tourné à la porte et la tête penchée sur son travail. Elle s'arrêta sur le seuil, le cœur battant, incapable de parler ; elle l'avait reconnu.

Jacques prévint le nouveau venu de sa présence et il se retourna pour la regarder, sans paraître surpris.

— Bonjour, Irène, dit-il en souriant. Cela fait longtemps !

Derek avait fait de nouveau irruption dans sa vie.

Ils travaillèrent jusqu'à dix heures du soir. Derek ne partit pas avec les autres, attendant de la voir en tête à tête. Ils n'avaient pas eu l'occasion de parler jusque-là. Epuisée par son travail et sa nuit sans sommeil, elle le conduisit à son appartement, lui fit signe de se servir un verre de vin et s'effondra dans un fauteuil. Il jeta un coup d'œil approbateur à la salle de séjour.

— Très joli ! Vous avez toujours eu bon goût. (Il emplit un verre de vin, le lui tendit, mais elle refusa d'un geste.) Vous avez fait beaucoup de chemin, au propre et au figuré, depuis la dernière fois que nous nous sommes vus.

Elle posa son bras sur l'accoudoir et répondit :

— Je suppose que vous avez travaillé avec Arthur Lucas à Paris, ce qui explique qu'il vous ait fait venir ici.

— Exactement. (Il s'assit en face d'elle.) Lorsque j'ai quitté la joaillerie Lindsay — ou plus précisément, lorsque j'en ai été chassé —, j'ai décidé de couper les ponts. Votre père ne m'aurait jamais donné de lettre de recommandation qui m'aurait permis d'entrer chez un joaillier de Londres, même si je n'avais commis aucune faute professionnelle. Ne souhaitant ni travailler dans un magasin moins coté ni retourner en province, j'ai pris le premier bateau en partance pour la France. Une fois à Paris, je suis allé voir Arthur Lucas.

— Mais comment le connaissiez-vous ? Oh, je pense que vous aviez travaillé ensemble chez mon père !

— Oui, un peu, et puis, l'un des autres orfèvres avait dit, un jour, qu'Arthur avait oublié en partant un de ses outils et qu'il travaillait chez un joaillier parisien.

— Chez Siegfried Bing ?

— Non, il n'y était pas encore ; il travaillait dans un établissement moins important. Je suis allé le voir et je lui ai expliqué que j'avais quitté la maison Lindsay par suite de mésentente avec votre père dont il connaissait le caractère difficile, et que je voulais tenter ma chance en France. Il m'a donné un peu de travail pendant qu'il vérifiait — il me l'a raconté plus tard — auprès de l'un de ses collègues de chez Lindsay que je n'avais pas été renvoyé pour cause de malhonnêteté. Il lui fut répondu que j'étais parti de mon plein gré et que mon travail correspondait au niveau requis dans les grandes joailleries. (Il but une gorgée de vin.) Cela a suffi. Arthur m'a recommandé à quelqu'un et j'ai retrouvé un travail à temps complet.

— Je trouve curieux que M. Lucas ne m'ait jamais dit qu'un autre employé de mon père travaillait en France.

— Pourquoi l'aurait-il fait ? Nous n'avons jamais travaillé dans la même place et nous ne nous voyions guère, excepté par hasard. Il savait que je m'étais récemment établi à mon compte, ce qui explique que j'aie pu venir à Monte-Carlo quand il m'a appelé. C'est sans doute la seule fois où il a pensé à moi depuis le jour où il m'avait aidé à trouver du travail. Aussi, quand il a eu besoin d'un artisan supplémentaire, a-t-il fait appel à moi pour que je lui vienne en aide à mon tour. Il ne pensait sûrement pas que nous nous connaissions.

— Je n'avais pas envisagé cette possibilité.

— Bref, voilà toutes mes aventures ! Je n'ai pas encore fait fortune, mais vous, vous semblez en bonne voie de réussir, à en juger par la commande sur laquelle nous travaillons.

— Il est vrai que je peux réussir ou échouer à cause d'elle. Le temps nous le dira.

Elle renversa la tête sur les coussins du fauteuil et le regarda longuement. Après tout ce temps et alors qu'elle aimait profondément un autre homme, elle ressentait encore les effets de la séduction qu'il exerçait sur elle. Peut-être Lillian avait-elle raison en affirmant que l'on n'oubliait pas un premier amour, même si, dans le cas de Derek, ses mensonges et son infidélité avaient détruit le charme magique, ne laissant plus que trahison derrière lui.

— Je voudrais ajouter quelque chose, reprit-il en regardant son verre à moitié vide comme s'il préférait éviter son regard. Je suis marié.

Elle faillit lui demander d'un ton amer s'il était retourné en Angleterre pour remplir ses obligations auprès de l'infortunée fille de sa logeuse, mais elle se retint. Elle le connaissait bien, à présent. Il avait quitté l'Angleterre autant pour échapper à cette dernière que pour repartir de zéro. Il devait ignorer l'humiliation qu'Irène avait connue ce matin-là en le cherchant dès l'aube, rêvant de s'enfuir avec lui.

— Votre femme est avec vous ? se contenta-t-elle de demander.

Il la regarda.

— Je lui ai laissé la garde de l'atelier. Ce n'est pas un artisan, mais elle sait tenir mes comptes avec beaucoup d'efficacité. Elle travaillait chez une modiste quand je l'ai connue. Elle s'appelle Brigitte.

— C'est un joli prénom, répondit-elle d'un ton sincère, désireuse de ne pas laisser le silence s'instaurer entre eux.

Il vida son verre et le posa. Cette fois, il ne la quitta pas des yeux.

— Je vous aimais, Irène, déclara-t-il d'une voix sérieuse. N'eût été votre père...

Elle se leva rapidement.

— Ne revenons pas sur le passé.

Il se leva aussi, mais avec moins d'empressement.

— Avez-vous toujours le pendentif ? interrogea-t-il.

Une telle colère la saisit qu'elle répondit d'une voix tremblante :

— Non, je n'aime pas beaucoup le travail d'Obrist !

Il eut la bonne grâce de paraître quelque peu déconfit.

— Je suppose que j'aurais dû vous dire que ce n'était pas de moi. J'en avais l'intention, mais vous sembliez tellement sûre que c'était moi qui l'avais fait que je n'ai pas eu le cœur de vous décevoir. J'avais peur de vous perdre, Irène. Si vous m'aviez épousé quand je vous l'ai demandé, nous ne nous serions jamais séparés.

Elle se raidit inconsciemment. Il réveillait tant d'angoisses en elle !

— Soyons raisonnables, Derek. Vous allez travailler ici pendant un certain temps et nous allons nous voir tous les jours. Il n'existe plus rien entre nous, et la meilleure chose à faire est d'oublier le passé. Maintenant, vous allez vous retirer et je fermerai la porte derrière vous.

La similitude de situation avec le passé les saisit tous deux au même instant. Il la regarda intensément comme pour l'obliger à en faire autant.

— Cette tâche me revenait quand nous nous rencontrions autrefois, remarqua-t-il.

— Les temps ont changé, et nous aussi.

Elle descendit l'escalier la première, s'appuya sur la porte d'en bas et passa la main sur ses yeux las. La dernière chose qu'elle souhaitait était cette douloureuse intrusion du passé. Si seulement Gregory avait été là ! Jamais elle n'avait eu davantage besoin de sa présence.

Au cours des jours suivants, elle fit tout pour ne pas se retrouver seule avec Derek. Tout était bien organisé à l'atelier et se déroulait normalement. Un autre orfèvre vint compléter momentanément l'équipe, aussi compétent que les autres choisis par Arthur. L'atelier travailla sans relâche à scier, tailler, creuser et polir. Le four ronronnait, l'or fondu jaillissait des creusets, et, sur un établi spécial, on assemblait les pierres dans un chaos qui s'organisait à mesure que la parure prenait lentement forme.

Le temps passait vite. Gabrielle craignait que la pièce de joaillerie ne soit pas prête à temps, ce qui ajoutait à son sentiment de frustration de rester cloîtrée dans un appartement, volets fermés, sans rien pour se distraire. Quand elle en avait assez de lire, elle jouait aux cartes avec sa femme de chambre ou aux échecs avec le cuisinier, qui était aussi le mari de sa femme de ménage. Elle se montrait souvent de mauvaise humeur, ce qui n'était pas de tout repos pour ses trois domestiques. Comme un visiteur pouvait attirer l'attention, puisque l'appartement était vide en apparence, Irène se tint à l'écart après avoir pris les mesures nécessaires pour exécuter le modèle. De toute manière, elle ne pouvait perdre une minute hors de l'atelier, travaillant aussi dur que les autres. Après avoir achevé le travail de soierie initial servant de fond à la pièce, Yvonne Lucas vint occuper la place d'Irène à la boutique pour lui permettre de travailler. Un après-midi, Yvonne appela Irène pour une cliente qui ne voulait avoir affaire qu'à elle, à la grande exaspération d'Irène. Après avoir ôté son tablier en cuir et remis sa blouse en lin, Irène se lissa les cheveux de la main pour avoir l'air présentable et entra d'un pas rapide dans la boutique. A sa surprise, elle trouva la servante de Mme Borisvinsky qui l'attendait pour lui parler en secret. Le message était bref. La vieille dame avait découvert par hasard que, le lendemain soir au casino, aurait lieu la confrontation décisive entre Otèro et Chandel. Elle voulait être sûre qu'Irène y serait.

— J'y serai, rétorqua Irène en renvoyant la servante avec la réponse. (Elle se hâta de regagner l'atelier et dit :) Ecoutez tous ! Nous devons finir notre travail dans les vingt-quatre heures. Ce que nous sommes en train de faire devra être livré demain soir.

Un murmure de protestations et de cris accueillit sa phrase. Arthur se leva.

— Nous y arriverons si nous travaillons toute la nuit, affirma-t-il. Je n'ai pas l'intention de décevoir Mlle Irène et j'espère que vous suivrez tous mon exemple.

— Je suis des vôtres, répliqua aussitôt Derek.

Irène lui jeta un regard plein de gratitude et il sourit en levant son pouce en geste de victoire. Les autres donnèrent leur accord.

Yvonne s'occupa de fournir du café toujours chaud pendant toute la nuit. De temps en temps, elle leur servait du pain et un plateau de bons fromages pour des collations rapides. Au petit matin, ceux qui se sentaient incapables de continuer sans prendre un peu de repos montèrent jusqu'à la salle de séjour d'Irène, s'affalant dans les fauteuils. Dès qu'ils étaient réveillés, d'autres les remplaçaient. Le début de l'après-midi arriva. La pression ne se relâcha pas, mais, vers quatre heures, les orfèvres s'arrêtèrent l'un après l'autre et laissèrent Irène sertir la dernière pierre.

Elle leva lentement la tête, laissa retomber les mains sur ses genoux et sourit victorieusement à tous, debout, près d'elle.

— C'est fini.

Tout le monde applaudit et les hommes se donnèrent de grandes claques dans le dos. Dans son enthousiasme, Derek prit Irène par les épaules pour la faire pivoter vers lui et l'embrassa en plein sur la bouche. Dans l'allégresse générale, personne ne le remarqua. Il s'écarta rapidement, soudain sérieux, pour permettre aux autres de la féliciter. Irène aurait préféré ne pas avoir senti de nouveau ses lèvres sur les siennes. Elle éprouva un sentiment de malaise. Quand elle le regarda, il avait les yeux posés sur elle, le visage tendu.

Ils s'occupèrent d'empaqueter la parure, la placèrent dans une boîte, elle-même soigneusement enveloppée, qu'ils rangèrent dans un sac de blanchisserie qu'Yvonne se chargea de livrer chez Gabrielle. Elle sonna à l'entrée de service et remit le sac à la femme de ménage comme s'il s'agissait effectivement de blanchisserie.

Il faisait nuit, et Monte-Carlo étincelait de tous ses feux quand Irène se glissa rapidement dans l'appartement de Gabrielle. Elle aida sa grand-mère à revêtir sa splendide parure et se dirigea ensuite vers le casino et les tables de jeu où tout devait se dérouler. Derek occupait un poste stratégique devant l'immeuble de Gabrielle et, grâce à Arthur et à Jacques, il était chargé d'indiquer l'instant où Gabrielle devrait quitter son appartement pour effectuer en calèche la courte distance la séparant de l'entrée du casino. Il était crucial qu'elle arrive après ses deux rivales.

Nerveuse, tendue, Irène attendait dans le hall du casino. Elle portait une robe du soir en tissu rose pâle, rehaussée d'un collier et de bracelets venant de sa boutique. Tout autour d'elle, des femmes très élégantes, couvertes de bijoux, des plumes et des fleurs dans les cheveux, toujours accompagnées, passaient d'un groupe à l'autre et formaient une sorte de tourbillon coloré jamais en repos. Les regards vigilants de chacun, la façon de tourner rapidement la tête, l'ambiance générale d'attente tendue, semblaient prouver que des rumeurs avaient circulé dans la journée. Au moins, se dit Irène, le secret de Gabrielle avait-il été bien gardé.

Soudain, une vague d'excitation parcourut le casino. Les gens s'avancèrent, empêchant Irène d'y voir. Elle ne put qu'entendre ce que l'on disait :

— C'est Chandel ! Regardez-la ! Oh, bravo ! bravo !

Irène réussit à se frayer un passage, juste à temps pour voir Diane de Chandel qui s'avançait avec grâce, en robe de satin blanc : elle était couverte de bijoux des pieds à la tête. En plus d'une tiare magnifique, elle avait entremêlé ses longs cheveux ondulés de très belles perles. Un collier de rubis agrémenté de nombreux pendentifs enserrait sa gorge. Plusieurs colliers descendaient jusqu'à sa poitrine, tandis que des bracelets recouvraient ses poignets et ses bras et que des bagues ornaient chacun de ses doigts. Des ceintures serties de pierres précieuses soulignaient sa taille, des guirlandes de saphirs, de diamants et d'émeraudes étincelaient sur ses hanches et oscillaient à chaque mouvement. On distinguait mal sa robe, car, à la lueur des chandeliers, ses bijoux lançaient de tels feux que l'on eût dit qu'elle se déplaçait dans une aura de lumière qui accentuait la pâleur de son visage. Chacun de ses joyaux proclamait publiquement qu'elle avait eu plus d'amants passionnés que sa rivale honnie et qu'ils lui avaient offert les cadeaux les plus onéreux. L'assistance comprit que quoi qu'Otèro portât ce soir-là, il lui serait impossible de supporter la comparaison avec les multiples preuves d'amour qu'étalait Chandel.

On avait cessé de jouer aux tables du casino. Chacun voulait voir ce qui se passait. Même les joueurs des salles privées apparurent sur le seuil et vinrent grossir la foule croissante de spectateurs. Le bruit se répandit alors qu'Otèro était arrivée, et les femmes montèrent sur les fauteuils pour mieux jouir du spectacle.

Un murmure parcourut la salle. Otèro ne portait pas un seul bijou à l'exception de boucles d'oreilles en perles ! Elle fit son entrée, vêtue d'une robe en velours noir très décolletée, mettant en valeur sa superbe silhouette, ses cheveux noirs comme l'ébène ondulés et coiffés à la Pompadour. Au début, l'assistance crut qu'elle avait capitulé et reconnu sa défaite. Puis les spectateurs les plus proches se mirent à glousser et à rire. Irène en comprit vite la cause. Otèro était suivie de sa servante, laquelle était encore plus ruisselante de bijoux que Diane de Chandel ; elle portait même le fameux boléro qui ne sortait que rarement du coffre-fort. Comme si cette plaisanterie dont sa rivale faisait les frais ne suffisait pas à Otèro, la servante ployait sous le poids d'un coffre à bijoux ouvert, révélant un trésor étonnant de pierres précieuses. Le rire devint général.

Irène vit que Chandel s'empourprait de rage humiliée. Les lèvres rouges d'Otèro se retroussèrent en un sourire de triomphe, mais alors qu'elle s'attendait que la foule se refermerait derrière elle pour la suivre dans les salles de jeu, elle entendit des exclamations étonnées qui la firent se retourner brusquement et regarder derrière elle. Ses yeux s'écarquillèrent d'incrédulité et de fureur. Une troisième candidate était entrée en lice.

Succédant à l'allure gracieuse de Chandel et à celle, sensuelle, d'Otèro, Gabrielle s'avança d'une démarche majestueuse. La tête bien droite, les cheveux d'un roux flamboyant retenus par deux peignes en filigrane d'or, elle portait une élégante tunique longue en tissu doré recouverte d'une cape de la même étoffe précieuse, terminée par une traîne. Alors qu'elle progressait au milieu de la foule et dévoilait la magnificence de sa cape couverte de joyaux, les applaudissements éclatèrent. Gabrielle ne faisait pas vulgairement étalage d'une profusion de bijoux mais offrait aux regards admiratifs un modèle de joaillerie en pierres précieuses et perles baroques de différentes nuances du plus pur style Art nouveau : des nymphes et des oiseaux aux ailes déployées s'échappaient de fleurs et de feuillages exotiques sur un support en or. Les applaudissements se firent enthousiastes. Gabrielle portait une toilette et une parure d'un goût souverain. On en oublia Otèro et Chandel. C'était la soirée de Gabrielle.

Tandis que la foule suivait la triomphatrice dans les salles de jeu, Irène se retrouva pratiquement seule. Elle sourit et s'appuya d'une main à l'un des piliers en marbre, renversant la tête en arrière, savourant l'exaltation de voir que tout s'était déroulé encore mieux qu'elle n'avait osé l'espérer. Elle entendit des applaudissements éloignés, indiquant que Gabrielle venait de s'asseoir à une table de jeu. Puis Irène perçut la présence, à l'autre bout de la salle, d'un homme aussi seul qu'elle qui n'avait pas pu la rejoindre à cause de la foule. Pendant quelques secondes, elle éprouva un sentiment de délicieuse anticipation à l'idée qu'elle allait tourner la tête et croiser son regard. Elle frissonna de désir. Elle savait qu'il était venu la chercher par amour.

— Irène !

Elle ne put résister plus longtemps. Elle pivota et courut vers lui, dans sa robe souple moulant son corps de nymphe. Elle poussa un cri de joie quand Gregory la prit dans ses bras.

15

Irène connut une véritable nuit d'amour. Enlacés, Gregory et elle regagnèrent son appartement au-dessus de la boutique. Il lui offrit un cadeau spécial ; il ne s'agissait pas, comme elle aurait pu s'y attendre étant donné la profession de Gregory, de diamants, mais de quelque chose qui signifierait beaucoup plus pour elle. A première vue, c'était une jolie bague sans prétention en or filigrané, à la mode au début du XIXe siècle.

— Lisez l'inscription, lui dit-il en la regardant. On raconte qu'il s'agit de la bague que Nelson donna à Emma Hamilton quelques semaines avant la bataille de Trafalgar.

Elle tourna lentement l'anneau et lut les mots gravés si longtemps auparavant : « Mon amour pour l'éternité », accompagnés des lettres E et N étroitement enlacées. Irène en eut les larmes aux yeux, ce qui les surprit tous deux. Elle avait entendu raconter que certaines femmes pleuraient à la vue du Taj Mahal, ce grand monument d'amour fervent, et la bague avait eu le même effet sur elle. Pleine d'une joie profonde, elle garda le silence. Gregory la serra contre lui, partageant son émotion. Quand elle s'écarta pour le regarder, elle murmura d'une voix rauque :

— Comment avez-vous déniché un tel gage d'amour ?

Il prit la bague et la lui passa au doigt avec un baiser.

— Elle appartient à ma famille depuis des années. Cela date du temps où mon arrière-grand-père était prêteur sur gages. On ignore qui a pu se défaire d'un tel héritage. On l'a toujours gardée dans sa petite boîte originale et, pendant longtemps, le ticket non récupéré l'accompagnait. Jusqu'à aujourd'hui, personne n'a dû la porter depuis l'instant où elle a quitté le doigt d'Emma Hamilton.

Il l'embrassa de nouveau. Puis il lui fit l'amour avec encore plus de tendresse et de douceur que les fois précédentes. Une même passion les consumait et les enfermait dans un monde à eux. Ce fut une nuit de redécouvertes, d'émerveillement renouvelé et de plaisirs inédits ; leurs corps, leurs membres et leurs souffles emmêlés, ils s'exprimaient avec une telle tendresse qu'ils semblaient avoir créé leur propre langage amoureux.

Au casino, Gabrielle se rattrapa d'avoir refusé un jour toute aide financière à sa petite-fille en faisant connaître à tous le nom de la joaillière qui avait réalisé sa cape. Le nom d'Irène se répandit dans toutes les salles : la parure extraordinaire de Gabrielle Roget avait été dessinée et exécutée dans la petite boutique d'Irène Denise, située dans une ruelle, près de la place.

Le lendemain matin, dès l'ouverture de la boutique, la rue se trouva encombrée de calèches. Plusieurs femmes descendirent et poursuivirent à pied, venant rejoindre celles qui emplissaient déjà la joaillerie. On arracha des mains d'Irène des modèles et plus d'un fut rompu par des clientes impatientes qui voulaient s'en emparer en même temps. Elles voulaient tout, depuis des colliers jusqu'à des capes semblables à celle qu'elles avaient vue la veille. Irène et Yvonne furent débordées. Finalement, Irène résolut le problème en prenant rendez-vous avec chaque visiteuse à sa villa ou à son hôtel, afin de discuter calmement des commandes. Elle inscrivit aussi sur sa liste des hommes qui regardaient avec un effroi incrédule les clientes se bousculer sauvagement ; Irène vérifia qu'elle les avait tous inscrits avant de les voir s'éclipser, soulagés.

Arthur retint sagement son équipe d'orfèvres venus se faire payer et rassembler leurs outils, une fois la cape finie. Il leur annonça que les commandes reçues au cours de la première heure suffiraient à leur donner à tous du travail pour plusieurs mois. Le succès de la joaillerie était assuré. Désormais, la jeune femme qu'Arthur connaissait depuis qu'elle était enfant et dont il avait reconnu le talent des années auparavant pouvait considérer qu'elle avait réussi. Elle s'était hissée au niveau des Fouquet, des Gautrait, des Lalique, des Vever et des Tiffany dans le domaine de la joaillerie de style Art nouveau.

Arthur Lucas avait une autre raison de souhaiter conserver une équipe d'orfèvres importante. Tôt ou tard, il devrait nommer un successeur et ce serait plus facile de le choisir parmi les membres de sa propre équipe. Il en glisserait le nom à Irène à la première occasion. Le travail complexe et ininterrompu qu'il venait de réaliser lui avait fait prendre conscience de son âge. Il ne pourrait plus se concentrer aussi fortement et travailler aussi intensément. Pis encore, il savait depuis longtemps que sa vue baissait, et la fatigue avait aggravé son état.

Cependant, alors que la cape endiamantée lui avait fait sentir les atteintes de l'âge, elle avait donné à sa femme, de dix ans sa cadette, un nouveau but dans la vie. Yvonne avait pris un grand plaisir à se remettre à coudre et avait accepté de se charger des travaux d'aiguille nécessaires aux parures qui venaient d'être commandées. Cela signifiait qu'elle ne s'occuperait plus de la vente à la boutique, ce qu'elle n'avait jamais vraiment aimé, mais qu'elle resterait à travailler chez elle toute la journée, entourée de soieries et de satin et gaie comme un pinson.

Irène n'avait jamais été plus heureuse. Son affaire prospérait et elle trouvait merveilleux de voir sa joaillerie appréciée à la fois par le *monde* et par le *demi-monde*. Comme si cela ne suffisait pas, elle était profondément amoureuse d'un homme passionné dont l'adoration paraissait lui ouvrir de nouveaux royaumes à chaque rencontre. Son seul regret était que le travail l'empêchât de le voir aussi souvent qu'elle l'aurait souhaité. Il avait également de multiples rendez-vous d'affaires sur la Riviera et, en son absence, elle travaillait de plus belle, allant voir ses clientes ou dessinant ses modèles. Arthur lui avait dit que, lors d'une visite précédente, Gregory avait proposé de fournir la boutique en diamants, ce qui lui permit de discuter affaires avec lui. Fervente adepte de l'Art nouveau, elle avait longtemps utilisé des matériaux relativement bon marché comme le verre, l'ivoire, le bronze ou la nacre, ce qui expliquait qu'elle pût présenter des objets élégants à des prix modérés. Or, certaines femmes pouvaient préférer une pièce de joaillerie à la valeur marchande reconnue plutôt qu'un bijou hautement artistique. Irène devrait donc employer des pierres de prix, comme elle l'avait vu faire dans le magasin de son père. Heureusement pour elle, elle disposait du soutien financier sans réserve de sa belle-mère, ce qui lui donnait la possibilité de commander les pierres nécessaires non seulement à Gregory mais aussi à d'autres lapidaires qu'Arthur et elle connaissaient. Parfois, le total des sommes engagées atteignait des chiffres qui lui donnaient le vertige quand elle y pensait, mais, par bonheur, les gens ne traitaient pas leurs joailliers comme leurs tailleurs ou leurs modistes et réglaient leurs factures sans trop se faire prier, ce qui permettait de couvrir les frais précédents et de passer de nouvelles commandes. Un nombre important de clientes apportaient leurs propres bijoux, demandant à Irène de les sertir différemment, et d'autres fournissaient leurs pierres, ce qui rapportait un bénéfice à Irène, sans grande mise de fond; de toute manière, les affaires marchaient bien et l'afflux de commandes ne diminuait pas.

Avant de quitter une fois encore Monte-Carlo, Gregory emmena Irène voir sa villa à Cap-d'Ail. Le toit avait été posé, mais l'intérieur était loin d'être fini : les fenêtres n'avaient pas encore de vitres et les parquets n'étaient pas terminés. Ils visitèrent chaque pièce en regardant où ils posaient les pieds et se rendirent sur la terrasse qui offrait une vue splendide de la mer entre des palmiers et des cocotiers croissant là depuis des années. Irène s'assit sur une pile de planches.

— Vous allez avoir une belle maison! dit-elle d'une voix enthousiaste. Dommage que vous ne puissiez l'habiter toute l'année.

Il s'assit près d'elle et lui prit la main.

— Vous pourriez y vivre, Irène.

Elle lui sourit tendrement en secouant la tête.

— Non. Vous savez comme moi que nous ne devons pas voir plus loin que les heures que nous passons ensemble. (Elle s'était laissée brièvement aller le jour où Lillian lui avait annoncé l'intention de Gregory de demander le divorce et avait espéré, malgré tout, que l'obstacle serait surmonté. Le choc reçu l'avait brutalement ramenée à la réalité. Tant que Lillian et Gregory seraient unis légalement, Irène ne pourrait pas faire de projets d'avenir.) Si je viens un jour m'installer dans cette villa, cela voudra dire que je renonce à l'indépendance que j'ai si péniblement acquise.

— Vous aurez quand même la liberté d'agir à votre guise.

— Non, je ne le pourrai pas, et vous le savez bien.

— Je ne vous comprends pas !

En soupirant, elle avait tendrement mêlé ses doigts aux siens et lui avait déclaré en le regardant amoureusement :

— Si nous vivons tous les deux sous le même toit, je vais commencer à changer. Non pas dans ma façon de vous aimer, mais en souhaitant plus que nous ne pouvons partager pour le moment. Je voudrai dormir dans vos bras comme votre femme et me réveiller de même. J'aurai envie d'avoir des enfants et une véritable vie de famille, ce qui est impossible. L'illégitimité a des effets trop cruels sur un enfant pour que j'aie la faiblesse d'y consentir. Je risque en compensation de me montrer plus exigeante envers vous et de ne pas accepter vos voyages fréquents. Je ne suis pas possessive, mais cela peut survenir. Je connais mes défauts.

— Je suis prêt à prendre ce risque.

Elle secoua de nouveau la tête.

— Non, ce serait injuste. (Elle se pencha et déposa un baiser léger à la commissure de ses lèvres.) Continuons à vivre comme nous le faisons, sans récriminations ni regrets sur ce qui ne peut être changé. Nous devrons supporter d'être séparés, mais en sachant tout ce que les retrouvailles nous apporteront. Voilà comment doivent être nos relations. Nous sommes des êtres responsables et nous nous aimons. Ne l'oublions jamais. (Sa main toujours serrée dans la sienne, elle se leva et le regarda.) Partons-nous ? N'ayez pas l'air triste. Nous connaîtrons le bonheur dans cette villa, même si la situation n'est pas celle que nous aurions souhaitée.

Ils empruntèrent la piste tracée par les véhicules de l'entrepreneur. Avant d'arriver à la route, il lui dit qu'il avait vu Lillian quelque temps auparavant pour lui demander de lui accorder le divorce.

— Lillian m'en a parlé le jour où elle est venue me rendre visite à la boutique, répondit Irène.

Elle lui raconta l'entrevue, sans lui rapporter, toutefois, la certitude qu'avait Lillian de reprendre un jour Gregory. Une espèce de crainte superstitieuse l'en empêcha.

Gregory écouta avec peine la sanction que l'attitude implacable de son épouse infligeait à sa bien-aimée. Il décida alors de révéler à Irène les détails de la rupture finale de son mariage :

— Curieusement, Lillian ne s'est jamais considérée comme infidèle. Elle m'aimait à sa façon, et probablement plus que quiconque, mais, peu à peu, j'ai appris qu'elle faisait tout pour avancer dans sa carrière. Cela a créé un état de fait intolérable. Nous étions sur le point de nous séparer, lorsqu'elle s'est aperçue que je l'avais mise enceinte, involontairement. Je suppose que tout homme espère avoir un fils au cours de sa vie et j'ai pensé que la tournure inattendue que prenaient les événements pourrait ressouder notre mariage. Elle était enceinte de trois mois et faisait un tour de chant dans un music-hall, quand elle passa une audition au Gaiety. Le Gouv'neur l'a engagée et, le jour même, elle s'est fait avorter dans une arrière-cour.

— Oh ! s'exclama Irène en voyant à l'expression de Gregory quel choc cela avait dû être pour lui.

— Elle est rentrée à la maison et s'est trouvée mal. Une hémorragie s'était déclarée. Le docteur est venu sur-le-champ. Tandis qu'elle luttait contre la mort, je lui ai tenu la main et elle m'a supplié de ne pas divorcer, car cela pouvait nuire à sa carrière. Elle savait que ce qu'elle venait de faire était le coup final porté à notre mariage et qu'il n'y aurait pas de reprise possible.

— Elle a réussi à vous arracher cette promesse ?

— Oui, j'étais prêt à lui promettre n'importe quoi pour l'aider à vivre. Dès que le danger fut passé et qu'elle est entrée en convalescence, nous nous sommes séparés. Je suis allé en Hollande prendre la direction de notre bureau d'Amsterdam où je suis resté jusqu'à la mort de mon père. J'ai dû alors revenir à Londres. L'attitude de Lillian me rappelant ma promesse ne m'a nullement surpris. Nous nous trouvons dans une impasse totale. Comme vous le savez, le divorce est la dernière chose qu'elle souhaite et depuis qu'elle joue au Gaiety Theatre, elle fait extrêmement attention à ne pas laisser le moindre écart entacher son nom.

— Du moins, rien ne peut nous empêcher de nous aimer, dit Irène pour le consoler.

Il s'arrêta de marcher, la prit par les épaules et lui avoua tendrement :

— Vous représentez tout pour moi, ma douce Irène.

Elle sourit de bonheur et leva la main vers la joue de Gregory. Elle portait au doigt la bague de Nelson.

— Je sais, chuchota-t-elle, ce qui le fit sourire aussi.

Elle glissa son bras sous le sien et ils reprirent leur promenade, les yeux dans les yeux.

Il repartit à la fin de la semaine. Pendant cette nouvelle séparation, Irène en profita pour travailler deux fois plus afin de rattraper le temps passé avec lui, contente de ce surcroît d'activité qui l'aidait à surmonter l'angoisse permanente qu'elle ressentait à ne pas savoir quand ils se reverraient. Elle avait engagé deux jeunes femmes pour l'assister à la boutique, toutes deux vêtues d'un chemisier blanc et d'une jupe en soie grise. Elle-même s'habillait à sa guise, toujours avec élégance, et dans des tons pastel. Elle passait la plupart du temps à sa table de dessin, vêtue d'une blouse afin de protéger ses vêtements. Elle éprouva un jour une grande émotion en descendant dans la boutique et en voyant l'ex-impératrice Eugénie. Comme toujours, la vieille dame était en noir, un bouquet de violettes fixé à la taille.

— Ah, mademoiselle Lindsay ! J'ai appris que vous aviez ouvert une boutique. Je vous souhaite de réussir.

— Je vous remercie, madame.

La présence de l'ex-impératrice scellait la réussite d'Irène qui se montra ravie. Le fait même de remplacer la chaîne de sûreté d'un bijou de l'ex-impératrice était important, puisqu'il s'agissait d'un joyau qu'elle portait toujours, une broche d'émeraudes représentant un trèfle, premier gage d'amour que lui avait offert le défunt Napoléon III.

En s'occupant de ce travail, Irène pensa aux hommes qui, de tout temps, expriment leurs sentiments en offrant des bijoux aux femmes qu'ils aiment. Le cadeau de Gregory était imprégné d'une passion éternelle qui n'avait tenu compte ni du scandale, ni de la guerre, ni d'aucune autre circonstance. La bague brillait à son doigt, tandis qu'Irène finissait la réparation à l'aide de pinces. Elle avait l'impression que la bague de Gregory avait retrouvé plus d'éclat depuis qu'un nouvel amour en avait fait un second gage d'amour.

L'affaire d'Irène comportait, outre le dessin et la vente des bijoux, deux branches parallèles qui commençaient à se développer. La première était la copie de pièces de joaillerie coûteuses que des clientes souhaitaient voir exécuter en pierres moins onéreuses pour les porter, tandis que l'original resterait dans un coffre. Son père avait exécuté ce genre de commandes, et elle-même s'en était occupée à plusieurs reprises quand elle travaillait sous ses ordres. Mais la seconde branche lui était moins familière, car son père ne réglait ces affaires-là qu'en privé, aidé de son vendeur principal ; aussi, la première fois où elle eut à effectuer la transaction, n'y était-elle nullement préparée. On l'avait appelée à la boutique à la requête d'une femme à l'air hautain qui demanda à lui parler en privé. Irène la fit entrer dans son petit bureau, peu désireuse de la faire monter chez elle.

Dès que la porte fut refermée, la femme tira une boîte plate en cuir de son sac, l'ouvrit et montra une jolie aigrette en pierres précieuses représentant un rameau de lilas.

— Combien m'en offrez-vous ? demanda-t-elle.

Prenant l'air d'hésitation surprise d'Irène pour un dédain calculé, elle leva la tête d'un geste agressif :

— Ne faites pas semblant de ne pas être intéressée ! Tous les joailliers de Monte-Carlo essaient ce coup-là quand ils savent que le vendeur a besoin d'argent pour jouer ! Et ne croyez pas que j'ignore la véritable valeur de cette pièce !

Irène regarda froidement la femme, posa la boîte sur le bureau et se leva.

— C'est une maison honnête, madame. Personne ne se fait gruger ici. Allez présenter ce bijou ailleurs.

Le visage de la femme se crispa ; elle changea d'attitude.

— Excusez-moi. J'ai eu tort. J'aurais dû savoir que l'ex-impératrice Eugénie ne serait pas venue dans une joaillerie ne jouissant pas d'une réputation sans tache. C'est la raison de ma venue ici. Je vous implore de me faire une offre. Le casino va bientôt ouvrir et je n'ai rien à miser aujourd'hui !

Irène se rassit lentement. Elle trouvait tragique que l'on soit à ce point possédé par le jeu, mais elle n'avait pas à juger les autres. Elle sortit l'aigrette de son lit de velours et l'examina à la loupe. Les pierres étaient belles, même si la pièce ne présentait aucun intérêt pour elle. Elle indiqua ce qui lui sembla un prix raisonnable. La femme remercia avec effusion. Après avoir vérifié l'identité de la cliente et s'être assurée que la pièce lui appartenait bien, Irène remplit un chèque qu'elle signa. Elle le lui tendit et la femme s'en alla aussitôt après s'en être emparée.

Ce soir-là, après le départ de ses employés, Irène raconta l'incident à Arthur. Il examina soigneusement l'aigrette, tomba d'accord sur le prix fixé, tout en songeant qu'Irène aurait pu l'avoir pour moins cher ; il savait cependant qu'elle ne voudrait jamais profiter de la malchance d'autrui. De ce côté-là, elle ressemblait à son père et était d'une honnêteté scrupuleuse en affaires.

Il était content que cet achat lui donne l'occasion de lui parler. Après lui avoir expliqué qu'il travaillerait pour elle moins longtemps que prévu à cause de sa vue de plus en plus mauvaise, il avança le nom de celui auquel il pensait pour le remplacer. Il fut surpris de l'accueil hostile qu'Irène fit à sa proposition.

— Pas Derek Ryde, monsieur Lucas ! Je ne crois pas qu'il fera l'affaire !

— Je ne suis pas d'accord. C'est un artisan remarquable, et ce serait vraiment dommage que vous le laissiez partir à la fin du mois. (Il vit qu'elle paraissait étonnée.) Je me permets de vous rappeler qu'il n'est venu ici que pour une période de temps précise et pour me rendre service. Il vous sera difficile de trouver un orfèvre de sa valeur pendant cette période où nous avons beaucoup de travail. Si on ne l'incite pas à rester en lui offrant des avantages, il va retourner à Paris dès que son contrat tacite avec nous prendra fin. Après tout, sa femme l'attend là-bas.

Irène se mordit les lèvres et fronça les sourcils.

— Je me suis trop habituée à travailler avec vous, monsieur Lucas. Je ne suis pas sûre que M. Ryde et moi puissions faire marcher la boutique à nous deux. Pourquoi Jacques ne prendrait-il pas votre place ?

— Il est beaucoup trop jeune. Il a toute l'instabilité de la jeunesse, il n'a pas encore volé de ses propres ailes. C'est sa première place depuis qu'il a fini son apprentissage. Il n'est pas prêt à se fixer pendant de longues années au même endroit.

— Vous croyez que M. Ryde l'est ?

— J'en suis sûr. Il m'a dit, récemment, qu'il resterait à Monte-Carlo s'il en avait la possibilité.

— Hum ! Je suppose qu'il apprécie la proximité du champ de courses de Nice.

Arthur lui lança un regard aigu. Sur ce point aussi, elle ressemblait à son père, toujours au courant de tout sans que l'on s'en doute, et le faisant savoir d'une remarque adroite quand on s'y attendait le moins.

— Je vous accorde qu'il joue, mais cela n'enlève rien à ses qualités d'artisan. Il n'a jamais réduit ses horaires de travail ni rechigné à faire des heures supplémentaires ; de plus, il est affable et sait y faire avec la clientèle.

Irène poussa un soupir résigné. Derek se conduisait à son atelier comme il l'avait fait dans celui de son père, s'intéressant à ce qu'il faisait. Ses autres distractions n'intervenaient pas dans son travail. Puisque son métier n'était pas en cause et que sa vie privée ne concernait que lui, elle devait suivre le conseil d'Arthur. Curieusement, elle était capable, rien qu'en entrant dans l'atelier, de sentir si Derek avait gagné ou perdu aux courses. Son regard triomphant, sa désinvolture, son attitude suffisante se révélaient tout aussi significatifs que par le passé. Irène avait parfois du mal à ne pas répondre à la jubilation de Derek, prête dans un moment de folie à oublier ce qui s'était passé et à l'embrasser pour le féliciter de ses gains comme elle l'avait fait tant de fois jadis. En réalité, elle savait parfaitement qu'elle ne se laisserait jamais aller de la sorte, mais quand il était en veine, elle préférait ne pas travailler à l'atelier et s'occuper à d'autres choses.

— Je suivrai votre avis, monsieur Lucas. Mais j'espère que vous resterez suffisamment avec moi pour superviser les travaux d'agrandissement. Le magasin voisin est à vendre, et ma belle-mère est d'accord pour que nous l'achetions.

— Quand comptez-vous commencer les travaux ?

— Dès la fin de la saison, pendant les mois d'été. Cela nous permettra d'agrandir les ateliers, la surface du magasin et aussi mon appartement.

— Pourquoi ne pas ajouter une antichambre agréable où vous pourriez recevoir les personnes désireuses de vendre leurs bijoux ?

— J'y ai pensé. Elle pourrait jouxter mon bureau. Que décidez-vous, monsieur Lucas ? Resterez-vous avec nous jusqu'à la fin des travaux ?

— Je resterai aussi longtemps que vous aurez besoin de moi, n'ayez crainte. Parlerez-vous à M. Ryde ?

— Dès demain, répondit-elle en hochant la tête. Je le verrai à mon bureau dès son arrivée.

Lorsque Derek entra, elle travaillait, mais elle posa sa plume dès qu'il s'assit en face d'elle. Il se doutait de ce qu'elle allait lui dire. Il avait appris qu'Arthur Lucas souhaitait se retirer et se savait bien placé pour lui succéder.

— Je crois que votre contrat chez nous se termine, Derek, commença-t-elle.

Elle lui expliqua ensuite la situation et lui proposa le poste de chef d'atelier. Tout en l'écoutant, il sentait qu'il la désirait toujours autant. Il éprouvait ce désir chaque fois qu'elle entrait dans l'atelier, lui parlait ou s'approchait de lui pour une raison ou une autre. Il avait ressenti une très vive jalousie en apprenant qu'elle était profondément amoureuse du mari de Lillian Rose. Il connaissait bien Lillian. Ils avaient grandi ensemble dans la même rue misérable de Manchester. Elle n'avait pas paru particulièrement heureuse de le voir la première fois où il était venu la saluer au théâtre, mais quand elle s'était rendu compte qu'il n'avait pas l'intention de divulguer ses origines, ils avaient renoué leur amitié et elle lui avait même, à l'occasion, prêté de l'argent quand les bookmakers le pressaient trop. Au cours de ses visites au théâtre, il avait rencontré et fréquenté l'une des girls de la troupe. La pauvre n'avait pas simplifié les choses en tombant amoureuse de lui. Les derniers mois qu'il avait passés à Londres avaient été passablement compliqués ! Tout était allé de travers à l'exception de sa liaison avec Irène, qui s'était terminée de manière inattendue. Il avait été heureux de quitter Londres et tous ces ennuis. Son seul regret avait été de perdre Irène. Il le regrettait encore aujourd'hui. Il devinait les formes de son corps sous ses vêtements. Elle conclut ce qu'elle avait à lui dire et lui jeta un regard interrogateur.

— J'aimerais bien prendre la place d'Arthur Lucas, répondit-il avec empressement. Je sens que votre affaire va s'étendre et que vous allez bientôt ouvrir des succursales ailleurs. J'espère continuer à travailler avec vous et diriger l'une d'elles un jour.

— Votre confiance en moi me flatte, déclara Irène en souriant.

— Je vous ai toujours affirmé que vous aviez un talent exceptionnel.

Elle ne souhaitait guère revenir au passé. Il y avait un moyen de régler ce problème une fois pour toutes.

— Vous m'avez dit que Brigitte tenait vos comptes avec compétence. Je suis disposée à lui offrir le même travail ici, si elle accepte.

— Je suis sûr qu'elle sera d'accord.

— Vous devriez aller à Paris et tout régler. Cela vous prendra-t-il longtemps ?

— Non, nous louons l'atelier et l'appartement. Nous pourrons revenir ici, Brigitte et moi, dans quelques jours.

— A bientôt donc, fit-elle, pour clore l'entretien.

Il se leva et posa les deux mains sur le bureau.

— J'ai épousé Brigitte parce qu'elle vous ressemblait, annonça-t-il.

Elle avait déjà repris sa plume, prête à se remettre à travailler, les yeux déjà baissés sur sa feuille de papier. Elle ne répondit pas immédiatement. Quand elle le fit, ce fut en lui jetant un regard furieux qui le surprit.

— Ne répétez jamais une chose pareille !

Il la dévisagea.

— De quoi avez-vous peur ? Qu'en dépit de tout nous éprouvions encore quelque chose l'un pour l'autre ?

Elle bondit sur ses pieds.

— Il y a longtemps que j'ai cessé d'avoir le moindre sentiment pour vous. J'en aime un autre.

Il sourit à demi, le regard insistant.

— Je ne conteste pas votre amour pour Burnett. Il se montre suffisamment empressé lorsqu'il est ici, et vos sentiments à son égard sont éloquents. Mais cela n'a rien à voir avec ce qu'il y a eu entre nous et qui dure encore. Si vous étiez honnête avec vous-même, vous sauriez que je dis vrai.

Elle ouvrit la bouche pour parler. Elle prit une profonde inspiration et se reprit.

— Oubliez le passé, sinon, je me verrai obligée de reconsidérer ma proposition de vous voir succéder à M. Lucas !

Il comprit qu'elle avait l'intention de mettre sa menace à exécution. Il s'écarta du bureau et laissa retomber ses mains.

— A mon tour d'être franc. Je ne tiens pas à perdre ma place. Je me plie donc à vos ordres. Est-ce que cela vous va ?

Elle fit un brusque signe de tête, le visage encore empourpré. Il se dirigea vers la porte, lui jeta un dernier regard par-dessus son épaule et sortit de la pièce. Elle se rassit et passa une main tremblante sur ses yeux. Il l'avait obligée à prendre conscience du fait qu'une petite partie de son cœur était encore vulnérable à ses paroles et à ses actes. Il ne s'agissait ni d'amour ni de tendresse mais d'un étrange sentiment doux-amer lié aux bons moments de leur liaison, à leurs rires ; et cela malgré ce qui s'était passé ensuite, malgré son infidélité envers elle et envers d'autres femmes. Elle trouvait particulièrement exaspérant d'être prête à le croire quand il lui disait qu'il l'aimait toujours.

De temps à autre, Irène allait voir les travaux de la villa de Gregory à Cap-d'Ail. Elle lui écrivait pour lui en parler, même si elle savait que ce projet ne l'intéressait plus, maintenant qu'elle lui avait annoncé qu'elle n'avait pas l'intention d'y vivre. Il lui donna des nouvelles de Londres. Fabergé avait renoncé à créer une succursale à Paris ou ailleurs, excepté à Londres où il allait ouvrir une joaillerie, Duke Street, Grosvenor Square. Elle se rappela les paroles de Derek concernant le développement de sa propre affaire et l'ouverture de succursales à travers le monde. Il avait révélé son rêve secret.

Un dimanche après-midi, elle revenait précisément de la villa lorsque Derek vint lui présenter sa femme. Ils étaient arrivés la veille de Paris et s'étaient installés dans un appartement de deux pièces-cuisine qu'Arthur et Yvonne avaient aménagé à l'étage supérieur de leur maison, ce qui leur permettait d'avoir une nouvelle source de revenus.

— Enchantée de vous connaître, mademoiselle Lindsay, dit Brigitte, une fois que Derek eut fait les présentations.

— Moi aussi, répondit Irène, étonnée.

Derek avait parlé d'une ressemblance entre elles, et elle ne pouvait pas le nier. De même taille, le teint pâle comme toutes les rousses, elles n'avaient, cependant, ni les mêmes traits ni la même couleur de cheveux — ceux d'Irène étaient d'un roux doré et ceux de Brigitte auburn foncé, naturellement ondulés et tout aussi fournis que les siens. Leurs yeux non plus n'avaient pas la même teinte, ceux de Brigitte étaient marron foncé, vaguement mystérieux avec sa façon de regarder les gens, paupières à demi baissées. Elle ne parlait pour ainsi dire pas en présence de Derek, heureuse qu'il mène la conversation. Irène comprit pourquoi Derek avait pu rester aussi longtemps à Monte-Carlo, la laissant se débrouiller seule à Paris, car elle ne cachait pas l'adoration qu'elle éprouvait pour lui. Elle ferait tout ce qu'il voudrait sans poser la moindre question. Il avait trouvé une femme qui ne souhaitait rien d'autre que d'être son esclave dévouée. Pour Irène, c'était un état d'esprit détestable. Elle croyait qu'une femme devait aimer de tout son être, avec ses qualités et ses défauts qui ne pouvaient qu'enrichir cet amour ; une telle soumission de la part de Brigitte rappelait les dernières décennies et non les premières années de ce nouveau siècle où les femmes commençaient, pour la première fois, à s'affirmer.

Toutefois, Brigitte se révéla efficace au bureau, montrant qu'elle pourrait facilement être indépendante et gagner sa vie toute seule, si le besoin s'en faisait sentir. Irène s'aperçut que Brigitte avait une sorte de génie de la comptabilité et que Derek avait dit vrai en assurant qu'elle était efficace. Vêtue d'une blouse unie ou d'une blouse rayée à col montant et d'une jupe sombre descendant jusqu'à la cheville, elle se déplaçait à l'intérieur de la boutique et du bureau, aussi discrète qu'une ombre. Sans faire de bruit, elle s'occupait de toute la partie commerciale de l'affaire, permettant à Irène de dessiner ses modèles, de travailler à l'atelier ou de traiter avec les clients particulièrement importants sur rendez-vous ou à la boutique.

Irène ne parvenait pas à l'aimer. Elle se dit que cela était dû, sans doute, au ressentiment, totalement irrationnel, de voir que Derek s'était consolé avec Brigitte alors qu'elle-même avait connu le désespoir et la désillusion. Elle découvrit, en effet, qu'il avait épousé Brigitte moins de trois mois après son arrivée en France. Il avait reconnu franchement que la dot de sa femme lui avait permis d'ouvrir son propre atelier. Si la vente de l'équipement de cet atelier avait rapporté de l'argent, maintenant qu'ils avaient quitté Paris, Brigitte n'en avait certainement pas profité. Elle portait jour après jour les mêmes vêtements, toujours impeccables, mais sans jamais aucune variété. Elle montrait un empressement évident à recevoir son salaire après avoir établi celui des autres membres du personnel. Les yeux brillants, elle serrait son argent dans son sac, à la façon d'une avare. Pourtant, elle dépensait chaque sou d'une manière aussi méthodique et pratique que le travail qu'elle effectuait au bureau.

— J'achète mes légumes à un paysan avant qu'il les vende sur le marché, confia-t-elle un jour à Irène, ce qui me permet de les avoir à bas prix.

Une autre fois, elle lui raconta qu'elle achetait son poisson directement au port. Elle faisait elle-même son pain, cuisinait les bas morceaux de viande dans du vin également bon marché qu'elle agrémentait d'herbes et préparait des salades de sa composition à base de plantes sauvages qu'elle cueillait elle-même. Peu à peu, Irène se rendit compte que Brigitte utilisait son salaire à payer le loyer, la nourriture et les frais divers. L'argent que gagnait Derek appartenait à lui seul. Brigitte s'accommodait ainsi d'un mari joueur. Elle veillait à ce qu'ils aient un toit et de quoi manger, tandis qu'il donnait libre cours à sa passion du jeu, gagnant et perdant tour à tour. A sa manière, ce mariage était une réussite.

Irène ne pouvait s'empêcher d'admirer la résistance de Brigitte. Elle se dit qu'il valait mieux pour Derek, en dehors de l'anxiété supplémentaire qu'il aurait infligée à sa femme, qu'il ne puisse pas jouer au casino. Au début, les jeux avaient été ouverts à tous ; une des salles avait même été appelée « la cuisine » parce que les domestiques venaient y jouer, mais cela avait changé. Les règles étaient appliquées strictement, la tenue de soirée était de rigueur et les salles de jeu étaient interdites aux ouvriers et aux domestiques ; en tant qu'artisan, Derek se trouvait dans la catégorie des refusés. D'autres ne pouvaient y accéder à cause de la nature même de leur profession : ainsi, toute personne traitant de fonds publics ou privés, comme les percepteurs, les employés de banque, les notaires dont la présence pourrait gêner les joueurs invétérés.

Irène se rendait au casino environ une fois par semaine, tantôt avec Gabrielle qui voulait la présenter comme la dessinatrice de sa cape, tantôt avec Mme Borisvinsky qui appréciait sa présence. Quand Irène était avec l'une d'elles, elle ne pouvait parler à l'autre, même si elles se trouvaient toutes les trois dans la même salle, car Mme Borisvinsky refusait de saluer une courtisane, et Gabrielle avait appris avec les années à ignorer complètement quiconque la traitait de haut. L'une et l'autre présentaient à Irène des hommes désireux de la connaître pour des motifs plus ou moins nobles selon que les présentations étaient faites par Mme Borisvinsky ou par Gabrielle. Elle ne répondait à aucune avance. Elle aimait tellement Gregory qu'elle savait que si le destin se montrait un jour assez cruel pour les séparer, elle mènerait une existence solitaire jusqu'à la fin de sa vie.

Elle fit la connaissance d'un homme qu'elle aima aussitôt comme un ami. Il s'agissait de Serguei, le second fils de Mme Borisvinsky, veuf depuis plusieurs années et père d'enfants déjà adultes. L'air distingué, les cheveux gris, les yeux bleus, il vint rendre visite à sa mère à Monte-Carlo. Il séjournait sur la Riviera. Il avait le même sens de l'humour que sa mère.

— J'espère que vous ne laissez pas ma mère vous tyranniser, dit-il à Irène, sachant parfaitement que Mme Borisvinsky l'entendait. C'est une Tartare qui sait ce qu'elle veut.

— Sottises ! intervint Mme Borisvinsky d'un ton joyeux depuis son fauteuil. Je suis une chère vieille dame. Tout le monde le sait, sauf mes fils.

A la grande joie d'Irène, la visite de Serguei à Monte-Carlo coïncida avec celle de Sophia. Ils ne s'étaient jamais rencontrés, mais avaient plusieurs relations communes. Ils dînèrent ensemble tous les quatre et allèrent ensuite à la salle Garnier entendre la grande Sarah Bernhardt réciter quelques monologues avec toute sa fougue et son talent ; pendant l'entracte, Mme Borisvinsky chuchota à l'oreille d'Irène :

— Pourquoi ne pas les marier ? Il y a bien longtemps que Serguei est seul.

Irène regarda sa belle-mère en grande conversation avec Serguei. Il était clair qu'ils s'entendaient bien. Cependant, les yeux de Sophia étaient toujours voilés d'une telle tristesse qu'Irène redoutait qu'elle ne mît longtemps à se dissiper.

16

Les transformations de la boutique liées à l'acquisition des locaux adjacents eurent lieu durant l'été. Irène réussit à ne pas fermer complètement sa joaillerie, gardant toujours une section ouverte pour continuer la vente ; seul l'atelier dut s'interrompre quelques jours, lorsqu'un mur de séparation fut abattu pour doubler le volume de la pièce. Irène en profita pour donner congé à ses artisans, sans pouvoir, toutefois, s'éloigner elle-même. En juin, elle avait reçu une invitation qu'elle avait dû refuser. Maria lui avait écrit de Saint-Pétersbourg qu'elle comptait passer les mois d'été avec Léon en croisière dans les fjords norvégiens et avait demandé à Irène si elle voulait se joindre à eux. Leur yacht comprenait huit cabines qui seraient toutes occupées par des amis de Léon si Irène ne venait pas lui tenir compagnie.

La lettre avait inquiété Irène, car il y passait une note de désespoir. La référence aux amis de Léon suggérait que Maria s'attendait à se sentir isolée. Irène put seulement lui répondre que, comme elle devait se rendre à Londres en septembre, elle s'arrangerait pour faire coïncider son voyage avec le séjour de Maria et de Léon dans la capitale avant leur retour en Russie.

Les travaux prirent fin à la villa de Gregory et Irène s'occupa, comme prévu, du mobilier. Elle choisit des meubles Art nouveau, lequel, après les extravagances florales de ses débuts, se tournait à présent vers une tranquille asymétrie. Ces meubles, aux lignes droites et aux teintes délicates, se détachaient sur les lambris en bois naturel qui retenaient et diffusaient en l'adoucissant la lumière du jour. Un photographe vint prendre quelques photos qu'Irène envoya à Gregory et elle décida de faire prendre d'autres clichés qu'elle emporterait avec elle à Londres.

A la fin du mois d'août, la boutique était prête à accueillir les nouveaux clients lorsque la saison commencerait. Les commandes de l'hiver avaient donné du travail à tout le monde et, pendant la morte saison d'été, les ventes avaient continué, mais à un rythme ralenti. Souffrant d'une cataracte, Arthur y voyait de plus en plus mal, malgré de nouvelles lunettes aux verres très épais. Il prit sa retraite. Irène eut une dernière conversation sérieuse avec lui pour lui exposer ses projets ; il les approuva et lui souhaita bonne chance dans tout ce qu'elle entreprendrait. Yvonne gagnerait maintenant la vie du couple, mais Arthur avait suffisamment économisé pendant de longues années pour ne pas se trouver financièrement gêné.

Recevant Derek dans son grand bureau, à présent séparé de celui, nouvellement installé, de Brigitte, Irène informa son chef d'atelier de son intention de lui confier un poste plus important.

— Je veux que vous soyez le directeur de mon affaire. Il me faut une personne responsable, capable de diriger à la fois l'atelier et la boutique en mon absence.

— N'en dites pas plus ! répondit-il en souriant. J'accepte avec joie. J'ai exprimé, un jour, le souhait de diriger une de vos succursales. Cela est un bon début. J'y pose, cependant, une condition. Dès que j'aurai fait fortune, j'ai l'intention de ne plus travailler.

Elle secoua la tête d'un air indulgent en se renversant dans son fauteuil.

— Ne vous êtes-vous pas encore aperçu que vous ne vous enrichirez jamais aux courses, Derek ? Vous auriez dû être bookmaker. Ce sont les seuls qui gagnent de l'argent.

Il haussa les épaules gaiement.

— Qu'est-ce que ça a d'excitant de prendre les paris des autres ? J'ai besoin de jouer, Irène. C'est une passion d'un autre genre, mais elle comble tout autant.

— Seulement quand vous gagnez, remarqua-t-elle.

Il haussa un sourcil d'un air cynique.

— Je ne sais pas. Perdre procure une excitation terrible. Le cœur s'arrête, les dents vous font mal mais, au milieu des ténèbres, brille la certitude que, la prochaine fois, l'on gagnera. (Il la regarda attentivement.) Et c'est comme cela que je vous vois.

Elle sembla mécontente et exaspérée. Depuis l'avertissement qu'elle lui avait donné, il n'y avait plus eu aucune conversation de ce genre entre eux et elle ne voulait pas que cela se reproduise.

— Vous m'obligez à vous répéter la même chose que la dernière fois. Oubliez le passé ou partez.

— Je ne parle pas du passé, Irène, mais de l'avenir.

Elle lui jeta un regard courroucé.

— Vous êtes en train de parier, c'est ça ? Cela vous amuse de créer une situation où les dés peuvent retomber ou non de manière favorable pour vous. Dans le cas présent, l'enjeu est votre avenir dans mon affaire. Eh bien, je vous dis que vous bluffez. Restez ici pour Brigitte si ce n'est pour vous !

— Topez là ! répondit-il, les yeux rieurs. J'ai un pantalon rayé et une veste noire de deuil qui attendent que je prenne mon poste de directeur.

— J'espère que vous avez commandé aussi un manteau neuf pour Brigitte !

Il s'assombrit.

— Je suis généreux avec elle quand je gagne, mais elle est terriblement avare. Elle économise chaque sou.

— Heureusement pour vous et pour elle ! Pouvez-vous soutenir, franchement, que vous n'avez pas profité de ses économies et de sa prudence chaque fois que vous vous êtes trouvé à découvert ?

— Vous a-t-elle parlé de moi ? demanda-t-il, les yeux brillants.

— Mais non. Nous ne parlons que des affaires de la boutique. Vous oubliez que je vous connais bien.

— C'est très vrai, ma douce Irène.

Elle laissa passer sa remarque sans la relever puis, d'un ton sérieux, lui annonça le salaire qu'elle avait fixé pour lui ; ils discutèrent ensuite de problèmes variés concernant la joaillerie et l'atelier, sans plus faire allusion à leurs rapports personnels.

Irène partit pour l'Angleterre en confiant à Derek la charge de l'affaire. Quand elle descendit du train-bateau à la gare Victoria, elle aperçut, parmi la foule, Gregory et Sophia, venus tous deux la chercher. Ils étaient côte à côte. A sa connaissance, ils ne s'étaient pas rencontrés en tête à tête depuis qu'Irène et Gregory étaient amants. Sophia rayonnait et Gregory souriait calmement. La présence de Sophia empêcha Irène de se jeter dans les bras de Gregory, mais ils échangèrent un bref baiser dans lequel ils se transmirent toute la joie qu'ils éprouvaient de se revoir.

— Une autre personne est venue vous attendre à la gare, annonça Sophia.

Irène n'avait vu que les deux êtres qui comptaient le plus dans sa vie ; elle se tourna vers une jeune femme blonde, debout auprès d'eux, qu'elle faillit ne pas reconnaître.

— Maria ! s'exclama-t-elle, étonnée.

Maria avait changé. Elle paraissait amaigrie et lasse, sans plus rien de cette exubérance heureuse qui la caractérisait lorsqu'elles s'étaient connues. Irène se sentit inquiète malgré le plaisir de ces retrouvailles.

— Ma chère Irène ! Vous êtes splendide ! C'est merveilleux de vous revoir !

— Je croyais que vous n'arriviez qu'à la fin de la semaine, dit Irène, après qu'elles se furent embrassées affectueusement.

— Léon en a eu assez de pêcher le saumon et ses amis sont devenus insupportables. A mon grand soulagement, la croisière s'est terminée plus tôt que prévu.

En entendant cela, Irène comprit que les craintes qu'elle nourrissait depuis le début concernant ce mariage étaient fondées. Irène se rappela les bruits qui couraient à Monte-Carlo sur la conduite de certains Romanov.

— Je n'ai pas encore fait la connaissance de Léon, observa-t-elle.

— Vous le verrez ce soir. Gregory a organisé une soirée à Covent Garden suivie d'un souper.

Irène s'installa avec Sophia à Milton Square. En retrouvant sa chambre qui n'avait pas changé, elle s'étonna que tant de choses se soient passées depuis le jour où elle était revenue de Suisse et où Sophia lui avait donné cette chambre plus spacieuse et plus confortable que la nursery où elle avait vécu, enfant. C'était ce soir-là que Gregory avait croisé sa route pour la première fois. A présent, les conventions les séparaient, alors qu'elle ne souhaitait rien d'autre que de se trouver jour et nuit auprès de lui pendant son séjour à Londres. Mais, par égard pour Sophia, elle ne pouvait aller vivre sous le même toit que lui. De plus, sa belle-mère souhaitait sa présence, outre le fait qu'elle eût pu souffrir de les savoir réunis dans une totale intimité.

Ce soir-là, Gregory vint les chercher de bonne heure. Irène avait mis une robe en satin vert de ligne princesse, moulante jusqu'aux hanches, et ne portait pour tout bijou que sa belle broche d'émeraudes. Sophia, resplendissante dans une toilette en velours bleu foncé, avait une parure étincelante en diamants. Ils se rendirent à Covent Garden et attendirent quelques minutes Maria et son époux. Lorsque le couple parut dans le foyer au tapis rouge, Maria souriait courageusement mais ses paupières étaient rouges et comme gonflées de larmes ; quant à Léon, sans être ivre, il était loin d'être à jeun. Irène trouva qu'il était le plus bel homme qu'elle ait jamais rencontré, avec un profil de dieu grec et un sourire irrésistible, mais il avait une bouche lourdement sensuelle et son regard, après un coup d'œil trop audacieux, redevint glacial.

— J'ai cru comprendre que vous viviez à Monaco, fit-il à Irène, tandis qu'ils montaient ensemble le large escalier.

Elle leva les sourcils en signe d'interrogation.

— Maria vous a sûrement dit que j'ai ouvert une joaillerie à Monte-Carlo !

Il claqua des doigts comme si la mémoire lui revenait.

— Oui, naturellement ! N'est-ce pas vous qui lui avez fait une broche ou je ne sais quelle babiole pour nos noces ?

Irène lui coula un regard oblique. Se moquait-il d'elle ? Il n'avait quand même pas oublié ce que sa femme portait le jour de leur mariage !

— J'ai dessiné sa tiare.

— Ah oui, c'est bien ça ! Je m'en souviens, à présent. (Son absence momentanée de mémoire n'était pas feinte.) Comptez-vous rester longtemps à Londres ? Maria m'a demandé de l'accompagner en Angleterre surtout pour vous revoir.

— Je ne dois passer qu'une dizaine de jours à Londres. Je suis venue acheter des pierres.

Il la regarda, les sourcils froncés d'incrédulité.

— Ne me dites pas que vous vivez toute l'année à Monte-Carlo ! Ce doit être affreux, hors saison !

— Ce n'est pas mon avis. Bien sûr, c'est plus calme. Plusieurs hôtels sont fermés, mais le casino reste ouvert pour ceux qui acceptent d'affronter les rigueurs de l'été.

— Mon Dieu ! Je vois ça d'ici ! Des gens horribles ! Des paysans qui veulent nous singer en descendant dans des hôtels de troisième ordre à tarif réduit et qui jouent quelques sous au casino. Heureusement, le Salon privé est interdit à la racaille.

Irène prit une profonde inspiration :

— Cela dépend de ce que vous appelez la « racaille ». Pour moi, cela désigne quiconque se montre déplaisant, quelle que soit sa place dans la société.

Il serra les mâchoires.

— Dois-je comprendre que vous soutenez les idées socialistes, mademoiselle Lindsay ?

— Comme beaucoup de femmes. Malheureusement, la plupart d'entre elles ont peur de faire connaître leur opinion.

— Mais pas vous ?

— Non, rétorqua-t-elle en avançant gaiement le menton. Je peux parler, penser et faire ce que bon me semble. Je suis une femme qui gagne sa vie dans un monde d'hommes. C'est ce que j'ai toujours voulu, et j'ai réussi.

Ils étaient arrivés en haut de l'escalier et elle le quitta pour attendre Gregory. Ce dernier lui adressa un regard éloquent qui la brûla d'une manière à présent familière. Elle comprit qu'elle était prête à sacrifier sans hésiter sa réussite pour lui appartenir jusqu'à la fin de sa vie. Et voilà pour l'émancipation féminine ! se dit-elle avec ironie ; l'amour était son talon d'Achille.

Après avoir écouté *La Bohème*, magnifiquement interprétée, ils se rendirent tous les cinq en deux voitures au restaurant Rules, Maiden Lane. Une légère animation régnait au-dehors, car le roi d'Angleterre venait d'arriver pour souper avec une dame, mais le temps qu'ils franchissent les portes du restaurant, le couple avait emprunté une entrée dérobée qui menait à un salon privé au premier étage.

Gregory avait réservé une table. Le décor rouge et or était somptueux et comportait des miroirs placés de manière à refléter les aigrettes et les bijoux qui ornaient les coiffures féminines. Ce restaurant était fréquenté presque exclusivement par la haute société et le monde du théâtre. Léon mangea peu et but beaucoup, parfaitement capable, cependant, de tenir l'alcool. Maria et Irène, ayant beaucoup de choses à se raconter, bavardèrent ensemble le plus possible, tout en participant à la conversation générale. Les événements prirent une tournure désagréable au moment où ils s'en allaient. Sortant tout droit de son spectacle au Gaiety, Lillian les croisa sur le seuil du restaurant. Debout, les poings sur les hanches, enveloppée d'un boa plissé et son aigrette rose en plumes d'autruche effleurant le linteau de la porte, dans une robe diaphane brodée d'argent sur fond de satin crème, Lillian était d'une beauté voluptueuse et triomphante. Toutes les têtes se tournèrent vers elle. Un homme de haute taille, portant monocle, l'accompagnait.

— Quelle surprise ! s'exclama-t-elle d'une voix aiguë et espiègle. Mademoiselle Lindsay ! Gregory ! Vous ne partez pas, au moins ! Permettez-moi de vous présenter Herr Jurgens ! (Elle se tourna à demi vers son compagnon pour le laisser saluer, puis le cacha en agitant ses fanfreluches.) Il insiste pour que vous et vos amis se joignent à nous pour prendre un verre de champagne, ou de cognac ou de liqueur, à votre guise. (Elle semblait peu se soucier du fait qu'il n'avait même pas ouvert la bouche. Elle ignora de la même façon effrontée le geste de refus de Gregory à cette invitation du plus mauvais goût et posa ses yeux violets sur Léon dont le sourire admiratif la fit se rengorger.) Vous, monsieur ! s'écria-t-elle d'une voix charmeuse en le montrant de la main de manière théâtrale, faites les présentations. Je suis Lillian Rose, du Gaiety Theatre. Et vous ?

Léon la reconnut pour ce qu'elle était, comprit qu'elle se vengeait d'au moins deux des personnes venues avec lui et décida de ne pas gâter son plaisir. S'il ne se trompait pas, sa complicité avec elle lui rapporterait quelque chose, et ce qu'il considérait comme un séjour ennuyeux à Londres avec sa femme pourrait prendre un piquant inattendu. Lillian Rose ressemblait à une pêche mûre. Elle devait être aussi délicieuse à goûter qu'à regarder. Il s'inclina devant elle avec la plus grande courtoisie et porta sa main à ses lèvres.

— Je suis le comte Léon Romanov. Pour vous servir, madame. J'ai l'honneur de vous présenter ma femme, la comtesse Romanov, et Mme Lindsay.

— Enchantée, dit Lillian en saluant comme au théâtre, accentuant ainsi le côté grotesque de la rencontre.

Irène enragea, Maria devint d'une pâleur mortelle. Sophia garda sa dignité et répondit avec un bref signe de tête :

— Bonne nuit, mademoiselle Rose.

Puis elle avança d'un pas rapide, ce qui obligea Lillian à s'écarter.

L'innocent Herr Jurgens, dont la connaissance de l'anglais était fort mince et qui n'avait rien compris à ce qui se passait, salua les trois femmes qui passèrent devant lui. L'Anglais au visage furieux le salua courtoisement et le Russe s'attarda assez pour chuchoter quelque chose à l'oreille joliment ourlée de Lillian. En l'entendant, elle retroussa les lèvres avec une coquetterie dont Herr Jurgens prit ombrage, trouvant cette intrusion impertinente. Cette soirée était la sienne et lui avait déjà coûté de superbes boucles d'oreilles en rubis, achetées chez Garrard, joaillier de la Couronne, qu'il avait fait livrer un peu plus tôt à sa loge, après s'être assuré qu'un bijou offert à une Gaiety Girl impliquait au moins un souper avec le donateur, sinon plus. Il lança un regard courroucé au Russe qui se hâta de rejoindre les autres. Herr Jurgens éprouva un autre sujet de mécontentement en apprenant que, peu avant son arrivée, le roi d'Angleterre avait pris possession du dernier salon privé qui fût libre.

Après cette rencontre avec Lillian, Maria ne passa plus une

seule soirée en compagnie de son mari. Il allait au théâtre tous les soirs, assistant au spectacle toujours dans la même loge et attendant ensuite Lillian pour l'emmener souper en voiture. Des dizaines de dandys en haut-de-forme et bouquets d'orchidées ou de roses à la main s'agglutinaient devant l'entrée des artistes et chaque Gaiety Girl s'arrêtait sur les marches pour saluer, envoyer un baiser des deux mains, accepter un bouquet, saluer encore et enflammer les admirateurs pleins d'espoir. Lillian était particulièrement demandée. Elle tenait le rôle principal dans le spectacle actuel et apparaissait dans une des scènes vêtue d'un pyjama en soie rose très osé. Chaque fois qu'elle franchissait l'entrée des artistes, elle déclenchait des murmures admiratifs ; elle remerciait en levant les bras au-dessus de la tête, le corps tendu d'une manière à la fois tentatrice et gourmande.

Irène et Gregory dînaient tous les deux chez Romano un soir où Lillian et Léon arrivèrent très tard après le spectacle. L'orchestre se mit à jouer la chanson très populaire de la scène du pyjama. Lillian sourit, salua à droite et à gauche comme une reine et suivit le maître d'hôtel jusqu'à la table que Léon avait réservée. Malheureusement, elle ne se trouvait pas loin de celle d'Irène et de Gregory, même si, grâce à un écran de palmiers en pots, les nouveaux venus ne les virent pas.

— Je suis désolé de cet incident, dit Gregory. Cette visite à Londres s'est déroulée sous de mauvais auspices. Ne gâchons pas notre dernière soirée.

— Non, répondit-elle vaillamment.

Mais ils savaient tous les deux que le mal était déjà fait.

Ils avaient passé très peu de temps ensemble. Rien n'était allé comme elle voulait, ce qui la rendait nerveuse et inquiète. Ils avaient peut-être connu un trop grand bonheur jusque-là, plus grand que celui que la plupart des gens connaissent au cours d'une vie entière, même si leurs rencontres étaient brèves et espacées. Cette fois, tout avait marché de travers, par la seule faute d'événements extérieurs. Irène en éprouvait un pressentiment qui lui faisait redouter leur séparation du lendemain matin, comme si elle ne devait plus revoir Gregory.

On ne pouvait pas dire que Sophia avait essayé de les séparer — ce n'était guère dans sa nature —, mais elle avait accepté plusieurs invitations pour Irène avant l'arrivée de celle-ci : de vieux amis, heureux de la voir, avaient organisé en son honneur des réceptions auxquelles Gregory n'était pas convié ; même si leur liaison avait été connue, ce qui n'était pas le cas, le statut inconfortable de Gregory, homme marié sans épouse, l'aurait maintenu à l'écart. De plus, le travail d'Irène l'avait occupée un certain nombre d'heures. Enfin, Maria, qui avait trouvé en Irène une personne disposée à l'écouter avec compassion, avait désespérément besoin d'une confidente ; elle n'avait pu se dérober et laisser son amie à sa solitude.

— Je n'ai personne là-bas à qui parler, avait dit Maria. Léon a fait le vide autour de moi, nous ne voyons que ses amis. Les femmes me méprisent parce que je suis plus jeune qu'elles, peu sophistiquée et qu'à leurs yeux je m'intéresse à des choses enfantines et sans intérêt. Quant aux hommes — Léon et ses amis —, ils passent leur temps à chasser, à boire et à courir les filles, comme s'ils n'avaient ni foyer, ni épouse, ni même, dans certains cas, d'enfants. (Elle avait éclaté en sanglots.) Je hais le mariage ! Cela ne ressemble pas du tout à ce que je croyais. Je suis si seule ! J'ai tant aimé Léon ! Et je l'aime encore...

— N'avez-vous connu aucun bonheur depuis votre mariage ?

Maria avait hoché la tête, les yeux pleins de larmes.

— Tout a été merveilleux pendant les quelques semaines qu'a duré notre lune de miel. Ensuite, il s'est ennuyé avec moi. Au bout d'un certain temps, il finit toujours par trouver les autres ennuyeux. Il a besoin de diversions et de nouveaux sujets d'excitation et... (elle avait bredouillé) ... et de nouvelles maîtresses. (Elle avait presque crié.) Irène, que dois-je faire ?

Désolée, Irène n'avait pu trouver de solution au problème de Maria et s'était contentée de la laisser parler tout son soûl, permettant au moins à la jeune femme de se libérer de toutes ses misères refoulées. Tout ce qu'avait entendu Irène ne pouvait que la faire mépriser cet homme, assis à quelques mètres d'elle, qui négligeait si grossièrement sa femme si sensible et si aimante.

— Partons, dit-elle brusquement à Gregory en se frottant le sourcil. J'ai besoin de marcher à l'air frais. Avec vous.

Il demanda l'addition de leur repas interrompu. Au moment où ils se levaient de leurs chaises, les gens autour d'eux se mirent aussi debout et une vague d'applaudissements déferla dans la salle. Irène eut le souffle coupé en voyant Léon offrir à Lillian la plus grande marque d'admiration qu'une Gaiety Girl pouvait recevoir d'un soupirant. Il avait enlevé la sandale en satin argenté de Lillian et, après avoir bondi sur une chaise, buvait du champagne dans la sandale. Les ovations et les rires accueillirent cette manifestation de galanterie tandis qu'il vidait le contenu de la sandale et la remplissait de nouveau. Irène et Gregory partirent sans se retourner.

Lillian regarda sa sandale trempée de champagne d'un air maussade, pendant que Léon s'agenouillait pour la lui remettre au pied.

— Elle est fichue, remarqua-t-elle avec une moue plaisante, ravie de l'effet provoqué dans la salle, d'autant qu'elle savait que d'autres membres de la troupe se trouvaient là.

Dès le lendemain matin, tout le monde serait au courant. Elle faisait partie du petit nombre de femmes dont la chaussure avait servi de verre à un aristocrate de haut rang. Tout le monde l'aimait ! Un jour, Gregory l'aimerait de nouveau.

Léon était encore agenouillé devant elle, tenant dans la main son pied chaussé de la sandale humide.

— Demain matin, je veillerai à ce que vous receviez autant de paires de chaussures que votre vie compte d'années...

— Vingt-cinq, s'empressa-t-elle de dire.

— Chaque chaussure aura une boucle en diamants.

Lillian regretta alors les quelques années qu'elle avait enlevées.

Enlacés, Irène et Gregory se promenèrent sur les quais. Les lumières de la ville nappaient d'or et d'argent l'eau noire de la Tamise.

— Je sais que je ne reviendrai jamais vivre à Londres, déclara Irène tristement. Mon plus cher espoir aurait été de laisser la boutique de Monte-Carlo à Derek et d'ouvrir une succursale dans le West End, de manière à vivre tout le temps près de vous.

— Je partageais le même espoir.

— Nous savons tous les deux que ce serait une erreur. Trop de choses de votre vie passée s'interposent entre nous. Nous ne nous sommes jamais trouvés ensemble plus de quelques jours ou semaines.

— Il reste toujours la villa qui peut devenir notre foyer.

Elle secoua la tête :

— Je vous ai expliqué pourquoi c'était impossible. Mon opinion n'a pas changé et ne changera pas. Je vous aime beaucoup trop pour aller au-devant du désastre.

— Rappelez-vous, fit-il avec une intonation si fervente qu'elle leva vers lui un regard interrogateur, rappelez-vous que vous m'aimez et que je vous aime.

Elle comprit alors qu'il partageait la peur secrète que des influences extérieures ne se liguent pour les séparer malgré eux. Elle se pendit à son cou et il l'embrassa avec un désespoir passionné, comme si, déjà, elle était à demi perdue pour lui.

Le lendemain matin, ils se retrouvèrent sur le quai de la gare Victoria pour les adieux. Ni Sophia ni Maria n'avait proposé de l'accompagner et Irène était heureuse de passer les dernières minutes seule avec lui.

— Ne pleurez pas ! murmura-t-il.

— Non, répondit-elle courageusement, c'est un peu de la rosée de Hyde Park qui perle au bout de mes cils.

Il sourit à sa plaisanterie forcée.

— C'est bien ce que je pensais, répliqua-t-il sur le même ton, mais je n'osais pas vous le dire.

Les portes commencèrent à se fermer. Le moment du départ était arrivé. Gregory enlaça Irène et la serra si fort qu'il la souleva du sol. Le chef de gare donna un coup de sifflet et Irène sauta dans son compartiment de première. Gregory ferma la porte et elle abaissa la vitre pour lui tendre la main. Il marcha avec elle tandis que le train s'ébranlait, puis leurs mains se séparèrent, mais ils ne se quittèrent pas des yeux jusqu'à ce que le train eût disparu.

Tout s'était bien passé à la boutique pendant son absence.

Derek lui raconta que l'antichambre avait rendu des services inappréciables. Malgré la morte saison, plusieurs personnes avaient apporté des bijoux à vendre, ayant besoin d'argent pour jouer, et il avait réglé ces affaires discrètement. Elle regarda ce qu'il avait acheté et Brigitte lui montra le registre des entrées. Il avait maintenu la politique de prix honnêtes instaurée par Irène, et elle exprima sa satisfaction pour sa gestion.

— Votre voyage vous a plu ? demanda-t-il après qu'elle eut fini de lui parler des commandes de pierres qu'elle avait faites.

— Je n'y retournerai pas avant longtemps, répliqua-t-elle en fronçant les sourcils.

Il la regarda attentivement. Elle vit qu'il se demandait si tout allait bien entre elle et Gregory, mais qu'il se retenait de l'interroger.

La saison reprit, les hôtels rouvrirent avec leur déploiement de luxe habituel. Mme Borisvinsky retrouva la même suite avec terrasse à l'hôtel de Paris. Elle se répandit de nouveau en commérages sur les scandales en cours, comme si elle se déplaçait partout alors qu'elle passait la plupart du temps dans son fauteuil. Elle voulait savoir quand Sophia viendrait à Monte-Carlo. Elle n'avait pas renoncé à son projet de la marier à son fils et elle fut déçue quand Irène lui répondit qu'elle ne pouvait lui donner aucune date précise.

Sans même avoir vu sa villa finie et meublée, Gregory décida sa location pour la saison en adressant des ordres écrits à une agence immobilière. Un baron autrichien et sa femme l'occupèrent presque aussitôt. Passant un jour devant la villa, Irène éprouva une grande tristesse en pensant que Gregory et elle n'avaient jamais connu l'amour sous ce toit. Elle était sûre qu'ils ne le connaîtraient jamais et que la grande villa ne ferait qu'accueillir des étrangers de passage.

Si Gregory n'avait pu venir voir la villa, la faute ne lui en incombait pas. Fabergé avait une nouvelle fois fait appel à lui pour l'ouverture de sa succursale à Londres, lui demandant de tout superviser pendant les premiers mois. Moitié sérieux, moitié plaisantant, Gregory écrivit à Irène qu'elle pouvait tout abandonner pour revenir travailler avec lui. C'était une manière d'exprimer son désir de repartir de zéro, de retrouver le moment où ils avaient commencé à prendre conscience de leur amour réciproque. Mais on ne pouvait remonter le temps. Elle savait que s'il y avait eu la moindre chance pour que cela réussisse, elle aurait pris le premier train-bateau et rejoint Gregory. Malheureusement, la réalité de ce qui les attendrait à Londres était trop douloureuse pour envisager de l'affronter.

Elle se concentra sur son travail, s'absorbant complètement dans ses dessins. Après avoir été nommé directeur, Derek avait engagé un artisan pour le remplacer à l'établi. Il excellait dans son nouveau rôle : les clients l'appréciaient et il s'y entendait dans les ventes ; en cas de problème urgent, il pouvait donner des conseils ou reprendre sa place à l'atelier pour une pièce particulièrement délicate à réaliser; enfin, il s'occupa entièrement d'une tâche qu'Irène n'avait jamais aimée, celle d'acheter des bijoux aux flambeurs en panne d'argent. Il épargnait à Irène les désagréments causés par les femmes revenues racheter leurs bijoux après un gain et furieuses d'avoir à les payer un peu plus qu'elles ne les avaient vendus, pratique habituelle et tout à fait régulière. Un jour, Irène, attirée par le bruit, quitta sa table de dessin au premier étage et se trouva devant un homme ivre qui, s'étant trompé de boutique, exigeait le rachat de son étui à cigarettes Fabergé. Elle savait qu'un tel objet n'avait jamais été répertorié dans ses livres, puisqu'elle vérifiait avec Brigitte les registres chaque semaine et que tout y était inscrit en détail; mais l'homme ne voulut pas en démordre et continua à crier au vol, une fois éconduit et raccompagné jusqu'à la rue. Derek se montra désolé de n'avoir pu éviter à Irène les insultes de l'ivrogne.

— Ne vous en faites pas, Derek, dit-elle, de tels incidents se produisent dans un endroit comme Monte-Carlo. J'espère seulement que, lorsque les vapeurs de l'alcool se seront dissipées, le pauvre homme se souviendra de la boutique où il a déposé son étui à cigarettes.

Son vœu se trouva sans doute exaucé, car l'homme irascible ne remit plus les pieds chez elle et la boutique continua à se développer normalement, sans autre incident. Irène appréciait beaucoup la direction de Derek ainsi que l'efficacité de Brigitte qui lui permettaient de créer ses modèles dans le calme et d'aller voir les clientes importantes à leurs hôtels, leurs villas, ou même, à bord de leurs yachts.

C'est parce qu'elle avait été retenue plus longtemps que prévu sur un yacht ancré au large qu'elle arriva en retard un soir chez Mme Borisvinsky. La vieille dame aimait jouer un peu le samedi et sa femme de chambre expliqua à Irène que, lassée de l'attendre, Mme Borisvinsky était allée au casino en espérant qu'Irène pourrait la rejoindre. Irène se rendit à la table de roulette où sa vieille amie avait l'habitude de jouer mais elle n'y était pas. Qui plus est, la table était couverte d'un crêpe noir, ce qui signifiait qu'un joueur chanceux avait fait sauter la banque. L'air vibrait encore de l'excitation des témoins de la partie qui s'étaient, à présent, tournés vers d'autres tables.

— Irène ! Venez ici ! lança Mme Borisvinsky.

Irène se retourna et aperçut la vieille dame, appuyée sur ses deux cannes. Elle se précipita vers elle et Mme Borisvinsky s'empressa de lui raconter ce qui s'était passé.

— Ma chère enfant ! Vous avez manqué un tel spectacle ! Un de vos compatriotes a commencé par une mise modeste à l'ouverture du casino à quatre heures et il jouait encore quand je suis arrivée, il y a une heure. Les gens empilaient leurs jetons sur les chiffres qu'il choisissait. Il a eu tellement de chance ! Nous retenions tous notre souffle, mais on avait l'impression qu'il ne pouvait pas perdre. La roue semblait positivement charmée par lui. Et puis, il a fait sauter la banque ! (Elle gloussa de plaisir.) Tout le monde voulait lui offrir à boire et le cajoler. On croit toujours que la chance d'un gagnant va vous effleurer aussi. Il a bu une coupe de champagne, a refusé d'en reprendre et s'est installé devant la table de trente-et-quarante, mais je crains qu'il n'ait pas la même chance. Allons voir où il en est.

Elles approchèrent de la table autour de laquelle s'était réunie une foule considérable dont les murmures et les hochements de tête montraient bien que la chance du joueur tournait. Au moins eut-il le bon sens de se retirer. Les gens s'écartèrent, on entendit un bruit de chaise et le joueur apparut, serré de près par deux *demi-mondaines,* toujours en quête de flambeurs en veine.

— Derek ! s'exclama Irène, stupéfaite.

Ces dames s'éloignèrent lorsqu'il s'avança vers elle, et, le visage rouge d'excitation, l'embrassa vivement.

— Ça y est, Irène ! J'y suis ! Je viens de perdre beaucoup, mais par une stupide erreur de jugement ! J'aurais dû me retirer dès le premier revers. Je le saurai pour la prochaine fois. (Il tapota son habit de soirée à l'endroit où était rangé son portefeuille.) Il me reste dix-sept mille livres de gain pour une mise initiale de quatre cents livres en bon argent anglais. Qu'en dites-vous ?

— Je vous félicite, répondit-elle, encore abasourdie.

Elle le présenta ensuite à Mme Borisvinsky qui le complimenta également. Derek s'inclina. Il avait toujours su parfaitement se comporter dans le monde et, avec son nœud papillon blanc et son habit gansé de soie, il semblait vraiment appartenir à la haute société.

— Accompagnez-moi donc à ma table, jeune homme ! lui ordonna la vieille dame. Je vous laisserai ensuite tenir compagnie à Irène pendant un moment. (Elle le menaça du doigt.) A condition que vous me la rameniez.

Une fois Mme Borisvinsky installée, Derek et Irène allèrent s'asseoir sur l'un des sofas d'une autre salle et se virent offrir du champagne avec les compliments de la direction. Il leva son verre et elle en fit de même.

— Vous vous demandez comment j'ai réussi à entrer ici, commença-t-il, amusé. C'est grâce à vous. Dès que vous m'avez nommé directeur, j'ai gravi un échelon social. Pas suffisant, je vous l'accorde, pour obtenir une entrée au casino sur mes seuls mérites, mais l'une des clientes de la boutique que j'avais obligée en exécutant un travail urgent pour elle a aplani les difficultés en glissant un mot en ma faveur.

— Quand cela s'est-il produit ?

— Hier.

— Vous n'avez pas perdu de temps !

— J'attendais cela depuis mon arrivée à Monte-Carlo.

— Est-ce la raison de votre venue dans cette ville ?

— Non, j'avais une autre raison.

Elle ne tenait pas à l'entendre. Pour elle, tout ce qui s'était passé entre eux aurait pu aussi bien avoir lieu à une autre époque, dans un autre siècle.

— Je suppose que vous allez vous arrêter maintenant que vous avez gagné une petite fortune.

— Oh non ! riposta-t-il en secouant la tête avec vigueur. Ce n'est qu'un début.

Une appréhension soudaine la saisit.

— Derek ! C'est dangereux. N'avez-vous rien appris après toutes vos pertes et vos dettes ? Rien qu'en vous regardant, je suis capable de dire si vous avez gagné ou perdu aux courses. Vous n'avez pas eu plus de chance à Nice qu'autrefois à Londres.

— J'ai gagné un certain nombre de fois. Comment croyez-vous que j'aie pu réunir la somme nécessaire à ma mise initiale ?

— Oui, mais il en a toujours été ainsi. Des hauts et des bas. Des bas, le plus souvent.

Il serra les lèvres d'un air entêté.

— Et ce soir ?

— Un coup de chance ! La veine du débutant ! Appelez ça comme il vous plaira.

— Je ne suis débutant qu'au casino, rectifia-t-il. J'ai pas mal joué ailleurs. (Son regard avide se posa sur les salles de jeu.) Mais je sens qu'ici ça va marcher. Un joueur ressent cela. J'ai tout étudié. J'ai un système dans lequel la chance et le bon sens jouent un rôle égal. C'est différent des courses. On n'a pas à faire confiance à un maudit jockey ou à un cheval qui refusera de se donner à fond sur la dernière ligne droite. Au casino, tout se passe entre la roulette et moi.

Il parlait les dents serrées, les yeux brillants, possédé par un sentiment de puissance et de satisfaction sauvage.

Elle lui toucha le bras.

— Il n'existe aucune martingale sûre. Tout a été essayé avant vous. Il y a eu cet ingénieur du Yorkshire qui savait que les machines ont toujours un léger défaut ; il lui a suffi d'enregistrer les nombres gagnants de chaque roulette pour découvrir le secret du succès. Il n'a cessé de gagner jusqu'à ce que l'on retire toutes les roulettes. A présent, elles sont toutes fabriquées dans les sous-sols du casino et vérifiées chaque jour avant l'ouverture. Certains ont tenté de pousser leurs mises sur le nombre gagnant une fois la roulette arrêtée. Peu avant votre arrivée à Monte-Carlo, un homme a joué les numéros des cantiques entendus à l'église la veille et a fait sauter la banque. A la suite de quoi, il y a eu tellement de monde qui est allé à l'église pour inscrire les numéros des cantiques que, maintenant, on ne les annonce que pendant la messe. C'est une ruée vers l'or stupide. Ramassez vos gains et éloignez-vous. Alors, vous serez vraiment gagnant.

Il lui sourit d'une manière qui montrait que ses paroles n'avaient eu aucun effet sur lui.

— Je vous l'ai dit. Je sais exactement ce que je fais. Je vais accroître mes mises quand je gagne, comme je l'ai fait ce soir, et je m'arrêterai dès que ma chance montrera des signes de faiblesse ou si je perds la moitié de mon capital initial.

— Mais vous ne vous êtes pas arrêté. Après avoir changé vos jetons à la caisse, vous êtes allé perdre au trente-et-quarante.

— Je ne recommencerai pas. C'était un faux pas. (Il lui sourit.) Le faux pas d'un débutant au casino, si vous voulez. Par excès de précipitation.

— Cela pourrait entraîner votre chute.

Il répondit d'un air tout aussi confiant :

— Regardez, Irène. La plupart des joueurs qui doublent leurs mises sur la perdante finissent par se trouver vaincus au poteau par la banque. Cela ne m'arrivera pas. Ce soir, je n'ai pas eu de problèmes, la boule d'ivoire s'est montrée une amie fidèle, mais supposons que je me décide pour une série ? Je double la mise au maximum pour les trois prochains tours, quel que soit le résultat, que je gagne ou que je perde, et je reviens à ma mise initiale. C'est simple, non ? Il suffit d'avoir de la chance et donc, de l'audace.

— Cette martingale n'a rien de nouveau, et vous le savez bien. Charles de Ville Wells l'a essayée il y a treize ans et on en a fait une chanson, celle de l'homme qui a fait sauter la banque de Monte-Carlo. Vous avez oublié l'ingrédient essentiel à ce genre de succès.

— Lequel ?

— L'autodiscipline. Ville Wells avait une volonté de fer et ne s'est pas permis la moindre maladresse.

— J'en ferai autant.

— Derek, je vous en prie, le pressa-t-elle, peu convaincue par ses vantardises, investissez ce que vous avez gagné ce soir dans des actions, ce qui vous procurera un revenu pour le reste de votre vie. Vous pouvez même investir dans mon affaire, si cela peut vous stimuler, ou vous installer à votre compte. Pensez à Brigitte. Elle se fait du souci pour vous. Certains jours, elle est pâle et tellement anxieuse qu'elle n'ouvre pas la bouche. Aujourd'hui, plus que jamais, elle a besoin de savoir que le cauchemar des dettes insurmontables s'est définitivement dissipé.

L'exubérance de Derek s'apaisa. Irène crut que ses arguments avaient porté, mais quand elle voulut pousser son avantage, il la fit taire d'un geste impatient et lui demanda, le visage changé :

— Que voulez-vous dire par « aujourd'hui, plus que jamais » ?

Elle hésita :

— Vous savez certainement qu'elle est enceinte ?

Il rejeta la tête en arrière avec un air incrédule et coléreux et s'exprima d'une voix dangereusement douce :

— Ce n'est pas vrai. Ce n'est pas possible. Elle ne se sent pas très bien en ce moment. La tension et le surmenage.

— Je doute que cela lui donne des nausées en début de

matinée. Je lui ai proposé de se reposer et de venir travailler un peu plus tard, mais elle est beaucoup trop consciencieuse pour accepter.

Il sembla soudain sur le point de défaillir de rage. Il serra les poings sur ses genoux, rougit puis pâlit.

— La stupide petite vache ! grommela-t-il.

Irène se mit en colère.

— Ne parlez pas ainsi de votre femme !

— Ma femme ? fit-il en bondissant sur ses pieds. Elle n'est pas ma femme ! Je ne l'ai pas épousée ! Je préférerais me pendre ! Vous êtes la seule que j'aie toujours désiré épouser.

Elle se leva rapidement et se précipita derrière lui alors qu'il s'éloignait à grands pas, ignorant les joueurs qui venaient le féliciter de son triomphe récent dont on parlait encore dans les salles de jeu et qui serait rapporté dans la presse le lendemain. La direction du casino aimait publier que la banque avait sauté, car cela encourageait les gens à venir jouer.

Irène rattrapa Derek dans les jardins en terrasses et le tira par la manche pour l'obliger à s'arrêter.

— Vous me devez une explication, ordonna-t-elle.

Il poussa un soupir. Remarquant un banc en fer forgé, il s'y assit, les coudes sur les genoux, la tête dans les mains.

— J'ai été stupide. J'aurais dû tout vous dire dès le début. A Paris, Brigitte et moi, nous vivions ensemble. Quand j'ai parlé de sa dot, il s'agissait, en fait, de ses économies. Elle s'est montrée bonne pour moi. Elle l'a toujours été. Issue d'une famille très collet monté, il était naturel qu'elle ait préféré que l'on nous croie mari et femme. Cela n'avait pas d'importance pour moi, dès l'instant qu'on ne m'obligeait pas à me mettre la corde au cou. Je suppose que cela a un rapport avec mon goût de la liberté ; je sais aussi que si le pire arrivait, personne n'aurait le pouvoir de m'enchaîner. Pourtant, je vous le répète, Irène, je vous aurais épousée si vous n'aviez pas placé vos sentiments pour moi après vos principes, votre carrière et que sais-je encore ! J'aurais peut-être changé. Abandonné le jeu. Je serais devenu l'homme que vous souhaitiez que je sois. Qui sait ?

— Je n'ai jamais rien placé au-dessus de mes sentiments pour vous. Je voulais simplement que tout soit clair, si nous devions nous marier. Pourquoi m'avez-vous fait croire que Brigitte était votre femme quand nous nous sommes revus ?

Il laissa retomber les mains et tourna la tête vers elle.

— Par orgueil. Vanité. Appelez ça comme vous voulez. Arthur Lucas m'avait dit qu'il y avait un homme dans votre vie, que vous étiez fiancée. C'est un grand sentimental. Il ne peut pas comprendre les liaisons compliquées. Je suppose aussi que je souhaitais plus ou moins vous faire croire que je n'étais pas resté seul après que vous aviez laissé votre père me chasser de votre vie. (Sa voix se fit amère et accusatrice.) Pourquoi ne m'avez-vous pas suivi cette nuit-là ?

Elle s'assit lentement près de lui sur le banc.

— Je l'ignore. Je pense que j'étais trop secouée et effrayée pour pouvoir raisonner sainement. Mais le lendemain matin, à l'aube, j'ai quitté la maison avec un sac contenant quelques effets afin de partir n'importe où avec vous.

— Irène ! s'exclama-t-il, stupéfait, prêt à l'enlacer.

Il se retint en voyant que son regard n'avait rien de tendre.

— J'ai découvert des choses dans votre vie de célibataire dont vous aviez soigneusement évité de me parler.

Cette fois, c'était elle qui revoyait avec angoisse cette époque de désillusion douloureuse.

— Oh ! dit-il en serrant les lèvres, les sourcils froncés.

— En plus du temps que vous passiez avec la fille de votre logeuse, qui a une bonne raison de ne jamais vous oublier, expliqua Irène brièvement, j'ai appris que vous partagiez aussi vos loisirs avec une Gaiety Girl et moi.

— Elle n'est rien pour moi, protesta-t-il, rien du tout ! Je connais Lillian Rose. Nous avons grandi tous deux dans la même rue. Il m'est arrivé d'aller la voir au théâtre de temps à autre pour parler du bon vieux temps avec elle et, peut-être, pour flirter un peu avec l'une des filles de la troupe. Ce n'était pas facile de passer le seuil de l'entrée des artistes, alors, quand Lillian m'invitait, je sautais sur l'occasion pendant que les dandys faisaient le pied de grue dehors.

Elle le dévisagea :

— Vous connaissez Lillian ?

— Oui.

— Vous devez donc savoir que l'homme que j'aime est son mari, et qu'ils sont séparés.

— Oui. Je l'ai appris quand Arthur a mentionné son nom, un jour à l'atelier. J'ai alors compris la situation. Qu'est-ce qui n'a pas marché entre vous à Londres ? Vous avez rompu ?

Elle secoua la tête, les yeux sur la bague qu'elle faisait tourner à son doigt.

— Non, je l'aime plus que jamais, mais nous sommes séparés malgré nous. Lillian refusera toujours le divorce. Il vit à Londres, et moi ici. Je ne vois pas d'avenir pour nous deux.

— Vous feriez bien d'accepter la situation. Lillian ne tient pas du tout à ce que l'on agite l'eau trouble de son passé. Elle est mariée et veut le rester. Elle adore la respectabilité et ressemble beaucoup à Brigitte sur ce point. On ne croirait jamais, à voir Lillian sur scène maintenant que, jadis, elle n'avait même pas de chaussures. A dix ans, on l'a mise dans un orphelinat. Je suppose que je suis le seul qui la connaisse depuis toujours, en dehors de...

— En dehors de qui ?

— De quelqu'un qu'elle a jadis aimé. Un marin deux fois plus âgé qu'elle dont la vieille mère travaillait dans l'usine où, à quinze ans, Lillian lavait les planchers. Le marin l'a emmenée avec lui à Liverpool. Puis il est reparti en mer et elle a tenté sa chance en commençant par chanter dans les rues ; ensuite, elle est passée dans un théâtre douteux ; c'est ainsi que sa carrière a débuté. A présent, vous comprenez pourquoi elle préfère que l'on ne fasse pas allusion à son passé.

— Il est inutile de le faire.

— Lillian ne voudra jamais courir ce risque.

Irène se redressa :

— Après cette conversation, mes affaires en sont au même point. Et les vôtres ? Avez-vous décidé de suivre mes conseils ?

— Je ne vous promets rien.

— Et à Brigitte ?

— Vous voulez que je lui promette le mariage ?

Elle n'eut pas à répondre. On entendit des bruits de pas et Brigitte en personne apparut sur le chemin. Elle ralentit, surprise de les trouver tous deux sur un banc. Toujours nette, une courte cape sur les épaules, vêtue d'une blouse claire et d'une jupe noire, on aurait pu la prendre aisément pour une nurse au service d'une grande famille. Son visage ovale était pâle et tendu.

— Que s'est-il passé, Derek ? demanda-t-elle, inquiète. Je ne pouvais plus attendre à la maison. Je ne pouvais pas entrer au casino dans cette tenue, mais je voulais être près de toi.

Derek se leva lentement, tranquillement. Irène fut heureuse de voir que leur conversation l'avait apaisé. Mais il avait toujours été ainsi, aussi prompt à s'enflammer qu'à se calmer. Il rejoignit Brigitte, leva les mains et ôta les deux peignes en écaille qui retenaient les cheveux de la jeune femme qui retombèrent en cascade sur ses épaules et sur sa taille. Il lui prit le visage entre les mains et la regarda.

— J'ai gagné... et perdu. Mais il m'en reste suffisamment pour t'acheter tout ce que tu veux.

Elle cligna des yeux d'étonnement, à demi effrayée, comme si elle avait trop longtemps connu l'incertitude pour prendre conscience du fait que, momentanément, toute économie pouvait être abandonnée. Il baisa sa bouche tremblante et l'enlaça. Ils s'éloignèrent sous le regard d'Irène. Derek était un être étrange, doté de beaucoup de qualités et de faiblesses, de pas mal de vanité et de fourberie. Quoiqu'il pût dire, il semblait avoir trouvé en Brigitte la femme qu'il lui fallait et l'enfant constituerait, sûrement, un atout majeur.

17

Comme toujours, le jour de l'ouverture de la saison, un changement total s'opérait à Monaco. Ceux qui y vivaient toute l'année — y compris les membres moyennement fortunés de la paisible colonie britannique dont certains comptaient parmi les clients d'Irène — voyaient leurs habitudes complètement modifiées, comme si une vague exotique de louis d'or, partie du port, déferlait subitement sur la principauté, prête à l'engloutir. Derek profita du surcroît de travail à la boutique et à l'atelier après la fermeture pour éviter de s'occuper de son mariage avec Brigitte qui devint encore plus discrète et taciturne à mesure que sa grossesse avançait. Elle souhaitait que son bébé ait un nom, mais avait peur de perdre Derek en le lui demandant. Il était entré dans son existence de façon inattendue, troublant ses principes de morale et de sagesse et il pouvait s'en aller avec la même rapidité si elle se montrait trop pressante. Lui seul savait ce qu'elle avait fait pour lui. Elle lui avait sacrifié ses idéaux les plus chers et elle était si habituée à obéir à ses moindres désirs qu'elle s'estimait heureuse qu'il ne lui ait pas demandé de marcher jusqu'au bout du quai et de se jeter à l'eau quand il avait appris qu'elle était enceinte.

Consciente du nombre d'heures que Brigitte passait toute seule chez elle, Irène envisageait de prier Derek de travailler moins, la boutique dût-elle en pâtir. Il lui arrivait de ne quitter l'atelier qu'à minuit. Brigitte avait pris l'habitude de venir le chercher et Irène, déjà couchée, les entendait bavarder doucement tandis qu'ils poussaient les derniers verrous et traversaient la cour. Toujours le premier arrivé, Derek se mettait aussitôt au travail. Peu avant neuf heures, il troquait sa blouse contre son habit et vérifiait que tout était en ordre dans la boutique pour l'ouverture.

La seule raison pour laquelle Irène hésitait à l'interroger sur son ardeur à la tâche tenait au fait que lorsqu'il n'était pas devant l'établi, il se trouvait au casino. Sa martingale n'avait rien donné et, en un mois, il avait perdu la forte somme gagnée. Avec l'éternel optimisme du joueur, il étudiait une autre martingale tout aussi infaillible. Irène ignorait si Brigitte avait réussi à sauver une partie des gains précédents. De toute évidence, aucun changement ne s'était manifesté dans sa tenue de tous les jours, si ce n'est qu'elle avait légèrement élargi la taille de sa jupe, mais son état n'était pas encore visible. Irène décida de demander à Brigitte si elle souhaitait ou non que Derek fasse moins d'heures supplémentaires.

Elle entra donc un matin dans le bureau de Brigitte après avoir vu Derek se diriger vers l'antichambre accompagné d'une cliente vêtue de noir et s'être ainsi assurée qu'il ne viendrait pas les déranger. En présence de Derek, Brigitte était incapable de parler.

— Comment vous sentez-vous, aujourd'hui ? s'enquit Irène.

— Assez bien, merci, répondit Brigitte, toujours réservée.

Irène s'assit et, après une discussion sur les réponses à donner à certaines lettres, elle parla à Brigitte du travail de Derek.

— J'ignore pourquoi il continue à se dépenser tant à l'atelier, déclara-t-elle. Au début, il ne faisait qu'aider pour les commandes urgentes. Maintenant, on dirait que cela fait partie de son travail quotidien.

— Il agit comme il l'entend, répliqua Brigitte de sa voix unie. Il aime s'occuper des ventes, élégamment vêtu, mais s'il choisit de passer une partie de son temps à l'atelier, je n'y peux rien. (Une expression de désespoir et de résignation effleura son visage.) J'ai cru qu'en quittant Paris nous laissions notre passé et les courses de Longchamp derrière nous, mais Derek ne peut pas changer. La seule différence, c'est que, depuis que nous sommes ici, nous n'avons plus à nos trousses une meute de créanciers réclamant leur argent. Qu'adviendra-t-il s'il perd plus qu'il ne peut se le permettre au casino ?

Au début, Irène avait trouvé irritante la manie de Brigitte de garder toujours les yeux baissés, mais, à présent, elle comprenait que cela lui permettait de cacher sa détresse intérieure.

— Derek se verra accorder un délai pour régler ses dettes parce qu'il a, une fois, fait sauter la banque, mais s'il ne rembourse pas la somme totale en temps voulu, il sera interdit de jeu. Est-ce ce que vous souhaitez ?

Brigitte secoua la tête d'un air las, les yeux baissés, croisant et décroisant les doigts.

— Cela ne changerait rien. Il recommencerait à jouer aux courses comme avant. J'ai vu Derek pleurer et trembler de désespoir devant les sommes perdues, résolu à ne plus jamais jouer, mais ses promesses sont vaines. Il essaie sans cesse, en jouant, de trouver une solution aux problèmes dans lesquels il s'est fourré, mais il ne s'en rend pas compte.

— J'ai compris depuis longtemps que c'était vous qui assuriez le gîte et le couvert.

Brigitte opina de la tête.

— Il considère son salaire comme de l'argent à jouer, et non pas destiné à payer la nourriture, le loyer ou autre.

— Est-ce pour cela qu'il travaille autant ? Pour gagner de quoi jouer davantage ?

— Je n'en ai jamais vu le moindre sou.

— Aimeriez-vous que je lui demande de travailler moins ? Il passerait peut-être plus d'heures auprès de vous.

— Cela ne ferait que réduire ses mises aux tables de jeu. Le temps qu'il ne passe pas à l'atelier, il le passe au casino, c'est pourquoi je viens le chercher tard dans la nuit. J'arrive assez souvent à le persuader de rentrer directement à la maison avec moi, sinon, il va jouer.

Irène poussa un soupir exaspéré devant l'inconséquence de Derek.

— Ne vous fâchez-vous jamais contre lui ?

— Cela n'arrangerait rien. J'ai appris à ne jamais discuter. Cela ne fait que l'éloigner de moi. Au fond de lui, il sait très bien que, s'il cesse de jouer, il se trouvera confronté à des choses de sa vie, de lui-même ou de son passé qui ne lui plaisent pas. Et maintenant, il doit de plus faire face à sa future responsabilité de père, ce qu'il ressent comme une atteinte à sa liberté.

— Puis-je vous aider en quoi que ce soit ?

La réaction de Brigitte l'inquiéta. Prise de court, la jeune femme fixait Irène, les pupilles dilatées d'horreur coupable à cette idée.

— Non, rien ! s'écria-t-elle d'une voix rauque, prête à se lever et à s'enfuir.

— Je ne voulais pas m'immiscer dans vos affaires, précisa Irène, stupéfaite.

Brigitte se reprit et baissa de nouveau les yeux.

— Je le sais. Je vous supplie de ne plus me reparler de Derek !

Irène quitta le bureau, en proie à un sentiment de malaise. Pourquoi Brigitte avait-elle réagi si violemment à sa proposition de l'aider ? On eût dit que la conscience de la jeune femme s'était trouvée en cause. Mais pour quelle raison ? Hochant la tête d'étonnement, Irène remonta travailler, après avoir pris son courrier personnel, posé sur une étagère à son intention.

Au lieu de se remettre aussitôt à dessiner, Irène s'assit près de la fenêtre et ouvrit rapidement la première lettre, qui venait de Gregory. Il allait venir bientôt. Elle éprouva une grande joie à laquelle se mêla très vite une certaine appréhension. Quels seraient leurs rapports ? Les circonstances extérieures allaient-elles, ici aussi, peser sur eux, comme cela avait été le cas à Londres ? Elle souhaitait qu'il en fût autrement, mais le doute ne cessait de la harceler, exacerbé par la nouvelle qu'il lui annonça au paragraphe suivant : Lillian se trouverait certainement à Monte-Carlo à la même époque. Le spectacle se terminait, et Lillian aurait le loisir de revenir dans sa station de vacances favorite.

Pensive, Irène reposa la lettre ; elle en savait un peu plus que Gregory. Maria et Léon Romanov devaient bientôt arriver à bord de leur yacht pour un séjour d'une durée indéterminée. Quelque temps auparavant, Maria avait écrit à Irène que Léon correspondait avec Lillian Rose depuis leur rencontre à Londres. Maria espérait ardemment que cela n'aboutirait à rien, mais elle craignait qu'ils n'aient projeté de se revoir à la première occasion.

Irène frissonna légèrement et elle se retourna pour fermer la fenêtre ouverte, mais y renonça, sachant que ses frissons n'étaient pas dus au courant d'air. Il s'agissait d'autre chose, la curieuse prémonition que les événements allaient prendre une tournure dramatique et décisive pour son destin. Même ses proches ou les personnes plus ou moins susceptibles de jouer un rôle dans sa vie étaient déjà là ou ne tarderaient pas à arriver. Gabrielle venait de rouvrir son grand appartement. Sophia, actuellement à Saint-Pétersbourg, était également attendue sur la Côte d'Azur et, surtout, Gregory et Irène allaient se trouver confrontés à leur avenir. Elle ferma les yeux, comme pour tenir à distance tout mauvais présage. Quand elle les rouvrit, elle s'aperçut que la pièce n'avait pas changé. Seul son visage tendu se refléta dans le miroir accroché au mur.

Dans la rue, en bas, des pas se firent entendre. Elle baissa les yeux d'un geste automatique. Derek reconduisait à sa voiture la cliente de l'antichambre. Il lui adressa son salut le plus directorial, les cheveux brillant sous le soleil.

— C'est toujours un plaisir de traiter avec vous, monsieur Ryde, dit la femme, dont Irène ne put voir le visage, caché par son chapeau à plumes à large bord.

La femme s'assit, tapota de sa main gantée de blanc son sac de cuir posé sur ses genoux. Si Irène n'avait pas été à l'étage au-dessus, ce qui lui permettait de voir directement l'intérieur de la voiture, elle n'aurait pu noter ce petit geste de satisfaction.

— Je suis très honoré, madame, répondit Derek.

La voiture s'éloigna, et Derek rentra dans la boutique. Bien qu'Irène eût encore l'esprit occupé par la lettre qu'elle venait de recevoir, elle songea que Derek avait sûrement acheté un bijou à cette femme et que, manifestement, la transaction s'était déroulée dans une ambiance agréable pour les deux parties selon la tradition de la boutique. Il avait été convenu que si Irène était absente ou occupée, Derek devait traiter seul, à condition toutefois qu'il ne s'agisse pas de joyaux de très grande valeur; dans le cas de bijoux très coûteux, ils se consultaient, la décision finale appartenant à Irène.

A l'heure de la fermeture, Derek monta la voir alors qu'elle travaillait encore à sa table; il lui apportait une commande qui venait d'être confirmée et qui concernait un de ses modèles. Elle prit le papier qu'il lui tendait et y jeta un coup d'œil. Sachant que le client voulait offrir le bijou à sa maîtresse, elle repensa à ce qu'elle avait vu en début de matinée.

— Qu'avez-vous acheté, aujourd'hui ? demanda-t-elle tout naturellement.

— Rien du tout. Pourquoi ?

Surprise, elle leva les yeux sur lui. Les deux mains posées sur le coin de la table, les bras raides, il semblait étonné de sa question. Elle essaya de lui rafraîchir la mémoire.

— Vous vous dirigiez vers l'antichambre ce matin quand je suis entrée dans le bureau.

Il fit un signe de tête désinvolte.

— Oh, vous voulez parler de Mme Clémenti ! C'est juste. Mais je n'ai rien acheté. Elle avait quelques pièces à vendre, mais les pierres ne correspondaient pas à notre standing.

Irène revint à la commande qu'elle tenait à la main, mais les lettres dansèrent devant ses yeux ; elle n'arrivait plus à lire. Derek lui mentait. Il lui mentait comme il l'avait fait dans le passé, quand elle avait cru être la seule femme qui comptait dans sa vie. A présent, il mentait mais dans un autre domaine, avec le même aplomb et la même apparence de véracité. Elle ne doutait pas que sa question inattendue le mettait sur des charbons ardents, mais son attitude détendue et son visage aimable n'en montraient rien.

Les craintes qu'elle éprouvait depuis qu'elle avait ouvert la lettre de Gregory lui revinrent. Si elle n'avait pas vu la femme tapoter son sac d'un geste significatif, elle aurait certainement cru Derek. Malgré ses défauts, Derek avait toujours été honnête en affaires alors qu'il s'occupait de pierres coûteuses et de métaux précieux. Il avait été honnête aussi bien lorsqu'il travaillait pour M. Lindsay que pour elle. D'innombrables occasions s'étaient offertes à lui où il aurait pu acquérir des objets de valeur sans que l'on puisse le soupçonner le moins du monde et où il s'était, au contraire, montré d'une honnêteté scrupuleuse. Ce qu'il avait fait aujourd'hui était une vieille astuce, répandue dans le monde de la joaillerie, mais qu'un employé digne de confiance et, qui plus est, un ami de longue date, ne devait pas utiliser. Il avait effectué un achat à un prix intéressant en le payant de sa poche, privant ainsi la boutique du bénéfice normal de la transaction. Une fraude minable. A en juger par la remarque qu'avait faite la cliente en question, ce n'était pas la première.

— Est-ce que Mme Clémenti est déjà venue chez nous ? questionna-t-elle, lui offrant ainsi l'occasion de lui dire la vérité.

— Oui, je crois. Mais pas pour vendre, sinon je m'en souviendrais.

Il s'approcha d'elle et considéra le papier qu'elle tenait.

— Cette commande est-elle très urgente ?

Il avait changé de sujet. Irène bouillonna de colère et de déception.

Ce soir-là, une fois l'établissement fermé et silencieux, elle descendit au bureau et examina les registres notant les achats effectués auprès des clients. Tout était en règle. Naturellement, le nom de Mme Clémenti brillait par son absence. Irène referma les registres et s'assit pour réfléchir. Elle repensa à la conversation qu'elle avait eue avec Brigitte et elle comprit avec une clarté douloureuse que celle-ci protégeait l'homme qu'elle aimait. Après avoir reconduit Mme Clémenti à sa voiture, il avait dû aller prévenir Brigitte qu'elle ne devrait rien enregistrer dans ses livres.

Irène se pencha sur son siège et donna un coup de poing sur le bureau. Comment osait-il ! Et comment Brigitte osait-elle le soutenir ! Rien d'étonnant qu'elle ait paru si gênée quand Irène avait proposé de l'aider. Ils étaient complices ! Puis la colère d'Irène reflua et elle poussa un grand soupir. Connaissant la totale dévotion de Brigitte envers Derek, il ne fallait pas s'attendre à autre chose de sa part. Cela expliquait aussi pourquoi les créanciers ne se pressaient pas à sa porte, comme l'avait dit Brigitte. En menant des transactions pour son compte, il pouvait ensuite vendre ailleurs et utiliser l'argent frais pour faire patienter ses créanciers.

Irène remonta lentement dans son appartement, le cœur lourd. Elle ne possédait pas de preuve qui lui permettrait de confondre Derek ; il pourrait toujours nier ou se montrer évasif, comme il l'avait fait aujourd'hui. Au moins ne semblait-il pas avoir abusé du besoin qu'avaient les gens de vendre, car s'il en était ainsi, cela pourrait rejaillir sur le renom de la boutique. Mais en était-elle sûre ? Elle se rappela la colère d'une femme, quelque temps auparavant : elle était venue racheter ses bijoux, heureusement encore disponibles, mais avait pâli en apprenant qu'elle devait les payer plus qu'on ne lui en avait donné. Beaucoup plus ? C'était la question. Cela dépassait-il le pourcentage ordinaire ? Si oui, cela signifiait que le chiffre inscrit sur le registre était faux. Il y avait aussi cet homme ivre venu réclamer son étui à cigarettes Fabergé ; là, l'objet n'avait pas été enregistré. Aujourd'hui, Mme Clémenti avait paru tout à fait satisfaite. Un peu trop, à y réfléchir. Derek avait-il séduit la femme en la convainquant qu'il lui faisait faire, chaque fois, une affaire ? Si elle s'apercevait de la duperie, elle leur ferait des ennuis.

Finalement, Irène se résolut à admettre que cette femme avait pu vendre des bijoux volés. Un lieu comme Monte-Carlo, où l'argent était gagné et perdu aussi facilement, éveillait la cupidité ; les voleurs étaient toujours prêts à agir partout où des joyaux de valeur s'étalaient au grand jour.

Elle ne pouvait pas attendre d'avoir la preuve évidente que Derek se montrait déloyal. Pour lui comme pour elle, elle devait éliminer toute possibilité qu'il traite à son compte et donc, lui donner un avertissement. Elle n'arrivait pas à croire qu'il puisse volontairement lui causer du tort en achetant des marchandises volées, mais s'il le faisait, il mettait en danger non seulement Irène mais le renom de son affaire.

Le lendemain matin, elle alla le voir à l'atelier avant l'arrivée des autres orfèvres. Il travaillait.

— Après ce que vous m'avez dit hier sur Mme Clémenti, commença-t-elle, j'ai décidé que plus aucun achat ne sera fait au-dessous d'une certaine somme, et, partant, sans mon consentement. Cela me permettra de maintenir un niveau élevé d'achat et de vente.

Il leva les yeux de son ouvrage en filigrane et répondit d'un ton indifférent :

— Sage décision. J'avais envisagé, à plusieurs reprises, de vous conseiller cette politique, mais vous n'accueillez pas toujours bien mes suggestions.

Ses yeux pétillaient et son sourire était désarmant.

Derek, Derek, se dit-elle, me suis-je trompée sur vous ?

— Un de mes grands soucis, reprit-elle, est qu'en achetant trop de bijoux à des inconnus nous n'achetions en même temps de la marchandise volée.

S'il se rendit compte de l'avertissement sévère, il ne le montra guère, se contentant d'un geste pour en exclure l'éventualité.

— Je ne crois pas que vous ayez à vous inquiéter, affirma-t-il. La réputation de cette boutique brille d'un vif éclat, comme aurait dit Shakespeare, telle une bonne action dans un monde mauvais. Il existe suffisamment de receleurs sur la Riviera sans qu'il soit besoin de passer par d'honnêtes commerçants.

Ses doutes commençaient à se dissiper, mais elle ne pouvait pas en rester là. Pour avoir l'esprit en paix, elle décida de vérifier l'identité de Mme Clémenti et d'essayer de découvrir si elle fréquentait des milieux douteux.

A la première occasion, elle demanda à Gabrielle si elle connaissait une certaine Mme Clémenti. Sa grand-mère réfléchit et secoua la tête :

— A ma connaissance, ce n'est pas une *demi-mondaine.* Où loge-t-elle ?

— Je n'en ai pas la moindre idée. Elle est venue un jour à la boutique et je voudrais en savoir plus sur elle.

Comme elle aurait dû s'y attendre, elle eut plus de chance avec Mme Borisvinsky.

— Je crois que je vois de qui vous voulez parler, répliqua la vieille dame aussitôt. Une assez jolie femme. Elle est descendue dans un petit hôtel et vient au casino plus pour se faire voir que pour jouer. Elle ne mise que modestement. Je me suis trouvée une ou deux fois assise près d'elle. Elle fait partie de ces malheureuses, bien que généralement respectables, coureuses de mari qui hantent les villes de la Riviera.

— Que voulez-vous dire ?

— Elle cherche un mari fortuné. Je reconnais ce genre de personnes presque sur-le-champ. Monte-Carlo en est rempli. Plusieurs sont veuves, certaines sont divorcées et lasses de se sentir à l'écart de leur propre milieu social. Elles font durer leurs économies pendant toute la saison, allant jusqu'à vendre un à un leurs bijoux les moins précieux et même leurs vêtements à mesure que la saison avance, afin de régler leurs notes d'hôtel et de rester aussi longtemps que possible pour attraper leur proie. La plupart d'entre elles repartent, la saison finie, appauvries et déçues.

— Etes-vous sûre que Mme Clémenti appartient à cette catégorie de femmes ?

— Tout à fait. Elle porte trop souvent la même robe du soir, ce qui implique que ses autres toilettes doivent déjà avoir été mises en gage.

Irène éprouva un intense soulagement à l'idée que ses pires craintes concernant Mme Clémenti se révélaient sans fondement. Finalement, Derek n'avait pas menti quand il avait dit que la broche qu'elle avait proposé de vendre ne correspondait pas au standing de la boutique. Cela n'excusait pas la conduite de Derek et ses achats à l'insu d'Irène, mais cela l'absolvait complètement en matière d'objets volés.

Mme Borisvinsky et Irène bavardaient, assises sur la terrasse vitrée de l'hôtel de Paris, attendant l'arrivée de Maria et de Léon, dont le yacht avait accosté quelques heures auparavant.

Les derniers rayons de soleil évanouis, les lumières de Monte-Carlo rivalisaient avec l'éclat des étoiles. Comme d'habitude, la vieille dame racontait tous les cancans de la journée. Lily Langtry avait fait sauter la banque l'avant-veille en gagnant vingt-cinq mille livres. Un financier avait connu presque la même chance la veille, mais un inconnu l'avait attaqué dans sa chambre et s'était enfui avec le butin. Un comte hongrois avait offert à cent invités un dîner servi dans des assiettes en or, et l'hôtel de Paris avait dû emprunter une partie de la vaisselle à un autre hôtel. Elle annonça aussi à Irène que Lillian Rose venait d'arriver avec sa suite de domestiques, chauffeur, secrétaire et sa cour de jeunes dandys.

Ainsi, Lillian était arrivée ! Cette présence mettait Irène mal à l'aise, mais elle se dit que Maria devait en souffrir encore davantage. A cet instant précis, elle aperçut celle-ci qui entrait dans l'hôtel, jetant autour d'elle un regard désespéré. Irène bondit de son fauteuil pour la rejoindre, frappée par sa pâleur et son air de fantôme dans sa blanche robe longue en tissu léger, un boa en voile tissé d'argent traînant derrière elle.

— Ma chère Maria ! s'écria Irène tendrement. Je vous attendais. Comment allez-vous ?

Maria put à peine répondre aux effusions d'Irène et, d'une voix pleine de sanglots retenus, elle dit :

— Je suis toute seule, ce soir. Léon a grossièrement refusé de m'accompagner. Il a quitté le yacht avant moi pour aller retrouver Lillian Rose.

On voyait clairement qu'elle allait s'effondrer. Irène essaya de la réconforter :

— Du courage ! Ne montrez pas vos larmes. Nous parlerons plus tard.

Maria fit un signe de tête affirmatif, s'appuya sur Irène et elles se dirigèrent vers Mme Borisvinsky. La vieille dame feignit, avec tact, de ne rien remarquer. Elle savait se montrer bonne quand ceux qu'elle aimait se trouvaient dans l'ennui, tout comme elle pouvait critiquer sans merci ceux qu'elle détestait. Elle parla à Maria de leurs amis communs en Russie, échangea des nouvelles avec elle, donnant ainsi un ton normal à la soirée.

Un peu plus tard, elles traversaient toutes trois le hall de l'hôtel, très lentement à cause de Mme Borisvinsky, lorsque Léon et Lillian apparurent malencontreusement au milieu de la cohue, les yeux dans les yeux, prêts à sortir. Maria s'arrêta, figée, puis se mit à trembler si violemment que ses dents s'entrechoquèrent. Irène la soutint.

— Votre femme de chambre est-elle dans votre suite ? demanda-t-elle rapidement à Mme Borisvinsky.

La vieille dame acquiesça et commanda :

— Vite ! Emmenez Maria là-haut. Je vous rejoins.

Irène conduisit Maria à l'ascenseur le plus proche. La jeune femme avança en titubant, comme en transe. Une fois dans la suite, Irène envoya la femme de chambre chercher un plaid et aida Maria à s'allonger sur une chaise longue. Même une fois couverte, Maria continua de trembler ; elle commençait cependant à se calmer quand Mme Borisvinsky arriva. Irène servait une tasse de thé bien chaud à Maria.

— Ma chère enfant, déclara Mme Borisvinsky en s'asseyant, les mains sur ses deux cannes, les hommes sont la cause de tous les malheurs de ce monde. Ils ne deviennent jamais adultes. Ils veulent toujours un nouveau jouet, un plus beau fusil, une voiture plus rapide ou une autre femme. (Elle lui jeta un regard compatissant.) Je suis passée par là, j'ai vécu ce que vous vivez quand j'ai été mariée pendant moins d'un an.

— J'aimerais mourir ! gémit Maria. Je n'en peux plus.

— Vous devez vous reprendre, répliqua la vieille dame. Votre sens du devoir doit vous soutenir. Cela implique de rejeter tous vos rêves romantiques et d'accepter la vie telle qu'elle est et comme il vous faut la vivre. Les choses ne sont jamais exactement comme nous les souhaiterions, mais cela ne signifie pas qu'il soit impossible de connaître un certain bonheur.

— Je n'en vois aucun pour moi ! s'écria Maria d'une voix désespérée.

Mme Borisvinsky se montra d'un calme rassurant.

— Cela viendra, et d'une manière inattendue. Je sais de quoi je parle. Je vais vous confier une règle d'or que vous ne devrez jamais enfreindre. Gardez votre dignité personnelle, quoi qu'il arrive. Ne vous abaissez jamais à des récriminations inutiles. Cela ne mène à rien. Plus un homme se sait coupable, plus il devient irascible et vous reproche ses ennuis et ses propres faiblesses. En réalité, il sera ravi de pouvoir faire de vous son bouc émissaire et vous en méprisera. Mais, ajouta-t-elle en levant l'index, si vous conservez votre dignité d'épouse et de mère, il finira par vous considérer comme son refuge, comme sa protection contre les femmes dont il s'est lassé, ces femmes qui voudront garder son amour en commettant toutes les folies que vous aurez si soigneusement évitées. Vous l'emporterez sur elles grâce à votre dignité. Alors seulement, votre vie quotidienne avec votre époux sera agréable pour tous deux ; elle sera même enrichie par des félicités que vous ne pouvez concevoir en ce moment tragique.

Pendant que Mme Borisvinsky délivrait son homélie, Irène demeura tournée vers la fenêtre, admirant la mer au clair de lune. La vieille dame, forte de son expérience et de son grand âge, donnait de meilleurs conseils à Maria qu'Irène n'aurait pu le faire. De plus, une même origine sociale et une éducation identique rapprochaient les deux femmes. Le visage toujours angoissé, Maria s'était un peu redressée et questionnait son aînée. Tout en se disant qu'elle n'aurait jamais accepté un pareil compromis, Irène comprit qu'étant donné le cadre rigide de la société russe c'était peut-être le seul moyen pour une femme de ne pas perdre la raison et de survivre.

Elles proposèrent à Maria de passer la nuit à l'hôtel mais, se sentant mieux, celle-ci insista pour regagner le yacht. Elle souhaitait être présente au moment du retour de Léon, non pour lui faire une scène, mais pour faire le premier pas sur la voie qui venait de lui être conseillée. Irène l'accompagna au port et la vit s'éloigner dans un canot vers le long yacht blanc. Au milieu de l'équipage en uniforme et casquettes enrubannées d'allure très militaire, Maria avait l'air d'une frêle petite fille. Elle agita la main à deux reprises avant de disparaître dans l'obscurité.

Irène rentra chez elle. En arrivant dans la cour située derrière sa boutique, elle s'aperçut que de la lumière filtrait à travers les volets fermés de son appartement. Seul Gregory avait une seconde clé. Son cœur lui souffla qu'il était là. Pourtant, elle hésita en bas de l'escalier, ayant peur de ces retrouvailles.

Comme s'il savait qu'elle était là, il ouvrit brusquement la porte d'en haut et se pencha sur les marches, à demi éclairé par la lumière, les yeux tournés vers elle. Pendant quelques secondes, ils ne dirent pas un mot. Il finit par prendre la parole :

— Croyez-vous que vous pourrez vivre en Hollande ? J'envisage de fermer mon bureau de Hatton Garden et de regrouper mes affaires au centre de diamants d'Amsterdam.

Elle s'appuya contre le mur de pierre, incapable de bouger sous l'effet de la joie qu'il venait de lui faire. Il avait trouvé une solution leur permettant d'être ensemble ! Il descendit vivement les marches et la prit dans ses bras. Il l'embrassa longuement et elle se demanda pourquoi elle avait éprouvé toutes ces craintes et ces prémonitions, apparemment sans fondement. Ils montèrent l'escalier enlacés et il lui murmura des paroles tendres, lui répétant combien elle lui avait manqué, combien il avait souffert de son absence et qu'il l'aimait avec une telle passion qu'il ne pourrait plus supporter une autre séparation. Ils entrèrent dans l'appartement. Elle ferma les yeux de bonheur. Puis ils firent merveilleusement l'amour.

Quand le matin se leva, tout Monte-Carlo parlait du dernier scandale. Dans la suite qu'elle occupait à l'hôtel de Paris, appuyée sur les coussins en satin de son lit somptueux, Lillian jeta un coup d'œil rapide aux journaux pour voir s'il en était question dans l'édition matinale, même si son bon sens lui soufflait que la soirée à laquelle elle avait participé la veille à l'Ermitage n'avait pris une tournure désastreuse que bien après le bouclage des journaux. Lorsqu'on lui avait apporté le plateau du petit déjeuner, elle avait lu sur le visage de la servante que la nouvelle circulait dans tout l'hôtel et se répandait comme une traînée de poudre. La servante, cependant, n'en avait dit mot, car il arrivait à Lillian de la gifler sous l'effet de la colère, et son personnel avait appris à ne pas parler imprudemment. Mais le coup d'œil espiègle qu'elle lui lança avant de lui adresser un respectueux bonjour tout en déposant le plateau sur le lit signifiait clairement que tout le monde était au courant.

Rejetant les journaux qui glissèrent à terre, Lillian se servit une tasse de café qu'elle tint à deux mains. Elle but une gorgée. Si le Gouv'neur avait vent du scandale, il lui tomberait dessus comme une tonne de briques. Pourquoi, oh, pourquoi avait-elle accepté de se rendre à cette soirée ?

Elle en connaissait la raison. Son regard cupide s'arrêta sur la commode où, au milieu des flacons en cristal de Lalique, une boîte blanche en houx proclamait qu'elle venait de chez Fabergé. A l'intérieur se trouvait le plus beau collier de diamants qu'elle ait jamais vu. Quand Léon le lui avait offert, l'attachant lui-même autour de son cou, elle avait éprouvé un sentiment d'exaltation, proche de l'orgasme, devant sa splendeur étincelante. En s'admirant dans le miroir, elle avait failli s'évanouir d'orgueil en constatant à quel point il rehaussait sa beauté. Elle avait relevé ses cheveux de manière à laisser son long cou de cygne dégagé afin de mettre en valeur ce collier qui lui avait été annoncé. Un collier de Fabergé, avait-il dit. Pourtant, elle ne s'attendait pas à cette large parure de merveilleux diamants, accompagnés de briolettes, le tout monté sur or blanc. Il faisait étinceler sa gorge, mais aussi ses épaules et la naissance de ses seins. Un magnifique diamant en forme de poire descendait sur sa poitrine, brillant comme un glaçon de givre au soleil.

Une seule chose gâta l'instant du cadeau. Lillian vit dans le miroir le regard lourd de désir de Léon. Jusque-là, elle avait réussi à le tenir à distance. Il fallait qu'il comprenne qu'une Gaiety Girl devait être longuement courtisée avant de succomber. Ce respect nécessaire la protégeait d'avances insistantes auxquelles elle ne souhaitait pas répondre. Le sexe n'avait jamais signifié, à ses yeux, qu'un moyen d'arriver, cette attitude remontant à l'époque où elle avait échappé aux durs labeurs de l'usine et, pour elle, il n'avait rien à voir avec l'amour. L'amour était romantique, spirituel et pur, se contentant d'un baiser, d'un regard langoureux ou d'une main pressée ; l'amour, c'était ce frisson d'adulation que la foule lui adressait lorsqu'elle était sur scène. Cela expliquait que ses soupirants favoris soient de très jeunes hommes, disposés à la traiter comme une déesse inaccessible, prêts à lui voler un gant en souvenir, à s'occuper des chevaux de sa voiture, à prendre les rênes pour la conduire à travers les rues de la ville ou à lui envoyer d'innocents poèmes d'amour. Elle aimait s'entourer de ces soupirants inoffensifs qui lui offraient des cadeaux dispendieux, en signe de dévotion éternelle, sans rien exiger en échange, et faciles à tenir à distance si leurs sentiments devenaient trop pressants.

Les hommes plus âgés exigeaient davantage mais obéissaient aux règles établies concernant les Gaiety Girls — enfin, ils le faisaient s'ils étaient de vrais gentlemen. Seul Gregory avait réussi à lui faire entrevoir d'autres horizons, mais même lui n'avait pas compris que l'amour qu'il lui portait ne pourrait jamais assouvir sa soif d'être aimée comme seul le public pouvait l'aimer et que sa place se trouvait sur un piédestal avec, à ses pieds, ses soupirants.

Si elle avait pu répondre franchement à la question que lui posaient si souvent les journalistes, sur le point de savoir quel était l'homme de sa vie, elle n'aurait pas répondu son mari, comme elle le faisait toujours pour sauver les apparences, mais le Gouv'neur. Il l'avait ramassée dans un music-hall minable et l'avait mise sur le devant de la scène sans rien demander en retour. Il représentait son idéal. Son véritable dieu grec. Et avec sa silhouette ronde et sa rudesse, il était aussi différent que possible de l'élégant Romanov qui la courtisait.

— Nous ne devons pas arriver en retard à la soirée, minauda-t-elle en le repoussant comme par jeu. C'est vous qui invitez, et quand j'apparaîtrai avec ce collier, je deviendrai la femme la plus jalousée de la Côte d'Azur. Je vous adore. Je veux vous embrasser pour vous remercier de votre très, très beau cadeau.

Elle savait que la réception devait avoir lieu à l'Ermitage, dans le grand restaurant où elle avait déjà dîné, mais elle ne se doutait pas que les cinq autres Russes conviés — dont deux appartenaient à la famille Romanov — viendraient accompagnés de *demi-mondaines*. Lillian se sentit gravement offensée. Aucune Gaiety Girl ne pouvait s'asseoir avec des catins. Manifestement, un étranger comme Léon ne pouvait imaginer la délicatesse de la situation. Elle lui expliqua l'affaire gentiment et lui dit qu'elle était prête à dîner en tête à tête avec lui à une autre table mais qu'elle ne pouvait pas se joindre aux invités.

Il entra dans une colère folle. Elle serait volontiers partie mais il l'arrêta et, appuyant des deux mains sur ses épaules, il la fit asseoir de force à la table. Elle comprit alors à quel point il la méprisait. Elle n'était pour lui qu'une fille avec laquelle il voulait coucher. Il lui avait offert le collier, estimant que c'était le prix à payer et, maintenant, il voulait en profiter au maximum, l'obligeant, pour commencer, à assister à cette horrible soirée.

Pour montrer son mécontentement, elle refusa de lui parler et ignora les autres. Dépité, Léon s'enivra. On leur servit le meilleur champagne. Les bouchons sautèrent sans arrêt. Le groupe devint de plus en plus bruyant, ces dames éclatant en rires vulgaires. Léon était si ivre qu'il tenait à peine assis sur sa chaise. Lillian était écœurée, d'autant qu'on l'avait reconnue et que des dîneurs chuchotaient son nom. Elle éprouvait un affreux sentiment d'humiliation. Elle voulut s'échapper sous prétexte de se refaire une beauté, mais Léon l'accompagna jusqu'à la porte des toilettes et l'attendit, une coupe de champagne à la main. Quand elle sortit, il l'escorta jusqu'à son siège et, une fois qu'elle fut assise, il se pencha et lui murmura à l'oreille ce qu'il avait l'intention de lui infliger, si elle songeait à partir sans lui.

Il était tellement soûl qu'elle ne crut pas ce qu'il disait et se contenta de frissonner de dégoût. Sans le savoir, il lui renvoyait l'écho d'avilissements passés que personne n'avait le droit de lui faire revivre. Elle le détestait, elle le maudissait et, pis encore, elle redoutait la cruauté qui pointait dans ses beaux yeux et qu'elle n'avait pas soupçonnée avant cette atroce soirée.

Il se faisait tard. Le restaurant se vida. Certains dîneurs, choqués par la vulgarité de la table des Romanov, s'en allèrent plus tôt que prévu. Seule la table de Léon resta occupée.

— Servez le reste du champagne que j'ai commandé ! hurla brusquement Léon au maître d'hôtel. Toutes les bouteilles !

On apporta le champagne sur une table roulante. Léon prit une bouteille fermée et la frappa contre le pilier le plus proche, comme s'il baptisait un navire. Avec un sauvage cri de triomphe, il en saisit une autre, imité par ses compagnons sous les applaudissements des *demi-mondaines*. Les serveurs observèrent la scène sans intervenir. Les Romanov payaient toujours les dégâts. Léon visa un chandelier, atteignit son but, faisant voler le cristal en éclats. Une autre bouteille heurta un premier miroir ; ils brisèrent ensuite tous les autres, le bruit du verre ajoutant au tumulte.

Lillian en profita pour s'éclipser discrètement. Une fois hors de la salle, elle courut aussi vite que ses hauts talons le lui permettaient et traversa le hall en direction du corridor souterrain reliant l'Ermitage à l'hôtel de Paris. Elle ne cessa de courir qu'une fois à l'abri, dans sa suite. Sa femme de chambre l'aida à se déshabiller et lui jeta un regard interrogateur en la voyant sangloter bruyamment de rage et d'humiliation. Elle n'avait jamais passé une soirée aussi horrible ! Sa seule consolation était le magnifique collier. Elle le posa contre sa joue pour apaiser son orgueil blessé avant de le ranger dans sa boîte.

A présent, appuyée contre ses coussins en satin, elle passait en revue les événements de la veille en poussant des gémissements. Comment avait-elle pu fréquenter un homme aussi brutal ! La menace qu'il avait murmurée à son oreille indiquait clairement son intention de lui demander des choses qu'il n'oserait jamais exiger de sa femme. Comment avait-il le front d'imaginer qu'elle, Lillian Rose, accepterait d'être traitée comme une putain ? Elle souhaitait ne plus jamais le rencontrer mais se refusait à quitter Monte-Carlo uniquement parce qu'il s'y trouvait.

Une idée désagréable la frappa. Et s'il voulait récupérer son collier après s'être rendu compte qu'elle n'allait rien lui donner en échange ? Il n'était pas question qu'elle le lui rendît. Ce cadeau lui avait été offert sans aucune obligation et lui appartenait donc en toute légalité. Mais en jugerait-il ainsi ? Pour lui, ce n'était que la moitié de l'affaire, l'autre étant d'utiliser son corps pour assouvir ses désirs grossiers. Jamais !

Demeurait encore l'effrayante possibilité qu'il se livre à des violences physiques sur elle. Elle porta ses doigts tremblants à ses joues, craignant comme toujours pour sa beauté. Il pouvait la frapper au visage de manière irréparable. Elle poussa un cri horrifié comme si un tel danger la menaçait déjà.

— Non ! Non ! Non !

Soudain, elle sut ce qu'elle devait faire. Alors que sa femme de chambre accourait, attirée par son cri, Lillian repoussa le plateau et sauta à bas du lit. Dix minutes plus tard, elle quittait l'hôtel. Les mimosas en fleur oscillaient sous une brise légère, aussi dorés que les cheveux de Lillian. Elle n'eut pas à marcher longtemps. Arrivée devant la boutique d'Irène, elle entra d'un pas rapide.

— Je voudrais voir Mlle Lindsay, dit-elle à une vendeuse.

Irène se trouvait dans le bureau avec Brigitte. Elle vint aussitôt et, surprise de voir Lillian, lui demanda d'un ton froid :

— Vous avez quelque chose à me dire ?

— Oui, en privé.

Irène la conduisit dans l'antichambre ; la porte fermée, elles s'assirent à la table, l'une en face de l'autre. Irène qui s'attendait que Lillian l'entretiendrait de Gregory, fut stupéfaite quand elle comprit qu'il ne s'agissait que d'affaires. Lillian posa la boîte Fabergé sur la table, l'ouvrit et lui montra le collier.

— Combien de temps vous faut-il pour en faire une copie que je pourrais porter sans que l'on voie la différence ?

Irène prit le collier et l'examina à la loupe. Elle avait l'habitude de ce genre de requête.

— Ce ne sera pas facile, reconnut-elle. C'est le travail de l'un des meilleurs artisans de Fabergé, et les pierres sont d'une qualité exceptionnelle.

— Mais pouvez-vous le faire ?
— Oui, naturellement. Les Français ont acquis une technique étonnante dans la manufacture de bijoux en pâte de verre. Tout le monde s'y trompe à part les experts en joaillerie.
— Combien de temps cela prendra-t-il ?
— Est-ce si urgent ? Il faudrait compter deux semaines.
Lillian donna un coup de poing impatient sur la table.
— Trop long ! Je le veux dans deux jours. Trois au maximum.
Irène la regarda attentivement et vit qu'elle était désespérée.
— Attendez quelques instants, je vais consulter quelqu'un.
Occupé à l'atelier, Derek n'avait pas vu Lillian arriver. Il fut surpris quand Irène l'informa de sa venue et de sa demande.
— J'ignore pourquoi elle est si pressée, ajouta-t-elle, mais elle semble sincèrement effrayée. Je suppose qu'elle a peur de porter un collier d'une telle valeur. A mon avis, dès qu'elle aura la copie, elle mettra l'original à l'abri dans un coffre.
— Vous avez sans doute raison. Je vais examiner le bijou. Nous pouvons toujours prendre l'empreinte de la monture au lieu de la tailler dans du métal solide. En quoi est-elle ? En or ou en platine ?
— En or blanc. Les diamants sont incolores, sans inclusion de carbone ; ils sont superbes.
Lillian leva les yeux et se montra désagréablement surprise en voyant Derek entrer avec Irène.
— Derek ! Je ne savais pas que vous étiez à Monte-Carlo ! La dernière fois que j'ai eu de vos nouvelles, vous habitiez Paris ! Vous travaillez ici ?
Il lui fit un sourire malicieux.
— Oui. Derek l'Inattendu, c'est moi.
Elle n'était pas d'humeur à plaisanter.
— Je vous demande de me faire une copie de ce collier le plus rapidement possible. Cela ne vous ferait pas de mal de travailler jour et nuit pour me rendre enfin service. Après tout, ajouta-t-elle, caustique, je vous ai aidé plus d'une fois. Vous me devez encore deux cents livres.
— Je suis sûr que vous n'oubliez jamais rien quand il s'agit d'argent, Lillian, répliqua-t-il d'un ton acide. Seriez-vous prête à effacer l'ardoise si je vous rendais ce service ?
— Vous non plus, vous ne changez pas, rétorqua-t-elle méchamment.
Irène comprit clairement qu'en dépit du fait qu'ils se connaissaient depuis longtemps ils se détestaient et se méprisaient pour des raisons qu'elle ignorait. Elle décida d'intervenir :
— Vous n'avez pas à débattre ici de vos différends personnels, Derek. La question est de savoir si nous pouvons réaliser ce travail dans un très bref délai.
Il haussa les épaules avec désinvolture, tout en souriant intérieurement. Cela l'amusait de voir Lillian pendue à ses lèvres

et attendant sa décision. Il prit sa loupe et son visage se détendit en voyant la beauté des pierres et du travail de l'orfèvre.

— A quel point cette copie est-elle importante ? demanda-t-il à Lillian. Est-ce juste pour la montrer ?

Elle ne comprit pas ce qu'il voulait dire et chercha une réponse plausible.

— Je dois porter ce collier, mais je tiens à garder l'original en sûreté.

Il s'expliqua plus clairement :

— Je veux savoir si vous souhaitez que l'on s'y méprenne complètement ou non ; dans ce cas, la monture doit être faite à la main, ce qui prendra autant d'heures que cela en a pris pour l'original ; c'est une tâche longue et difficile.

— Impossible ! s'écria-t-elle en se tordant les mains. Je ne peux pas attendre si longtemps. N'y a-t-il pas moyen de faire plus vite tout en obtenant le même effet ?

— Oui, si le collier ne doit pas être examiné de près.

— Très bien. Je serai la seule à savoir.

— Dans ce cas, nous pouvons raccourcir le délai, comme vous le souhaitez. Je peux vous garantir le résultat : pour être sûrs que vous ne vous trompiez pas, nous ferons une marque sur la copie.

— Vous ne m'avez pas encore dit quand je pourrai l'avoir.

— Nous pouvons commencer dès maintenant les travaux préliminaires, mais nous aurons besoin d'une autre semaine après que nous aurons reçu la pâte de Paris.

Il se réjouissait de la voir anxieuse.

Lillian était tellement angoissée qu'elle crut que sa tête allait éclater. Il lui faudrait s'arranger pour tenir Léon à l'écart pendant tout ce temps.

— J'espère que je peux compter sur le secret le plus absolu ?

Irène répondit pour elle et pour Derek.

— Cela fait partie du code de la joaillerie. Le messager que je vais envoyer à Paris pour chercher la pâte de verre est un orfèvre retraité habitué à garder le silence. Il s'appelle M. Lucas. Une fois le travail fini, il viendra vous le livrer comme un paquet ordinaire, sans que l'on puisse faire le moindre rapprochement avec moi ou l'un de mes employés.

Tandis que Derek prenait le collier enfermé dans la boîte pour le mesurer et faire la liste de ce qu'il faudrait pour la copie, Irène interrogea Lillian :

— Pourquoi êtes-vous venue me trouver pour ce travail, alors qu'il existe tant d'autres joailliers à Monaco ?

— Je ne sais pas. J'ignore pourquoi, mais je n'ai pensé qu'à vous. Je suppose que c'est parce que vous êtes anglaise, quelles que soient nos divergences. Au vrai, poursuivit-elle en trahissant pour une fois ses origines — preuve de sa grande anxiété —, j'en ai plein le dos de tous ces étrangers.

Sur cette déclaration énigmatique, elle repartit aussi rapidement qu'elle était venue. De retour à son hôtel, elle fut de nouveau envahie de terreur à l'idée de ce qui adviendrait si Léon essayait de forcer sa porte. Prise de panique, elle changea de suite, donna de strictes instructions à la direction de l'hôtel : personne ne devait connaître sa nouvelle suite à l'exception du médecin qu'elle avait envoyé chercher, et d'un certain M. Lucas qui devait venir la voir dans quelques jours. Le docteur la trouva couchée, sanglotant à chaudes larmes, sans qu'elle lui en donnât la raison. Penser qu'elle, l'idole du Gaiety, devait se cacher d'un homme aussi affreux !

Habitué à l'hystérie des femmes riches et gâtées, le médecin ordonna un sédatif, promit d'envoyer une infirmière qui veillerait sur elle jour et nuit et suggéra que Lillian se repose sur une chaise longue plutôt que dans son lit. Une fois que le sédatif eut fait son effet, Lillian se sentit beaucoup plus détendue. Elle se dit qu'elle pourrait profiter de cette retraite forcée pour passer la journée en négligé sans avoir à subir les rigueurs d'un corset, manger ses chocolats préférés, boire ce qu'elle avait envie de boire et laisser sa femme de chambre essayer différentes coiffures sur elle, jusqu'à ce qu'elle trouve celle qui lui conviendrait le mieux le jour où elle quitterait sa chambre et reparaîtrait en public.

Comme, à sa demande, l'hôtel ne lui passait plus aucune communication téléphonique, on lui faisait porter deux fois par jour la liste des appels ainsi que celle de ses visiteurs. Elle regardait ces listes avec crainte. Le premier jour, Léon téléphona deux fois, puis se rendit à l'hôtel où on lui remit un mot de la part de Lillian. Elle y déclarait qu'après cette affreuse soirée force lui avait été de s'aliter et qu'elle ne voulait plus jamais le voir. Quand, une heure plus tard, elle reçut une grande brassée de roses rouges, elle prit d'une main tremblante la carte de visite qui l'accompagnait. Mais les roses ne venaient pas de Léon. Elle rit de soulagement. Un de ses jeunes fidèles les lui avait envoyées. Deux autres soupirants lui firent livrer des fruits de serre et des fleurs. Elle en reçut tous les jours avec des souhaits de prompt rétablissement ; les lettres d'amour affluèrent aussi.

Léon ne tenta plus de la voir après avoir reçu son mot. Elle reprit confiance. Il comprenait sans doute que sa conduite avait été inqualifiable et qu'aucune femme convenable ne pouvait la lui pardonner. Malheureusement, le fait que la presse n'ait pas soufflé mot de cet incident regrettable ne lui apporta aucune consolation, car les commérages qui couraient dans les villégiatures fréquentées par les Anglais se répandaient comme une traînée de poudre au-delà de la Manche. Afin d'éviter que le Gouv'neur ne soit informé par d'autres de ce qu'elle-même considérait comme une orgie, elle lui écrivit une longue lettre d'explication.

Elle allait se répétant qu'en un sens cette horrible soirée lui avait évité le pire, c'est-à-dire de succomber à Léon pour le remercier de son collier. Au lieu de cela, le fameux collier restait sans tache. Plus même, dès qu'elle l'avait vu, elle avait compris qu'il représentait la réalisation de ses rêves, non seulement à cause de sa beauté mais parce que, valant plusieurs milliers de livres, il constituait une sécurité si un revers de fortune venait à la frapper. Elle l'aimait d'une passion dont elle ne se serait jamais crue capable, éprouvant pour ce collier un sentiment d'une intensité inconnue. Elle mourrait plutôt que de le rendre à celui qui le lui avait offert.

Le jour fixé pour la remise du collier, elle attendit impatiemment que le réceptionniste de l'hôtel la prévienne de l'arrivée de M. Lucas. Quand le téléphone sonna, elle répondit aussitôt de le faire monter.

Arthur prit l'ascenseur, un petit paquet brun à la main. Il aimait se voir confier de modestes tâches par Irène. Après avoir frappé, il entra dans la suite, s'inclina courtoisement devant Lillian, posa son paquet sur une table et défit l'emballage.

Lillian rageait de sa lenteur, mais elle retint son souffle en le voyant ouvrir la boîte Fabergé et une deuxième boîte en cuir rouge : deux colliers apparemment identiques étincelèrent comme si on avait allumé un feu dans la pièce.

— Lequel est-ce ? demanda-t-elle, angoissée.

— Madame veut-elle essayer de deviner ?

— Je pense que voilà l'original, dit-elle en montrant le collier dans la boîte Fabergé. Elle supposait qu'on l'avait remis dans sa boîte d'origine.

Arthur secoua la tête.

— Pour des raisons de sécurité, on a inversé les boîtes. (Il sortit une loupe très puissante qu'il lui tendit.) Regardez le dos du fermoir en or de la copie, vous y trouverez la marque dont nous vous avons parlé.

Elle saisit la loupe et vit, en effet, la marque. Arthur lui demanda d'examiner le fermoir de l'original pour que tout soit clair. Il la pria ensuite d'accepter la loupe avec les compliments de Mlle Lindsay et s'éloigna discrètement pendant qu'elle prenait connaissance de la facture qui correspondait à ce à quoi elle s'attendait. Elle le régla sur-le-champ et il s'en alla.

Restée seule, elle prit son collier adoré et le mit. Il lui parut encore plus beau et plus précieux qu'avant. Elle aurait aimé le porter le soir même, mais savait que ce serait de la folie et réduirait à néant tout ce qu'elle avait fait pour le protéger. Pour la première fois, elle allait porter la copie. Tôt ou tard, elle rencontrerait Léon : si elle avait la copie sur elle, elle l'ôterait et la lui tendrait avec mépris ; sinon, elle mettrait la copie dans la boîte Fabergé et la lui enverrait. Une fois le bijou en sa possession, il ne pourrait plus rien exiger d'elle. Le temps qu'il s'aperçoive qu'il s'agissait d'une copie, elle aurait gagné l'Angleterre. S'il la faisait interroger par la police, elle expliquerait que le collier lui avait été offert et qu'elle avait trouvé amusant de lui en envoyer la copie en souvenir de leur brève rencontre. Il ne pourrait rien faire.

Ce soir-là, Irène et Gregory se rendirent ensemble au casino. C'était leur dernière sortie avant le départ de Gregory, le lendemain matin, pour l'Angleterre. Ils avaient fait des projets d'avenir. Dès qu'il aurait transféré son affaire à Amsterdam, Irène s'installerait là-bas avec lui pendant tout l'été et dessinerait ses modèles dans un studio que Gregory mettrait à sa disposition. Elle monterait ensuite une boutique et un atelier dans cette ville, ce qui lui permettrait de vendre les joyaux Irène Denise dans le monde entier ; alors seulement, elle liquiderait sa boutique de Monte-Carlo.

Comme toujours, le casino connaissait une grande affluence. Ils croisèrent Mme Borisvinsky qui se dirigeait vers sa table de jeu et, tandis qu'ils l'accompagnaient, elle chuchota à Irène en cachant ses lèvres derrière son éventail :

— Voilà Mme Clémenti. Vous m'aviez interrogée à son sujet.

Irène jeta un coup d'œil dans la direction indiquée et vit, pour la première fois, le visage de celle dont la vente innocente d'une broche avait dévoilé, par inadvertance, l'activité parallèle de Derek. C'était une femme au physique agréable, sans rien de remarquable : teint mat, cheveux noirs, robe du soir en velours vert de bon goût. Une femme qui pouvait passer aisément inaperçue. Pourtant, quelque chose en elle incita Irène à l'examiner plus attentivement, sans qu'elle sache quoi. Elle se dit qu'elle avait déjà dû la voir lors des précédentes visites que Mme Clémenti avait faites à la boutique.

— Allons-nous jouer ? proposa Gregory en offrant son bras à Mme Borisvinsky.

La vieille dame accepta son offre avec reconnaissance.

— La pauvre petite Maria n'est pas là, ce soir, confia-t-elle à Irène, mais Léon se trouve dans le Salon privé où il joue comme un fou. Et il gagne ! (Puis, avec ce sixième sens qui l'avertissait toujours d'un événement mondain intéressant, elle jeta un coup d'œil par-dessus son épaule.) Il se passe quelque chose. De quoi s'agit-il ? Je ne peux pas voir.

Gregory la guida de manière qu'elle pût apercevoir ce qui attirait l'attention de tous. C'était Lillian qui s'avançait en saluant avec grâce ses connaissances : elle ne portait pour tout bijou que le merveilleux collier étincelant sur une robe en dentelle blanche. Ses jeunes soupirants étaient tout fiers de l'escorter.

— Lillian est dans son élément, ce soir, remarqua Gregory sèchement. Quel collier !

Irène ne répondit pas. Elle eût été incapable de dire si Lillian portait le vrai ou le faux. S'il ne s'agissait pas du vrai, comme c'était sans doute le cas, cela prouvait que les Français étaient passés maîtres dans l'art de la copie, puisque même un expert en diamants pouvait s'y tromper. Irène n'avait pas parlé à Gregory de la visite de Lillian à qui elle avait promis le silence ; Derek avait travaillé jour et nuit pour que la copie soit terminée dans les délais.

On entendit alors d'autres bruits provenant du Salon privé. Léon avait dû donner des instructions pour être prévenu dès que Lillian réapparaîtrait au casino. Le visage dur, les yeux brillants de rage, il s'avança vers elle. Tout le monde sentit qu'un drame allait se jouer.

Lillian le vit approcher sans ciller. Au milieu de la foule et protégée par ses soupirants, elle n'avait plus peur de lui. Elle le regarda de l'air légèrement amusé et supérieur qu'elle prenait lorsque à son entrée en scène, les spectateurs l'applaudissaient.

Seuls ceux qui se trouvaient dans le Salon privé savaient que Léon avait ramassé une poignée de louis d'or qu'il venait de gagner. En arrivant devant Lillian, il brandit son poing fermé et, de toutes ses forces, lui jeta les pièces au visage. Pleine d'un étonnement douloureux, elle leva les mains pour se protéger et recula. Il se précipita derrière elle, écartant les jeunes gens qui essayaient de la défendre. Il saisit le collier dont il défit le fermoir, puis gifla violemment Lillian qui tomba par terre en hurlant.

A cet instant, Gregory envoya à Léon un coup de poing dans les côtes qui le fit se plier en deux. Le collier lui échappa des mains et, en reculant, Léon écrasa de son talon deux faux diamants en pâte de verre qui se pulvérisèrent, dévoilant la supercherie. Gregory frappa Léon d'une méchante droite au visage ; l'homme s'écroula en saignant abondamment du nez.

Le souffle court, Gregory attendit un moment, mais Léon ne se redressa pas. Le personnel du casino et des témoins s'interposèrent et trois d'entre eux aidèrent le vaincu à s'asseoir. Gregory se retourna et vit qu'on avait aidé Lillian à se relever. Elle était secouée de sanglots hystériques. Faisant signe à Irène de s'approcher, il guida Lillian à travers la foule médusée et ils regagnèrent tous trois la suite de Lillian.

— Je dois m'en aller, hurla cette dernière, terrifiée. Je ne peux pas rester ici une seconde de plus !

Elle refusa toutes les paroles apaisantes, ne pensant qu'à partir. Elle ordonna à ses servantes de faire les bagages et demanda à la réception de prévenir son chauffeur d'avancer sa voiture.

Gregory se servit calmement à boire. Irène refusa d'en faire autant. Elle aussi voulait quitter cet hôtel au plus vite mais il semblait estimer de son devoir de veiller à ce que le départ de Lillian ait lieu sans incident. Elle alla mettre un costume de voyage et ordonna à ses domestiques de partir par le train avec toutes les malles. Le groom vint chercher son bagage à main ; Lillian courut vers Gregory et l'enlaça.

— Venez avec moi ! le pressa-t-elle. Oublions le passé. J'ai besoin de vous, Gregory. Je sais que vous m'aimez encore. Repartons de zéro.

Irène se sentit envahie d'un froid glacial. La belle Lillian était capable d'attendrir n'importe quel homme. Les mains posées sur la taille de sa femme, Gregory sourit.

— Vous n'avez pas besoin de moi, Lillian. Ni maintenant ni jamais. Vous m'avez épousé à New York parce que vous étiez en proie à une panique encore plus grande que celle que vous connaissez aujourd'hui. Vous aviez manqué plusieurs engagements à Londres et vous aviez échoué à Broadway, alors que vous espériez y réussir. Vous ne pouviez pas revenir de vos « vacances américaines » sans une certaine sécurité.

Elle recula, les yeux fixés sur lui.

— Je suis encore votre femme. Moi vivante, je ne vous permettrai jamais d'en avoir une autre. Un jour, vous me reviendrez. Irène le sait aussi bien que moi ! Vous verrez !

Elle tourna les talons, quitta la pièce et descendit récupérer au coffre le fameux collier ainsi que quelques autres bijoux.

Voyant le regard triste d'Irène, Gregory la prit dans ses bras.

— Vous savez que ce n'est pas vrai. C'est vous seule que j'aime. Personne ne pourra nous séparer. Nous appartenons l'un à l'autre.

Elle se serra contre lui pour se rassurer. Elle n'arrivait pas à oublier la menace que Lillian avait de nouveau fait planer sur eux.

Ils quittèrent l'hôtel. Deux hommes en tenue de soirée les arrêtèrent sur les marches.

— Monsieur Burnett ? demanda l'un d'eux. Monsieur Gregory Burnett ?

— Oui, répondit Gregory.

— Vous êtes le mari de Mme Lillian Rose ?

— Oui.

— Savez-vous qu'elle a trompé le comte Léon Romanov en gardant par-devers elle un collier de grande valeur et en lui rendant une imitation ?

— Je l'ignorais. Mais je n'ai pas vu qu'elle le lui ait rendu. Il lui a été arraché.

— Le problème n'est pas là.

— Comment le collier est-il venu en sa possession ? Etait-ce un prêt ou un cadeau ?

— Il a été offert à Mme Rose en échange d'une promesse qu'elle n'a pas tenue.

Gregory serra les lèvres d'un air cynique.

— Cette discussion est une perte de temps. Le collier lui appartient puisqu'il lui a été offert. Ni vous ni moi n'avons à nous en mêler.

Il prit Irène par le coude pour s'éloigner, mais les deux hommes se placèrent devant eux.

— Le problème n'est pas réglé, monsieur. Je dois vous communiquer un message de la plus grande importance.

Les yeux de Gregory s'étrécirent quand il comprit de quoi il s'agissait.

— Eh bien ?

— Le comte Léon demande satisfaction. Vous avez non seulement offensé son honneur et sa personne, mais vous êtes, monsieur, le mari de la femme qui l'a si abominablement trompé !

Irène poussa un gémissement. Gregory resta impassible.

— Quand ?

— Il est déjà plus de minuit. Cela aura donc lieu aujourd'hui à l'aube, dans les jardins de la villa Lunel. Le choix des armes vous incombe. Epée ou pistolet ?

— Pistolet.

— Un docteur sera présent. Avez-vous un témoin ? Sinon, le gentilhomme qui m'accompagne, M. Devereaux, sera honoré de remplir cette fonction.

Gregory salua l'autre homme.

— Je vous suis obligé, monsieur.

— Ainsi, tout est réglé. Bonne nuit, monsieur. Bonne nuit, mademoiselle.

Les deux hommes retournèrent à l'hôtel. Irène ne pouvait en croire ses yeux ni ses oreilles. Elle avait l'impression de se trouver en plein cauchemar.

— Vous ne pouvez pas ! s'écria-t-elle. C'est stupide et démodé !

— Je le sais, répliqua-t-il en serrant ses mains dans les siennes. Mais je n'ai jamais refusé un défi jusqu'à présent, et si je refusais celui-ci, ce serait faire injure à ma nationalité. En d'autres termes, ce serait comme si je trahissais mon roi, mon pays et tout ce en quoi je crois. Je ne peux pas faire ça, pas même pour vous, Irène chérie.

Elle vit qu'aucun argument ne pourrait l'ébranler. Elle s'efforça d'égaler son courage.

— Puis-je vous accompagner à l'aube ?

— Non, répondit-il en secouant la tête. Attendez-moi chez vous. Rentrons, maintenant. Nous disposons encore de quelques heures ensemble.

Alors qu'ils se dirigeaient vers son appartement, elle s'aperçut que la cruelle tournure prise par les événements rejoignait cette prémonition qui ne la quittait pas depuis les dernières semaines. La vie de l'homme qu'elle aimait était en danger. Jamais elle n'avait ressenti une telle peur.

18

En arrivant à son travail à l'aube, Derek fut surpris de voir qu'Irène le guettait de la porte de son appartement. Elle descendit l'escalier à la hâte, un châle sur sa robe de fin lainage. Il laissa tomber le sac en cuir qui contenait son repas et l'accueillit les bras tendus. Elle avait l'air hagard.

— Que se passe-t-il ? s'exclama-t-il.

De désespoir, elle s'accrocha aux revers de son manteau.

— Il y a eu un duel entre Gregory et le comte Romanov dans les jardins de la villa Lunel. A cause de Lillian et de son collier ! Pouvez-vous aller vous renseigner ? Je n'ai encore aucune nouvelle.

Il pâlit.

— Qu'est-il arrivé à propos du collier ?

Elle lui raconta le plus brièvement possible comment Léon avait voulu récupérer ce qu'il considérait sa propriété, et la fuite de Lillian, morte de peur.

— Je vis un cauchemar. Allez là-bas pour moi ! Gregory m'a interdit de m'y rendre.

Il ne parut pas se soucier du destin de l'amant d'Irène.

— Croyez-vous que le comte Romanov va essayer de s'emparer du collier original par un autre moyen ?

Elle se détacha de lui, manifestement choquée par son indifférence devant l'inquiétude qu'elle éprouvait.

— J'ignore si Gregory et le comte sont encore vivants. Il se peut que l'un et l'autre soient mortellement blessés. Si vous ne faites pas ce que je vous demande, j'irai moi-même, même si Gregory me l'a interdit.

Il la rattrapa.

— Attendez ! Je vais y aller ! Je m'excuse de n'avoir pas compris immédiatement l'urgence de la situation. Attendez ici. J'ai vu une voiture s'arrêter à l'angle de la rue. Je vais la prendre.

Il courut dans cette direction, mais avant qu'il ait quitté la cour, une calèche fermée s'arrêta devant la porte. M. Devereaux en descendit.

— Soyez courageuse, dit-il d'une voix grave. J'ai de mauvaises nouvelles.

Pâle, le cœur battant, elle chuchota :

— Qu'est-il arrivé ?

— M. Burnett a été grièvement blessé. Le docteur l'a conduit à l'hôpital. Il a perdu beaucoup de sang. (Il tendit la main pour la faire monter dans la calèche.) Je vous emmène tout de suite à l'hôpital.

Derek, revenu sur ses pas, avait entendu les paroles de M. Devereaux.

— Voulez-vous que je vous accompagne, Irène ?

Elle secoua la tête, craignant de ne pas arriver à l'hôpital à temps. M. Devereaux la suivit dans la voiture et s'assit ; Derek s'approcha de la portière ouverte et lui posa une question. M. Devereaux ne répondit pas, peu disposé à discuter avec un étranger, et s'empressa de fermer la portière.

— Y a-t-il un espoir ? demanda Irène.

— M. Burnett a été directement conduit en salle d'opération. Nous espérons qu'il s'en tirera.

Elle pensa brusquement à Maria.

— Et le comte Romanov ?

— Il est sain et sauf. Lorsque les deux hommes se sont tournés pour se tirer dessus, M. Burnett a délibérément visé en l'air. C'est un homme très courageux.

Irène ferma les yeux et se mordit les lèvres. Elle aurait dû savoir que Gregory n'aurait jamais profité du fait qu'il était bon tireur, même si son adversaire était, sans doute, tout aussi adroit. Elle ne devait pas pleurer, mais se montrer aussi courageuse que lui.

Elle passa la matinée à l'hôpital, mais on ne l'autorisa pas à voir Gregory. Un médecin lui apprit que l'opération avait eu lieu et que tout reposait maintenant sur la capacité de résistance du patient. Il était très faible. Les infirmières en uniforme blanc allaient et venaient dans le corridor et dans les chambres et elle les regardait sans cesse, espérant que l'une d'elles allait lui annoncer qu'elle pouvait voir Gregory, mais personne ne s'adressa à elle.

Peu après midi, elle aperçut Arthur Lucas dans le corridor. Malgré ses verres épais, il ne la vit pas ; elle se leva et courut vers lui.

— Mademoiselle Irène ! s'exclama-t-il. Je viens de l'atelier, et Derek m'a dit que vous étiez ici. J'ai été désolé d'apprendre que M. Burnett avait été blessé. Avez-vous de meilleures nouvelles ?

— Rien encore. (Elle frissonna.) Tout ce que je sais, c'est que son état n'a pas empiré.

Arthur la fit asseoir et prit place près d'elle.

— Comment cela s'est-il passé ?

Elle lui raconta les faits. Il écouta en silence. Cela le navrait toujours que les diamants, ses pierres préférées, puissent soulever des passions aussi basses et cupides. Le collier de Lillian

Rose et sa copie l'avaient intéressé et il s'était occupé avec plaisir d'aller chercher les pierres artificielles en pâte de verre.

— Où est le faux collier ? demanda-t-il, voyant que cela faisait du bien à Irène de parler.

Elle haussa les épaules.

— Je n'en ai pas la moindre idée.

— Le comte Romanov voudra peut-être le faire réparer. Il nous reste des pierres à l'atelier.

— Je ne crois pas qu'il ait envie de le voir de nouveau. Cela lui rappellera trop l'humiliation que Gregory lui a infligée en le mettant au tapis.

Il hocha la tête.

— Ces Russes sont des gens très susceptibles et orgueilleux.

— Pas tous, répliqua-t-elle. Je n'ai jamais rencontré une personne aussi douce que Maria Romanov. Elle doit souffrir encore plus que nous tous de ce drame.

Une infirmière s'approcha et demanda :

— Vous êtes mademoiselle Lindsay ?

Irène la regarda et, d'un geste aveugle, s'empara de la main d'Arthur. Elle se leva lentement, ignorant ce qu'elle allait entendre.

— Oui.

— Vous pouvez voir M. Burnett, mais une minute seulement.

Gregory était conscient et la reconnut, mais il semblait très faible.

— Irène chérie ! murmura-t-il. Je savais que vous étiez ici.

Elle se pencha et lui baisa le front.

— Ne parlez pas, cela vous fatigue. Je ne bouge pas d'ici.

Il sourit faiblement et ferma les yeux. L'infirmière fit signe à Irène de s'en aller, ce qu'elle fit à regret, après l'avoir regardé une dernière fois. Elle reprit son attente dans le corridor. Le fait qu'on ne lui ait pas demandé de rentrer chez elle prouvait que la vie de Gregory était encore en danger. Arthur resta avec elle jusqu'à la fin de l'après-midi et s'en alla pour ne pas inquiéter Yvonne.

Une infirmière apporta à Irène un bol de soupe et du pain, la pressant de manger. Elle obéit pour ne pas s'affaiblir ; cela faisait près de vingt-quatre heures qu'elle n'avait rien pris. La gorge nouée d'angoisse, elle mangea sans se rendre compte de ce qu'elle absorbait.

Vers dix heures du soir, Gabrielle arriva à l'hôpital. N'étant pas sortie de la journée, elle n'avait appris la nouvelle du duel qu'au casino. Dans sa robe brillante en satin et dentelle bleue, couverte de bijoux et les cheveux flamboyants, elle avait l'air d'un perroquet au milieu des infirmières en blanc.

— Je viens juste d'apprendre la nouvelle ! Comment va-t-il ? Est-il vivant ? Dieu merci ! J'ai entendu le pire au casino, et ma première pensée a été de venir vous voir.

Sa présence devint éprouvante. A plusieurs reprises, les infirmières lui demandèrent de parler moins fort, mais elle était incapable de ne pas se faire remarquer et, après une dernière réprimande, elle se leva, décidée à partir.

— Quel endroit affreux ! Je ne peux pas imaginer que l'on puisse aller mieux ici, dit-elle sans aucun tact. (Elle embrassa Irène avec effusion, contente de s'en aller, à présent qu'elle avait fait son devoir.) Prévenez-moi si je puis vous être utile. N'oubliez pas que je suis votre grand-mère et que la famille compte beaucoup dans une épreuve comme celle-là.

Il était évident qu'elle ne reviendrait pas. Irène éprouva un sentiment curieux en la voyant partir. S'interrompaient de nouveau des liens qui ne s'étaient resserrés que pendant un bref laps de temps.

Peu après minuit, Gregory s'affaiblit. Irène fut appelée à son chevet et resta assise à lui tenir la main. Emu, le docteur l'autorisa à rester près du malade jusqu'à l'aube. La fièvre tomba et Gregory finit par s'endormir paisiblement.

— Maintenant, rentrez chez vous et reposez-vous, lui conseilla gentiment une infirmière. Quelqu'un vous attend dans le couloir.

Incapable de deviner qui cela pouvait être, Irène retourna dans le couloir. Sur le siège où elle avait passé tant d'heures angoissées avait pris place une autre femme, le visage hagard, las, les yeux rouges d'avoir pleuré. C'était Sophia, encore en costume de voyage. Irène se sentit réconfortée de la trouver là. Elles s'embrassèrent sans un mot, pleines de gratitude à l'idée que l'homme qu'elles aimaient allait vivre.

— Comment avez-vous su que j'étais ici ? lui demanda Irène alors qu'elles sortaient de l'hôpital.

— Je suis arrivée à Monte-Carlo par le train de minuit. Serguei Borisvinsky est venu me chercher à la gare, comme convenu, et m'a raconté ce qui s'était passé. Sa mère voulait que j'apprenne au plus vite que l'amant de ma belle-fille et mon neveu par alliance s'étaient battus en duel. Comme vous n'étiez pas à votre appartement, Serguei m'a accompagnée à l'hôpital. Il voulait attendre avec moi, mais j'ai refusé. On m'a dit que vous veniez de vous rendre au chevet de Gregory dont l'état s'était aggravé.

— Vous avez attendu tout ce temps ?

— Une infirmière est venue me prévenir que la période critique était passée. Savez-vous que Léon et Maria ont quitté Monte-Carlo ?

— Non, je l'ignorais.

— Leur yacht a appareillé dès que Léon est retourné à bord, après le duel. Même si l'on considère ici le duel comme un moyen honorable de régler tout différend entre gentlemen, il y aurait eu enquête si Gregory était mort. En s'éloignant de Monaco, Léon a évité tout ennui ultérieur et je crains que l'affaire ne sombre rapidement dans l'oubli.

Cette phrase éveilla un vague écho dans l'esprit fatigué d'Irène mais elle n'arriva pas à se rappeler ce que c'était, sinon que cela avait un rapport avec Léon. Elle avait l'impression d'avoir passé des années sans dormir.

Elle dormit jusqu'à midi. Sophia la réveilla, comme elle le lui avait demandé. Elle aurait volontiers dormi plus longtemps, mais elle voulait retourner auprès de Gregory.

Elle prit l'habitude de se rendre plusieurs fois par jour à l'hôpital. Au début, on ne l'autorisa à passer que quelques minutes à son chevet. Gregory était encore très faible et toute autre visite lui était interdite. Au bout d'un certain temps, dès que la santé de Gregory s'améliora, Sophia put également venir le voir sans toutefois s'attarder.

Une fois que son rétablissement fut tenu pour certain, Sophia fit ses préparatifs pour retourner en Angleterre. Le dernier après-midi, elle fit ses adieux à sa belle-fille dans la chambre de Gregory ; puis Irène les laissa et revint au magasin. Sophia devait rester auprès de Gregory pendant une heure ou deux avant de prendre le train.

En approchant de la joaillerie, Irène vit Mme Clémenti qui en sortait et se dirigeait à pied dans la direction opposée à la sienne, sans l'avoir aperçue. Irène s'assombrit. Derek profitait-il de ses absences fréquentes pour reprendre ses activités parallèles ? Peut-être le jugeait-elle mal et Mme Clémenti ne lui avait-elle rien vendu.

Irène suivit la femme des yeux. Elle portait un tailleur qu'elle lui avait déjà vu, mais un autre chapeau, très à la mode. Mme Clémenti traversa la rue à quelques mètres d'elle et Irène la vit de profil, le visage caché par une voilette. Brusquement, elle la reconnut. Pendant quelques secondes, elle ne vit plus la rue étroite de Monte-Carlo, mais l'antichambre de la joaillerie de son père où une certaine Mme Duncane avait dérobé une bague de prix sous le nez de M. Lindsay. Le nom de Mme Clémenti était l'une des identités de la voleuse de bijoux Ruth Williams, qui était venue directement sur la Riviera après avoir purgé sa peine dans une prison londonienne.

Irène retint son souffle. La voilette et la manière qu'avait cette femme d'incliner la tête avaient permis à Irène de retrouver la mémoire et de comprendre d'où venait cette impression de déjà vu. Sinon, avec ces cheveux teints, ces sourcils redessinés, ce teint plus foncé et ce rôle parfaitement bien joué de coureuse de mari, elle aurait pu continuer à tromper impunément son monde.

Irène atteignit sa boutique sans accélérer le pas. Elle y pénétra par l'entrée principale. Ses deux assistantes servaient des clients et Derek montrait à un couple une sélection de broches en diamants. Il lui jeta un coup d'œil comme il le faisait souvent quand elle entrait. Peut-être la pâleur de son visage révélait-elle le choc qu'elle avait reçu en reconnaissant Ruth Williams, car dès que ses clients s'en allèrent, Derek la suivit dans l'atelier où elle venait de se rendre pour vérifier un travail en cours.

— Comment va Gregory, aujourd'hui ?

— Beaucoup mieux, répondit-elle en ôtant les épingles de son chapeau avant de l'enlever. Il a à présent le droit de s'asseoir. Je retournerai à l'hôpital ce soir.

— J'ai quelques livres d'Arthur Conan Doyle à lui prêter s'il le souhaite.

— Je suis sûre que cela l'intéressera.

— Je les apporterai demain.

Elle monta s'asseoir à sa table de dessin mais ne travailla pas. Elle resta là, accoudée, la tête dans ses deux mains. Derek faisait du trafic de pierres volées ! Elle en était sûre. Il ne jouait certainement qu'un rôle d'intermédiaire, car de telles transactions nécessitaient une trop grande mise de fonds pour qu'il puisse devenir receleur. Néanmoins, il utilisait la boutique d'Irène d'une manière inadmissible. Cet après-midi, il l'avait crue à l'hôpital et, normalement, elle n'aurait dû rentrer que bien plus tard si elle ne s'était arrangée avec Sophia à la dernière minute.

Ruth Williams devait avoir éprouvé un sentiment de triomphe en voyant que la seule personne susceptible de la dénoncer ne l'avait pas reconnue. Irène se rappela alors que la femme était passée une ou deux fois près d'elle au casino, feignant de chercher quelqu'un mais vérifiant, en réalité, que son déguisement était parfait.

Une heure s'écoula ; Irène resta assise sans bouger. Pendant tout le temps où la santé de Gregory l'avait préoccupée, elle n'avait pensé qu'à cela et avait laissé passer plusieurs incidents sans y prendre garde. A présent, elle se les rappelait un à un. Au début, ce ne furent que des faits sans lien entre eux qui s'accumulèrent dans son esprit mais, peu à peu, cela forma un tout cohérent qui l'effraya. Il n'était plus question de reculer.

Elle finit par se lever. En bas, les assistantes se préparaient à partir, leur journée de travail terminée. Derek avait commencé à tout ranger et verrouiller. Elle descendit le rejoindre.

— Avez-vous du travail, ce soir ? demanda-t-elle.

— Non, répondit-il avec un sourire, je vais tenter ma chance au casino. Pourquoi ? Voulez-vous me donner quelque chose à faire ?

— Rien d'important. Vous savez bien que je préfère ne pas vous garder après l'heure à cause de Brigitte.

Le mécontentement se lut dans les yeux de Derek.

— Je ne veux pas me mettre la corde au cou. Brigitte m'a eu en tombant enceinte. Elle a cru ainsi me mettre la bague au doigt, mais ça n'a pas marché.

— Sait-elle que vous n'avez pas l'intention de l'épouser ?

— Oui, je le lui ai dit. J'en avais assez de toutes ses allusions et j'ai fini par lui faire savoir, une fois pour toutes, que je ne comptais pas aliéner ma liberté.

— Et l'enfant ?

— Je garderai Brigitte et le bébé quand il sera là. Rien ne va changer. Elle devrait m'en être reconnaissante.

Au souvenir de la fille de la logeuse délaissée dans des circonstances semblables, Irène se dit qu'au moins il montrait qu'il éprouvait un certain attachement envers Brigitte, puisqu'il n'avait pas l'intention de l'abandonner purement et simplement.

Après le départ des artisans, Derek ferma l'atelier et s'en alla, alors qu'elle-même se préparait à se rendre à l'hôpital. Elle entra dans son bureau et prit un papier important qu'elle rangea soigneusement dans son sac.

— Quelque chose ne va pas ? demanda Gregory après l'avoir embrassée.

Elle s'assit près du lit.

— De petits ennuis d'affaires, rétorqua-t-elle d'un ton enjoué. Je croyais les avoir laissés derrière moi en fermant la boutique. Je ne pensais pas que cela se voyait.

— Puis-je vous aider ?

Elle se mit à rire de bonheur en voyant que son intérêt pour le monde extérieur confirmait le bon pronostic des médecins qu'elle voyait quotidiennement.

— Pas pour le moment. Mais j'aurai peut-être besoin de votre avis un peu plus tard.

Quand elle quitta l'hôpital, elle ne rentra pas directement chez elle, mais se dirigea vers la maison d'Arthur. Elle jeta un coup d'œil au dernier étage où habitaient Derek et Brigitte, mais tout était sombre. Il devait être encore au casino et la pauvre Brigitte dormait sûrement. Cela l'arrangeait. Irène ne souhaitait pas que l'un ou l'autre soit au courant de sa visite. Quand Yvonne ouvrit la porte, Irène lui dit à voix basse qu'elle devait s'entretenir d'urgence avec Arthur.

— Suivez-moi, répondit Yvonne, baissant automatiquement la voix.

Arthur se trouvait dans la salle de séjour ; assis à une table bien éclairée, il lisait son journal qu'il posa quand Irène entra.

— Quand vous avez attendu avec moi à l'hôpital, le jour du duel, vous rappelez-vous que vous m'avez parlé de pâte de verre et de pierres artificielles ? Vous m'avez dit qu'il en restait suffisamment pour réparer le faux collier de Lillian Rose.

— Vraiment ? répliqua-t-il d'un ton vague. J'ai oublié, mais je sais qu'il doit, effectivement, en rester à l'atelier. Pourquoi ? En avez-vous besoin ?

— Est-ce que cela faisait partie de la commande que vous êtes allé chercher à Paris ?

— Oui, c'est bien cela.

Elle sortit de son sac l'original de la commande qu'elle avait pris dans son bureau avant de partir et le lui montra.

— Etait-ce cette commande ?

Il rapprocha la lampe et examina soigneusement la feuille de papier en suivant du doigt la liste tout en murmurant les descriptions des fournitures au fur et à mesure :

— Quinze pendentifs en briolettes... en forme de perle... presque sphérique... ovale... encore en forme de perle. Hum. Taille rose asymétrique. Taille brillant. Hum. (Il leva les yeux sur elle.) Cette liste est correcte, mais ce n'est pas la feuille que j'ai donnée. L'ordre que j'ai remis comprenait chacune de ces fournitures en double.

Elle se pencha en avant.

— Voulez-vous dire que vous avez rapporté tous ces objets en double ?

Il opina de la tête et lui rendit la feuille.

— N'était-ce pas ce que vous souhaitiez ? Derek m'a transmis les ordres.

— N'avez-vous pas pensé que la quantité commandée était trop importante pour un seul collier ?

— On ne m'a pas fourni de détails. Lorsque vous m'avez demandé d'aller chercher à Paris une commande urgente de pierres artificielles, vous ne m'avez pas précisé leur nombre. Après avoir vu la copie terminée, je suppose que j'ai été frappé par l'extrême prudence de Derek qui avait commandé plus de pierres que nécessaire ; c'est la raison pour laquelle j'ai pensé qu'il voulait en garder en cas de réparation. (Il fronça les sourcils, l'air soucieux.) Qu'est-ce qui ne va pas, mademoiselle Irène ?

C'était la deuxième fois qu'on lui posait la question ce soir. Elle avait peur, en effet, que cela n'aille pas du tout, mais ne possédait aucune preuve.

— Ce n'est peut-être rien, monsieur Lucas, fit-elle en se levant pour prendre congé. J'aimerais que vous ne mettiez pas Brigitte et Derek au courant de ma visite.

— Comme vous voudrez, mademoiselle Irène, répondit-il d'une voix grave.

Il tirait ses conclusions : Derek semblait avoir fait une double commande dans un but malhonnête ; si tel était le cas, il s'agissait d'un abject abus de confiance.

A l'insu d'Irène et du vieil homme, Brigitte avait surpris cette visite. Debout dans l'obscurité, elle regardait par la fenêtre dans l'espoir de voir rentrer Derek quand elle avait aperçu Irène. Elle avait quitté sa chambre et était venue sur le palier jeter un coup d'œil dans la cage d'escalier. La voix d'Irène l'avait attirée. Il ne s'agissait pas d'une visite mondaine. Toujours prête à protéger Derek, elle était descendue à l'étage au-dessous, sur le palier des Lucas, et s'était tenue là, dans le noir. La maison était calme et la porte de la salle de séjour plutôt mince. Elle en avait entendu suffisamment pour comprendre qu'il s'agissait de la vérification d'une commande. Elle avait regagné sa chambre aussi silencieusement qu'elle l'avait quittée. Mettant son chapeau et son manteau, elle avait fermé sa porte à clé, descendu l'escalier et était sortie. Derek n'apprécierait pas d'être dérangé au casino, mais c'était indispensable.

De retour chez elle, Irène se prépara du café fort. Elle en but une première tasse pour se réconforter puis s'en servit une deuxième qu'elle emporta avec elle à la boutique. Elle alluma son bureau et s'assit à sa table pour vérifier, comme elle l'avait déjà fait une fois, les registres. Elle trouva l'indication des pierres artificielles avec la somme versée correspondante mais, au lieu de la liste détaillée de la commande, il n'y avait que la mention habituelle chez les joailliers : « Colis de pierres (artificielles) ».

Elle laissa le registre à cette page et se rendit dans la réserve où elle se livra à une fouille minutieuse. Elle regarda partout. Elle espérait trouver l'ensemble des pierres restantes ou au moins une partie, ce qui innocenterait Derek. Ses recherches demeurèrent vaines, tant dans les placards que dans les tiroirs de l'atelier. Malgré sa certitude qu'elles ne pouvaient être dans la boutique, elle examina chaque coin et recoin. Elle finit par retourner dans l'atelier, fatiguée, attristée de voir ses pires craintes fondées.

— On dirait que vous n'avez pas trouvé ce que vous cherchiez, remarqua Derek sur le seuil de la porte opposée.

Elle étouffa un cri et recula d'un mouvement instinctif. Debout, le bras appuyé contre l'embrasure, en tenue de soirée impeccable — il venait, de toute évidence, de quitter le casino —, il la regardait. Il avait dû entrer par-derrière et l'observer en silence, invisible dans le corridor où ils accrochaient leurs manteaux ou leurs blouses de travail.

— Depuis combien de temps êtes-vous là ? demanda-t-elle.

— Depuis suffisamment longtemps pour voir que vous avez passé les locaux au peigne fin. Pourquoi ? ajouta-t-il en s'approchant.

— J'étais assez stupide pour espérer trouver la deuxième série de pierres artificielles, commandées en même temps que celles qui ont été utilisées pour le collier de Lillian.

— Et vous ne l'avez pas trouvée, constata-t-il.

— C'est exact. (Elle prit une profonde inspiration.) Vous avez utilisé ce second jeu de pierres pour faire une deuxième copie, n'est-ce pas, Derek ? Vous m'avez trompée en laissant le vrai collier dans la boîte rouge jusqu'à la dernière seconde. Ensuite, vous vous êtes éloigné pour emballer les boîtes pour Arthur et vous avez alors substitué l'original que vous avez remplacé par la seconde copie.

Il ne cilla pas.

— Vos suppositions sont justes. Je savais que si c'était vous qui remettiez le collier, je ne pourrais rien faire. Vous pouviez avoir des soupçons en les remettant à Lillian, mais le pauvre Arthur, avec sa mauvaise vue, en était incapable.

Elle se passa la main sur les yeux, comme si tout cela dépassait son entendement. Elle secoua la tête et dit en le regardant fixement :

— J'étais trop abattue le matin du duel pour me poser des questions mais, par la suite, je me suis souvenue que vous ne vous préoccupiez que de Léon. Vous avez même demandé à M. Devereaux s'il était encore vivant au moment où nous nous rendions à l'hôpital. Vous aviez peur que Léon n'insiste pour récupérer le vrai collier, ce qui aurait été dangereux pour vous. Je crois que vous espériez que Gregory l'avait tué.

— Cela aurait réglé tous mes problèmes, en effet. J'ai été très inquiet quand vous m'avez raconté qu'il avait fait une scène au casino, ce que je n'avais pas prévu, puisque Lillian s'était montrée très discrète en demandant une copie.

Irène s'appuya contre le bord d'un établi.

— Comment pensiez-vous vous tirer d'une telle escroquerie ?

— Que voulez-vous dire ? Je m'en suis tiré. Le comte Romanov a découvert le tour que Lillian lui a joué, mais, pour lui, cela s'arrête là. J'ai été soulagé d'apprendre qu'il avait appareillé le jour du duel. Comme Lillian avait également quitté Monte-Carlo, je n'avais plus de soucis à me faire.

— N'avez-vous rien oublié ? On connaîtra la vérité dès que Lillian voudra faire assurer son collier.

Il eut un rire bref.

— Je connais Lillian. Elle est terriblement avare. Maintenant qu'elle est sûre d'avoir l'original à l'abri dans un coffre de la banque, elle ne cherchera pas à l'assurer.

Elle lui jeta un regard incrédule.

— Et moi ? Vous croyez que je ne vais pas vous dénoncer pour vol ?

— Un vol ? Qui va soutenir votre histoire ? Certainement pas Lillian. Elle ne tient pas à ce que la presse soit mise au courant de ces détails sordides, même si sa cupidité doit souffrir lorsqu'elle apprendra la perte de ses précieux diamants. Le comte Romanov ? Ce que vous direz l'intéressera peut-être, mais avez-vous pensé à sa femme ? N'est-elle pas votre amie ? Voulez-vous qu'elle subisse une humiliation publique si je passe en procès pour avoir volé un collier que son mari avait offert à sa maîtresse ? Je ne le pense pas. (La voyant abasourdie par son audace, il lui adressa un sourire rassurant, tout en s'approchant davantage d'elle.) L'occasion de faire une copie d'un collier pareil ne se reproduira pas deux fois dans ma vie et, franchement, je ne le souhaite pas. C'est un coup de poker que j'ai tenté.

— Et quand vous avez fait passer des bijoux volés à Ruth Williams, *alias* Mme Clémenti ?

La peau de son visage se tendit, ses os saillirent.

— Vous dites des sottises.

Elle secoua sauvagement la tête.

— Cessez de me mentir ! J'en ai assez ! C'est en me rappelant comment elle avait dérobé une bague dans la boutique de mon père que j'ai compris comment vous aviez fait pour subtiliser le collier. Elle a des contacts disposés à bien vous payer, n'est-ce pas ? Je vais appeler la police !

Il l'arrêta alors qu'elle passait devant lui.

— Ecoutez-moi, Irène. Vous n'avez pas besoin de me dénoncer. J'implore votre pardon. J'ai peut-être commis quelques actes dont je ne suis pas fier, mais j'avais besoin d'argent. Vous me connaissez. Quand j'ai rencontré Brigitte, j'ai voulu cesser de jouer. J'y ai réussi pendant quelque temps. Si j'avais pu vaincre cette passion du jeu, je n'aurais jamais agi ainsi. J'ai toujours pensé que si nous nous étions mariés quand je vous l'ai demandé, rien de tout cela ne serait arrivé. (Sa voix s'adoucit.) Je vous aime comme au premier jour. Au nom de tout ce que vous avez éprouvé pour moi, ne me dénoncez pas !

En entendant sa voix tendre et enjôleuse, elle eut l'impression d'avoir remonté le temps. Elle comprit pourquoi elle l'avait toujours traité autrement que ses autres employés, malgré son manque de loyauté envers elle. Elle n'avait pas banni complètement la profonde tendresse qu'elle avait jadis éprouvée pour lui. Cela avait tempéré son attitude, la rendant plus indulgente et plus prompte à l'excuser. Il l'avait remerciée en mentant, en la trompant et en la volant. Elle refusait maintenant que son cœur intervienne au détriment de sa raison. Tout était complètement fini.

— Non, Derek, je vais faire ce que j'ai dit.

Incapable de croire qu'il avait perdu tout pouvoir sur elle, il devint nerveux. Il l'empêchait toujours de passer et, tandis qu'elle tentait de se dégager, il fit une dernière tentative.

— Ecoutez-moi ! Je peux vous apprendre quelque chose qui changera votre vie. Tout ce que je vous demande en échange est de garder le silence sur le collier ou sur les soupçons que vous nourrissez à mon égard. Je vais partir. J'emmènerai Brigitte avec moi. Nous recommencerons une nouvelle vie au Canada, en Australie ou en Nouvelle-Zélande.

Exaspérée, elle lui donna des coups de poing.

— N'essayez pas encore de m'avoir en me mentant !

— Je ne mens pas ! Je vous dis la vérité. Vous devez me croire. C'est un secret que j'ai toujours gardé en pensant qu'il pourrait me servir à obtenir de l'argent de Lillian, le cas échéant.

Elle eut une expression de dégoût.

— Chantage ?

— Non ! Je l'aurais juste taquinée un peu sur son passé et elle aurait été toute prête à ouvrir sa bourse et à me prêter de l'argent.

— Ne me dites pas votre secret. Je ne veux pas le connaître.

Elle se libéra et se dirigea vers son bureau pour téléphoner. Les paroles qu'il prononça l'arrêtèrent à la porte.

— Vous ne désirez pas apprendre que Lillian était déjà mariée ?

Elle retint son souffle et pivota sur elle-même, le visage plein d'une douloureuse stupéfaction.

— Etes-vous en train de me dire que Gregory et elle ne sont pas légalement mariés ?

Il opina de la tête.

— A l'âge de quinze ans, elle s'est sauvée de l'usine avec un marin et ils se sont mariés à Liverpool un an plus tard.

Elle se rendit compte qu'il avait gardé cette nouvelle pour lui pendant tout ce temps.

— Vous étiez au courant et vous n'avez rien fait pour m'aider !

— J'ai toujours espéré que vous me reviendriez un jour.

Elle éclata en sanglots avec un abandon total. Elle n'arrivait plus à s'arrêter. Toute sa force physique sembla disparaître sous la violence de ses larmes et, après s'être appuyée à l'embrasure de la porte, elle tomba lentement à genoux, toujours secouée de sanglots. Elle pleurait sur ce qu'il venait de lui dire, sur la cruauté et la trahison de Derek, sur l'amour qui avait jadis brillé si fort pour eux deux dans l'antichambre de la joaillerie d'Old Bond Street, et qui venait de s'éteindre à jamais.

Quand elle leva enfin la tête, elle était seule et elle sut que Derek était parti dès ses premières larmes. Brigitte et lui devaient se préparer à quitter Monaco. Elle se remit lentement debout et ferma à clé la porte d'entrée qu'il avait laissée ouverte.

Gregory était en robe de chambre lorsqu'elle vint le voir à l'heure habituelle, le lendemain. Il se rétablissait rapidement et avait hâte de quitter l'hôpital.

— Vous ressemblez à un matin printanier, lui dit-il, l'air admiratif.

Elle était vêtue de jaune et portait un chapeau de paille. Il l'embrassa ardemment et l'enlaça avec sa vigueur recouvrée.

— J'ai des nouvelles, annonça-t-elle d'un ton sérieux quand il la lâcha. Mais, d'abord, ne m'avez-vous pas expliqué, un jour, que Lillian et vous, vous vous étiez mariés à New York ?

— Oui, c'était un mariage civil.

— Avez-vous eu quelque raison de soupçonner qu'elle avait déjà été mariée ?

— Jamais, répondit-il en la dévisageant. Qu'avez-vous appris ?

Elle lui raconta tout, depuis ses premiers soupçons jusqu'à l'extraordinaire révélation de Derek. La tête appuyée contre le coussin de son fauteuil en osier, les bras serrant les accoudoirs, il l'écouta et demanda d'une voix tremblante :

— Est-ce possible ? Mon Dieu ! Elle m'a trompé pendant toutes ces années ?

Irène eut peur de lui avoir causé un trop grand choc, mais cela le stimula, au contraire. Il la pria de convoquer immédiatement à l'hôpital son avocat, M. Jackson, qui vivait à Monaco.

M. Jackson partit pour l'Angleterre afin de réunir des renseignements et revint à Monte-Carlo au bout de trois semaines. Entre-temps, Gregory, rétabli, était sorti de l'hôpital. M. Jackson fit un résumé de la situation à son client et à Irène dans la salle de séjour située au-dessus de la boutique.

— La dame actuellement connue sous le nom de Lillian Rose est née Lily Potts. Comme j'avais sa date de naissance approximative et que je savais qu'elle s'était enfuie à l'âge de quinze ans, il m'a été assez aisé de retrouver l'inscription de son départ dans les registres de l'usine. J'ai passé une dizaine de jours à fouiller les registres de l'église de Liverpool. J'ai fini par découvrir son nom. Elle a épousé un certain Harry Baldwin, un marin, quelques mois après s'être enfuie avec lui. Ce qui semblait sous-entendre qu'il était sur le point de partir en mer ; j'ai donc examiné les registres du port. Harry Baldwin s'est embarqué comme second à bord du *Seaward Star.*

— Ainsi, mon mariage avec Lillian est-il nul et non avenu, dit Gregory d'une voix calme.

Il tenait la main d'Irène dans la sienne. Il la serra fortement pour exprimer tout ce que signifiait pour eux cette nouvelle.

L'avocat retroussa les lèvres, navré :

— J'ai le regret de vous annoncer qu'il doit y avoir enquête. Tout doit être élucidé avant que l'on puisse se prononcer. Selon Mlle Rose, son mari s'est noyé en mer bien avant qu'elle vous épouse.

Il vit qu'il avait anéanti les espoirs du couple assis en face de lui. Gregory et Irène échangèrent un regard expressif sans mot dire. L'avocat pensa qu'il n'oublierait jamais la fureur de la belle et blonde actrice quand il lui avait montré les preuves qu'il avait réunies. Déjà de fort méchante humeur à son arrivée, elle avait jeté le journal qu'elle lisait. Il l'avait ramassé et posé sur une table tout en y jetant un bref coup d'œil. La manchette annonçait qu'une voleuse de bijoux avait été arrêtée avec un collier en diamants de chez Fabergé, considéré d'après les livres du célèbre joaillier comme appartenant au comte Léon Romanov. Il ignorait pourquoi il se rappelait tout cela. Sans doute parce que cela s'associait dans son esprit avec les innombrables bijoux que portait Lillian Rose. Elle en était couverte, comme si elle désirait compenser ainsi une déception personnelle. Il n'avait jamais vu de femme aussi endiamantée à cette heure matinale.

— Harry Baldwin est mort avant que j'épouse Gregory, avait-elle lancé au visage de l'avocat.

— Avez-vous un certificat de décès le prouvant, madame ?

— Non. J'ai changé de nom, une fois devenue actrice. Si on m'a envoyé un certificat de décès, je ne l'ai jamais reçu. Et maintenant, dehors !

Il était sorti avec un sentiment de délivrance. Il avait repris patiemment son enquête. A présent qu'il avait communiqué la mauvaise nouvelle à son client, il pouvait lui fournir un complément d'information, selon les derniers renseignements donnés par des indicateurs.

— Il est exact qu'un certain Harry Baldwin parti de Liverpool, s'est perdu en mer à l'époque où Mlle Rose prétend être devenue veuve. Cependant, mes investigations m'ont appris qu'un autre marin du même nom a été recueilli à bord d'un bateau écossais. Je pense que Mlle Rose a dû lire qu'un homme s'était noyé — ou en entendre parler — et qu'elle a supposé qu'il s'agissait de son mari. L'âge indiqué ou le lieu de sa naissance ont peut-être éveillé un doute en elle, mais comme elle commençait sa carrière artistique, elle n'a fait aucune vérification et a résolu d'enterrer son passé.

— Sait-on si ce second marin est encore vivant ? demanda Gregory.

M. Jackson se permit une légère grimace qui, chez lui, pouvait passer pour un sourire.

— Il est tout ce qu'il y a de vivant et travaille sur le ferry entre l'Ecosse et les îles Orkney. Je suis entré en rapport avec lui. Il a accepté de venir à Londres, tous frais payés, pour voir si Mlle Rose est l'épouse dont il n'a plus eu de nouvelles. Souhaitez-vous assister à la confrontation, monsieur Burnett ?

— Il le faut, répondit Gregory en hochant la tête.

Irène et Gregory partirent pour Londres avec M. Jackson. Prévoyant de passer quelques mois à Amsterdam, Irène avait engagé un nouveau directeur, chaudement recommandé par Cartier. Si Harry Baldwin était bien le mari de Lillian, Gregory n'aurait pas besoin de transférer son affaire à l'étranger. L'avocat avait dit qu'une annonce dans les journaux, indiquant que le mariage entre Gregory et Lillian n'était pas valide, suffirait pour lui rendre officiellement sa liberté.

Irène resta à Milton Square pendant que Gregory et M. Jackson rejoignaient Harry Baldwin et se rendaient avec lui à l'adresse de Lillian. M. Jackson avait pris rendez-vous avec elle. Redoutant des difficultés, il ne lui avait pas dit qu'un troisième homme les accompagnerait.

Lillian était au salon. S'attendant à des questions gênantes, craignant plus que jamais que l'on ne remue son passé, elle les accueillit avec hostilité. Puis ses yeux s'écarquillèrent et elle ouvrit la bouche de stupeur en voyant Harry Baldwin avancer vers elle, vêtu de son plus beau costume et tournant sa casquette dans ses doigts d'un geste nerveux.

— Salut, Lilly ! dit-il. Ça fait pas mal d'années qu'on ne s'est pas vus !

Elle devint hystérique, s'arrachant les cheveux et les vêtements, et poussant de grands cris. M. Jackson sortit en hâte avec Harry, lui remit dix souverains pour sa peine et lui fit prendre le premier train. Il revint ensuite chez Lillian. Gregory lui ouvrit la porte du salon.

M. Jackson trouva Lillian calme et soumise, malgré ses cheveux en désordre et sa robe déchirée. Elle signa tous les papiers qu'il posa devant elle et qui établissaient qu'elle était l'épouse légale d'un autre homme, libérant ainsi Gregory de toutes les obligations qu'elle lui avait imposées jusqu'alors. L'avocat prit les papiers et s'en alla.

— Eh bien, c'est fait ! déclara-t-elle d'un ton amer à Gregory. (Elle se leva avec grâce de son siège, s'approcha de la cheminée et se regarda dans le miroir. Elle arrangea ses cheveux d'un geste machinal.) Je suppose que vous comprenez que cette histoire va me faire renvoyer du théâtre ? Pour le public, j'aurai vécu avec vous dans le péché, et cela me portera le coup de grâce aux yeux du Gouv'neur. Il n'avait déjà pas beaucoup apprécié les ragots concernant le comte Léon Romanov et encore moins l'affaire du collier qui m'avait été arraché. Le duel ne l'a pas gêné. Après tout, vous étiez mon mari défendant mon honneur, c'est du moins ainsi que la presse l'a rapporté. Maintenant, même cette péripétie romantique va se retourner contre moi.

— Qu'allez-vous faire ?

Les bras levés, elle renouait son chignon.

— On m'a offert d'être la vedette des Folies-Bergère et je vais accepter avant que le Gouv'neur me jette dehors. Les Français ne sont pas prudes. Ils aiment voir une jolie femme entourée de scandales. Je compte bien connaître un immense succès sur la scène parisienne.

Sur le point de partir, Gregory sourit à l'image de Lillian dans le miroir. Il n'éprouvait plus aucune colère à son égard et ne pensait qu'à l'avenir.

— J'en suis sûr. Bonne chance, Lillian !

Elle ne tourna pas la tête, mais le regarda partir dans le miroir. Si elle avait pu le retenir auprès d'elle, elle l'aurait fait.

— Au revoir, Gregory, finit-elle par dire.

Ces mots sonnèrent creux dans la pièce vide.

Irène trouvait le temps long à Milton Square. Elle s'agitait sans cesse, empêchant Sophia d'engager la conversation sur un sujet qui lui tenait à cœur. Finalement, Sophia se sentit incapable de garder le silence.

— Cela vous ennuierait-il si je vendais cette maison, Irène ?

Etonnée de la question, Irène haussa les épaules.

— Pas du tout. Pourquoi le serais-je ?

— C'est la maison de votre enfance.

Irène secoua la tête, montrant qu'elle rejetait cette considération sentimentale.

— Cela ne doit pas vous arrêter. Je comprends que vous la trouviez trop grande pour vous toute seule.

Sophia hocha la tête d'un air timide.

— Ce n'est pas pour cela que je veux la vendre. Je vais retourner vivre à Saint-Pétersbourg. Serguei Borisvinsky m'a demandé de l'épouser.

— C'est merveilleux ! s'exclama Irène en la serrant contre elle de joie. Il est très bon, et je sais qu'il vous adore.

Sophia acquiesça, la mine heureuse :

— Il est très gentil. Il m'a aidée à envisager de nouveau l'avenir et je l'aime de vouloir le partager avec moi. Oh, ma chérie, dit-elle d'une voix pleine de tendresse, j'espère que tout ira bien pour vous !

L'attente se poursuivit. Elles regardaient sans cesse la pendule. Enfin, elles entendirent le bruit d'un fiacre. Voyant qu'Irène était incapable de bouger, maintenant que le moment crucial était arrivé, Sophia courut à la fenêtre et souleva le rideau.

— C'est Gregory ? chuchota Irène, toujours figée, les mains serrées devant elle. Quel air a-t-il ?

Sophia se tourna vers elle avec un sourire radieux :

— A en juger par son expression et par la légèreté de son pas, tout va bien.

Poussant une exclamation de joie, Irène courut dans le hall, ouvrit la porte d'entrée et se jeta dans les bras de Gregory avant qu'il ait atteint le seuil. Il l'embrassa longuement et tendrement dans le pâle soleil couchant. Tout commençait pour eux.

cet ouvrage a été composé par Bussière
et imprimé par SEPC à Saint-Amand
pour le compte de FLAMME
27, rue Cassette, 75006 Paris
diffusion France et étranger : Flammarion

Achevé d'imprimer le 7-08-1984

Dépôt légal : août 1984
N° d'édition : 2107. N° d'impression : 1316-1325

Imprimé en France